W0025656

Susanne Oswald

schreibt als Paula Stern

Die Kaffeedynastie – Momente der Hoffnung

Roman

HarperCollins

1. Auflage 2021
Originalausgabe

Dieses Werk wurde vermittelt durch die
Literaturagentur Beate Riess.
Gesetzt aus der Stempel Garamond
von GGP Media GmbH, Pößneck
Druck und Bindung von GGP Media GmbH, Pößneck
Printed in Germany
ISBN 978-3-7499-0026-8
www.harpercollins.de

Für Christiane.
Danke für die wunderbare gemeinsame Arbeit.

Personen und Handlungsorte

Euweiler

Ein kleiner fiktiver Ort in der Eifel, in der Nähe von Aachen. Hier lebt Eberhard Ahrensberg in den ersten Jahren der Nachkriegszeit.

Aachen

Die Villa Ahrensberg ist im Preusweg angesiedelt.
Die Firmenvilla von *Ahrensberg Kaffee* steht in der Lütticher Straße. Das Firmengebäude bekam im Laufe der Jahrzehnte mehrere Anbauten – in diesen Hallen wird Kaffee gelagert, geröstet und für den Einzelhandel verpackt.
Corinnes Rösterei *Öcher Böhnchen* liegt in der Aachener Innenstadt, in der Nähe des Doms.
Noahs Rösterei ist am Marschiertor angesiedelt.

Brasilien

Die verpachtete Kaffeeplantage der Familie Ahrensberg liegt in São Paulo.

Schweiz – Aargau – Bottwil

Ein kleiner erfundener Ort in der Schweiz, in dem die Rosenbaums nach dem Krieg eine neue Heimat finden.

Familie Ahrensberg

Die Urgroßeltern
August Ahrensberg
Johanna Ahrensberg

Die Kinder
Marianne, Rudolf, Barbara und Eberhard

Die Großeltern
Eberhard Ahrensberg, geb. 1929
Magdalena Ahrensberg, geb. 1930

Sohn
Günther

Die Eltern
Günther Ahrensberg, geb. 1950
Esther Ahrensberg, geb. 1960

Die Kinder
Alexander Ahrensberg, geb. 1985
Corinne Ahrensberg, geb. 1992

Mitarbeiter bei Ahrensberg Kaffee, im *Öcher Böhnchen* und in der Villa

Dr. Waldemar Hartmann – Unternehmensjurist
Thomas Feldmann – Marketing
Beatrice Breithaupt – Chefsekretärin
Karsten Otto – Qualitätsbeauftragter
Karl Lohmeyer – Außendienst
Emil – Pförtner
Kurt – Hausmeister

Klara – Haushälterin in der Villa Ahrensberg
Alfred – Gärtner
Frieda – Verkäuferin im *Öcher Böhnchen*

Freunde

Susan Jones
Sebastian Wagner
Noah Engel
Sarah Rosenbaum

Familie Pelzmann

Bernhard Pelzmann
Charlotte Pelzmann

Tochter
Isabella Pelzmann

Familie Rosenbaum

Jacob Rosenbaum, geb. 1918
Rebecca Rosenbaum, geb. 1917

Tochter
Sarah, geb. 1941

Die Bewohner der Kaffeeplantage
Fernando Oliveira Silva
Luciana Crepaldi Oliveira

Tochter
Katalina Oliveira Silva

Kapitel 1
Frühlingsgefühle

Aachen • Oche • Aix-la-Chapelle • Aken • Aquae Granni

Gegenwart: März

Der Wind hatte seine eisige Bissigkeit verloren und strich an diesem frühen Vormittag sanft durch die Straßen. Er streichelte Corinnes Gesicht und spielte mit ihren Locken, ohne dass sie fröstelnd den Kragen ihrer Jacke hochschlagen musste. In den Scheiben der Häuser spiegelten sich die schräg stehende Sonne, die nun täglich mehr Kraft bekam, und der blaue Himmel, an dem nur vereinzelte Schäfchenwolken zu sehen waren. Natur und Menschen kamen aus ihrer Deckung und schüttelten sich den Winter von der Seele.

Seit Tagen arbeiteten die Mitarbeiter der städtischen Grünflächenpflege auf Hochtouren, um Tausende Frühlingsboten zu pflanzen. Überall blühten Stiefmütterchen, Primeln, Narzissen, Hornveilchen, rote Bellis, blaue Vergissmeinnicht und viele andere Frühlingsblumen. Die liebevoll angelegten Rabatten leuchteten mit ihrem Potpourri aus kräftigen Farben gegen das Wintergrau an. Corinne konnte sich kaum sattsehen daran. Auch das endlich wieder sprudelnde Wasser in den Brunnen, die bis gestern noch im Winterschlaf gelegen hatten, verstärkte ihre gute Laune. Ihr fröhlich klingendes Plätschern war wie Musik für Corinne – die Musik ihrer Heimat.

Aachen war für sie die schönste aller Städte. Sie liebte die vielen Wasserspiele und Skulpturen, die Architektur, den Dom, die Menschen und den Lebensstil. Besonders innig liebte sie die Stadt aber im Frühling, denn dann legte sich ein Zauber über alles und erzählte von Hoffnung und neuer Energie.

In diesem Jahr spürte Corinne das vielleicht noch intensiver, nahm es noch bewusster wahr, denn ihr Leben stand selbst im Zeichen des Neubeginns – privat wie auch geschäftlich. Sie hatte vor vier Wochen ihre eigene kleine Rösterei eröffnet, das *Öcher Böhnchen*. Es war ein grandioser Start gewesen und die Begeisterung der Kunden riss seither nicht ab.

Ihr Wagnis mit der eigenen Rösterei hatte die Feuertaufe bestanden. Mehr noch – ihre Hoffnungen waren übertroffen worden. Vom ersten Tag an schaffte ihr *Öcher Böhnchen* weit mehr als den täglichen Sollumsatz, den sie sich als Ziel gesetzt hatte. Es gab so viel zu tun, dass Corinne das gar nicht allein bewältigen konnte, deshalb hatte sie bereits kurz nach der Eröffnung eine Aushilfskraft eingestellt. Frieda arbeitete momentan stundenweise im *Böhnchen*, doch Corinne hatte ihr gestern angeboten, ihre Anstellung auf eine Halbtagsstelle auszuweiten.

Für Corinne war ihre junge Mitarbeiterin ein Segen. Sie hoffte, dass Frieda das Angebot annehmen würde, denn dann hätte sie selbst mehr Planungsfreiheit und wäre nicht komplett an ihre Geschäftszeiten gebunden. Die Rösterei warf auf jeden Fall genug ab, um eine Angestellte zu tragen, das hatte sich in der kurzen Zeit bereits erwiesen.

Beruflich stand Corinne damit jetzt schon, so kurz nach ihrem Start in die Selbstständigkeit, auf sicheren Beinen. Als Sahnehäubchen auf ihrem Kaffee kam hinzu, dass sie seit ein paar Monaten frisch verliebt und gerade erst zu ihrem Freund Noah gezogen war – der ebenfalls eine eigene Kaffeerösterei betrieb.

In seiner Junggesellenbude, direkt über seinem Laden, hatten sie sich ein kuschliges Nest eingerichtet und genossen jede Sekunde, die sie gemeinsam dort verbringen konnten. Doch trotz aller Verliebtheit war ihnen beiden bewusst, dass die knapp vierzig Quadratmeter zwar gemütlich waren, auf Dauer allerdings deutlich zu beengt.

Seit Corinnes Einzug studierten sie deshalb allmorgendlich bei einer Tasse Kaffee gemeinsam die Immobilienanzeigen. Sie wussten genau, was sie sich wünschten. Die neue Wohnung sollte groß genug sein, um auch ihre Büros unterzubringen, und in der Innenstadt liegen, sodass sie beide ihre Geschäfte bequem zu Fuß erreichen konnten. Leider gab der völlig überlaufene Wohnungsmarkt bislang nichts auch nur annähernd Passendes her und auch über ihr Netzwerk hatte sich noch nichts ergeben.

Für Corinne war das wie ein Déjà-vu, denn es war noch gar nicht lange her, da hatte sie intensiv nach geeigneten Räumen für ihre Rösterei gesucht und war drauf und dran gewesen, die Hoffnung aufzugeben. Aber genau wie die Suche nach Geschäftsräumen würde auch die Wohnungssuche über kurz oder lang erfolgreich sein. Ganz sicher wartete irgendwo das perfekte Heim für sie, die Überzeugung hatte sich in Corinne fest verankert.

Ihre Gedanken wanderten zu Noah. Sie hatte sich gerade erst vor zehn Minuten von ihm verabschiedet, doch sie vermisste ihn jetzt schon. Wie gut, dass es nur ein paar Stunden dauerte, bis sie sich wiedersahen. Sie hatten sich im Café *Emotion* zum Mittagessen verabredet. Susan, die Inhaberin des Cafés, war ihre gemeinsame Freundin und so etwas wie die Patin ihrer Liebe, denn durch sie war Corinne auf Noah aufmerksam geworden. Er belieferte Susan mit ausgewählten Kaffeesorten und sein erlesenes Sortiment hatte Corinne begeistert. Doch damit nicht genug. Susan, die eine gebürtige Engländerin war, hatte ihr in ihrem amüsanten Mix aus Deutsch und Englisch so lange von dem »lovely Zuckerstückchen« vorgeschwärmt, bis Corinne gar nicht mehr anders gekonnt hatte – sie hatte diesen Mann kennenlernen müssen, der Susan so in Verzückung versetzte.

Kurz entschlossen hatte sie ihn in seinem Geschäft aufgesucht. Erst einmal nur, um ihre Neugier zu befriedigen.

Es kam ihr vor, als wäre es gestern gewesen, dass sie vor Noahs Geschäft gestanden und einen ersten Blick durch das Schaufenster geworfen hatte, bevor sie in den Laden getreten war. Bei dieser ersten Begegnung damals war sehr schnell klar gewesen, dass sie nicht nur die Leidenschaft für guten Kaffee teilten, sondern sich auch auf Anhieb ziemlich gut leiden konnten. Susan hatte mit ihren Beschreibungen wahrlich nicht übertrieben. Noah war tatsächlich ein Zuckerstückchen, auch wenn Corinne dieses Wort nie in den Sinn gekommen wäre, sie hätte vielleicht gesagt, er war ein Hingucker. Und er hatte Charme und Herzenswärme, das hatte sie von der ersten Sekunde an gespürt.

Noah führte seine kleine Kaffeerösterei bereits etliche Jahre und hatte viel Erfahrung mit schonendem Rösten und exquisiten Kaffeesorten. Er kannte Kaffeebauern auf der ganzen Welt und achtete sehr genau auf die Anbaubedingungen vor Ort. So oft es ihm möglich war, reiste er auch in Anbaugebiete, um die Menschen dort zu erleben und sich zu überzeugen, dass es allen gut ging. Außerdem war er ein sehr großzügiger Mensch, dem Neid und Konkurrenzdenken vollkommen fremd waren. Das war auch der Grund, weshalb Corinne sich schon kurz nach ihrem Kennenlernen ein Herz gefasst hatte. Sie hatte ihren Mut zusammengenommen, war zu ihm gegangen und hatte ihn gebeten, ihr alles rund um den Betrieb einer kleinen Rösterei und das behutsame Rösten von Kaffee beizubringen.

Als eine Ahrensberg war sie zwar mit Kaffee aufgewachsen und hatte sich von Kindheit an mit diesem Thema beschäftigt, aber sie kannte nur die familieneigene Großrösterei, die in großen Chargen für kommerzielle Abnehmer produzierte. Von der

Kunst des langsamen Röstens wusste Corinne zwar, nicht zuletzt, weil ihr Großvater ihr oft davon erzählt hatte, aber zu dem Zeitpunkt, als sie beschlossen hatte, eine eigene Kaffeemanufaktur zu eröffnen, hatte ihr das Detailwissen noch gefehlt. Außerdem hatte Corinne mit ihrem Betriebswirtschaftsstudium zwar eine gute theoretische Basis, um eine eigene Firma zu gründen, sie hatte aber in der Praxis etwas Unterstützung gebraucht.

Insgesamt waren die Umstände für sie nicht ganz einfach gewesen, denn sie hatte sich kurzfristig gegen ihre Familie stellen müssen, um sich selbst nicht zu verlieren. Und diese Entscheidung war ihr nicht leichtgefallen.

Corinne gehörte zur Kaffeedynastie Ahrensberg. Die Großrösterei *Ahrensberg Kaffee* war seit Generationen im Familienbesitz und seit Jahrzehnten Marktführer in Deutschland. Sie hatte das gemachte Nest verlassen, um in eine unsichere Zukunft zu starten.

In ihre Gedanken hinein klingelte ihr Handy. Sie sah kurz auf das Display und nahm den Anruf an. »Alexander, guten Morgen. Was ist los? Brauchst du guten Kaffee?«

Sie lachte und ihr Bruder stimmte ohne zu zögern mit ein. Dass sie ihn so locker necken konnte, erfüllte Corinne mit Glück. Sie hatten Zeiten hinter sich, in denen sie sich kaum ohne Streit hatten grüßen können.

»Tja, Löckchen, ich glaube es ist eher umgekehrt. Ich habe guten Kaffee für dich«, nahm Alexander das Gefecht auf. Doch bevor sie weiter herumalbern konnte, wurde er geschäftsmäßig. »Nein, im Ernst, Schwesterchen, gestern kam eine Lieferung von Fernando bei uns an und deine fünf Säcke handgeernteter Arabica waren auch dabei. Möchtest du die Ware abholen oder soll ich Kurt bitten, sie dir vorbeizubringen? Ich bin sicher, er würde sich über den Auftrag freuen.«

Der Hausmeister von *Ahrensberg Kaffee* war ein patenter

Mann, der Corinne sehr in sein Herz geschlossen hatte. Er freute sich immer, wenn er ihr helfen konnte – daran hatte sich auch nach ihrem Weggang aus dem Familienbetrieb nichts geändert. Die Belegschaft war der Tochter des Hauses weiterhin wohlgesonnen. Viele der Mitarbeiter kannte sie von Kindesbeinen an und sie hatte immer ein gutes Verhältnis zu den Leuten gepflegt. Das wirkte nach.

»Wenn Kurt das übernehmen würde, wäre ich sehr dankbar. Ich habe so viel zu tun, dass ich kaum hinterherkomme. Hat alles geklappt? Hat Fernando zwei Rechnungen geschrieben?«, fragte sie.

Das Prozedere war noch nicht richtig eingespielt, denn das war erst die zweite Lieferung, die Corinne über diesen Weg bezog. Beim ersten Mal hatte Fernando alles *Ahrensberg Kaffee* in Rechnung gestellt, was ein buchhalterisches Kuddelmuddel zur Folge hatte. Eine saubere Trennung der Betriebe war wichtig, damit es nicht irgendwann Probleme gab, falls eines der Unternehmen einer Kontrolle durch das Finanzamt unterzogen wurde.

»Mach dir keine Sorgen, alles bestens. Die Rechnung liegt bei mir auf dem Tisch. Wir sehen uns die Tage sicher, dann gebe ich sie dir. Aber jetzt was anderes. Warst du diese Woche schon bei unseren Eltern? Ich wollte gestern hin, aber habe es dann doch nicht geschafft«, wechselte Alexander nun das Thema.

»Nein, ich war nicht dort, will sie aber in den nächsten Tagen auf jeden Fall besuchen. Gestern habe ich mit Mama telefoniert. Es ist alles in Ordnung. Papa kann zwar noch nicht aufstehen, aber er probt wohl den Aufstand und treibt die Schwestern in den Wahnsinn. Aber du kennst ja unsere Mutter, sie lässt sich so schnell nicht von Papa aus der Ruhe bringen. Sie ist froh, dass es ihm schon wieder so gut geht.«

Vor fast genau einem halben Jahr hatte ihr Vater, der Kaffeebaron, einen Schlaganfall erlitten. Im Anschluss hatte man ihn für einige Zeit in ein künstliches Koma gelegt, um die bestmögliche Genesung zu gewährleisten. Corinne und Alexander hatten in dieser Zeit gemeinsam die Firmenleitung von *Ahrensberg Kaffee* übernommen oder es zumindest für ein paar Wochen versucht. Doch es hatte von Anfang an viel Streit gegeben. Alexander hatte sie nicht als ebenbürtige Partnerin gesehen. Er hatte vehement all ihre Vorschläge und Ideen abgeschmettert und sie bei wichtigen Entscheidungen immer wieder übergangen. Sie hatten hitzige Debatten geführt, aber so sehr Corinne es sich auch gewünscht hatte, sie hatten keinen gemeinsamen Nenner finden können. Zu unterschiedlich waren ihre Vorstellungen von der Firmenleitung und auch von den Geschäftszielen. Für Alexander war *Ahrensberg Kaffee* in erster Linie ein Wirtschaftsunternehmen und Kaffee eine Handelsware. Es galt, möglichst günstig einzukaufen und zu produzieren und möglichst gewinnbringend weiterzuverkaufen. Der Kaffee musste einer breiten Masse schmecken und erschwinglich sein. Für Corinne hingegen stand nicht der Gewinn an erster Stelle, sondern der Kaffee und die Menschen. Sie wollte bestmögliche Qualität, selbst wenn dadurch die Gewinnspanne etwas kleiner wurde. Für Alexander waren ihre Ideen weltfremde Träumereien gewesen, die sich nicht mit der Führung eines großen Unternehmens vereinen ließen. Machtkämpfe, die Corinne so nicht gewollt hatte, waren deshalb unvermeidlich gewesen.

Und aus diesem Grund hatte Corinne sich für ihren eigenen Weg entschieden. Sie hatte ihren Platz in der Firmenleitung abgegeben und ihre kleine Rösterei eröffnet, in der sie ganz nach ihren Vorstellungen und Prinzipien agieren konnte. Nun führte ihr Bruder das Familienunternehmen allein und er machte seine Sache gut.

Kurz vor Weihnachten war der Kaffeebaron dann endlich aus dem Koma erwacht und sie hatten eine Möglichkeit gefunden, ihn zu Hause weiterzupflegen. Dass er inzwischen wieder in der Lage war mit seinen Pflegerinnen zu streiten, erleichterte Corinne sehr. Es zeigte ihr, dass er auf einem guten Weg war.

»Das ist fantastisch!« Corinne hörte, wie Alexander tief durchatmete. »Ich bin wirklich froh, dass sich das so entwickelt. Nach allem was die Ärzte gesagt haben, ist das fast ein Wunder.«

Er klang unsicher. Corinne verstand sofort, was ihn beschäftigte. Natürlich war er ebenso glücklich wie sie selbst, dass es ihrem Vater besser ging, aber es machte ihm vermutlich auch Angst.

»Wir sind alle froh, Alexander. Mach dir keine Sorgen. Sobald Papa stark genug ist, werden wir ihn mit der Wahrheit konfrontieren. Er wird toben, aber er wird es akzeptieren. Mama und ich stehen dir bei, zu dritt werden wir unseren alten Herrn schon weichkochen. Das wäre doch gelacht!«

»Dein Wort im Gehörgang des Kaffeebarons«, sagte Alexander und seufzte. »Egal was passiert, Corinne. Ich bin dir dankbar. So wie es jetzt ist, ist es richtig.« Alexanders Stimme klang belegt, Corinne hörte, wie sehr ihn das Thema aufwühlte. Doch nur einen Moment, dann räusperte er sich und hatte sich wieder im Griff. »Also, ich muss jetzt mal wieder. Bei uns wird wirklich gearbeitet, nicht nur mit Kaffeebohnen gespielt wie in einem gewissen *Böhnchen*, weißt du?«

»Pass nur auf, dass du nicht zu laut schnarchst bei deiner Arbeit«, konterte Corinne gut gelaunt. Bevor Alexander sich eine Antwort überlegen konnte, trällerte sie: »Tschüs, Brüderchen. Grüß Thomas von mir. Bis demnächst. Und danke!«

Sie kappte die Verbindung und steckte ihr Handy zurück in die Jackentasche. Wieder mit ihrem wunderbaren Bruder flachsen zu können, ihn wieder eng in ihrem Leben zu haben, so richtig, nicht nur die undurchdringliche Fassade, war wunderbar. Noch vor wenigen Wochen war Alexander ihr gegenüber ein völlig anderer Mensch gewesen, abweisend und schroff. Die Streitereien um die Abläufe in der Firma waren auch daraus entsprungen, dass Alexander sich und seine Gefühle verschlossen hatte. Zu groß war seine Angst davor gewesen, dass sein Lebensgeheimnis aufgedeckt wurde.

Alexander war schwul. Er lebte in einer Beziehung mit Thomas Feldmann, dem Marketingleiter von *Ahrensberg Kaffee*, und er hatte unfassbar große Angst vor dem Outing gehabt. Alexander hatte befürchtet, durch ein Bekenntnis alles zu verlieren – seine Stellung im Familienunternehmen ebenso wie seine Familie.

Doch das Doppelleben hatte seinem Glück im Weg gestanden. Er hatte sich dadurch von der Familie abgewandt, hatte sie aus seinem Leben und von seinem Glück ausgeschlossen und war immer einsamer geworden. Als Corinne hochmotiviert und voller Pläne für Veränderung in die Firma gekommen war, war sie in die Schusslinie geraten. Erst als sie eines Tages wutschnaubend in Alexanders Büro gestürmt war und dabei versehentlich das Geheimnis gelüftet hatte, hatten die Geschwister endlich die Aussöhnung geschafft.

Corinne hatte ihrem Bruder gezeigt, dass seine Familie hinter ihm stand und sowohl sie als auch ihre Mutter nur sein Glück wollten, unabhängig davon, bei wem oder wo dieses Glück lag.

Der konservative Kaffeebaron wusste allerdings bis heute noch nichts davon, dass Alexander einen Mann liebte und mit ihm zusammenlebte. Vermutlich würde er die Nachricht nicht so entspannt aufnehmen, wie Corinne und ihre Mutter es getan hatten. Die anstehende Aussprache mit ihrem Vater nahm ihren Bruder sehr mit.

Corinne konnte Alexander verstehen, denn das würde kein Spaziergang werden. Ihr Vater war leider ein konservativer Sturschädel. Für Schwule und Lesben hatte er absolut kein

Verständnis, an dieser Einstellung hatte sicher auch die Krankheit nichts geändert. Corinne konnte sich an manch derbe Aussprüche erinnern. Einmal hatte er beim Frühstück einen Teller zerbrochen, weil er wütend mit der Faust auf den Tisch geschlagen hatte. Auslöser seines Zorns war ein ganzseitiger Bericht über die Loveparade in der Tageszeitung gewesen. Als Corinne sich plötzlich an diese Szene erinnerte, kamen weitere Bilder hoch. Alexander war sehr blass gewesen an diesem Morgen. Ihre Mutter hatte sogar seine Stirn gefühlt, weil sie dachte, er wäre krank. Er musste sich elend gefühlt haben. Durch diese Erinnerung wurde Corinne plötzlich noch viel deutlicher vor Augen geführt, wie unfassbar einsam und ängstlich Alexander sich all die Jahre gefühlt haben musste.

Aber jetzt waren sie an seiner Seite und gemeinsam würden sie das hinbekommen – das hatte sie nicht nur so dahergesagt. Sie glaubte daran, dass alles gut werden würde. Zu dritt würden sie dem Kaffeebaron die Stirn bieten. Wenn sie Noah und Thomas dazurechnete, waren sie sogar zu fünft.

Noch einmal würde sie ihren Bruder nicht verlieren, das stand für Corinne fest. Sie würde es nicht zulassen, dass sich je wieder etwas zwischen sie stellte. Zu sehr genoss sie das liebevolle Miteinander innerhalb ihrer Familie ebenso wie das positive geschäftliche Nebeneinander.

Und auch mit Noah klappte es nicht nur privat hervorragend, sondern auch beruflich lief es reibungslos. Genau wie er es vorhergesagt hatte, kamen sie sich mit ihren beiden Röstereien nicht in die Quere. Corinnes Geschäft lag direkt beim Dom und Noah hatte seinen Laden am Marschiertor. Beide Röstereien hatten ihren eigenen Kundenstamm, es funktionierte ausgezeichnet.

Die Entwicklung der letzten Monate erschien Corinne noch immer wie ein Wunder. Manchmal musste sie sich kneifen, um sicherzugehen, dass sie das alles wirklich erlebte.

Noch vor einem halben Jahr hätte sie sich nicht träumen lassen, dass ihr Leben innerhalb weniger Monate eine derart glückliche Wendung nehmen könnte – nicht nur in Sachen Liebe. Sie fühlte jeden Tag, dass sie ihren eigenen beruflichen Weg gefunden hatte und dabei dem Erbe ihrer Familie dennoch treu blieb, auch wenn sie nicht in die Fußstapfen ihres Vaters getreten war. Diese kleine Rösterei war ihre wahre Bestimmung.

Corinne war wieder da, wo ihr Großvater nach dem Zweiten Weltkrieg angefangen hatte, ganz nah am Kaffee und an der Kundschaft. Sie war sicher, dass ihr Großvater sehr zufrieden wäre, wenn er das erleben dürfte. Wenn es einen Himmel gab, dann saß er nun ganz bestimmt irgendwo auf einer Wolke und hatte Spaß dabei, den Weg seiner Enkeltochter zu verfolgen.

Corinne war entschlossen, ihr Glück festzuhalten.

Der Frühling machte seinem Namen alle Ehre, alles schien zu wachsen und sich prächtig zu entwickeln. So viel Glück und Lebenslust, wohin sie auch blickte, was sollte da noch schiefgehen?

Beschwingt lenkte Corinne ihre Schritte durch die Innenstadt. Am liebsten hätte sie getanzt und die ganze Welt umarmt. Eine Gruppe Schüler marschierte plappernd und lachend mit schweren Ranzen vor ihr her in Richtung Schule am Fischmarkt. Einer der Jungs zeigte den anderen sichtlich stolz einen dick verbundenen Zeigefinger.

»Fünf Stiche!«, verkündete er. »Und ich hab sogar hingeguckt.«

Ein echter Held, dachte Corinne und schmunzelte. Es machte ihr großen Spaß, die Jungs zu beobachten. Sie waren so unbedarft und voller Neugier auf alles, was die Welt ihnen bieten konnte. Und trotzdem legten sie auch eine unverkennbare Ernsthaftigkeit in ihr Handeln.

»Hat es sehr wehgetan?«, fragte einer seiner Kameraden den

Verletzten und schluckte. Allein der Gedanke daran, genäht zu werden, ließ ihn blass werden.

Der Held warf sich in die Brust. »Sehr!«, antwortete er inbrünstig.

Alle nickten und zeigten sich beeindruckt. So viel Tapferkeit – da fehlten ihnen die Worte. Der Held mit dem verbundenen Finger schien angesichts der Wirkung seiner Geschichte durchaus zufrieden. Nach dem Moment ehrfurchtvollen Schweigens wechselten die Jungs das Thema. Jetzt unterhielten sie sich über einen anstehenden Mathetest und über die Hausaufgaben. An der Jesuitenstraße bogen sie ab und verschwanden aus Corinnes Gesichtsfeld.

Aus einem der Häuser wehte der Duft von frisch gebrühtem Kaffee zu Corinne herüber und sie hob im Vorbeigehen schnuppernd die Nase. Obwohl sie Tag für Tag Kaffeeduft um sich herum hatte, konnte sie nicht genug davon bekommen. Sofort machte sich ein warmes Gefühl in ihr breit. *Kaffee wärmt die Seele* – der Spruch stand auf einer ihrer Karten, die sie auch im Laden verkaufte. Aber es war viel mehr als nur ein Spruch, denn genau so erlebte Corinne es. Kaffee bedeutete Glück für sie.

Ihr Handy meldete sich mit einem lauten Piepsen. Corinne zog es aus ihrer Jackentasche und las die Nachricht, während sie langsam weiterschlenderte. Noah wollte wissen, ob sie schon im *Böhnchen* angekommen war. Er wünschte ihr einen erfolgreichen Vormittag und schickte ihr einen Kuss.

Jetzt blieb sie kurz stehen, um ihm zu antworten. Lächelnd schickte sie ihm tausend Küsse und genoss das warme Gefühl, geliebt zu werden.

Es war so wundervoll mit Noah. Sie hatte noch nie einen Freund gehabt, der so liebevoll und aufmerksam war. Das konnte natürlich auch daran liegen, dass im Licht von Noahs Liebe ihre früheren Erlebnisse zu blassen Erinnerungsflecken geworden waren.

Ein Blick auf die Uhr riss Corinne aus ihrer Tagträumerei. Vor lauter Frühling hatte sie sich auf dem Weg zum Geschäft vertrödelt. Sie sollte sich jetzt besser beeilen.

Das Glockenspiel läutete, als Corinne die Tür zu ihren Geschäftsräumen aufstieß. Wie immer fiel ihr Blick beim Eintreten zuerst auf den Spruch, der in großen geschwungenen Buchstaben über ihrem Arbeitstisch prangte und der viel mehr für sie war als nur ein paar freundliche Worte. Es war Corinnes Lebensmotto.

Mit Liebe und Kaffee wird alles gut!

Sie lächelte. Ja, sie hatte in ihrem Leben beides im Überfluss – Liebe und Kaffee. Alles war gut.

»Guten Morgen!«, trällerte sie fröhlich in den leeren, noch dunklen Raum hinein. Sie durchquerte den Verkaufsraum und ging in ihren kleinen Aufenthaltsraum. Als Erstes knipste sie alle Lampen an, um ihren Laden auch von außen einladend wirken zu lassen. Dann legte sie ihren Mantel ab, bändigte ihre dunklen Locken in einem Pferdeschwanz und band sich die braune Schürze um, die an einem Garderobenhaken auf sie wartete. Auf dem Latz prangten ihr Firmenlogo und der Name der Rösterei. Corporate Identity, dachte sie und schmunzelte.

Für das perfekte und einheitliche Erscheinungsbild ihrer Rösterei war in erster Linie ihr bester Freund Sebastian zuständig. Er hatte bereits an der Webseite für ihre Manufaktur gearbeitet, als Corinne noch nicht mehr als den Plan hatte, sich selbstständig zu machen. Sie hatte großes Glück, einen Freund wie Sebastian zu haben. Anfangs war es zu kleineren Reibereien zwischen ihm und Noah gekommen, doch inzwischen waren die Fronten geklärt. Noah war ihr Lebensmensch und Sebastian ihr bester Freund und jetzt auch der gemeinsame Freund von ihr und Noah.

Seit Corinne ihr *Öcher Böhnchen* eröffnet hatte, war sie Tag für Tag mindestens eine Stunde vor Ladenöffnung da. Diese ruhige Stunde am frühen Vormittag war ihr ein lieb gewonnenes Ritual geworden. In dieser Zeit füllte sie die Regale auf, ging ihre Mails durch, kümmerte sich um Bestellungen oder trank auch nur in aller Ruhe eine Tasse Kaffee und ließ dabei die Seele baumeln.

Heute allerdings musste die Tasse Kaffee warten. Corinne wollte die neue Röstung über den Sortiertisch schleusen und für das Abpacken vorbereiten, bevor sie gleich die Tür öffnete und die ersten Kunden begrüßte. Neben dem Bedienen blieb ihr für diese Arbeit keine Zeit und Frieda kam erst am Nachmittag.

Sie machte sich ohne Umschweife ans Werk, kippte die frisch gerösteten Bohnen in den großen Trichter auf ihrem Sortiertisch und setzte sich auf den bereitstehenden Schemel. Mit inzwischen geübten Handgriffen betätigte sie den Hebel und ließ immer nur eine kleine Menge Bohnen auf die Tischplatte rutschen.

Konzentriert und leicht nach vorn gebeugt saß sie da. Sie mochte diese Arbeit, sie wirkte wie eine Art Meditation auf Corinne. Während ihr Blick über die Ware huschte und alles kontrollierte, war sie voll bei der Sache. Bohne für Bohne scannte sie ab und achtete dabei auch auf kleinste Fremdteile. Entdeckte sie etwas, sauste ihr Finger darauf zu und schob den Störer blitzschnell beiseite. Immer wenn sie eine bestimmte Menge abgesucht hatte, bewegte sie die kontrollierten Bohnen mit der linken Hand flink über den Tischrand direkt in den Kaffeesack hinein, den sie dort platziert hatte. Fast zeitgleich mit dieser Bewegung betätigte sie mit der rechten Hand den Hebel, um die nächste Ladung Kaffee auf den Tisch rutschen zu lassen. Dann begann das Spiel von Neuem.

Selbstverständlich war die Ware bereits vorsortiert, doch eine Endkontrolle war unumgänglich. Oft fanden sich zwischen den Kaffeebohnen kleine Steinchen oder auch Metallstücke, die beim Verpacken hineingeraten sein konnten – nichts, was Corinnes Kunden in ihrem Kaffee finden sollten.

Gleichzeitig begutachtete die frisch gebackene Kaffeerösterin bei dieser Gelegenheit immer auch noch ihre Arbeit. Waren alle Bohnen gleichmäßig geröstet, hatten sie die richtige Farbe und nicht zu viel Glanz? Sie hielt nach einem möglichen Schädlingsbefall Ausschau und achtete darauf, dass die Bohnen möglichst ganz waren. Lieferte ein Anbauer mehrfach Ware, die ihren Ansprüchen nicht genügte, gab es ein Gespräch. Im Wiederholungsfall flog er aus ihrer Lieferantenliste. Theoretisch zumindest, bisher war Corinne mit ihren Kaffeelieferanten sehr zufrieden und hatte keinen Grund zur Klage.

Was ihr Großvater wohl sagen würde, wenn er seine Enkeltochter so erleben könnte? Vermutlich würde er sehr zufrieden nicken und brummen: »Alles ist für etwas gut.« Corinne vermutete, dass er sie als Kind so oft in die Firma mitgenommen hatte, weil er sich genau das erhofft hatte, was eingetreten war. Er hatte damit den Grundstein für Corinnes Kaffeeleidenschaft gelegt.

Vor einigen Monaten hatte Corinne auf dem Dachboden von *Ahrensberg Kaffee* nicht nur den alten Röster ihres Großvaters entdeckt, der inzwischen das Herzstück ihrer Manufaktur war, sondern auch persönliche Unterlagen und ein Tagebuch. Seither las sie immer wieder in den Aufzeichnungen, die ihr Großvater ihr hinterlassen hatte. Sie freute sich schon darauf, bald wieder darin zu blättern.

Die Geschichten und Gedanken, die Eberhard Ahrensberg aufgeschrieben hatte, waren allerdings keine leicht verdauliche Kost. Ihr Großvater hatte den Krieg miterlebt, war in amerikanische Gefangenschaft geraten, hatte Familienmitglieder und

Freunde verloren und – das war das Schlimmste an allem – gegen seinen eigenen Vater gekämpft, der ein überzeugter Nazi gewesen war.

Über dieses dick gefüllte Tagebuch hatte Corinne auch von Sarah Rosenbaum erfahren und war mit ihr in Kontakt getreten. Während des Krieges hatte Corinnes Urgroßvater Sarahs Familie verhaften lassen und ihr Großvater hatte erfolglos versucht, sie zu retten. Es war eine schlimme Vergangenheit, die Corinnes Großvater Zeit seines Lebens belastet hatte. Er hatte eine Schuld auf seinen Schultern getragen, die durch seinen regimetreuen Vater verursacht worden war. Seit Corinne mithilfe der Niederschrift ihres Großvaters ihre Familiengeschichte aufarbeitete, war sie sich ihrer Verantwortung, ein guter Mensch zu sein, noch sehr viel bewusster geworden. Die Vergangenheit durfte sich nicht wiederholen. Nie wieder.

Aus der zaghaften Kontaktaufnahme zu Sarah durch einen Brief von Corinne hatte sich eine warmherzige Beziehung entwickelt. Manchmal konnte Corinne kaum glauben, dass Sarah Rosenbaum bereits über achtzig war. Ihr Geist war jung und voller Esprit. Gleichzeitig hatte sie aber natürlich einen reichen Schatz an Lebenserfahrung und einen sehr eigenen Blick auf die Welt.

Corinne nahm sich vor, Sarah bald wieder einen Brief zu schreiben. Die alte Dame lebte in der Schweiz und sie empfanden eine herzliche Verbundenheit zueinander, obwohl sie sich bisher noch nicht persönlich kennengelernt hatten. Das wollte Corinne bald nachholen.

In Gedanken versunken schob Corinne die nächsten Bohnen in den bereitstehenden Sack und betätigte den Hebel am Trichter. Doch es kam nichts mehr, sie hatte es geschafft. Und es wurde auch höchste Zeit, die Tür zu öffnen.

Sie verschloss den Kaffeesack und brachte ihn nach hinten, in das Arbeitszimmer. Heute Nachmittag, wenn Frieda den

Verkauf wuppte, konnte Corinne in aller Ruhe abfüllen und etikettieren.

Während sie zur Ladentür ging, meldete sich ihr Handy. Ihre Mutter rief an. Das war ungewöhnlich. Corinne beeilte sich, den Anruf anzunehmen. Ihr Puls beschleunigte sich schlagartig, als hätte sie gerade einen Spurt hingelegt.

»Guten Morgen, Mama. Alles in Ordnung? Ist etwas mit Papa?«

Kapitel 2
Zwei Angebote

Aachen • Oche • Aix-la-Chapelle • Aken • Aquae Granni

Gegenwart: März

Corinne trat so ordentlich in die Pedale, dass ihre Locken im Fahrtwind wirbelten. Wenn schon radeln, dann wenigstens schnell. Zu ihrer Freude hielt das laue Frühlingswetter an. Es war zum ersten Mal in diesem Jahr warm genug, dass ihr auch ohne Handschuhe nicht die Finger im eisigen Fahrtwind abfroren.

Als sie Noahs Rösterei erreichte, bremste sie quietschend ab und lenkte das Rad geschickt zwischen zwei parkenden Autos hindurch auf den Gehweg, direkt vor das Schaufenster der Rösterei.

Eigentlich ging sie viel lieber zu Fuß, doch heute trieb die Neugier sie zur Eile an. Außerdem war ihre Mittagspause zu kurz, um gemütlich vom *Öcher Böhnchen* zur Villa zu marschieren und wieder zurück. Was für ein Glück, dass sie das Lieferfahrrad im *Böhnchen* stehen hatte. Normalerweise nutzte sie es ausschließlich für die täglichen Kaffee-Auslieferungen. Dieser Spezialservice, den sie von Beginn an innerhalb Aachens anbot, wurde sehr gut angenommen.

Radfahren fand Corinne viel anstrengender als Laufen. Vor allem weil man sich beim Radeln viel mehr auf den Verkehr konzentrieren musste und nicht in den Tag hineinträumen konnte. Zumindest nicht, wenn man keinen Unfall riskieren wollte. Beim Schlendern hingegen ließ Corinne liebend gern nicht nur ihre Füße, sondern auch ihre Gedanken auf Wanderschaft gehen. Oft schon hatte sie durch die langsame körperliche Betätigung auch ihre Denkmuster in Bewegung gebracht und so manches Problem gelöst, das ihr vorher schier unlösbar erschienen war. Zu Fuß unterwegs zu sein war ihre Art, das Leben zu entschleunigen.

Corinne musste ihr Fahrrad gar nicht erst abstellen, denn Noah hatte sie bereits entdeckt. Er winkte ihr zu und strahlte sie an. Corinne sah, wie er die Schürze auszog und sich seine Jacke schnappte. Während er noch in die Ärmel schlüpfte, durchquerte er mit großen Schritten den Verkaufsraum und trat unter dem Klang des Tür-Glockenspiels aus dem Laden. An der Tür blieb er stehen, kramte den Schlüssel aus der Hosentasche und schloss ab. Corinne nutzte diese Gelegenheit, um ihren Freund eingehend zu betrachten. Wie immer, wenn sie in seine Nähe kam, flog ihr Herz ihm zu.

Noah war groß und durchtrainiert und er sah verdammt gut aus. Die dunkelblonden Haare hatte er, wie immer, wenn er in der Rösterei war, zu einem Zopf zusammengefasst. Er trug einen Dreitagebart und hatte kornblumenblaue Augen, die sich zu Mitternachtsblau verdunkelten, wenn er erregt war. Abseits dieser Äußerlichkeiten verzauberten Corinne jedoch vor allem seine Ausstrahlung, seine herzliche Art und das warme Lächeln immer wieder aufs Neue. Gerade als sie das dachte, drehte er sich um und kam zu ihr.

»Hallo, Liebling«, sagte er.

»Auch hallo«, antwortete sie und erwiderte sein Lächeln. Wie gut, dass er ihre Gedanken nicht lesen konnte. So viel Schwärmerei wäre ihr wirklich peinlich gewesen.

Noah gab ihr einen Begrüßungskuss und drehte auch schon wieder auf dem Absatz um. »Bin gleich wieder da, muss nur eben mein Rad aus dem Fahrradkeller holen, dann kann es losgehen. Drei Minuten.« Damit verschwand er im Nebeneingang.

Ungeduldig trommelte Corinne auf ihrem Fahrradlenker herum, während sie darauf wartete, dass Noah samt geschultertem Fahrrad aus dem Haus trat. Seit dem Anruf ihrer Mutter war sie angespannt. Ganz entgegen ihrer sonstigen Freude an ihrer Arbeit hatte sie es heute kaum erwarten können, endlich hinter dem letzten Kunden die Tür für die Mittagspause zu schließen. Sie wollte wissen, weshalb ihre Mutter sie und Noah so dringend zu sehen wünschte. Auch nach stundenlangem Grübeln hatte sie noch immer keine Idee, worum es gehen könnte.

Natürlich hatte sie sofort versucht, den Grund für die Einladung – die eigentlich eher einem Marschbefehl glich – gleich am Telefon zu erfahren. Aber ihre Mutter hatte lediglich betont, dass es ihr sehr wichtig sei. Corinne solle sich keine Sorgen machen, aber doch bitte unbedingt mit Noah zum Mittagessen in die Villa kommen, es gebe etwas Wichtiges zu besprechen. Sie hatte Corinne nicht den kleinsten Anhaltspunkt gegeben, worum es sich bei ihrem Anliegen handeln könnte. Den Ton, den ihre Mutter angeschlagen hatte, kannte Corinne allerdings, deshalb hatte sie nicht weiter nachgefragt – es wäre zwecklos gewesen. Esther Ahrensberg war ein herzensguter Mensch, aber sie war stur wie ein Esel, wenn sie sich etwas in den Kopf gesetzt hatte. Vermutlich war dieser Sturkopf ihre Geheimwaffe gegen ihren ziemlich charakterstarken Mann, den nicht umsonst alle Welt den Kaffeebaron nannte. Sogar innerhalb der Familie wurde er oft so genannt.

Nach dem Telefonat war Corinne gar nichts anderes übrig geblieben, als Noah zu informieren. Statt sich wie vereinbart mit ihm bei Susan zum Essen zu treffen, holte sie ihren Liebsten nun eben hier bei seiner Rösterei ab, um gemeinsam mit ihm zu ihren Eltern in den Preusweg zu fahren. Was auch immer ihre Mutter auf dem Herzen hatte, Corinne war froh, Noah an ihrer Seite zu haben.

»Sag mal, und du hast wirklich keine Ahnung, was es so Wichtiges gibt, dass wir unser Essen bei Susan verschieben mussten?«, fragte Noah kurz darauf, als sie Seite an Seite die Hohenstaufenallee entlangfuhren. Sie hatten mühelos ein gemeinsames Tempo gefunden.

Selbstverständlich trieb ihn die gleiche Frage um wie Corinne. Doch auch er musste sich gedulden. Corinne sah kurz zu ihm hin, bevor sie den Blick wieder auf die Straße lenkte. Sie zuckte mit den Schultern. »Frag mich etwas Leichteres. Meine Mutter hat nur eindringlich darum gebeten, dass wir in der Mittagspause in die Villa kommen. Ich habe ihr gesagt, dass wir bei Susan verabredet sind, und ihr angeboten, dass wir heute Abend in aller Ruhe zu Besuch kommen. Aber davon wollte sie nichts wissen. Es musste unbedingt heute Mittag sein.«

»Meinst du, es ist etwas mit deinem Vater und sie wollte es nicht am Telefon sagen?«, fragte Noah.

»Also wenn, dann zumindest nichts Schlimmes«, antwortete Corinne prompt, denn natürlich hatte sie auch diese Möglichkeit in ihre Erwägungen einbezogen. »Mama klang nicht besorgt, eher positiv aufgeregt«, erklärte sie Noah ihre Einschätzung, nur um gleich darauf entnervt zu schnauben. »Ach, ich weiß wirklich nicht. Ich habe mir schon den ganzen Vormittag den Kopf zerbrochen. Stell dir vor, ich habe sogar falsch herausgegeben. Zum Glück war es bei Frau Spittler. Ich habe ihr das Wechselgeld gegeben und statt ihren Fünfzigeuroschein in die Kasse zu legen, wollte ich ihr den auch wieder in die Hand drücken. Nicht jeder Kunde wäre so ehrlich gewesen und hätte mich auf den Fehler aufmerksam gemacht.«

»Ein Hoch auf unsere guten Kunden«, sagte Noah. Er warf Corinne einen mitleidigen Blick zu. »Bei der Aufregung ist es aber kein Wunder, dass du dich nicht konzentrieren konntest«, sagte er.

»Da sagst du was! Aber darauf nimmt das Tagesgeschäft natürlich keine Rücksicht. Heute war der Andrang wirklich sehr anstrengend.« Corinne stöhnte und grinste. »Aber keine Kunden wären auch nicht gut. Also jammere ich nur ein bisschen und bin froh, wenn das Rätsel gleich gelöst wird. Diese Geheimniskrämerei meiner Mutter ist nervtötend. Ich habe sie sehr lieb, aber manchmal kann sie echt anstrengend sein. Hattest du auch so viel zu tun heute?«, fragte sie, um sich nicht zu sehr auf ihre Mutter einzuschießen.

Auch wenn sie sich gerade über die Art der Einladung ärgerte, hatte sie ihre Mutter natürlich wirklich lieb, sie wollte Noah nicht gegen sie aufbringen. Es lag Corinne viel daran, dass sie alle ein gutes Verhältnis zueinander hatten. Familie war ihr wichtig. Der Streit mit Alexander war schlimm genug gewesen.

Mit Noah an ihrer Seite fand Corinne Radeln gar nicht mehr so unangenehm. Wenn man im gleichen Rhythmus fuhr, konnte man sich nebenbei ganz gut unterhalten. Vielleicht würde sie ja doch noch Gefallen daran finden. Der Radius war mit einem Rad natürlich sehr viel größer, als wenn man nur zu Fuß unterwegs war.

Noah lachte und nickte, bevor er auf ihre Frage antwortete. »Es ging zu wie in einem Bienenstock«, erzählte er. »Ich werde diese Woche wohl einen zusätzlichen Rösttag einlegen. Wie es scheint, weckt der Frühling nicht nur die Lebensgeister, sondern auch die Kauflaune.«

Was Noah sagte, brachte Corinne auf eine Idee.

»Vielleicht hat meine Mutter ja auch Frühlingsgefühle und möchte uns bitten, ein paar Tage für sie die Stellung im Haus zu halten. Wenn sie mal rausmüsste – das könnte ich durchaus nachvollziehen. Sie liebt die Sonne und ist bis zu Papas Schlaganfall sehr oft verreist. Ein Wochenende auf Mallorca oder eine Woche Zypern, irgendetwas hat sie immer gelockt – je heißer, desto besser für sie. Vermutlich fällt ihr in der Villa längst die Decke auf den Kopf und auch wenn der Frühling es gerade gut mit uns meint, mit Griechenland oder Marokko können unsere Temperaturen natürlich nicht mithalten.«

Sie hatten mittlerweile ihr Ziel erreicht und bogen in die Einfahrt zur Villa ein. Die Räder stellten sie neben dem Treppenaufgang ab. Als sie gerade zur Eingangstür gehen wollten, klingelte Noahs Handy. Er entschuldigte sich mit einem bedauernden Achselzucken und nahm den Anruf nach einem kurzen Blick auf das Display an.

»Hey, Carlos, was steht an?«, meldete er sich. Ein paar Sekunden lauschte er, dann zog ein Strahlen über sein Gesicht. Noah begann breit zu grinsen, hob die Augenbrauen und zeigte in Corinnes Richtung mit dem Daumen nach oben.

»Das klingt verdammt genau nach dem, was wir suchen. Was meinst du, können wir uns heute Abend treffen?« Wieder ein kurzes Zuhören, dann nickte Noah. »Perfekt. Alles klar, mein Freund. Ich danke dir. Wir sehen uns.«

Im nächsten Moment hatte Noah den Anruf beendet und ehe sie sichs versah, hatte er Corinne hochgehoben und wirbelte sie im Kreis. Sie kiekste und lachte.

»Wenn wir wollen, haben wir eine Wohnung.« Noah stellte Corinne vorsichtig wieder auf ihre Füße. »Es klingt perfekt, wie für uns gemacht. Penthouse mit Dachterrasse. Innenstadt. Und wohl bezahlbar, aber einen genauen Preis hat Carlos nicht genannt. Stell dir das nur vor. Heute Abend können wir sie uns ansehen.« Noah sprudelte über vor Freude.

»Was?«, rief Corinne und lachte laut. Sie konnte es kaum fassen. »Noah, das ist fantastisch. Wie kommt das so plötzlich? Wer ist Carlos?«

»Hallo, ihr beiden«, klang jetzt die Stimme von Corinnes

Mutter von der Eingangstür zu ihnen hinüber. »Ihr braucht gar nicht zu klingeln, ihr seid nicht zu überhören«, sagte sie, lächelte aber dabei. Corinne wusste, dass ihre Mutter es mochte, wenn Leben um sie herum war, das durfte ruhig auch mal ein bisschen lauter sein.

»Hallo, Mama«, sagte Corinne und strahlte ihre Mutter an.

»Was gibt es denn so zu jubeln?«, fragte Esther Ahrensberg nun und ließ ihren Blick fragend von Corinne zu Noah und wieder zu Corinne zurück wandern.

»Mama, stell dir vor, wir haben eine Wohnung!«, sprudelte Corinne auch schon los. Sie war mit drei großen Schritten bei ihrer Mutter und umarmte sie stürmisch. »Also so gut wie zumindest. Ist das nicht fantastisch? Wir haben es gerade erfahren. Hallo, Mama«, wiederholte sie ihren Gruß von eben und drückte ihrer Mutter einen Kuss auf die Wange, dass es schmatzte.

»Hallo, Esther«, grüßte auch Noah. »Danke für die Einladung«, schob er hinterher und kam nun ebenfalls die Treppe herauf.

Esther Ahrensberg umarmte Noah und winkte die beiden dann mit einer energischen Handbewegung zur Tür hinein. »Kommt jetzt erst einmal ins Esszimmer. Wir müssen das ja nicht vor dem Haus besprechen. Klara hat Hühnerfrikassee für dich gekocht, Löckchen. Sie ist außer sich vor Freude, dass du endlich mal wieder zum Essen da bist.«

»Oh wie schön. Da freu ich mich.« Corinne rieb sich voller Vorfreude den Bauch. Der Knoten, der ihr seit dem Anruf ihrer Mutter den Magen zugeschnürt hatte, hatte sich aufgelöst.

Ihre Mutter wirkte vollkommen normal, nicht aufgelöst oder durcheinander. So schlimm konnte das, was sie zu besprechen hatten, also wirklich nicht sein. Und außerdem hatten sie eine Wohnung! Was sollte da noch schiefgehen?

»Geht ihr doch schon mal vor, ich sag schnell Klara Hallo, geh kurz zu Papa und komme dann nach.« Schon eilte sie durch die große Halle auf die Küchentür zu, die ganz am Ende hinter der breiten Treppe links lag.

Als Kind hatte Corinne die breite geschwungene Treppe geliebt – ganz besonders natürlich das Treppengeländer, auf dem man herrlich rutschen konnte. Das war selbstverständlich streng untersagt, aber Alexander und Corinne hatten sich selten an dieses Verbot gehalten. Es verpasste dem Spaß vielmehr einen zusätzlichen Reiz, selbst heute noch hin und wieder. Genau wie auf Socken in der Halle mit Anlauf über den glänzenden Marmor zu schlittern. Automatisch testete Corinne kurz an, doch ihre Schuhe rutschten nicht. Der Versuchung, sie einfach auszuziehen, widerstand sie, denn sie hatte die Küchentür schon erreicht.

»Papa schläft«, verkündete Corinne, als sie ein paar Minuten später das Esszimmer betrat. »Das Essen ist gleich so weit. Klara hat extra Bandnudeln gemacht und Gurkensalat mit Dill. Noah, sag ehrlich, das ist schon fast wie im Schlaraffenland, oder?« Übermütig zog Corinne sich einen Stuhl hervor und ließ sich darauf fallen. »Wenn ich so verwöhnt werde, könnte ich glatt darüber nachdenken, doch wieder hier einzuziehen«, sagte sie scherzhaft.

Erst als ihre Mutter und Noah beide nur verhalten über ihren Scherz lächelten, wurde ihr bewusst, dass etwas nicht stimmte.

»Ich habe Noah gerade vorgeschlagen, mit dir zusammen zu uns in die Villa zu ziehen«, erklärte ihre Mutter ohne Umschweife. »Wir haben so ein großes Haus, es ist doch albern, dass ihr eine Wohnung mietet. Und wir haben Klara«, fügte ihre Mutter mit einem verschmitzten Lächeln hinzu. »Wie du gerade sagtest, fast wie im Schlaraffenland. Das ist ein ziemlich gutes Argument, findest du nicht?«

Corinne stand vor Überraschung der Mund offen. Unsicher sah sie von ihrer Mutter zu Noah und wusste nicht genau, wie sie reagieren sollte. Das kam überhaupt nicht infrage, so viel stand fest. Und Noahs Miene zeigte ihr, dass er das genauso sah.

»Mama, das ist wirklich ein sehr großzügiges Angebot und wir ...« Corinne griff nach Noahs Hand. Er erwiderte den leichten Druck. Sie räusperte sich und beschloss, bei der klaren Linie zu bleiben. Keine Ausflüchte, das würde nur zu Diskussionen führen. »Weißt du, ich bin doch gerade erst ausgezogen. Noah und ich wollen uns ein eigenes Zuhause einrichten. Ich möchte lernen, auf eigenen Füßen zu stehen und mich selbst um mein Leben und all die Alltagsdinge kümmern.« Corinne schüttelte den Kopf. »Wie gesagt, es ehrt uns, dass du Lust hättest, uns im Haus zu haben. Aber das wäre nicht richtig. Mama, du hast mir Wurzeln gegeben, die mir im Leben sehr hilfreich sind. Und du hast mir Flügel geschenkt. Die musst du mich jetzt ausprobieren lassen. Verstehst du, was ich meine.«

»Wir sind gern hier, Esther«, sagte Noah jetzt. »Und ich möchte mich auch für das Angebot bedanken. Aber wie Corinne es schon sagt – wir wollen gern unser eigenes Zuhause einrichten, die Zweisamkeit genießen und uns etwas aufbauen.«

Esther Ahrensberg saß nachdenklich da. Sie hatte die Ellbogen auf den Tisch gestellt und die Hände gefaltet. Noahs Worte hingen in der Luft, während Esther Ahrensberg ihn und ihre Tochter musterte.

»Einen Versuch war es wert«, sagte sie schließlich und nickte. Dann zeigte sie ein Lächeln und zuckte mit den Schultern. »Um ehrlich zu sein, dachte ich es mir bereits. Dennoch finde ich, die Ahrensbergs sollten zusammenhalten und diesen Schulterschluss auch nach außen präsentieren. Besonders jetzt, da Corinne sich mit ihrer kleinen Rösterei vom Familienunternehmen abnabelt und der Kaffeebaron noch immer zu krank ist, um seine Aufgaben wieder zu übernehmen. Wir müssen ein Zeichen setzen, um der Welt zu zeigen, dass *Ahrensberg Kaffee* nicht nur stark ist, sondern trotz allem stärker denn je. Corinne, die Firma ist auch dein Erbe, das ist dir doch hoffentlich bewusst. Ich fürchte, diese Doppelung der Ereignisse – die Eröffnung der Rösterei und dein Wegzug – schadet dem Ansehen der Familie und des Unternehmens.«

»Wie bitte?« Corinne starrte ihre Mutter an und versuchte das Gehörte zu verstehen. Noah lauschte der Auseinandersetzung schweigend. Vermutlich konnte er das Gesagte noch weniger einordnen als Corinne.

»Löckchen, ich weiß, ich war damit einverstanden, dass du deine eigene Rösterei eröffnest. Daran hat sich auch nichts geändert. Aber der Auszug zur selben Zeit war keine gute Idee, wie ich feststellen musste. Es wäre besser gewesen, wenn du wenigstens noch ein halbes Jahr gewartet hättest, bis die Situation sich etwas beruhigt hat oder der Kaffeebaron die Geschäfte wieder zumindest teilweise übernehmen kann.«

In Corinnes Ohren brauste es. Sie spürte, wie Wut in ihr hochkochte. Machte ihr ihre Mutter jetzt zum Vorwurf, dass sie nicht um Erlaubnis gefragt hatte, bevor sie zu ihrem Freund gezogen war? Und was bitte schön ging das fremde Menschen an? Das konnte und wollte sie so nicht stehen lassen.

»Mutter, bitte«, protestierte sie deshalb und hob abwehrend ihre Hände. »Das ist doch lächerlich. In welchem Jahrhundert leben wir denn? War das der Grund für deine Einladung? Das hätte doch wirklich bis zum Abend warten können.«

»Hätte es nicht, Corinne. Mir sind Gerüchte zu Ohren gekommen. Man munkelt von einer Familienfehde im Hause Ahrensberg. Das kann ich nicht dulden und das hatte auch nicht Zeit bis zum Abend.« Hastig nahm sie einen großen Schluck Wasser und straffte ihre Schultern, bevor sie weitersprach. »Wir sind nicht irgendwer, Corinne. Wir sind eine Kaffeedynastie, auf die alle Welt blickt. Und auch du hast immer noch eine gewisse Verantwortung für das Unternehmen und natürlich den Ruf der Familie. Das mag veraltet klingen, aber *Ahrensberg*

Kaffee ist ein Familienunternehmen und deshalb besteht nun mal eine Verbindung zwischen dem einen und dem anderen. Daran wird sich auch in Zukunft nichts ändern. Vergiss das nicht. Und deshalb habe ich einen Kompromissvorschlag, der euch beiden vielleicht sogar richtig gut gefallen könnte.«

Corinne holte Luft, um ihrer Mutter zu erklären, dass es keinen weiteren Vorschlag brauchte. Sie lebte mit Noah zusammen. Wenn sich alles so entwickelte, wie sie es sich erhofften, dann hatten sie bald eine wunderschöne eigene Wohnung. Daran gab es nichts zu rütteln. Doch ihre Mutter duldete an diesem Punkt ihrer Rede keine Unterbrechung. Sie hob die Hand, um Corinnes Einwand zu stoppen.

»Lass mich bitte aussprechen, Corinne, ich möchte erst die Fakten auf dem Tisch haben, bevor wir Argumente austauschen. Also, folgende Situation: Alfred, unser Gärtner, geht in Rente und wird zu seiner Tochter nach Kassel ziehen. Ich habe beschlossen, diese Stelle nicht neu zu besetzen, sondern stattdessen einen Gartenbaubetrieb mit der Betreuung unserer Grünanlagen zu beauftragen. Das bedeutet, das Gesindehaus steht ab April leer. Ihr wollt selbstständig sein, euren Alltag selbst regeln und ein eigenes Zuhause haben? Zieht ins Gesindehaus! Dort könnt ihr schalten und walten, wie es euch beliebt. Ich werde mich sicher nicht aufdrängen und ihr könnt dort vollkommen eigenständig leben. Trotzdem wohnt ihr wieder auf unserem Grund und Boden. Damit setzen wir ein wichtiges Zeichen. Corinne Ahrensberg, Mitglied der Kaffeedynastie, betreibt zwar eine eigene kleine Rösterei, aber sie lebt da, wo sie hingehört – bei ihrer Familie.«

Bevor Corinne oder Noah etwas sagen konnten, öffnete sich die Tür. Klara schob den Servierwagen herein und stellte die Porzellanschüsseln, aus denen es verführerisch duftete, auf den Tisch. Corinne betrachtete das Geschirr, es war neu. Ihre Mutter hatte ein Faible für Meissner Porzellan und konnte kaum je widerstehen, wenn ein neues Design auf den Markt kam. Corinne mochte das Geschirr zwar auch, aber sie selbst hatte eine Leidenschaft für die Marke Greengate. Sie mochte nicht nur das Porzellan mit den Blumenmotiven, sondern hatte sich gleich ihr ganzes Zimmer hier in der Villa in diesem skandinavisch-romantischen Stil eingerichtet. Ganz sicher würde sie sich auch bei ihrer ersten Wohnung daran orientieren. Dieses Faible für Porzellan und hübsche Accessoires teilten sich Mutter und Tochter.

Der Duft, der nun das Zimmer erfüllte, ließ Corinne das Wasser im Mund zusammenlaufen.

»Hmm«, machte sie. »Klara, du bist ein Engel!« Sie warf der Haushälterin eine Kusshand zu.

Die freute sich sehr, ihre ohnehin roten Wangen färbten sich noch intensiver. Corinne war von klein auf Klaras Liebling gewesen und daran hatte sich bis heute nichts geändert.

»Ich wünsche einen guten Appetit. Der Nachtisch steht auf dem Wagen. Falls noch etwas fehlt, ich bin in der Küche.«

»Danke, Klara«, sagte Esther Ahrensberg. »Es duftet köstlich.« Sie schenkte der Haushälterin ein kurzes Lächeln und wandte sich dann an Corinne und Noah. »Was meint ihr? Wollen wir jetzt erst einmal in Ruhe essen und Klaras Bemühungen würdigen. Wir können nachher weitersprechen. Dann habt ihr Gelegenheit, einen Moment darüber nachzudenken und das Pro und Contra abzuwägen.«

Es war eine rhetorische Frage, daran ließ Corinnes Mutter keinen Zweifel, denn nun wechselte sie das Thema und begann locker zu plaudern. »Ich habe heute Vormittag einen Rundgang durch unseren Park gemacht, um zu sehen, wie die Pflanzen den Winter überstanden haben«, erzählte sie und lachte. »Na ja, um bei der Wahrheit zu bleiben – die Sonne hat mich gelockt, die Pflanzen waren ein Vorwand. Ich bin ja nicht für meinen grünen Daumen berühmt, aber ich kann es kaum erwarten, dass endlich wieder Sommer ist. Nächste Woche wird der Pool gereinigt und frisch gefüllt. Die morgendlichen Bahnen zu ziehen, hat mir den Winter über gefehlt.«

Ihre Mutter hatte zwar vordergründig das Thema gewechselt, doch Corinne konnte sie nicht täuschen. Es war offensichtlich, dass Esther Ahrensberg Noah die Vorzüge vor Augen führen wollte, die ein Umzug auf das Ahrensberg-Anwesen für ihn hätte.

»Falls du gerne ein Pferd hättest, Noah, ich bin sicher, Mutter hätte nichts dagegen. Die Stallungen stehen derzeit leer.« Es hatte spöttisch klingen sollen, aber es war mehr ein Eigentor, wie Corinne im nächsten Moment klar wurde. Die leere Stallanlage schmerzte sie in der Seele. Bis vor zwei Jahren hatte dort noch Herr Mokka gestanden, ihr Oldenburger Wallach. Kurz vor seinem dreißigsten Geburtstag war er gestorben. Es hatte Corinne das Herz zerrissen. Seit ihrem fünften Geburtstag hatte der Wallach sie begleitet und war ihr bester Freund gewesen. Es hatte lange gedauert, bis sie den Abschied überwunden hatte, und seither war sie nicht mehr geritten. Die Erinnerung überflutete sie, sie hatte so lange nicht mehr an Herrn Mokka gedacht.

Ihre Mutter schenkte ihr einen warmen, verständnisinnigen Blick. Sie konnte an Corinnes Miene ablesen, was sie fühlte, das hatte sie schon immer gekonnt. Jetzt lächelte sie und sagte: »Warum auch nicht, wenn es dir Freude machen würde, Noah.«

Corinne war ihrer Mutter dankbar, dass sie Herrn Mokka nicht erwähnte. Sie ärgerte sich über sich selbst, dass sie dieses Thema überhaupt angeschnitten hatte. Das lag sicher daran, dass ihre Mutter sie ganz durcheinanderbrachte mit ihrem eigenartigen und für sie sehr ungewöhnlichen Ansinnen.

Es ginge um Verantwortung dem Familienerbe gegenüber, hatte sie gesagt. Corinne dachte an ihren Großvater. Wie er die Sache wohl einschätzen würde? Was gäbe sie darum, ihn fragen zu können. In diesem Zusammenhang fiel ihr Sarah ein. Vielleicht würde es helfen, den besonnenen Rat ihrer älteren Freundin zu hören. Sarah war nicht in die Sache involviert und Corinne schätzte ihre oft weise Sicht auf die Dinge sehr. Vielleicht würde sie ihr einen Brief schreiben. Zuerst musste sie aber selbst ein paar Dinge in ihrem Kopf sortieren.

Beschädigte sie tatsächlich das Ansehen der Familie, wenn sie nicht mit ihrem Freund hier auf dem Grundstück wohnte? Sie konnte sich das nicht vorstellen. Genauso wenig wie sie sich vorstellen konnte, dass es ihrer Mutter wirklich darum ging.

Obwohl das Frikassee köstlich schmeckte, fiel es Corinne schwer, das Essen zu genießen. Sie war vollkommen verwirrt. Zuerst sah es so aus, als gäbe es die perfekte Wunschwohnung nicht, und nun hatten sie innerhalb einer Stunde zwei durchaus interessante Angebote bekommen.

Corinne war sauer auf ihre Mutter, sie fühlte sich bevormundet. Doch wenn sie den Trotz beiseiteschob und ehrlich zu sich selbst war, hatte das Gesindehaus durchaus seinen Reiz. Als Kind hatte Corinne immer davon geträumt, dieses hübsche kleine Haus zu ihrem persönlichen Schloss zu machen. Sie mochte den kleinen Gemüsegarten und die hübschen alten Sprossenfenster. Das Haus mit seinen Giebeln und dem kleinen Balkon direkt über dem Eingang hatte Charme. Außerdem war es nach dem Umzug der Familie von Euweiler nach Aachen der erste Sitz von *Ahrensberg Kaffee* gewesen. Dieses Haus war ein Teil der Unternehmensgeschichte.

Doch sie war kein Kind mehr, meldete sich mit dem nächsten Gedanken erneut ihr Trotz. Sie war erwachsen und eigenständig und sie wollte sich mit ihrem Freund eine neue eigene Existenz aufbauen. Eine schicke Penthousewohnung mit Dachterrasse wäre genau das Richtige für sie beide. Und der Unternehmensgeschichte machte sie Ehre, da sie den alten Trommelröster ihres Großvaters nutzte. Sie musste dafür nicht in das Gesindehaus ziehen.

Während sie schweigend aß, beobachtete Corinne Noah, der mit ihrer Mutter lockere Konversation betrieb. Wie er die Sache wohl sah? Sie konnte es nicht einschätzen.

Endlich waren die Teller geleert. Zum Nachtisch gab es *Oma Lilo Bavaroise* und frischen Obstsalat. Obwohl sie schon satt war, kratzte Corinne auch den letzten Rest der Kaffeecreme aus ihrem Dessertschüsselchen. Dann legte sie entschlossen den Löffel beiseite, tupfte sich mit der in Spitze gefassten Stoffserviette die Lippen ab und holte tief Luft.

Genug gegessen und geschwiegen. Jetzt war es Zeit, Klartext zu sprechen. Corinne ergriff das Wort.

Liebe Sarah,

geht es Dir gut? Ich denke fast täglich an Dich. Tausend Dank für Deine herzliche Einladung zu Dir nach Bottwil. Sobald mein Leben etwas ruhiger wird, werde ich mir ein paar Tage freinehmen und Dich in der Schweiz besuchen. Ich kann es kaum erwarten.

Aber vielleicht kommst du ja auch einmal zu mir nach Aachen? Ich könnte Dir die Stadt zeigen, sie ist voller Liebreiz mit vielen Sehenswürdigkeiten und der wunderbaren Historie rund um Kaiser Karl den Großen. Der Dom ist wunderschön und nicht ohne Grund so ein beliebter Anziehungspunkt für Aachenbesucher. Wir könnten ins Theater gehen oder Museen besuchen. Es macht auch Spaß, einfach nur durch die Innenstadt zu schlendern und die Brunnen und Figuren zu betrachten.

Ich weiß natürlich nicht, wie es für Dich wäre, in die Region zurückzukommen, in der dir und deiner Familie Schreckliches geschehen ist. Würde das zu viele Erinnerungen wecken? Ich könnte das verstehen und habe keine Ahnung, wie es mir wohl ergehen würde, hätte ich auch nur annähernd so schlimme Dinge erlebt wie Du. Doch wenn Du kommst, würde ich Dir sehr gerne zeigen, was mein Großvater geschaffen hat. Die Firma, die Villa. Wir könnten sein Grab besuchen.

Ich bin dankbar, dass sein Nachlass uns beide zueinandergeführt hat. Für mich bist Du in den letzten Monaten eine gute Freundin geworden, deren Klugheit ich von Herzen bewundere. Ich genieße unseren Briefwechsel und auch unsere Telefonate.

Gerade habe ich wieder in Großvaters Tagebuch gelesen. Ich weiß, wie sehr er für seinen Traum, Kaffeehändler zu werden, gekämpft hat. Nach wie vor bin ich der

Überzeugung, ihm mit meinem Öcher Böhnchen *zur Ehre zu gereichen, denn ich halte mich an das, was ihm zeitlebens wichtig war. Respekt vor dem Produkt und vor den Menschen.*

Trotzdem bin ich heute verunsichert. Darf ich Dich um einen Rat bitten?

Ich muss etwas entscheiden und habe das Gefühl, mir dabei selbst im Weg zu stehen. Kurz überlegte ich, Dich anzurufen, aber jetzt ist es schon sehr spät. Vielleicht ist es ohnehin besser, ich halte meine Gedanken schriftlich fest – dann hast Du Zeit, darüber nachzudenken, und musst nicht spontan antworten.

Wie es aussieht, droht im Moment das, was meinen Ahnen ehrt, dem Ansehen der Familie zu schaden. Zumindest sieht meine Mutter das so. Aber entschuldige bitte, ich beginne von vorn.

Die letzten Monate waren für Ahrensberg Kaffee *nicht einfach. Der Schlaganfall meines Vaters, das Outing meines Bruders und mein Entschluss, die Firma zu verlassen und eigene Wege zu gehen, waren tiefe Einschnitte. Nun bin ich auch noch aus unserer Villa ausgezogen, um mit Noah zusammenzuleben. Das war wohl, wie man so schön sagt, der Tropfen, der das Fass zum Überlaufen gebracht hat.*

Meiner Mutter kamen Gerüchte zu Ohren, die sie alarmierten. Man munkelt über Streitigkeiten in unserer Familie und überträgt das sogleich auch auf das Unternehmen. Es ist die Rede von wirtschaftlichen Schwierigkeiten.

All das sind natürlich nur haltlose Gerüchte, aber es ist leider vollkommen normal. Wer an der Spitze mitspielen will, muss mit derlei Angriffen jederzeit rechnen. Ein Grund mehr für mich, mich lieber im Kleinen zu verwirklichen.

Doch so gern ich auch sagen würde, das geht mich alles nichts an, so funktioniert das leider nicht, wenn man Mitglied der Familie Ahrensberg ist. So weit muss ich meiner Mutter recht geben: Es geht auch um mein Erbe und um das Ansehen der Familie, zu der auch ich gehöre.

Aber wie weit geht diese Pflicht? Und hat meine Mutter auch recht, wenn sie sagt, ich muss wieder in den Schoß der Familie zurückkehren, um den Gerüchten Einhalt zu gebieten? Auch wenn ich ihr Anliegen nachvollziehen kann, erscheint mir diese Sichtweise doch ein wenig antiquiert. Wir leben immerhin im 21. Jahrhundert.

Ich habe meinen Bruder Alexander gefragt, er sagt, bislang sei von einer Schwächung des Geschäftes nichts zu spüren, alles läuft seinen gewohnten Gang.

Liebste Sarah, ich habe in den letzten Monaten erleben dürfen, was für eine lebenskluge und empathische Person Du bist. Ich bitte Dich, gib mir einen Rat.

Noah und ich könnten eine traumhaft schöne Penthousewohnung mitten in der Innenstadt von Aachen mieten. Die Wohnung mit einer großen Dachterrasse ist genau das, was wir uns erträumt haben.

Wenn es nach dem Willen meiner Mutter geht, ziehen wir allerdings bald in das Gesindehaus, das direkt neben der Villa Ahrensberg auf dem Anwesen meiner Eltern steht. Das Haus ist ohne jeden Zweifel hübsch und wir könnten uns dort sicher auch so einrichten, dass wir uns wohlfühlen. Aber es wäre nicht die Eigenständigkeit, die ich mir gewünscht habe. Ich möchte mir selbst und auch meiner Familie beweisen, dass ich auf eigenen Beinen stehen kann. Ist das überzogen? Muss ich diesen Wunsch hintenanstellen, um meiner Familie beizustehen? Oder ist das alles nur ein Sturm im Wasserglas und meine Mutter reagiert über?

Noah ist bei dieser Entscheidung leider keine Hilfe, denn er ist für beide Lösungen offen. Für ihn wäre der Einzug in das Gesindehaus weniger problembehaftet, da er längst auf eigenen Beinen steht. Er muss weder sich noch sonst jemandem etwas beweisen. Es liegt also in meiner Hand.

Eine Umarmung für Dich schickt
Corinne

PS: Die Penthousewohnung ist ein Traum. Schick. Modern. Jung. Das Gesindehaus ist niedlich. Ein behagliches Nest.

Kapitel 3
Hoffnung

Euweiler • Euwiller

Oktober 1946

Der Hammer traf mit einem dumpfen Klong auf den letzten Nagel und trieb ihn in das Holz. Endlich! Damit war auch das vorläufig letzte Möbelstück fertig.

Zur Kontrolle strich Eberhard mit der Hand über die Kante des Brettes. Er fand noch eine kleine raue Stelle, die er bisher übersehen haben musste. Sofort nahm er das Schleifpapier zur Hand und zog es über die Unebenheit, um sie zu glätten. Er musste mehrfach darübergehen, die Körnung des Schleifpapiers war abgewetzt, die Unterlage fast durchgescheuert, an manchen Stellen bereits gerissen. Immer wieder wischte Eberhard das Papier hin und her, bis er die Reibungswärme an seinen Fingerspitzen spürte. Dann hatte er es geschafft!

Erleichtert fuhr er sich mit dem Ärmel seines rotschwarz karierten Hemdes, das einmal eine Gardine gewesen war, über die Stirn, und richtete sich auf, um alles in Ruhe zu begutachten.

Zuerst betrachtete er das Möbelstück, das gerade den letzten Schliff bekommen hatte, dann wanderte sein Blick durch den gesamten Raum. Was er sah, ließ ihn zufrieden lächeln. Eberhard nickte. Ja, so würde es gehen. Natürlich fehlten noch viele Details, es war noch lange nicht perfekt, aber das musste es auch nicht sein.

In dieser schwierigen Zeit war kaum etwas perfekt. Immerhin hatte er ein Dach über dem Kopf und Regale, in denen bald die Ware ihren Platz finden würde. Mit dieser letzten befestigten Latte war nun auch der Verkaufstresen fertig, der ihn einige Nerven, viele Stunden Arbeit und einen blaugrün gequetschten Finger gekostet hatte. An ihm war wahrlich kein Tischler verloren gegangen.

Hätte sein Nachbar Hans ihm nicht hin und wieder ausgeholfen, wäre der Laden vermutlich in hundert Jahren nicht fertig geworden. Hans war vor dem Krieg Maurer gewesen. Jetzt war er kriegsversehrt, ohne Arbeit und verwitwet. Er hatte als Sanitäter Dienst an der Westfront geleistet und bei einem Angriff sein rechtes Bein und drei Finger an der rechten Hand verloren. Der Krieg hatte ihm fast alles genommen, aber seinen Lebensmut hatte Hans dennoch nicht verloren. Er war dankbar für die warme Mahlzeit, die er für seine Hilfe bei den Ahrensbergs bekam, und er hatte begonnen, seine Erlebnisse niederzuschreiben. Eines Tages wollte er einen Roman schreiben. Davon erzählte er oft und Eberhard wurde nicht müde, ihm Mut zu machen.

»Wenn das dein Traum ist, Hans, dann tu es. Vielleicht wirst du eines Tages ein berühmter Schriftsteller«, sagte er immer. Meistens lachte er dann verschmitzt und fügte hintenan: »Aber bis es so weit ist, könntest du mir vielleicht noch etwas helfen. Was meinst du?«

Eberhard lächelte, als er an Hans dachte. Eines Tages würde er das Buch seines Nachbarn und Freundes in Händen halten, daran glaubte er fest.

Sein Blick fiel auf das Herzstück seines Neustarts und eine Welle des Glücks überflutete ihn. Er mochte handwerklich vielleicht nicht sehr geschickt sein, aber ganz eindeutig war er ein guter Händler. Er hatte es trotz aller Schwierigkeiten geschafft und eine Kochhexe organisiert. Der Ofen stammte aus einem zerbombten Haus und hatte ein paar Macken davongetragen. Aber das störte Eberhard nicht, er hatte den Krieg schließlich auch nicht unversehrt überstanden, selbst wenn er seine Narben nicht sichtbar auf dem Körper trug.

Schnell schob er diesen Gedanken beiseite. Er wollte jetzt nicht an das Pfeifen der niedergehenden Bomben, an die gellenden Schreie und schrecklichen Bilder denken, die ihn besonders nachts noch immer verfolgten. Es war besser und gesünder, den Blick auf die Zukunft zu richten. Und für seine Zukunft spielte dieser zerbeulte Ofen eine zentrale Rolle.

Um eine Kochhexe zu beheizen brauchte man nicht zwangsläufig einen Kamin, man konnte das Abzugsrohr direkt nach außen leiten. Damit waren diese Herde eine gute Lösung für all die Menschen, die auch Monate nach Kriegsende noch in provisorischen Unterkünften leben mussten und sich erst langsam eine neue Existenz aufbauten. Kein Wunder also, dass diese Art Öfen so begehrt und dadurch rar waren. Auch für Eberhards Start im notdürftig wiederaufgebauten Laden seines gefallenen Vaters war es die einfachste Lösung gewesen und hatte ihm die zusätzliche Mühe erspart, einen Kamin zu bauen. Es hatte ihn viel Verhandlungsgeschick und ein paar seiner wertvollsten Tauschschätze gekostet, aber jetzt stand der kleine Herd im Winkel neben dem Verkaufstresen und wartete auf seinen Einsatz.

Natürlich würde dieser Ofen den Raum im Winter auch ein wenig heizen, aber der Hauptzweck war nicht der Komfort für Eberhard oder seine Kunden, sondern die Möglichkeit, eigenen Kaffee zu rösten. Eberhard konnte kaum erwarten, dass es endlich so weit war.

Jetzt fehlte nicht mehr viel, dann hatte er sich seinen Traum verwirklicht und war ein richtiger Kaffeehändler. Der Gedanke daran erfüllte ihn mit Stolz, denn als er vor Monaten aus dem Krieg zurückgekehrt war, hatte er vor dem Nichts gestanden.

Sein Zuhause war ausgebombt gewesen, Menschen, die er liebte, waren gestorben. Als hätte er an der Front und in Gefangenschaft nicht genug Schlimmes erlebt, musste er auch noch – kaum, dass er sie wiedergefunden hatte – seine Jugendfreundin Isabella beerdigen.

Für Wochen hatte er nicht die Kraft gehabt, sich der großen Aufgabe des Wiederaufbaus des Ladens zu stellen. Hinzu kam, dass der Kolonialwarenladen das Reich seines Vaters gewesen war, dessen ganzer Stolz. Eberhard widerstrebte es aus tiefstem Herzen, das Werk seines Vaters fortzuführen, der das Regime über alles gestellt und seiner Frau und den Kindern mehr abverlangt hatte, als er selbst zu leisten bereit gewesen war. Er hatte, genau wie Eberhard das bei vielen überzeugten Nationalsozialisten erlebt hatte, auf Kosten anderer Menschen eine selbstverliebte Doppelmoral gelebt.

Der Krieg und die Folgen hätten Eberhard fast zerbrochen. Ein Teil von ihm war mit Isabella gestorben. Lange hatte er sich wie eine Marionette gefühlt, der Alltag hatte an den Strippen gezogen und Eberhard hatte sich bewegt, um das zu erfüllen, was unabdingbar gewesen war.

Ohne seine Familie, seine Mutter, seine jüngere Schwester, Edda Müller und seine Verlobte Magdalena, hätte Eberhard vielleicht aufgegeben. Aber er hatte eine Verantwortung und sie hatte für eine Weile seinen Lebensmut ersetzt, bis Eberhards Seele sich etwas erholt hatte. Um seine Familie über Wasser zu halten, hatte sich Eberhard Tag für Tag aufgemacht, um auf dem Schwarzmarkt zu handeln. Er hatte in Ruinen gescharrt, Baumaterial und Wertgegenstände gesammelt und mit wachsendem Geschick alles eingetauscht, was für den täglichen Bedarf notwendig war.

Und dann endlich hatte er gewusst, was er mit dem Laden machen wollte. Als er in der Hochzeitsnacht neben Magdalena gelegen hatte, seine Frau eng an ihn geschmiegt, hatten sie sich über ihre Träume unterhalten. Sie hatten sich erzählt, was sie sich vom Leben erhofften, welche Ziele sie hatten und wo sie sich in fünf oder zehn Jahren sahen. Plötzlich hatte Eberhard es gewusst. Dieser Moment hatte alles verändert.

Aus der verhassten Aufgabe des Wiederaufbaus war eine Chance geworden, sich seinen Lebenstraum zu erfüllen. Ab da hatte ihn nichts mehr bremsen können. Eberhard hatte sich die Hände blutig geschuftet. Er hatte gehämmert, gesägt und Steine geschleppt, war zwischendurch zum Schwarzmarkt geschlichen, um seine Familie zu versorgen, und hatte sich gerade so viele Pausen gegönnt, dass er wieder genug Kraft hatte, um weiterzuarbeiten.

Magdalena hatte ihm den Rücken freigehalten, hatte ihn umsorgt und wann immer es möglich gewesen war mit angepackt. Sie hatte sich gemeinsam mit seiner Mutter und Edda um den Garten und die Hühner gekümmert und hatte Vorräte für den Winter angelegt. Mit ihren Näharbeiten hatte sie zum Lebensunterhalt beigetragen. An der Nähmaschine war Magdalena eine Künstlerin. Sie schaffte es, aus alten Geschirrtüchern ein Kleid zu nähen, das, nachdem sie es mit Brennnesseln, Zwiebelschalen und dem Kochwasser von Roter Bete gefärbt hatte, wie ein Designerstück wirkte.

Eberhard war dankbar, eine Frau wie Magdalena an seiner Seite zu haben, aber es zerriss ihm das Herz, zu sehen, wie sehr sie sich abschuftete in dem Versuch, mit seiner Energie mitzuhalten und sich gemeinsam mit ihm etwas aufzubauen. In den letzten Monaten waren sie beide immer wieder weit über ihre körperlichen und emotionalen Grenzen hinausgegangen.

Das alles gehörte nun bald der Vergangenheit an – und es war auch höchste Zeit. Eberhard hatte keine Lust mehr auf dieses Schattendasein zwischen Schwarzmarkt, totaler Erschöpfung auf dem Bau und viel zu kurzen Nächten. Er wollte ein ehrbarer Geschäftsmann sein. Er träumte davon, dass der

Name Ahrensberg über die Grenzen der Eifel hinweg bekannt werden würde. *Ahrensberg Kaffee* – das sollte der Inbegriff für guten Kaffee und Genuss werden. Aber bis der Kaffee seine Familie ernähren konnte, war es noch ein steiniger Weg – da machte Eberhard sich nichts vor. Zumal er Magdalena versprochen hatte, auf Schmuggeltouren zu verzichten und nur legale Ware zu handeln. Er mochte ein Träumer sein, aber er war realistisch genug, um zu wissen, dass es nicht einfach werden würde.

Von Edda Müller, bei der die Ahrensbergs seit Kriegsende lebten und die inzwischen fast zur Familie gehörte, bekam er den Rösteinsatz für den Herd. Das war ein Eisenzylinder mit einer durch eine Tür verschlossenen Öffnung. Dieses Röstgefäß war an einer Stange mit Kurbel befestigt. Man füllte den grünen Kaffee ein, legte den Zylinder in die Aussparung in der Herdplatte und drehte langsam und gleichmäßig, während der Kaffee im offenen Feuer röstete. Es brauchte Geschick und Erfahrung. War das Feuer zu schwach, dauerte der Erhitzungsprozess zu lange und die Bohnen bekamen einen unnatürlichen Glanz, weil sie sich zu sehr aneinander rieben und das darin enthaltene Öl an die Oberfläche trat. Ein zu starkes Feuer ließ den Kaffee verbrennen und bitter werden.

Edda teilte die Leidenschaft für gerösteten Kaffee mit Eberhard. Bei ihr hatte er vor langer Zeit zum ersten Mal selbst Kaffee rösten dürfen. Es kam ihm vor, als sei es in einem anderen Leben gewesen. Sie hatte ihn damals Schritt für Schritt angeleitet und ihm erklärt, worauf er achten musste. Schon bei diesem ersten Mal hatte Edda ihm ein gutes Gespür bescheinigt und war begeistert gewesen von seinem Talent. Deshalb war es für sie auch selbstverständlich, dass sie ihren Ziehsohn bei seinem Vorhaben unterstützte.

Eberhard konnte es kaum erwarten, endlich rösten zu können. Nachher würde er den ersten Kaffee bestellen, den Kontakt mit dem Hamburger Großhändler hatte er bereits vor Wochen aufgenommen. Und wenn dann der Duft frisch gerösteten Kaffees den Raum erfüllte, dann konnte er das Geschäft eröffnen und endlich das Leben führen, für das er all die Mühen auf sich genommen hatte.

Er hatte die letzten Monate viel gelernt und sein handwerkliches Geschick geschult, aber er war froh, wenn diese Phase hinter ihm lag. Er war nicht für den Bau geschaffen. Der Wiederaufbau hatte ihn Kraft und Nerven gekostet. Um jeden Nagel, um jedes ordentliche Stück Holz hatte er kämpfen müssen. Das Baumaterial war knapp, Helfer kaum zu finden. Überall wurde gebaut. Aus den Schutthaufen entstanden neue Häuser.

Ganz langsam veränderte sich das Bild der zerstörten Welt, als würden Pflaster über die Wunden geklebt. Aber bis diese verheilt waren, das würde noch lange Zeit dauern – da machte Eberhard sich nichts vor.

Nicht nur er hatte mit den Schatten des Krieges zu kämpfen. Die Gesichter der Menschen erzählten davon. Eberhard teilte sein Schicksal mit vielen anderen. Aber er hatte gelernt, nach vorne zu sehen und sich nicht von den schlimmen Erinnerungen zerfressen zu lassen.

Mühsam hatte er sich vorangekämpft und in den letzten Monaten unfassbar viel gelernt. Der Krieg hatte ihn ohne Gnade von der Jugend ins Erwachsenenleben katapultiert. Doch egal wie schwierig das gewesen war, jetzt noch war und vermutlich noch lange bleiben würde, Eberhard vergaß nicht eine Sekunde die Dankbarkeit dafür, dass er leben durfte. Ein Privileg, das vielen Menschen während dieses vom Wahnsinn eines Mensch gewordenen Satans vorangetriebenen Krieges genommen worden war.

Während der Kriegsgefangenschaft bei den Amerikanern hatte Eberhard noch davon geträumt, wieder in irgendeiner Form an das Leben, wie er es gekannt hatte, anknüpfen zu können. Er hatte die Schule beenden wollen und einen Beruf erlernen. Kaufmann hatte er werden wollen und mit Kaffee handeln. Vor allem aber hatte er in die Kaffeeanbaugebiete reisen wollen. Brasilien stand ganz oben auf seiner Wunschliste.

In manch schlafloser Nacht, umgeben vom Stöhnen und Weinen seiner Mitgefangenen, hatte Eberhard sich in ferne Länder geträumt. In seinen Wunschträumen war Isabella an seiner Seite gewesen – seine Jugendfreundin. Jetzt war Isabella tot und viele seiner Träume waren mit ihr gestorben. Aber er würde mit Kaffee handeln. Diesen Traum hatte ihm der Krieg nicht nehmen können.

»Eberhard, da bist du«, tönte es von der Tür des kleinen Ladens. Seine Frau Magdalena trat ein und bewunderte den Verkaufstresen, den er gerade aus Restholz zusammengezimmert hatte. »Du hast das Mittagessen vergessen«, sagte sie und hielt ihm einen Apfel hin und ein gekochtes Ei. »Hier, das wird dir guttun.«

Eberhard gab Magdalena einen Kuss und nahm nur das Ei. »Iss du den Apfel, Magdalena.« Als sie zögerte, sagte er: »Iss. Du brauchst Kraft, damit wir bald eine richtige Familie werden.«

Ihre Wangen färbten sich so rot wie die Schale des Apfels. Verlegen senkte sie ihren Blick, aber das verträumte Lächeln, das auf ihren Lippen lag, sagte alles. Auch Magdalena wünschte sich nichts sehnlicher, als schwanger zu werden. Trotzdem ging sie nicht weiter darauf ein.

»Wann willst du eröffnen?«, fragte sie stattdessen. Eberhard schmunzelte über ihren offensichtlichen Versuch, von dem peinlichen Thema abzulenken. Er fand Magdalena bezaubernd. Sie war durchaus selbstbewusst, zupackend und sehr praktisch veranlagt. Und – das erfüllte ihn mit Freude – sie war nicht zurückhaltend, wenn sie sich liebten. Im Halbdunkel ihres Schlafzimmers gewährte Magdalena ihrem Mann Einblick in die leidenschaftliche Seite ihres Wesens. Nur wenn es darum ging, offen darüber zu sprechen, verwandelte sie sich in einen schüchternen Backfisch.

»Ich werde gleich den Kaffee bestellen und die Papiertüten. Bis die Ware da ist, kümmere ich mich um das Ladenschild, ich habe in Aachen einen guten Schildermacher gefunden. Morgen gehe ich zu ihm.«

»Und du bist wirklich ganz sicher, dass du das Geschäft *Ahrensberg Kaffee* nennen möchtest?«, fragte Magdalena nun.

Diese Diskussion hatten sie bereits mehrfach geführt, Eberhard hatte nicht vor, das nun erneut aufzurollen.

»Du kennst meine Einstellung, Magdalena. Ich werde nicht mit Kolonialwaren handeln. Ich eröffne eine Rösterei und bin nun Kaffeehändler.«

»Und ich bin stolz auf dich«, sagte Magdalena leise. »Aber ich habe Angst.«

Eberhard nahm seine Frau in die Arme. »Ich weiß, Magdalena. Es ist ein Wagnis und die Kaffeesteuer ein Wahnsinn. Ich muss versuchen, andere Wege zu gehen. Vielleicht kann ich Röstzylinder verkaufen und grünen Kaffee. Oder …« Er ließ den Satz unausgesprochen, doch Magdalena verstand sofort, was er meinte.

»Nein, Eberhard! Auf keinen Fall.« Sie krallte sich in den Stoff seines Hemdes und zwang ihn, ihr in die Augen zu sehen. »Du hast es mir versprochen. Keine Schmuggeltouren. Nicht nachdem, was dir passiert ist. Hätte Isabella dich nicht …« Jetzt war es an Magdalena, den Satz abzubrechen.

Eberhard seufzte. Magdalena hatte recht. Die Schmuggeltouren waren gefährlich. Hätte seine Freundin Isabella ihn im Mai – kurz vor ihrem Tod – nicht aus einer brenzligen Situation gerettet, säße er vermutlich längst hinter Gittern. Er hatte den stinkenden Atem der Zöllner bereits im Nacken gespürt und keine Kraft mehr gehabt, noch schneller zu rennen. Nur ein gutes Versteck und Isabellas Kenntnisse von den Vorgehensweisen der Zöllner hatten ihn gerettet.

Aber dennoch! Der Staat mit dieser unsäglichen Kaffeesteuer zwang die ehrlichen Bürger dazu, verbotene Wege zu gehen. Irgendwie musste man doch ein Auskommen haben, die Familie ernähren.

Aber eben gerade diese Familie war es nun, die Eberhard von seinen Schmuggeltouren abhielt. Es war ein ständiger innerer Kampf. Ging er nach Belgien und besorgte sich Kaffee, konnte er für seine Familie Essen beschaffen und was sie sonst noch brauchte. Sie hätten mehr, als wenn er legal handelte. Wurde er aber gefasst, hatten sie gar nichts mehr. Nur noch mehr Leid.

»Ich habe es dir versprochen, Magdalena, und ich wiederhole das auch noch einmal. Ich werde Kaffeehändler und werde legal mit Kaffee und den dazugehörigen Waren handeln, solange mir die Situation die Wahl lässt. Ich werde alles daransetzen, das verspreche ich dir. Du wirst sehen, ich werde das Sortiment ausbauen. Kaffeegeschirr, Kaffeeröster, Kaffeefilter.«

Magdalenas Gesichtszüge entspannten sich wieder. Sie lächelte Eberhard an und plötzlich riss sie die Augen auf und begann zu strahlen. »Wie wäre es denn mit passenden Tischdecken für eine schöne Kaffeetafel. Servietten. Kannenwärmer. Oh, Eberhard, ich könnte für dich nähen und auch etwas zum Erfolg von *Ahrensberg Kaffee* beitragen. Was sagst du? Bist du einverstanden?«

Jetzt waren ihre Wangen rosig vor Aufregung und Eberhards Herz schwoll an vor Stolz auf diese wunderbare Frau, die er die seine nennen durfte.

»Das ist eine gute Idee. Ich werde gleich morgen sehen, was ich an Stoff organisieren kann«, versprach er.

Das würde allerdings nicht einfach werden, soviel war klar. Aber Eberhard hatte sein Geschick auf dem Schwarzmarkt inzwischen oft genug unter Beweis gestellt und hatte gute Beziehungen. Wenn seine Frau Stoff und Garn benötigte, um sich in das Familienunternehmen einzubringen, dann würde er dafür sorgen, dass sie ihn bekam.

Sein Herz klopfte heftig gegen seine Brust. In diesem Moment war er ein glücklicher Mann. Sein Traum wurde Wirklichkeit und er hatte Magdalena an seiner Seite, die diesen Schritt mit ihm gemeinsam ging, mehr noch, ihn unterstützte und bereicherte, das Ihre dazu beitrug. Die Zukunft lag voller Schwierigkeiten und Herausforderungen vor ihnen, er verlor sich diesbezüglich nicht in Illusionen, aber er spürte, dass dies der Beginn einer besonderen Ära war.

Ahrensberg Kaffee würde eine Erfolgsgeschichte werden.

Kapitel 4
Die Entscheidung

Aachen • Oche • Aix-la-Chapelle • Aken • Aquae Granni

Gegenwart: März

Nach einer schlaflosen Nacht stand Corinne vollkommen übermüdet in ihrem *Böhnchen* und versuchte, sich ihren emotionalen und körperlichen Ausnahmezustand möglichst nicht anmerken zu lassen. Allerdings gelang ihr das nur mit mäßigem Erfolg, wie ihr kurz nach Ladenöffnung klar wurde.

Corinne bemerkte die musternden Blicke, als sie die erste Kundin bediente und ihr den gewünschten Kaffee aus dem Regal holte. Zuerst dachte sie sich nichts dabei, wurde dann aber doch stutzig. Die Frau schien mit sich zu ringen. Es machte den Eindruck, als wollte sie Corinne etwas sagen, überlegte es sich dann aber anders, nahm ihr Wechselgeld und verabschiedete sich. Noch während Corinne ihr verwundert hinterhersah, blieb die Kundin stehen. Sie wandte sich wieder um und kam noch einmal zum Verkaufstresen zurück.

»Entschuldigung, ich war jetzt unentschlossen, ob ich Sie darauf aufmerksam machen soll, aber Sie tragen Ihre Schürze links herum«, sagte sie und warf den Worten ein verlegenes Lächeln hinterher. »Nichts für ungut, aber ich glaube, ich selbst wäre froh, wenn mich jemand auf so etwas aufmerksam machen würde.«

»Oh!« Corinne blickte sofort an sich hinunter und tatsächlich, man sah die rückseitigen Fäden des aufgestickten Schriftzuges und die gezackten Nähte am Rand der Schürze. »Hoppla, da war ich wohl zu sehr in Gedanken«, sagte sie und versuchte, ihre Verlegenheit wegzulachen.

Es klang in ihren Ohren schrecklich gekünstelt, was auch kein Wunder war, denn sie ärgerte sich mächtig über sich selbst. Da legte sie immer so viel Wert auf ihr Erscheinungsbild und wollte einen guten Eindruck auf ihre Kunden machen, und dann so etwas. Gleichzeitig schüttelte sie über sich selbst und ihre übersteigerte Reaktion den Kopf. Sie war viel zu dünnhäutig und reizbar, das musste am Schlafmangel liegen. Die Kundin dagegen sah eher amüsiert als pikiert aus. Und sie hatte recht, es war ein kleines Missgeschick, mehr nicht. Flugs öffnete Corinne die Schleife, zog die Schürze aus und richtig herum wieder an. Schon war das Malheur beseitigt.

Wieder blickte Corinne an sich hinunter und nickte. »So ist es besser. Entschuldigen Sie bitte die Nachlässigkeit, ich war wirklich sehr abgelenkt vorhin. Und vielen Dank, dass Sie es mir gesagt haben.«

»Gern geschehen«, erwiderte die Frau und schenkte ihr einen tröstenden Blick. Sie hatte wohl gemerkt, dass Corinne ihr Fehler peinlich war. »Das kann doch mal passieren. Dann einen schönen Tag Ihnen.« Damit wandte sie sich nun endgültig dem Ausgang zu und verließ die Rösterei.

Ja, das konnte tatsächlich passieren, kein Beinbruch. Das Problem war aber auch gar nicht die Schürze, sondern vielmehr, dass Corinne sich selbst so fühlte, als wäre sie an diesem Morgen auf links gedreht – und dieses Gefühl konnte sie nicht einfach durch Ausziehen und Wenden aus der Welt schaffen. Sie musste funktionieren, ganz egal, wie aufgewühlt sie war. Dieses Wohnungsproblem, die Erwartungen ihrer Familie und der in der Luft liegende Konflikt waren ihre private Angelegenheit, das sollte sich nicht auf ihre Arbeit auswirken.

Normalerweise kam Corinnes Freundlichkeit von Herzen

und das Lächeln lag ihr ganz mühelos und wie von selbst auf den Lippen. Heute musste sie sich dazu zwingen, das war anstrengend und kraftraubend. Ihre Wangen schmerzten bereits vom aufgesetzten Dauerlächeln.

Es war zum Verrücktwerden. Hatte sie wirklich erst gestern auf dem Weg zur Arbeit die ganze Welt vor lauter Glück umarmen wollen? Davon war im Moment nicht mehr viel übrig. Sie war ganz unversehens in diese vermaledeite Zwickmühle geraten und hatte keine Ahnung, wie sie da wieder herauskommen sollte.

Die Besichtigung der Wohnung am Vorabend hatte das Dilemma nur noch verschlimmert, denn sie war perfekt und für den Luxus, den sie bot, absolut bezahlbar. Dieses Angebot war wie ein Hauptgewinn in der Wohnungslotterie. Auf dem freien Markt konnte man solch einen Wohntraum so gut wie nicht finden, an solch ein Schätzchen kam man, wenn überhaupt, dann nur über Beziehungen.

Einhundertfünfzig Quadratmeter Wohnfläche plus fünfzig Quadratmeter Dachterrasse. Großzügig geschnittene Räume mit Echtholzparkett aus warm schimmernder Bernsteineiche und die Küche bestach mit hochwertigen italienischen Fliesen und einer Hightech-Ausstattung. Das riesige Bad in Marmor, mit einem Whirlpool für zwei Personen und einer fantastischen Regendusche ließ Corinnes Herzschlag galoppieren. Um dem Ganzen noch die Krone der Entspannung aufzusetzen, gab es sogar eine Sauna. Alleine das, was sie bis dahin gesehen hatte, hätte ausgereicht, um Corinne in Entzücken zu versetzen, aber es ging ebenso wundervoll weiter. Die gesamte Wohnung strahlte einen eleganten und unaufdringlichen Luxus aus. Der großzügige Wohnraum hatte eine breite bodentiefe Fensterfront und einen Zugang auf eine fantastische Dachterrasse. Corinne und Noah hatten minutenlang schweigend am Geländer gestanden und gestaunt. Hier oben lag einem Aachen zu Füßen.

Carlos hatte einen Auslandsjob angenommen und suchte für die mindestens drei Jahre, die er in den Staaten leben wollte, vertrauenswürdige Mieter. Ihm kam es nicht auf Gewinn an, vielmehr darauf, seine Eigentumswohnung in liebevoller Obhut zu wissen.

Normalerweise hätte Corinne keine zehn Sekunden überlegen müssen und bei diesem unwiderstehlichen Angebot sofort voller Freude mit beiden Händen zugegriffen. So eine Traumwohnung würden sie ganz sicher kein zweites Mal finden. Doch da war ja leider noch die eindringliche Bitte ihrer Mutter, wieder in den Schoß der Familie zurückzukehren. Das konnte sie nicht einfach so abtun.

Corinne war so glücklich gewesen, den Streit mit Alexander überwunden zu haben. Jetzt hatte sie Angst, wenn sie sich gegen den Wunsch ihrer Mutter und das Gesindehaus entschied, könnte das neuen Familienkrach nach sich ziehen. Das wollte sie auf keinen Fall.

Sosehr Corinne sich dagegen sträubte, der Appell an die Familienehre hatte sie im Klammergriff. Vor allem hatte sie das Gefühl, unter diesem Druck gar nicht fühlen zu können, welche Entscheidung die richtige war. Denn abgesehen von der fehlenden Eigenständigkeit hatte dieses kleine Häuschen durchaus auch einige positive Aspekte – auch wenn es bei Weitem nicht so schick und trendy war wie die Penthousewohnung.

Bei ihrer Mutter hatte Corinne sich ein paar Tage Bedenkzeit erbeten, sie hatte das sacken lassen wollen. Doch all das Grübeln seit ihrem Besuch in der Villa am Vortag hatte sie bisher kein Stück weitergebracht. Ihre Gedanken drehten sich im Kreis und sie fand keinen Ausweg. Nicht einmal der Brief an Sarah hatte geholfen.

Von sich selbst genervt seufzte Corinne unwillig auf. Sie nahm ein Tuch und wischte über den Tresen, während ein Kunde aufmerksam die Kaffeebeschreibungen las, die sie zu jeder Sorte verfasst hatte, und sich letztlich für einen Caturra aus Kolumbien entschied. Das war eine fruchtbetonte Arabicabohne, die Corinne nur leicht geröstet hatte. Eine gute Wahl für die wärmere Jahreszeit, fand Corinne, denn dieser Kaffee brachte Leichtigkeit in die Tasse.

Dieser kurze Gedanke elektrisierte sie. Zuerst konnte sie gar nicht einordnen, worauf genau ihr Gefühl so stark ansprang. Doch dann verstand sie es. Sie hatte an Kaffee passend zu den Jahreszeiten gedacht. Eine Variante, der sie bisher noch gar keine Beachtung geschenkt hatte, aber das war auf jeden Fall eine intensivere Überlegung wert. Sie würde das mit Noah diskutieren und auch Susan fragen, was sie davon hielt.

Vielleicht könnte sie einen Frühjahrs-Blend anbieten. Ein *Öcher Fröchjohr.* Wenn das gut ankam, könnte sie sich für alle Jahreszeiten eine Mischung ausdenken. Im Sommer blumige Aromen, für den Herbst vielleicht Karamell oder Kastanien und im Winter Zimt, Schokolade, Kardamom oder Marzipan. Je mehr sie darüber nachdachte, desto besser gefiel ihr die Idee.

Corinne schnappte sich ihr Notizbuch und notierte ein paar Stichworte. Das würde sie auf jeden Fall weiterverfolgen.

»Guten Morgen, Sonnenschein!«, grüßte Frieda gut gelaunt, als sie kurz vor zehn vor Energie sprühend durch die Ladentür trat. »Ist dieses Wetter nicht fantastisch? Ich finde ja, der Frühling macht die Menschen richtig hübsch, weil sie viel mehr lächeln, wenn es wärmer wird.«

»Guten Morgen, Frieda«, grüßte Corinne zurück. »Du bringst ja beste Laune mit, super!«

Corinne war froh, dass Frieda zum Dienst kam und ihr zur Seite stand. Ihre Mitarbeiterin hatte das Angebot angenommen und arbeitete ab sofort mindestens halbtags, bei Bedarf auch mehr. Frieda war zu Corinnes Freude sehr flexibel und spontan. Niemand, der Dienst nach Vorschrift machte – das wäre ihr vermutlich viel zu langweilig.

»Ich gebe dir auch gern was ab«, sagte Frieda nach einem kurzen Blick auf Corinnes angestrengtes Lächeln. »Du scheinst es nötig zu haben. Was ist los? Ärger?«

Drei neue Kunden, die fast gleichzeitig den Laden betraten, enthoben Corinne einer Antwort, wofür sie dankbar war. Das war der falsche Ort, um über ihr privates Dilemma zu sprechen.

Eine Weile bedienten Frieda und Corinne parallel die Kundschaft, füllten nebenbei in den kurzen Pausen die Regale auf und rückten die Tassen, Sprüchetafeln und Postkarten wieder ordentlich zurecht, sodass die Kunden die Sprüche lesen konnten, ohne jedes Teil in die Hand nehmen zu müssen. Die Beschäftigung tat Corinne zwar gut, aber sie fühlte sich sehr ausgelaugt und erschöpft.

Als nur zwei Kunden im Laden waren, sah sie eine gute Gelegenheit für sich, um durchzuatmen. Sie gab Frieda ein Zeichen und verschwand nach hinten in den Lagerraum. Ihr Blick fiel auf die Kaffeesäcke, die Kurt ihr heute schon gebracht hatte. Sie hatte die Ware nur oberflächlich geprüft und ging nun hinüber, um sie sich genauer anzusehen. Sie war wieder einmal begeistert und freute sich schon darauf, die erste Charge zu rösten. Es machte Spaß, mit Fernando zu arbeiten, denn auf ihn war Verlass.

Seit sie im letzten Jahr bei ihm in Brasilien auf der Plantage ein Praktikum gemacht hatte, fühlte sie sich ihm, seiner Familie und seinem Kaffee noch inniger verbunden als früher schon. Irgendwann würde sie mit Noah nach Brasilien reisen und ihm Fernando vorstellen. Ganz bestimmt wäre er ebenso begeistert vom wilden, nicht maschinell bewirtschafteten Teil der Plantage, wie Corinne es war.

Fernando hatte den Spagat geschafft, auf seiner von der Familie Ahrensberg gepachteten Kaffeefarm einen Teil des Landes natürlich zu belassen. Dort baute er hochwertige Kaffeebohnen in gesunder Mischkultur im Wald an. Im Fazit hatte er auf diese Art gesündere Kaffeesträucher und es brauchte einen sehr viel geringeren Einsatz von Insektiziden, Herbiziden und Fungiziden. Aber es machte selbstverständlich auch sehr viel mehr Arbeit als die weitläufigen Kaffee-Monokulturen, die maschinell bearbeitet werden konnten. Davon konnte Corinne ein Lied singen, denn sie hatte selbst bei der Handernte geholfen. Doch es lohnte sich. Sowohl für den Kaffeebauern als auch für die Kunden. Für den höheren Preis bekamen sie ein wunderbares Produkt, das Kaffeegenuss auf eine andere Ebene hob.

Fernando hatte als Zugewinn auch noch das Glück, dass eine Kolonie Jacu Birds bei ihm auf der Farm lebte und er dadurch in kleineren Mengen zusätzlich zu seinem herkömmlichen Angebot auch noch den teuren Vogelkaffee anbieten konnte. Anfangs hatte es Corinne geschaudert, als sie während der Ernte gleichzeitig auch den mit Kaffeebohnen versetzten Vogelkot ernten musste. Aber sie hatte sich schnell daran gewöhnt und als Fernando ihr eine Kostprobe dieser besonderen Köstlichkeit kredenzte, waren all ihre Vorbehalte mit dem ersten Schluck hinuntergespült. Die Vögel fraßen nur perfekt reife Kaffeekirschen. In ihrem Magen begann bei den Kaffeebohnen ein enzymatischer Prozess, der dem Jacu Bird Kaffee ein unvergleichliches Aroma verlieh.

Zur Eröffnung des *Öcher Böhnchen* hatte Fernando Corinne ein Kilo dieser Delikatesse geschenkt. Weitere fünf konnte sie ihm abkaufen, mehr hatte er nicht gehabt und damit konnte Corinne ausgezeichnet leben. Das war genau das, wofür sie mit ihrer kleinen Rösterei stand. Respekt vor dem Produkt und nicht absolute und unbegrenzte Verfügbarkeit. Sie würde Jacu Bird Bohnen nie von einem Anbauer kaufen, von dem sie nicht sicher sein konnte, dass er die Vögel respektvoll behandelte und ihnen ihre Freiheit ließ.

Für Corinne war es selbstverständlich, dass auch Tierschutz

Teil ihres Konzepts war. Deshalb verkaufte sie auch keinen Katzenkaffee. Die Schleichkatzen wurden in Käfigen gehalten und mit Kaffeebohnen gefüttert. So etwas hatte für Corinne nichts mehr mit einer Delikatesse zu tun. Das war in ihren Augen dekadent und überheblich.

Jetzt wandte sie sich von den Säcken mit dem neuen Kaffee ab und ging zu den bereits sortierten Bohnen der letzten Röstung. Sie mussten noch abgefüllt und etikettiert werden, das war eine Arbeit, die sie sonst immer hatte machen müssen, wenn der Laden geschlossen war. Frieda im Team zu haben, war auch in dieser Hinsicht ein Segen. Corinne legte eine Kaffeetüte auf die Waage und drückte auf die Tara-Taste. Als sie die Tüte wieder runternahm, zeigte die Waage deren Gewicht als Minus an. Natürlich waren das nur ein paar Gramm, aber das Verpackungsgewicht abzuziehen war ein wichtiger Arbeitsschritt, dabei gab es zwischen Großröstereien wie *Ahrensberg Kaffee* und ihrem *Öcher Böhnchen* keinen Unterschied. Es ging um Ehrlichkeit dem Kunden gegenüber.

Jetzt hielt Corinne die Tüte unter den Abfülltrichter und betätigte den Hebel. Sie kontrollierte die Menge und justierte den Auslass noch ein wenig nach, bis alles gut passte. Die ersten Tüten waren schnell gefüllt, doch bei der vierten zog Corinne, die mit ihren Gedanken ständig zwischen Penthouse und Gesindehaus hin und her sprang, den Hebel ein zweites Mal. Kaffeebohnen prasselten auf den Tisch und Corinne entfuhr ein gezischtes: »Verflixt noch eins!«

Sie war heute wirklich nicht zu gebrauchen. Am liebsten wäre sie nach Hause gegangen, ins Bett gekrochen und hätte sich die Decke über den Kopf gezogen. Aber das war natürlich unmöglich. Sie hatte Verpflichtungen. Außerdem würde das ihr Problem auch nicht lösen.

Nachdem sie das Chaos aufgeräumt und die Bohnen wieder zurück im Trichter hatte, beschloss sie, die Arbeit aufzuschieben, bis sie wieder einen klareren Kopf hatte. Einen Tag würde sie mit der vorhandenen Ware sicher noch auskommen. Erschöpft trat sie in den Aufenthaltsraum und ließ sich in den Sessel plumpsen. Für ein paar Sekunden lehnte sie den Hinterkopf gegen die Lehne und schloss die Augen.

Das bereute sie allerdings augenblicklich, denn sofort begannen ihre Gedanken wieder zu kreisen. Genervt riss Corinne die Augen wieder auf und holte ihr Handy aus der Tasche. Einen Moment zögerte sie, dann aber öffnete sie die Kontaktdaten und tippte auf Sebastians Namen. Es würde ihr guttun, mit jemandem zu sprechen, der nicht persönlich involviert war. Schon beim zweiten Klingeln nahm er den Anruf an.

»Hey, was für eine willkommene Ablenkung. Hallo, Corinne. Was gibt es? Alles gut bei dir?«

Er klang besorgt, was kein Wunder war. Ein Anruf von Corinne um diese Uhrzeit war durchaus ungewöhnlich.

»Ja, alles in Ordnung«, beeilte sie sich zu versichern. »Es ist nur, na ja, Frieda steht im Laden und sie macht ihre Sache wirklich gut. Da dachte ich, ich nutze die Gelegenheit für eine kurze Pause und ein Pläuschchen mit dir. Störe ich?«

»Nein, ich freue mich über deinen Anruf. Aber du klingst angespannt, Corinne. Was ist los? Und jetzt sag nicht, nichts«, schob er sofort hinterher. »Ich krieg es ja sowieso raus, du kannst mir nichts vormachen.«

Corinne lachte leise. Er hatte recht, sie konnte ihm nichts vormachen. Und das wollte sie auch gar nicht, sie hatte ihn ja angerufen, weil sie seine Meinung wissen wollte. Aber nicht am Telefon.

»Wie sieht es bei dir aus? Hättest du Zeit auf einen Kaffee bei Susan? Dann erzähle ich dir, wo mich der Schuh drückt.«

»Wann?«, kam es prompt durch den Lautsprecher.

Genau das liebte sie an Sebastian. Es gab kein langes Rumeiern, unnötiges Nachfragen oder Gedruckse. Wenn jemand ihn brauchte – und das bezog sich nicht alleine auf Corinne –, dann war er da. Sie war froh und dankbar, Sebastian als Freund zu haben.

Seit Jahren gingen sie gemeinsam durch dick und dünn. Nur einmal hatte es eine kurze kritische Phase gegeben. Als Corinne und Noah sich verliebten, hatte es in der Freundschaft mit Sebastian geknirscht. Plötzlich war alles auf der Kippe gestanden. Er war eifersüchtig gewesen. Vermutlich hatte er Angst gehabt, seine beste Freundin zu verlieren, und dieses Gefühl falsch als Liebe interpretiert.

Zum Glück für alle hatte sich das sehr schnell aus der Welt schaffen lassen. Es war nur eine kurze Verwirrung in Sebastians Gefühlen gewesen. Er hatte mit dem Auftauchen von Noah eine Eifersucht und Angst um seine Freundschaft zu Corinne verspürt, allerdings schnell eingesehen, dass zwischen ihm und Corinne nie mehr als Freundschaft sein würde, und das akzeptiert. Wie gut, dass es so gekommen war. Niemals hätte sie gewollt, dass ihre Liebe zu Noah sich zwischen sie und Sebastian gedrängt hätte.

Heute verstanden sich auch Noah und Sebastian ganz hervorragend und sie unternahmen oft etwas zu dritt. Es war Corinne absolut unverständlich, dass Sebastian nicht längst in festen Händen war – aber das war ein anderes Thema. Corinne fing ihre Gedanken wieder ein und konzentrierte sich auf das Problem, das sie umtrieb. Wie schön, dass Sebastian Zeit für sie hatte. Sie sah auf die Uhr und überschlug kurz den Weg zur Post.

»Ich möchte noch einen Brief an Sarah aufgeben. Also in einer halben Stunde bei Susan?« Frieda würde die knappe Stunde bis zur Mittagspause bestimmt allein bewältigen. Sie machte ihre Sache wirklich gut.

»Oki«, antwortete Sebastian. »Das krieg ich hin. Dann bis gleich.«

»Danke, Sebastian. Bis gleich.« Corinne beendete den Anruf und steckte ihr Handy wieder ein.

Sie legte ihre Schürze ab und warf einen Blick in den Spiegel. Blass und übernächtigt sah sie aus. Entschlossen zog sie ihre Lippen mit dem beerenfarbenen Lippenstift nach und fuhr sich mit beiden Händen kopfüber durch ihre braunen Locken. Fertig. Jetzt fühlte sie sich wieder vorzeigbar.

Ihr Blick glitt über den Rest ihres Körpers und was sie sah, gefiel ihr. Die dunkelblaue Stoffhose und der leichte Strickpulli aus Maulbeerseide und Schafswolle standen ihr prima, sie wirkte wie eine seriöse Geschäftsfrau, aber nicht überkandidelt. Den Pullover hatte Corinne erst letzte Woche erstanden, er war aus der Frühjahrskollektion von *Camila,* einem ihrer Lieblingsmodelabel. Dort gab es junge Mode rund um Wolle, casual mit einem Hauch Eleganz, genau das, was Corinne gerne trug.

Nach einem letzten prüfenden Blick nahm sie ihre Windjacke vom Haken und ging nach vorn in den Laden. Frieda drückte gerade mit einem strahlenden Lächeln einer älteren Dame eine Papiertasche in die Hand. Sie bedankte sich für den Einkauf und wünschte ihr viel Freude mit dem Kaffee. Da kein anderer Kunde wartete, ging sie um den Verkaufstresen herum und zur Ladentür, die sie der Kundin höflich aufhielt.

»Sie sind aber freundlich«, bemerkte die gut gekleidete Dame und nickte anerkennend. »So macht Einkaufen richtig Freude. Einen schönen Tag, junges Fräulein, ich komme ganz sicher bald wieder.«

»Das würde mich sehr freuen. Ihnen auch einen schönen Tag.«

Frieda war wirklich die geborene Verkäuferin, Corinne konnte der älteren Dame nur zustimmen. Sie freute sich sehr, dass ihre Mitarbeiterin so gut bei der Kundschaft ankam.

»Hör mal, Frieda, ich würde gern jetzt schon in die Pause gehen. Schaffst du die knappe Stunde bis zum Mittag ohne mich? Traust du es dir zu?«, fragte Corinne. »Ich müsste mal eben zur Post und möchte danach zu Susan ins *Emotion*. Ich bin also zur Not verfügbar. Falls etwas ist, kann ich in fünf Minuten hier sein.«

Corinne zog einen Karton unter dem Verkaufstresen hervor, Susan hatte Kaffee bestellt, den konnte sie direkt mitnehmen. Sie warf Frieda einen fragenden Blick zu. Fast im gleichen Moment kamen ihr Zweifel. War sie wirklich schon so weit, allein zu arbeiten? Frieda konnte zwar gut mit Menschen umgehen, aber was, wenn jemand eine spezielle Frage hatte? Ihr Wissen über Kaffeeanbau und Röstung war noch nicht sehr detailliert. Andererseits hatte Corinne sie eingestellt, um mehr Freiraum zu haben, und Frieda machte sich bisher wirklich gut. Vielleicht musste sie ihrer Mitarbeiterin einfach vertrauen? War das nicht auch ein Teilbereich von Führungskompetenz? Delegieren und bis zu einem gewissen Grad vertrauen?

Frieda war Anfang zwanzig, hatte ihr Abi in der Tasche, eine Rucksackreise durch Afrika hinter sich und war noch auf der Suche nach ihrem beruflichen Weg. Sie hatte sich für einen Studienplatz in Medizin beworben, musste aber mindestens zwei Jahre auf die Zulassung warten.

Was Corinne in den Wahnsinn getrieben hätte, fand Frieda völlig okay. Sie nahm es als Chance, sich über ihre Ziele klar zu werden. Vielleicht war Medizin gar nicht das Richtige für sie. Es gab so viele tolle Dinge, die man lernen konnte. Woher sollte ein junger Mensch denn wissen, was er für die nächsten fünfzig Jahre arbeiten wollte?

Für Frieda war das ein schier unermesslich langer Zeitraum und schon seit Corinne sie kannte, überlegte sie, welcher Beruf sich vielleicht noch besser eignen könnte. Im Moment liebäugelte Frieda mit einer Bewerbung an der Schauspielschule, aber sie konnte sich nicht entschließen und wollte auch nichts überstürzen.

Vielleicht wäre auch eine Ausbildung an einer Modeschule passend. Da Frieda sehr gern nähte und das auch ausgesprochen gut konnte, zog sie den Bereich Mode zumindest in Erwägung. Corinne konnte sich das bei Frieda durchaus auch vorstellen. Sie hatte schon etliche ihrer selbst genähten Kleider bewundert, die zwar ein wenig verrückt, aber durchaus stilsicher wirkten. Vielleicht beschäftigte Corinne ja einen neuen Stern am Modehimmel bei sich im *Böhnchen*.

Der Gedanke gefiel ihr. Sie fand es lediglich schade, dass Friedas Zeit bei ihr in der Rösterei begrenzt war. Irgendwann müsste sie ihre Mitarbeiterin ihres Weges ziehen lassen. Die Zeit ihrer Lebenswegfindung, wie sie selbst es nannte, überbrückte Frieda mit Jobs und fand zunehmend Gefallen an diesem doch recht freien Leben. Mit etwas Glück für Corinne hielt diese Findungsphase ja noch eine ganze Weile an.

Alles in allem war Corinne sehr zufrieden mit ihrer Halbtagskraft. Sie hatte eine sehr offene Art und ein Lachen, dem kaum jemand widerstehen konnte. Mit ihrer langen roten Mähne, der Stupsnase und dem vollen Mund ähnelte sie Emma Bading als Lilith in »Meine teuflisch gute Freundin« – Corinne hatte den Film zusammen mit Sebastian im Kino gesehen und hatte sofort daran denken müssen, als Frieda das erste Mal in den Laden trat.

Mit ihrem ganz eigenen Charme schmiss Frieda den Verkauf nach einer kurzen Einarbeitung ganz locker. Sie begriff sehr schnell und konnte kleinere Beratungen zu Fragen der Aromatik sogar schon selbst bewältigen. Es war spürbar, dass sie das Thema Kaffee ernsthaft spannend fand und große Lust hatte, dazuzulernen. Sehr faszinierend fand Corinne Friedas Wirkung auf die ältere Kundschaft. Dieser Aspekt hatte ihr anfangs etwas Kopfzerbrechen bereitet, da Friedas Auftreten nicht sehr konventionell war. Alleine schon die kleinen Teufelshörnchen, die sie gern trug – genau wie Lilith in dem Film –, gaben ihr eine etwas freche Ausstrahlung. Aber nicht unverschämt frech, sondern sympathisch. Und genau das war es wohl, worauf die älteren Herrschaften durchaus ansprangen.

Und dennoch – was, wenn es Probleme gab, während Frieda allein war? Was, wenn jemand eine spezielle Frage hatte, die sie nicht beantworten konnte?

Vielleicht sollte Corinne die Verabredung mit Sebastian besser verschieben und ihn in der Mittagspause treffen. Sie könnte stattdessen Frieda mit dem Brief für Sarah zur Post schicken.

Als könnte Frieda Gedanken lesen, grinste sie Corinne breit an, fasste sie an den Schultern, schob sie sanft, aber bestimmt Richtung Ladentür und sagte: »Ich werde die Kunden anknurren und mich mal selbst an diesem ollen Röster versuchen. Du hast doch noch zwei Kilo von diesem sündhaft teuren Vogelschisskaffee, oder? Der wäre prima für meine ersten Röstversuche, was meinst du?«

Frieda sprach von dem Jacu Bird Kaffee, den Fernando Corinne geschickt hatte. Als ihre Chefin entsetzt die Augen aufriss, lachte Frieda laut heraus. »Corinne, also wirklich. Ich schwöre dir bei meinen Sommersprossen – die mir im Übrigen heilig sind –, dass ich alles im Griff habe. Sollte unerwartet doch ein Problem auftreten, werde ich dich rufen und du wirst schneller hier sein, als ich meinen Hilferuf tippen kann. Wetten? Das Café *Emotion* ist doch nur ums Eck.« Sie standen inzwischen in der geöffneten Tür. Frieda ahmte die Armbewegungen eines Verkehrspolizisten nach, ließ die Arme einmal kreisen und zeigte dann mit beiden Händen Richtung Straße. »Hier entlang bitte. Halten Sie nicht den Verkauf auf, meine Dame.«

Corinne gab sich geschlagen. Nicht nur, weil Frieda sehr überzeugend war, sondern weil sie keine Lust mehr hatte, wie ein falscher Pfennig durch die Gegend zu laufen. Sie musste grinsen, als ihr der Ausdruck in den Sinn kam. Ihr Großvater hatte ihn oft verwendet. Was er ihr wohl raten würde? Wie so oft schmerzte es Corinne auch jetzt, ihn nicht mehr bei sich zu haben und um Rat fragen zu können. Aber es half nichts. Zum Glück gab es Sebastian und Susan. Corinne hoffte sehr, dass die beiden ihr helfen konnten, die richtige Entscheidung zu treffen.

»Hallo, Susan, der Kaffee ist da!«, sagte Corinne und schenkte ihrer Freundin, die gerade hinter der Theke stand und das Kuchenmesser spülte, ein wie sie dachte unbeschwertes Lächeln.

»Oh, hello Corinne, my Sweetheart. Perfect timing, ich habe nur noch eine Packung von dein *Öcher Böhnchen.*« Susan trocknete sich ihre Hände ab und kam um die Kuchentheke herum, um Corinne den Karton abzunehmen. Sie musterte ihre Freundin argwöhnisch. »Hast du einen Ghost gesehen? Du bist ganz blass. Komm, setz dich. Käsesahnetorte und ein Geisha von dein Honey-Darling. Wie klingt das? Oder möchtest du lieber ein Stück von mein köstliche Bärlauch-Quiche?« Sie sah auf die Uhr und dann fragend zu Corinne. »Was ist mit deine Laden? Hast du geschlossen?«

»Frieda hält die Stellung im *Böhnchen*«, erklärte Corinne. »Käsesahne klingt fantastisch, aber ich hatte heute schon vier Tassen Kaffee. Außerdem bin ich sehr durcheinander, ich brauche etwas Süßes. Würdest du mir eine heiße Schokolade machen, bitte? Sebastian müsste auch gleich hier sein.«

»Alles klar. Kommt sofort. Go ahead and take a seat.« Susan zeigte auf den freien Tisch am Fenster und Corinne ging hinüber.

Was für ein Glück, dass ihr Lieblingsplatz gerade frei war. Sie setzte sich und ließ ihren Blick im Raum schweifen, während sie auf Susan wartete. Ihre Freundin hatte ein Händchen für Dekoration. Durch die liebevolle Einrichtung war das Café *Emotion* wie eine Oase mitten in der Hektik des Alltags. Auf den gepolsterten Stühlen saß man sehr bequem. So mancher Gast ließ sich dadurch zu einer zweiten Tasse Kaffee und oft auch zu einem zweiten Stück Kuchen verführen, denn man mochte gar nicht aufstehen und sich wieder der Welt draußen stellen. Die Spiegel aus geschliffenem Glas und mit weißen Rahmen im Vintage-Stil reflektierten das Licht der vielen kleinen Kronleuchter und warfen es warm in den Raum zurück.

Nachdenklich strich Corinne über das Tischset mit Rosenmuster und betrachtete die lieblichen Porzellanetageren, ebenfalls im Rosendesign. Susan hatte sich mit der Einrichtung ein Stück ihrer Heimat in das Café geholt und von jedem Besuch auf der Insel brachte sie neue Kleinigkeiten mit, die sie gekonnt arrangierte. Sie liebte es, umzudekorieren, aber immer nur so viel, dass der Charakter des Cafés erhalten blieb. »Das ist *the English Flair*«, sagte sie immer. »Ein bisschen Heimat, for not getting homesick.«

Obwohl Susan Aachen liebte und gern in der Kaiserstadt lebte, wusste Corinne, dass sie zwischendurch mit Heimweh zu kämpfen hatte. Besonders schlimm war es an Geburtstagen oder in der Weihnachtszeit. Aber diese Phasen hielten meist nicht lange an, dazu lachte Susan viel zu gern. »Life ist too short, um die Zeit mit bad mood zu verplempern« – das war ihr Motto. Wobei sie den zweiten Teil ihres Mottos zu jeder Gelegenheit anpasste, und meistens hatte sie recht, wozu sollte man sich mit Negativem aufhalten, wenn es so viel Schönes auf der Welt gab.

Jetzt kam Susan zu Corinne an den Tisch.

»What happened? Wieso du bist durcheinander?«, fragte sie und stellte die heiße Schokolade und den Kuchen vor Corinne auf den Tisch. Ohne lange zu fackeln, zog sie sich einen Stuhl hervor und setzte sich zu ihrer Freundin. »Probleme? Habt ihr euch … wie sagt man … verzankt?«

»Gezankt? Wer? Noah und ich?« Corinne lachte und schüttelte den Kopf. »Aber nein. Noah lässt dich grüßen. Wir wollten dich eigentlich gestern in der Mittagspause zusammen besuchen, aber da kam meine Mutter dazwischen. Und heute hat er ein Kaffeeseminar bei sich im Laden, da kommt er nicht weg. Nein, meine Mutter hat angerufen und …«

Sofort riss Susan die Augen auf und sog erschrocken die Luft ein. »Deine Mutter? Hope your Dad ist alright?«

Natürlich dachte sie sofort an den Kaffeebaron. Susan hatte wie alle Menschen in Corinnes Umfeld das Drama um den Schlaganfall von ihrem Vater mitbekommen und mit der Familie mitgelitten.

»Meinem Vater geht es gut. Den Umständen entsprechend könnte man sogar sagen sehr gut. Er macht tolle Fortschritte und kann schon wieder zusammenhängende Sätze sprechen und das Personal herumkommandieren.« Corinne rollte mit den Augen und grinste. Ihr Vater war nicht aufgrund seiner diplomatischen Art in aller Munde der Kaffeebaron.

»Very good!«, kommentierte Susan und nickte zufrieden. »Kommandieren ist ein good sign. Das freut mich. Aber jetzt spit it out. What is going on?«

»Hallo, ihr zwei!«, grüßte Sebastian, als Corinne gerade lossprechen wollte. Sie hatte gar nicht gemerkt, dass er ins Café gekommen war. Schnell stand sie auf und umarmte ihren Freund.

»Da bist du ja. Und genau richtig, ich wollte Susan gerade erzählen, was los ist.«

Sebastian begrüßte auch Susan mit einer kurzen Umarmung, dann zog er sich ohne Umschweife ebenfalls einen Stuhl hervor und setzte sich. »Dann mal los. Ich bin ganz Ohr.«

Ein paar Minuten später lag Corinnes Problem auf dem Tisch.

»Eines ist ganz klar, Corinne«, sagte Sebastian nach einer kurzen Bedenkpause. »Am Ende zählt das, was für dich richtig ist. Wenn du glücklich bist, ist das auch für die Familie gut. Ich kann mir nicht vorstellen, dass deine Mutter das anders sieht. Und wieso dein Wohnort plötzlich so essenziell für den Ruf von *Ahrensberg Kaffee* sein soll, ist mir ein Rätsel.« Sebastian nahm einen Schluck von dem Kaffee, den die Bedienung ihm inzwischen gebracht hatte. »Das klingt irgendwie so gar nicht nach Esther.«

Sebastian kannte Corinnes Mutter und er sprach das aus, was Corinne seit dem Mittagessen gestern auch umtrieb. Dieses Pochen auf die Meinung anderer Leute war nicht typisch für ihre Mutter.

»Du sagst, dein Vater ist wieder besser, Honey, und a bit schwierig. Right?«, fragte Susan jetzt. Corinne wunderte sich zwar, was diese Frage mit ihrem Problem zu tun haben sollte, aber sie nickte. »So, well, kann es nicht sein, dass deiner Mutter fällt die Decke auf ihren Kopf? Sie steckt fest, muss sich kümmern und managen und ist mit deinem schwierigen Dad und Personal ganz allein. Ich denke, sie ist lonesome.«

»Aber«, setzte Corinne an und stockte dann. Einsam – das wäre natürlich durchaus möglich. Aber wieso sagte sie denn nichts? Corinne hatte sich ohnehin vorgenommen, sich in nächster Zeit wieder öfter um ihre Mutter zu kümmern. Sie hatte sogar schon mit Alexander darüber gesprochen, dass sie sich absprechen sollten und regelmäßig nach Hause gehen oder auch mal ihre Mutter aus ihrem Trott holen, ein Konzert mit ihr besuchen oder ins Kino oder Theater gehen, sie zwischendurch auf andere Gedanken bringen.

Leider war das gerade jetzt nicht so einfach. Corinne hatte ihre Rösterei und Alexander war mit der Führung des Familienunternehmens beschäftigt, sie standen beide unter dem Druck, sich beweisen zu müssen. Abends saß Corinne oft noch am Computer, kümmerte sich um ihre Buchhaltung oder überlegte gemeinsam mit Noah, welche Kaffees von welchen Anbauern für ihre Röstereien interessant sein könnten. Sie hatte großes Glück, dass sie die Leidenschaft für guten Kaffee mit ihrem Freund teilte, sonst hätten sie noch weniger gemeinsame Zeit.

Bei Alexander sah es ganz ähnlich aus. Bei ihm kam hinzu, dass er die Geschäftsleitung zwar innehatte, aber doch bei jeder Entscheidung die Frage im Hinterkopf behalten musste, ob ihr Vater damit einverstanden wäre. Es war ein Tanz auf einem dünnen Drahtseil. Trotzdem musste Corinne mit ihm sprechen. Ihm war es ganz sicher ebenso wichtig wie Corinne, dass es ihrer Mutter gut ging.

Vielleicht war es Esther Ahrensberg ja noch nicht einmal bewusst, aber es sah wirklich so aus, als sei das Angebot an Corinne, ins Gesindehaus zu ziehen, nur ein Versuch, nicht mehr so allein zu sein. Corinne hatte ein mächtig schlechtes Gewissen. Sie hätte sich wirklich besser kümmern müssen. Gleichzeitig fiel ihr aber auch ein Stein vom Herzen.

»Ich danke euch beiden«, sagte sie zu ihren Freunden. »Ihr habt mir die Augen geöffnet.« Sie nahm einen großen Schluck ihrer heißen Schokolade, die inzwischen nur noch lauwarm war, aber immer noch köstlich. »Genau das ist der Knackpunkt. Es geht gar nicht um meinen Wohnort. Es geht um meine Nähe. Meine Mutter braucht mich und ich werde mich ab sofort viel mehr um sie kümmern, das kriege ich schon irgendwie hin. Und das Beste ist – dazu muss ich nicht in das Gesindehaus ziehen.«

»Das heißt, du willst das traumhafte Penthouse nehmen?«, fragte Sebastian. »Dir ist schon klar, dass ich sehr oft zu Besuch bei euch sein werde.«

Corinne lachte, beugte sich vor und gab Sebastian einen Kuss auf die Wange. »Du bist immer willkommen, mein Lieber. Aber jetzt entschuldigt mich kurz, bitte. Ich muss Noah eine Nachricht schicken, dass ich mich entschieden habe.« Sagte sie und zog ihr Handy aus der Tasche.

»Und ich muss arbeiten«, sagte Susan und sah sich um. »Looks a bit busy.« Sie erhob sich, ging mit schnellen Schritten zur Theke und kümmerte sich um die Bestellungen, die bereits anfingen sich zu stapeln.

Nachdem sie Noah die frohe Nachricht geschrieben hatte, packte Corinne ihr Handy wieder weg. »Und jetzt lassen wir es uns gut gehen. Wir haben uns eine ganze Woche nicht gesehen, es ist wirklich mal wieder Zeit. Warst du gestern in deinem Zumbakurs? Wie geht es Lara?« Sie grinste Sebastian an, als sie die Frage stellte.

Auch wenn er es immer vehement von sich wies, war Corinne davon überzeugt, dass er ein Auge auf seine überaus attraktive Trainerin geworfen hatte. Für Desinteresse fiel ihr Name deutlich zu oft. Heute überraschte Sebastian Corinne allerdings, denn kaum hatte Corinne das Thema angeschnitten, strahlte sein Gesicht und ein verdächtiges Funkeln zeigte sich in seinen Augen.

»Nein!«, rief Corinne. Erschrocken sah sie sich um, es war ihr etwas zu laut rausgerutscht. Aber die anderen Gäste hatten es trotzdem nicht mitbekommen oder kümmerten sich nicht darum. Und Susan war zu beschäftigt damit, Kaffee zu kochen und Kuchen zu portionieren, sonst hätte sie sicher sofort reagiert.

»Nicht was du gleich denkst, Corinne«, nahm Sebastian seiner Freundin aber direkt Wind aus ihrer schnell dahinsegelnden Fantasie. »Wir gehen heute Abend essen, sonst nichts.«

»Aber das ist fantastisch. Mensch, Sebastian, ich freue mich so für euch. Endlich. Ich hatte schon fast die Hoffnung aufgegeben. Und von wegen *sonst nichts* – das wird sich ja wohl erst noch herausstellen.«

»Du tust gerade so, als wäre ich schwer vermittelbar«, mokierte Sebastian sich gespielt.

»Nur sehr wählerisch«, neckte Corinne ihn grinsend zurück. Sie kratzte die letzte Käsesahne von ihrem Teller und schob sich die cremige Masse in den Mund. Susan hatte sich selbst übertroffen, der Kuchen war absolut köstlich. Vielleicht sollte sie Frieda ein Stück mitnehmen. Ein kleines Dankeschön dafür, dass sie die Stellung gehalten hatte.

Als hätte ihre Mitarbeiterin gemerkt, dass Corinne gerade an sie dachte, rief sie genau in diesem Moment an. Schon nach dem zweiten Klingeln wischte Corinne mit dem Finger über das Symbol auf dem Display und nahm den Anruf an. »Hey, Frieda. Probleme?«

»Hallo, Corinne. Nein, alles gut. Da ist nur ein Mann, der nach dir fragt. Er möchte mit dir sprechen, es geht wohl um deinen Vermieter.« Beim nächsten Satz senkte Frieda die Stimme ein wenig. »Er ist ziemlich schnippisch, wenn du mich fragst. Soll ich ihn zu dir ins Café rüberschicken oder kommst du ins *Böhnchen*?«

Kapitel 5
Die Hiobsbotschaft

Aachen • Oche • Aix-la-Chapelle • Aken • Aquae Granni

Gegenwart: April

Nanu? Was hatte das denn zu bedeuten? Wer das wohl war? Und wieso gab er sich Frieda gegenüber schnippisch? Bisher hatte Corinne es immer direkt mit ihrem Vermieter zu tun gehabt und sie kamen ausgezeichnet miteinander klar. Helmut Bühling war ein älterer und sehr freundlicher Herr, den Corinne von Anfang an gut leiden konnte.

»Biete ihm einen Kaffee an. Ich bin gleich da«, sagte sie nach kurzer Überlegung am Telefon zu Frieda und beendete das Gespräch. Sie wandte sich mit einem bedauernden Gesichtsausdruck an Sebastian. »Es tut mir leid, ich hätte so gern noch ein bisschen mit dir geplaudert, aber ich muss sofort rüber ins *Böhnchen*. Da will mich jemand sprechen. Es geht um meinen Vermieter – keine Ahnung, was los ist und wieso Herr Bühling nicht selbst mit mir spricht.« Sie zuckte mit den Schultern und lächelte ihren Freund an. »Danke für deine Hilfe, Sebastian. Ohne dich hätte ich die Entscheidung sicher nicht so schnell treffen können. Ich werde mit meiner Mutter reden, wir finden sicher eine Lösung, auch ohne, dass ich ins Gesindehaus ziehe. Auf jeden Fall werde ich künftig mehr für sie da sein.«

Sie umarmte ihren Freund und sagte: »Nicht böse sein. Ich ruf dich an, okay? Oder besser noch, ruf du mich an, wenn dein

Nur-Abendessen vorbei ist. Ich will hören, wie es zu der Verabredung kam. Vor allem dieses *sonst nichts* interessiert mich brennend. Ich wünsch euch auf jeden Fall viel Spaß!«

Ein kurzes Winken zu Susan hinüber, die noch immer hinter der Theke wirbelte und fragend Arme und Augenbrauen hob, als sie Corinnes übereilten Aufbruch bemerkte. Doch Corinne hielt sich nicht mit Erklärungen auf. Stattdessen zeigte sie auf Sebastian als Zeichen, dass er Bescheid wusste und es ihr erklären würde. Sie wartete nicht ab, ob Susan ihre Geste verstanden hatte, sondern stürmte Hals über Kopf aus dem Café und die Straße hinunter.

Es hatte leicht angefangen zu nieseln. Vor dem Dom hatte sich eine japanische Reisegruppe versammelt und lauschte ungeduldig den Ausführungen ihres Reiseleiters. Gerade beendete dieser seinen Vortrag und die Gruppe drängte offensichtlich erleichtert ins Dominnere – natürlich nicht, ohne vorher noch schnell den Eingang zu fotografieren.

Corinne stellte den Kragen ihrer Windjacke auf und zog den Kopf ein, um sich etwas vor der Nässe und dem auffrischenden Wind zu schützen. Während sie mit schnellen Schritten die Straße entlangging, grübelte sie weiter fieberhaft. Was mochte das für ein Herr sein? Und was konnte er von ihr wollen? Bisher hatte Corinne ihren Vermieter seit Abschluss des Vertrags ein paar Mal in der Rösterei gesehen. Er war zu ihr in den Laden gekommen, hatte Kaffee gekauft und ein bisschen geplaudert.

Immer wieder hatte er ihr versichert, wie glücklich er war, Corinne als Pächterin gefunden zu haben. Er war begeistert davon, was seine neue Pächterin aus den Geschäftsräumen gemacht hatte. Da Corinne ihn wirklich gern mochte, lud sie ihn bei seinen Besuchen auch immer auf eine Tasse Kaffee ein, was er jedes Mal dankend annahm. Wenn die Arbeit es zuließ, setzte sie sich zu ihm und erzählte ihm etwas zu der jeweiligen Bohne, die sie aufgebrüht hatte. Von den Kaffeepralinen war Herr Bühling so begeistert, dass er beim letzten Mal sogar sechs Tüten mitgenommen hatte, um sie zu verschenken.

Als sie so darüber nachdachte, wie gut ihr Verhältnis war, konnte Corinne sich immer weniger erklären, weshalb er ihr plötzlich und ohne Vorwarnung einen Fremden in den Laden schicken sollte. Wenn es etwas zu besprechen gäbe, würde er doch wie gewohnt persönlich kommen oder anrufen und Corinne bitten, ihn zu besuchen. Vielleicht hatte Frieda auch nur etwas falsch verstanden. Dieser Gedanke setzte sich in Corinne fest. Ein Missverständnis erschien ihr im Moment am plausibelsten.

Nur ein paar Minuten nach dem Anruf steuerte Corinne auf ihren Laden zu. Sie sah den ominösen Besucher bereits durch die Glasscheibe der Eingangstür. Bevor sie hineinging, nahm sie sich einen Moment, um ihn zu mustern und sich einen ersten Eindruck zu verschaffen.

Der Mann trug einen zwar offensichtlich teuren, aber doch schlecht sitzenden hellgrauen Anzug, einen schwarzen Seidenrollkragenpullover und quer über die Schulter eine Aktentasche, die aussah, als könnte sie aus echtem Krokodilleder bestehen. Seine gelbblonden Haare hatte er mit Pomade am Kopf festgeklatscht und die kleinen Augen standen für Corinnes Geschmack etwas zu nah beieinander. Sie schätzte ihn auf Mitte bis Ende zwanzig. Die Art, wie er mitten in ihrem Laden stand und ihre Auslage musterte, weckte Corinnes Ärger. Sofort wusste sie, was Frieda mit schnippisch gemeint hatte. Bevor sie auch nur ein Wort mit diesem Menschen gewechselt hatte, war er ihr schon unsympathisch. Wäre er ein Vertreter, hätte er ganz sicher schlechte Karten gehabt, ihr etwas zu verkaufen.

Corinne hatte von jeher eine Aversion gegen reiche Schnösel, deren Ego meist deutlich größer war als ihre menschliche Größe. Während ihrer Schulzeit war ihr diese Erfahrung erspart geblieben, doch während des Studiums hatte sie ein paarmal das zweifelhafte Vergnügen der Bekanntschaft solcher Typen gehabt.

Sobald sie herausgefunden hatten, dass sie zur Familie Ahrensberg gehörte, waren sie um sie herumscharwenzelt und hatten um ihre Gunst gebuhlt. Sie lebten nach dem Motto »Reich und reich gesellt sich gern«. Doch damit hatten sie bei Corinne keine Chance, derart pseudo-elitäre Auswüchse waren ihr zuwider. Aus gutem Grund, wie sich immer wieder erwies. Sobald klar wurde, dass die selbst ernannten Elitetypen keine Chance bei ihr hatten und Corinne nichts von geldgeschwängerter Überheblichkeit hielt, wurden sie biestig und zeigten ihr wahres, meist hässliches Gesicht. Schnösel waren schlimm, aber beleidigte Schnösel konnten eine echte Pest sein.

Corinne hatte nie viel davon gehalten, aufgrund ihres Namens oder des Reichtums ihrer Familie eine Sonderstellung zu bekommen. Sie wollte aufgrund ihrer Person und ihrer Leistung respektiert werden, nicht aufgrund ihrer Abstammung. Deshalb hatte sie von jeher versucht, solche Kontakte so gut es ging zu meiden. Und deshalb war es ihr auch so wichtig, auf eigenen Beinen zu stehen. Von Beruf Tochter zu sein, war für sie noch nie eine Option gewesen.

Jetzt atmete sie tief durch, straffte die Schultern und öffnete die Ladentür. Begleitet vom melodischen Klingen des Glockenspiels, trat sie ein. Der wunderbare Kaffeeduft, der sie empfing, schien sie zu umarmen. Fast unmittelbar fühlte Corinne sich besser und viel zuversichtlicher als noch Sekunden zuvor.

»Guten Tag«, grüßte sie und lächelte den Besucher trotz ihrer Vorbehalte freundlich an. Sie wollte schließlich auch fair behandelt werden, also musste sie umgekehrt anderen Menschen auch eine Chance geben und sie nicht vorverurteilen. Er hatte ihr nichts getan. Vielleicht hatte sie einen vollkommen falschen ersten Eindruck von ihm. Sie hoffte es inständig und ging mit ausgestreckter Hand auf den Herrn zu. »Corinne Ahrensberg. Meine Mitarbeiterin hat mich informiert, dass Sie mit mir sprechen möchten. Was kann ich für Sie tun?« Corinne lächelte kurz zu Frieda hinüber, die gerade zwei Kunden bediente.

Der Mann ergriff Corinnes Hand und sofort bereute sie, ihm den Handschlag überhaupt angeboten zu haben. Sein Händedruck fühlte sich an, als würde ihr ein toter Fisch über die Handfläche flutschen. Es kostete Corinne Überwindung, nicht zurückzuzucken und ihre Hand an der Hose abzureiben.

»Die Frage ist eher, was ich für Sie tun kann, gute Frau Ahrensberg«, näselte der Mann und bedachte Corinne mit einem Blick, der hochnäsiger nicht hätte sein können. »Bühling. Fabian Bühling. Da ich gerade in der Nähe war, dachte ich mir, ich schaue mir Ihr Geschäft doch direkt einmal an. Und wie es aussieht, lag ich mit meiner Idee richtig. Mein Onkel hat einiges schleifen lassen, wie mir scheint, es wird höchste Zeit, dass hier ein frischer Wind weht. Aber das wird sich ja nun glücklicherweise bald ändern.«

Corinne sah ihr Gegenüber fassungslos an. Fabian Bühling zeigte jetzt ein schmallippiges Lächeln, das seine eng stehenden Augen aber nicht erreichte. Sie schluckte.

Frischer Wind? Wovon sprach dieser Mensch denn nur? Sie hatte keine Ahnung, aber sie konnte den Ärger spüren, den er im Gepäck hatte. Wie eine kalte Welle spürte sie die Vorahnung. Dieser Mensch führte etwas im Schilde und ganz offensichtlich war er ihr nicht wohlgesonnen.

»Herr Bühling«, sagte sie mit fester Stimme. Sie blieb unverbindlich freundlich, ging aber noch deutlicher auf Distanz. »Mit Verlaub, aber ich habe meine Geschäftsräume gerade erst frisch bezogen. Es ist alles frisch renoviert und alle Arbeiten waren mit Ihrem Onkel abgesprochen. Hier besteht ganz sicher kein Bedarf an frischem Wind. Und sollte tatsächlich etwas anliegen, würde ich das doch lieber mit meinem Verpächter, Herrn Helmut Bühling besprechen. Ist er überhaupt darüber informiert, dass Sie mir einen unangekündigten Besuch abstatten? Ich werde den Eindruck nicht los, dass es um etwas anderes geht. Hätten Sie bitte die Freundlichkeit, mich darüber in Kenntnis zu setzen, was Sie wirklich wollen?«

Die schmalen Lippen ihres Gegenübers verzogen sich zu einem herablassenden Grinsen. »Offensichtlich sind Sie nicht auf dem neuesten Stand. Mein Onkel, Gott hab ihn selig, ist vorgestern verstorben. Da es keine weitere Verwandtschaft gibt, bin ich – sobald die Formalien erledigt sind – sein Erbe. Sie sehen also: Es gibt durchaus einiges, was wir zu besprechen haben. Und Sie werden sich daran gewöhnen müssen, dass ich künftig die Zügel in der Hand halte und Ihr neuer Verpächter sein werde. Vorerst jedenfalls.«

Wie bitte? Corinne brauchte ein paar Sekunden, um die Nachricht zu verstehen.

Herr Bühling sollte tot sein? Aber er war doch letzte Woche erst bei ihr gewesen. Das konnte doch nicht sein. Fassungslos schnappte sie sich den Barhocker, der neben ihr stand, und setzte sich. Sie hatte Angst, dass ihre Knie nachgeben würden. Die Jacke, die sie noch immer trug, zog sie ein wenig enger. Ihr war kalt. Angestrengt konzentrierte sie sich auf ihre Atmung. Ein und aus, ein und wieder aus. Endlich hatte sie sich wieder im Griff.

»Mein aufrichtiges Beileid, Herr Bühling«, sagte sie, nachdem sie sich wieder unter Kontrolle hatte, und zeigte auf den Hocker neben sich. Im nächsten Moment besann sie sich anders. »Oder wollen wir nach hinten gehen, um in Ruhe zu sprechen?«

Fabian Bühling zog eine Augenbraue hoch und grinste arrogant. Er sah aus, als würde er die Situation genießen.

»Dachte ich mir, dass Sie den Ton ändern, wenn Sie die Sachlage kennen. Aber im Moment gibt es nichts zu besprechen, gute Frau. Mein Anwalt kümmert sich um den Schriftkram und sobald alles offiziell ist, werden Sie über den zeitlichen Ablauf der Gebäudesanierung informiert. Das hier kann keinesfalls so bleiben, das gesamte Gebäude wird renoviert und modernisiert. Das wird natürlich eine Zeit lang ein wenig ungemütlich für Sie und Ihre Kunden, aber nun ja, was sein muss, muss eben sein. Es sei denn, Sie haben Interesse, selbst Eigentümerin zu werden. Machen Sie mir ein vernünftiges Kaufangebot und wir werden uns einig. Aber dass keine Missverständnisse aufkommen – wir sprechen nicht von Peanuts, dieses Haus sollte Ihnen schon etwas wert sein. Dann wäre das eine Option, auf die ich mich vielleicht einlassen könnte.«

»Das können Sie doch nicht machen«, entgegnete Corinne halbherzig. In Wahrheit hatte sie keine Ahnung, was rechtlich möglich war und was nicht. Ihr Hirn arbeitete fieberhaft und suchte nach Lösungen.

Sie musste sich dringend informieren. Sie musste Doktor Hartmann fragen. Der Firmenanwalt von *Ahrensberg Kaffee* hatte sie schon beim Abschluss des Pachtvertrages unterstützt und würde ihr ganz sicher auch in dieser Situation zur Seite stehen – auch wenn das natürlich nicht zu seinem Aufgabenbereich gehörte. Corinne wusste, dass er ihr gern beistehen würde, und Alexander hatte sicher nichts dagegen, wenn seine Schwester den Firmenanwalt in dieser Sache zu Rate zog.

Siehst du, Mama, so ist das nämlich, ging es ihr unvermittelt durch den Kopf. Alexander und ich mögen vielleicht eigene Wege gehen, aber wenn es darauf ankommt, sind wir eine Familie und halten zusammen.

»Es wird sich zeigen, was ich machen kann und was nicht, Gnädigste«, tönte Fabian Bühling nun in ihre hastigen Überlegungen zu den nächsten Schritten hinein. »Jedenfalls wissen Sie nun, dass die Schmarotzerzeit ein Ende hat. Mein Onkel war viel zu gutmütig, er hat Ihnen die Räume ja quasi geschenkt. So dumm werde ich sicher nicht sein. Man sieht sich. Guten Tag.« Ohne ein weiteres Wort oder Corinne auch nur noch einmal Gelegenheit für Fragen oder Einwände zu lassen, drehte er sich um und marschierte zur Tür hinaus.

Corinne schnappte empört nach Luft, als die Tür hinter diesem äußerst unwillkommenen Gast ins Schloss fiel.

Frieda hatte die Auseinandersetzung zwischen Corinne und dem angeblichen neuen Verpächter selbstverständlich mitbekommen.

»Was für ein aufgeblasener Gockel«, sagte sie und schüttelte den Kopf. Sie kam zu Corinne herüber, strich ihr über den Rücken und lächelte sie aufmunternd an. »Lass dich nicht verrückt machen, Corinne. So wie der sich aufplustert, scheint er es nötig zu haben. Wenn ich es richtig verstanden habe, ist noch gar nicht geklärt, dass er der Erbe sein wird. Also erst mal zurücklehnen, abwarten und eine gute Tasse Kaffee trinken.«

Corinne seufzte. »Hoffen wir, dass er nicht der Erbe wird«, sagte sie. Groß war diese Hoffnung allerdings nicht. Wenn es stimmte und dieser unmögliche Mensch der einzige lebende Verwandte war, dann sah es schlecht aus für das *Öcher Böhnchen*.

Die Türglocke schlug an, die nächsten Kunden betraten den Laden. Frieda nickte Corinne zu und übernahm die Bedienung.

Während der nächsten Minuten stand Corinne wie in Trance am Tresen. Sie fühlte sich vollkommen überrollt. Erst als weitere Kunden eintraten, schreckte sie aus ihrer Starre hoch und grüßte sie freundlich. Sie bediente auch, als sie das Gefühl hatte, dass es für Frieda etwas zu viel wurde. Aber sie erfüllte die anstehenden Aufgaben mechanisch und war überhaupt nicht bei der Sache. Die Nachricht von Helmut Bühlings Tod und der Auftritt dieses unsäglichen Neffen verfolgten sie und füllten ihr

Denken und Fühlen aus. Die Kaltschnäuzigkeit des Kerls machte sie fassungslos. Wenn sie daran dachte, dass sie nie wieder mit ihrem Verpächter würde plaudern können, nie wieder die Wärme spüren, die er ihr entgegenbrachte, dann stiegen ihr Tränen in die Augen. Sie vermisste ihn jetzt schon, auch wenn sie nur lockeren Kontakt gehabt hatten. Er war so ein freundlicher Mensch gewesen. Genau das Gegenteil von diesem Fabian Bühling.

Als sie an die stechenden Augen des Schnösels dachte, in denen die Eurozeichen zu blitzen schienen, fröstelte sie. Wenn Fabian Bühling tatsächlich der Erbe war, wie er behauptete, dann würden ihr ganz sicher einige Kämpfe bevorstehen. Es graute ihr davor, sie hatte überhaupt keine Lust auf Streit. Aber wenn man ihr keine Wahl ließ, würde sie für sich und ihre Rösterei kämpfen. Dieser Kerl sollte sich lieber nicht zu früh freuen. So schnell gab eine Ahrensberg sich nicht geschlagen, das würde er schon noch merken.

Corinne schnaubte wütend. Was war nur los? Erst die Aufregung wegen der Wohnungsfrage und kaum fühlte sie sich wieder gut, weil sie eine Entscheidung getroffen hatte, die sich richtig anfühlte, stand dieser unsägliche Fabian Bühling in ihrem Laden und vernichtete alles Hochgefühl wieder.

»Weißt du was, Corinne?«, drang Friedas Stimme wie durch Watte zu ihr durch. Sie hatte gar nicht gemerkt, dass ihre Mitarbeiterin neben sie getreten war. »Wenn es okay für dich ist, bleibe ich heute den ganzen Tag.«

»Oh Frieda, das würdest du tun?« Corinne sah auf die Uhr, Frieda hatte eigentlich schon seit einer halben Stunde Feierabend. »Ich wäre wirklich froh, wenn du bleibst. Ich würde gern nach hinten gehen. Ist das okay? Kommst du klar hier vorne?«

Die Frage war überflüssig, denn Corinne stand ohnehin fast nur wie Dekoration herum. Die paar Leute, die sie bedient hatte, hätte Frieda auch noch locker geschafft. Corinnes Bedenken von vorhin waren vollkommen unbegründet, wie sie während der letzten Stunden zunehmend festgestellt hatte. Und wenn wirklich mal jemand ein paar Minuten warten musste, war das schließlich kein Beinbruch. Im Gegenteil, das gab den Kunden die Chance, sich im *Böhnchen* umzusehen und vielleicht noch etwas zu entdecken, was nicht auf der Einkaufsliste stand. Springware nannte Corinne das. Sachen, die im Einkaufskorb landeten, ohne dass man richtig sagen konnte, wie das passiert war.

Frieda hob eine Augenbraue und grinste ihre Chefin an, während sie sie zum zweiten Mal an diesem Tag sanft Richtung Tür schob – diesmal zum hinteren Bereich. »Abmarsch. Lief doch bisher alles ganz primafein, oder? Und wenn was ist, ruf ich um Hilfe. Ich schätze mal, dann bist du so schnell zur Stelle, als könntest du apparieren wie Harry Potter und seine Zaubererkollegen.«

Corinne schenkte ihr ein dankbares Lächeln und Frieda kümmerte sich um die Mutter, die gerade fröhlich mit ihrem Kind plappernd hereinkam.

»Gibt es hier auch Schokolade?«, wollte die Kleine von ihrer Mutter wissen.

»Nein, mein Schatz, das ist eine Kaffeerösterei, hier kaufen wir einen besonders guten Kaffee. Das wird deinen Papa freuen. Du weißt doch, wie gern er Kaffee trinkt.«

»Mit Milchschaum«, kiekste das Mädchen und lachte. »Das sieht immer lustig aus. Wie ein weißer Bart.«

»Na, wenn dein Papa so gerne Milchkaffee mag, dann habe ich den perfekten Kaffee hier«, griff Frieda in die lockere Plauderei ein. Sie nahm eine Packung aus dem Regal und hielt ihn der Mutter entgegen. »Das ist eine Arabicabohne, die Sorte Bourbon. Dieser hier wurde in Australien angebaut. Genauer gesagt in den Atherton Highlands, das liegt im äußersten Norden von Queensland. Der Kaffee hat ein sehr warmes Aroma, das sich harmonisch mit dem Milchschaum verbindet. Den kann ich Ihnen absolut empfehlen.«

Wow. Frieda wurde wirklich immer besser. Und sie erzählte das so, dass man ihre Begeisterung spürte. Was für ein Glück, dass Corinne sie eingestellt hatte. Mit jedem Tag mochte sie ihre Mitarbeiterin lieber und registrierte glücklich, dass Frieda nicht nur eine gute Verkäuferin war, sondern auch ein liebenswerter, loyaler Mensch. Sie passte einfach super zu Corinne und in die Rösterei.

Sobald sie die Tür hinter sich geschlossen hatte, nahm Corinne ihr Handy und versuchte den Firmenanwalt Doktor Hartmann zu erreichen. Doch leider war er für zwei Tage auf einer Weiterbildung. Seine Sekretärin versprach Corinne, dass sie ihm eine Notiz auf den Tisch legen würde, mit der Bitte, sich so schnell wie möglich bei ihr zu melden.

Nach diesem Fehlversuch überlegte Corinne, ob sie Sebastian anrufen sollte, aber diese Idee verwarf sie sogleich wieder. Er hatte ihr heute schon einmal ganz wunderbar geholfen und besaß schließlich auch noch ein eigenes Leben. Außerdem konnte er außer zuhören, trösten und Mut machen ohnehin nichts tun. Sie wollte ihm ihre wirren Gedankengänge und die Mutmaßungen ersparen. Noch wusste sie ja gar nichts Definitives.

Seit Fabian Bühlings Auftritt hatte sich die Angst wie ein eiskalter Klumpen in ihrem Magen eingenistet. Corinne ahnte, dass eine ziemlich große Welle auf sie zukam – sie konnte nur hoffen, dass es kein Tsunami wurde und sie am Ende vor den Scherben ihrer Existenz stehen würde. Aber Sebastian könnte an der Situation auch nichts ändern. Aus demselben Grund rief sie auch nicht bei ihrem Bruder an. Sie wollte nicht alle Menschen um sich herum mit einer Angelegenheit aufscheuchen, von der sie noch gar nicht wusste, wie genau sie sich entwickeln würde.

Noch hatte dieser Fabian Bühling keinen Erbschein. Das hatte er ihr ja selbst gesagt. Also sollte er sich auch nicht aufspielen, als gehörte ihm das Haus bereits. Sollte er sie noch einmal belästigen, würde sie ihm genau das sagen. Andererseits war es vielleicht nicht klug, ihrem voraussichtlich künftigen Verpächter offen den Kampf anzusagen. Auch wenn er damit angefangen hatte.

»Machen Sie mir ein vernünftiges Kaufangebot und alles ist gut.« Was glaubte dieser Kerl denn? Dass sie in Golddukaten badete wie Dagobert Duck? Sie war eine Ahrensberg, natürlich, aber das hieß nicht, dass sie reich war. Sie hatte all ihre Mittel und noch etwas mehr in den Start ihrer Rösterei gesteckt. Ihre Mutter und Alexander hatten ihr ein zinsloses Familiendarlehen gewährt, damit sie das erste Jahr ganz sorglos arbeiten konnte und nicht an wichtigen Investitionen in Marketing oder Ausstattung sparen musste. Sie waren sich alle einig, dass man bessere Chancen auf dem Markt hatte, wenn man nicht kleinklein anfangen musste, sondern direkt aus dem Vollen schöpfen konnte. Kunden hatten ein Gespür für so etwas und Erfolg zog Menschen nun einmal an.

Am liebsten hätte Corinne mit Noah gesprochen, aber sein Kaffeeseminar lief noch. Es half nichts, sie musste die Zeit bis zum Feierabend irgendwie durchstehen. Vielleicht war es besser, wieder nach vorne zu gehen und zu arbeiten. Ablenkung war manchmal eine gute Medizin. Dieser Gedanke spülte eine Erinnerung hoch.

Es war ein Heiligabend vor vielen Jahren. Sie war sechs oder sieben und schrecklich aufgeregt gewesen. »Wann kommt denn endlich das Christkind, Opa?«, hatte sie alle paar Minuten gefragt. Sie hatte auf dem Schoß ihres Opas gesessen und seinen Bart gezwirbelt. Er ließ ihr den Spaß und schnappte manchmal nach ihren Fingern. Dann kiekste Corinne vor Schreck und kicherte, weil er sie natürlich nie erwischte. »Ich langweile mir ein

Loch in den Bauch«, hatte sie gesagt und sich ihren Bauch gerieben, als wäre dort bereits ein Loch im Entstehen.

Ihr Opa hatte leise gelacht. »Ich weiß etwas, was ganz gut gegen Löcher im Bauch hilft, mein Schatz. Wie wäre es mit ein paar Keksen und einer Tasse Kakao. Und wenn du versprichst, mir nicht alle Barthaare auszurupfen, darfst du auch einmal an meinen Kaffee nippen. Einverstanden?«

Schon war Corinne von seinem Schoß gehüpft, hatte die Hand ihres Großvaters geschnappt und ihn hinter sich her Richtung Tür gezogen. »Au ja fein! Dann los. Schnell. Auf zu Klara in die Küche. Und ich nehme mein Mau-Mau mit.«

Gleich darauf hatten Corinne und ihr Großvater in der Küche gestanden, in der es ganz herrlich nach Braten und Weihnachtskeksen, nach Rotkohl und Apfelmus geduftet hatte. Obwohl sie alle Hände voll zu tun hatte, freute Klara sich über ihren Besuch.

»Das ist aber fein, dass ihr mich besuchen kommt«, rief sie. »Setzt euch!«

»Spielst du mit uns Mau-Mau, Klara?«, hatte Corinne gefragt.

Aber Klara hatte die Hände über dem Kopf zusammengeschlagen. »Kindchen, wo denkst du hin? Wer soll denn die viele Arbeit machen? Ihr wollt doch alle ein feines Weihnachtsessen haben, nicht wahr?«

Corinne hatte ihre Unterlippe nach vorn geschoben und gesagt: »Wir haben doch Kekse.«

Da hatte Klara gelacht und ihr über den Kopf gestreichelt. »Das würde dir so gefallen, was? Du bekommst deine Kekse und auch einen Kakao dazu. Aber lass noch Platz für das Abendessen. In Ordnung?« Flugs hatte sie Kakao, Kaffee und Kekse auf den Tisch gestellt und sich wieder ans Werk gemacht. Sie musste nicht nur den Kartoffelsalat und Feldsalat für das Heiligabendessen vorbereiten, sondern auch schon einiges für das Festessen am ersten Weihnachtsfeiertag. Da sollte es eine Vorsuppe geben, Gänsebraten mit Klößen und Rotkohl und zum Abschluss Käse, Obst und die *Oma Lilo Bavaroise*. Das Rezept für diese Kaffeecreme war bereits seit Generationen im Familienbesitz und krönte jeden Festschmaus.

Klara lief eilig in der Küche umher, rührte in den Töpfen, schnippelte, schichtete Speisen um und spülte nebenher gleich die frei gewordenen großen Pfannen und Röster. Doch die schwere Arbeit schien ihr nichts auszumachen. Sie lachte und trällerte zwischendurch auch gut gelaunt Weihnachtslieder mit ihren Küchenbesuchern.

»Schneeflöckchen, Weißröckchen« war damals Corinnes Lieblingslied – und sie mochte es heute noch. Die Zeit mit ihrem Großvater bei Klara in der Küche verging so schnell, dass Corinne es kaum fassen konnte, als ihre Mutter sie rief. Die Familie versammelte sich in der Bibliothek, denn jeden Moment sollte das Christkind kommen und mit seinem Glöckchen läuten.

»Siehst du, Liebes«, hatte ihr Großvater gesagt, als sie aufgeregt an seiner Hand in die Bibliothek gehüpft war. »Es ist genau, wie ich es immer sage: Alles ist für etwas gut. Durch das Warten auf das Christkind hatten wir Zeit, um Klara zu besuchen.«

»Und Mau-Mau zu spielen«, hatte Corinne geantwortet. »Spielen wir später weiter, Opa?«

»Wir werden sehen, was der Abend bringt«, hatte er geantwortet.

»Und das Christkind«, hatte Corinne fröhlich ergänzt und schnell noch ein paar Extrahüpfer an Opas Hand gemacht. An seiner Hand hatte sie sich immer sicher gefühlt.

Diese kleine Erinnerung an ihren Großvater und seine Liebe, die er ihr bedingungslos geschenkt hatte, wärmte Corinne. Der Eisklumpen in ihrem Bauch fühlte sich ein bisschen weniger eisig an. Aber er war trotzdem noch da. Dieses Mal warte ich nicht auf das Christkind, Opa, dachte sie, eher auf Knecht Ruprecht. Und wofür das gut sein soll, darauf bin ich jetzt schon gespannt.

Das Klingeln ihres Handys riss Corinne aus ihren Gedanken. Es war Sarah, wie sie mit einem Blick auf das Display feststellte. Dieser Anruf gerade in diesem Moment erschien Corinne fast wie ein Zeichen ihres Großvaters. Sarah war genau die Person, mit der sie jetzt sprechen musste, wurde ihr schlagartig bewusst. Schnell nahm sie den Fernruf an.

»Hallo, Sarah, das ist aber schön, dass du anrufst«, grüßte sie und meinte jedes Wort, wie sie es sagte.

»Ich habe gerade an dich gedacht, Corinne, und hatte so ein Gefühl, dass es Zeit wäre, mich wieder einmal bei dir zu melden. Passt es dir gerade oder störe ich?«

»Du hast genau den richtigen Moment erwischt. Hat die Post jetzt Eulen, die meinen Brief per Eilflug zu dir gebracht haben?«

»Einen Brief?«, fragte Sarah überrascht zurück. »Nein, Liebes, dein letzter Brief kam schon vor einigen Wochen an, den meinst du ja wohl nicht, oder?«

»Nein, den meine ich nicht. Ich habe gerade einen auf den Weg geschickt.«

Jetzt lachte Sarah. »Na dann funktioniert mein siebter Sinn wohl, oder? Muss ich jetzt auf den Postboten warten oder erzählst du mir, was drinsteht?«

»Es ist eine längere Geschichte und … ach, ich bin so froh, dass du anrufst, Sarah. Ich bin sehr durcheinander. Gerade erst war alles ganz schön und leicht und plötzlich tauchen Probleme auf, mit denen ich überhaupt nicht gerechnet habe. Kaum habe ich eins gelöst, kommt das nächste – noch größere – und plötzlich ist es gar nicht mehr so wichtig, wo ich künftig leben werde, denn es steht viel mehr auf dem Spiel. Ich fürchte, es ist kompliziert.«

»Wo du leben möchtest? Das klingt nach Veränderung. Ich habe Zeit und ich möchte hören, was du auf dem Herzen hast. Erzähl mir alles in Ruhe und wir dröseln das dann gemeinsam auf. Wollen wir?«

Sarahs besonnene und warme Art tat Corinne so gut, dass sie unwillkürlich schniefte. Aber sie fing sich sofort wieder. »Das klingt sehr gut. Danke Sarah, ich bin so froh, mit dir sprechen zu können. Lass mich damit anfangen, dass ich gestern Morgen, auf dem Weg in meinen Laden, so glücklich war, dass ich fast zur Arbeit getanzt wäre. Der Frühling liegt in der Luft, die Vögel zwitschern wieder fröhlich, die Brunnen plätschern ... und dann ...« Corinne erzählte, was sich in den letzten Stunden ereignet hatte, und Sarah hörte ihr aufmerksam zu. Hin und wieder stellte sie Zwischenfragen, wenn Corinnes Gedanken zu sehr durcheinandergingen, aber meistens brummte sie nur leise zustimmend als Zeichen, dass sie noch aufmerksam zuhörte.

Die beiden so ungleichen Freundinnen unterhielten sich bald eine Stunde. Über die Wohnung, das Gesindehaus, Corinnes Entscheidung, nicht dem Wunsch ihrer Mutter nachzukommen, über den Auftritt ihres vielleicht künftigen Vermieters, aber auch über ihren Großvater. Sie sprachen auch über die Zeit nach dem Krieg, die Corinne nur aus den Tagebucheinträgen ihres Großvaters kannte und an die Sarah nur vage eigene Erinnerungen hatte, weil sie noch ein kleines Mädchen gewesen war. Corinne lauschte Sarah gebannt, während die ihr von damals erzählte. Bei jedem ihrer Gespräche drückte Sarah ihr Bedauern aus, Corinnes Großvater nicht kennengelernt zu haben. Sie war davon überzeugt, dass sie ihn sehr gemocht hätte.

Es tat Corinne immer gut, mit Sarah zu sprechen. Sie half ihr jedes Mal, die Geschichte ihres Großvaters und der Dynastie der Ahrensbergs besser zu verstehen, vor allem aber brachte Sarah sie dazu, den eigenen Blickwinkel nicht als in Stein gemeißelt anzusehen. Das hatte bei Corinne schon so manchen Aha-Effekt ausgelöst, einfach nur durch Sarahs geschickte Fragen. Sarahs Art, ihr etwas zu raten, war vollkommen unaufdringlich und doch teilte sie die Weisheit ihres langen Lebens bereitwillig mit Corinne.

Für Corinne war die alte Dame wie eine wirklich gute Freundin oder in Anbetracht des großen Altersunterschiedes auch ein wenig wie eine wunderbare Großmutter.

Nach ihren Unterhaltungen, oft auch schon währenddessen, begann Corinne Dinge, die sie vorher als selbstverständlich erachtet hatte, anders zu hinterfragen und gewann dadurch oft neue Erkenntnisse. Wenn jemand wusste, dass die Welt nicht nur schwarz und weiß war, dann Sarah Rosenbaum, eine Frau, die das Konzentrationslager überlebt und den Hass überwunden hatte.

Wenn Corinne sich normalerweise von Sarah verabschiedete, hatte sie das Gefühl, wieder ein wenig klüger geworden zu sein. Heute hatte das Gespräch aber noch mehr Fragen aufgeworfen. Corinne fühlte sich noch stärker verunsichert, denn Sarah hatte sie auf die Querverbindungen aufmerksam gemacht, die zwischen ihrer Wohnungswahl und der veränderten Pachtsituation der Rösterei bestanden.

Es war Corinne nicht bewusst gewesen, wie sehr die neue Situation in ihrem Geschäft sich auf ihr Privatleben auswirken könnte. Sie musste ihre Entscheidung noch einmal überdenken. Vor allem aber musste sie dringend mit Noah sprechen!

Noch nie seit dem Tag ihrer Eröffnung war Corinne dermaßen erleichtert gewesen, endlich die Ladentür abschließen zu können und Feierabend zu machen.

Jetzt hatte auch Noah sein Seminar beendet und sie konnten endlich miteinander reden.

***

Corinne bremste quietschend, stellte hastig ihr Rad vor Noahs Rösterei ab und befestigte das Schloss. Sie würde es später in den Fahrradkeller tragen. Jetzt musste sie zuerst zu Noah hinein und ihm von Fabian Bühling erzählen.

»Mein kleiner grüner Kaktus, steht draußen …« Noah sang lauthals, als Corinne den Laden betrat. Er war gerade dabei, die schmutzigen Tassen in die Spülmaschine zu räumen, und hatte sie trotz der Türglocke noch nicht bemerkt. Corinne blieb stehen und beobachtete ihren Liebsten einen Moment.

Ihr Herz flog ihm entgegen, sie konnte sich gar nicht mehr daran erinnern, wie ihr Leben ohne Noah ausgesehen hatte. Ganz offensichtlich hatte er blendend gute Laune, er legte sogar ein paar Tanzschritte hin. Als er sich einmal um sich selbst drehte, entdeckte er, dass er nicht mehr alleine war, und strahlte Corinne an.

»Corinne! Du bist aber früh dran. Bist du geflogen? Stehst du schon lange da? Normalerweise verlange ich Eintritt«, sagte er und lachte.

»Hallo, Noah, nicht schlecht. Darf ich in Küssen bezahlen?«, fragte Corinne. Sie ging zu ihm hinüber und plötzlich schienen ihre Sorgen ganz klein zu werden. Sie schrumpelten in sich zusammen, wie wenn man bei einem Luftballon die Luft rausließ.

Noah strahlte sie an und nahm sie in die Arme. »Darüber können wir durchaus verhandeln.« Corinne gab ihm einen ersten Kuss als Anzahlung.

»Hast du früher Schluss gemacht?«, fragte Noah und musterte Corinne.

»Ich hatte es eilig und habe das Rad genommen.«

»Ich wollte eigentlich schon oben sein und kochen, bis du kommst. Aber so ist es auch schön. Sekt habe ich bereits kalt gestellt. Wir müssen doch auf unsere Wohnung anstoßen. Sollen wir Carlos nachher zusammen anrufen? Und ich muss dir unbedingt zeigen, was ich heute für eine fantastische Lieferung bekommen habe.«

Noah spitzte die Lippen, offensichtlich wollte er den Rest seiner Bezahlung einfordern. Er bekam einen Kuss, aber Corinne ließ sich nicht in seine Arme fallen. Die Sorgenballons wurden wieder größer. Sie mussten sich unterhalten. Er musste erfahren, was für Wolken sich gerade über ihr zusammenzogen. Über ihr, aber auch über ihm.

Noah merkte sofort, dass etwas nicht stimmte. »Fühlt sich nicht nach ungestümer Leidenschaft und Feierlaune an. Was ist los? Hattest du einen anstrengenden Tag? Gibt es Probleme?«

»Sieht so aus.« Corinnes Stimme zitterte, als sie Noah von Fabian Bühling und seiner Drohung erzählte. Modernisieren und anschließend eine horrend hohe Pacht zu verlangen war gleichbedeutend mit einem Rausschmiss. Davon abgesehen würde ihr Geschäft enorm unter den Bauarbeiten leiden. Und seine lapidar hingeworfene Rettungsleine, sie solle das Haus kaufen, war trügerisch. Ein Haus in der Aachener Innenstadt, direkt beim Dom, würde ein Vermögen kosten, selbst wenn es nicht auf dem modernsten Stand war. Das konnte Corinne sich nicht leisten.

Je mehr sie Noah erzählte, desto stärker steigerte sie sich in ihre Gefühle hinein. Angst, Verzweiflung, Wut, Ratlosigkeit … Der Eisklumpen in ihrem Bauch war größer denn je und ließ sie frösteln.

»Beruhige dich, Corinne. Kaffee wird nicht so heiß getrunken, wie er gebrüht wird.« Noah hielt seine aufgewühlte Freundin in seinen Armen und streichelte ihr beruhigend über den Rücken. »Solange wir beide zusammenhalten, findet sich immer eine Lösung, das verspreche ich dir.«

Dankbar lehnte Corinne ihre Wange an Noahs Brust und ließ sich von ihm halten.

»Unter diesem Aspekt wäre es vielleicht die klügere Entscheidung, die Wohnung doch nicht zu nehmen und stattdessen in das Gesindehaus zu ziehen. Meinst du nicht, Noah? Egal wie es weitergeht, so wie es aussieht, kommen auf jeden Fall Kosten auf mich zu. Ich weiß nicht, ob wir in dieser Situation eine so hohe monatliche Verpflichtung eingehen sollten.«

»Jetzt mal langsam, Corinne. Du weißt, dass ich das Gesindehaus gar nicht schlecht finde, aber du hast dich doch so sehr auf die tolle Wohnung gefreut. Und ich bin schließlich auch noch da. Meine Rösterei wirft genug ab, selbst wenn es bei dir zu Ausfällen kommen sollte.«

Das Glockenspiel über der Eingangstür ertönte. Erstaunt drehten Noah und Corinne sich um. Es war längst Feierabend, aber sie hatten vergessen abzuschließen.

»Hallo?«, tönte es da auch schon vom Eingang her. Eine ausnehmend hübsche junge Frau mit blonder Lockenmähne streifte Corinne mit einem undurchsichtigen Blick, durchquerte den Laden und wandte sich dann direkt an Noah. »Gut, dass du noch da bist, Noah. Ich muss mit dir sprechen.«

»Vanessa!«

Corinne spürte, wie Noah sich versteifte. Seine Gesichtszüge wurden hart. Er blitzte die Frau wütend an.

»Was willst du hier? Wir haben nichts zu besprechen.«

»Sei dir da nicht zu sicher.« Die Frau warf einen Blick zu Corinne und sagte: »Kindchen, du kannst diesen Schmusetiger gleich wiederhaben. Aber jetzt würde ich gern mit ihm sprechen. Unter vier Augen.«

Corinne sah von dieser Vanessa zu Noah und wusste nicht so richtig, wie sie sich verhalten sollte. Noah nahm ihr die Entscheidung ab. Er legte den Arm um sie und sagte: »Corinne ist meine Freundin, ich habe keine Geheimnisse vor ihr. Spuck es aus. Was willst du, Vanessa?«

»Ich möchte, dass du weißt, dass wir ein Kind bekommen«, sagte sie. Sie schob ihren Mantel auseinander. Unter dem Pulli zeichnete sich ein kleiner Babybauch ab.

»Was?« Noahs war so fassungslos, dass ihm fast die Stimme wegblieb.

Vanessa grinste zufrieden. Offenbar verlief ihr Auftritt genau so wie sie es geplant hatte.

»Tja, nun ist wohl klar, dass wir doch etwas zu besprechen haben. Daddy.«

Das höhnische Lachen schien Löcher in Corinnes Trommelfell zu reißen. Ihr wurde schwindlig.

Kapitel 6
Die Befreiung

Konzentrationslager Buchenwald

April 1945

Obwohl sie so erschöpft war, dass sie das Gefühl hatte, jeden Moment im Stehen einzuschlafen, studierte Rebecca konzentriert die Arie der Königin der Nacht ein. Sie musste das Stück am Nachmittag tadellos vortragen können, wenn sie keine Sanktionen riskieren wollte.

»Wirst du das morgen Nachmittag singen? Fehlerfrei?«, hatte der Kommandant sie am Vorabend mit leiser Stimme gefragt, gerade als sie ihre Probe beendet hatten. Die letzten zehn Minuten hatte er ihnen zugehört und Rebecca mit seinem unrhythmisch wippenden Fuß schier in den Wahnsinn getrieben. Sie hatte noch nie einen Menschen mit so wenig Taktgefühl erlebt – in jeglicher Hinsicht.

Seine Worte waren wie Peitschenhiebe gewesen und hatten Rebecca einen Schauer über den Körper gejagt. Alle wussten, wenn der Kommandant leise wurde, musste man ihn noch mehr fürchten als sonst. Mit gesenktem Haupt hatte sie dagestanden und versucht, das Zittern ihrer Hände zu kontrollieren.

Nein, hatte alles in ihr geschrien. Dieses Ansinnen war Wahnsinn. Die Arie war zu schwierig für sie, ihre Stimme war nicht für diesen Anspruch ausgebildet, sie sang leichte Operetten und volkstümliche Stücke, keine Opern. Rebecca wusste, dass sie dieses Lied nie und nimmer fehlerfrei würde singen können. Aber sie hatte die Zähne zusammengebissen und genickt, denn es gab keine andere Antwort, wenn sie überleben wollte.

»Ich habe dich nicht verstanden«, hatte der verhasste Mann gezischt, sein Gesicht nur Zentimeter von ihrem entfernt. So nah, dass sein faulig stinkender Atem ihr entgegenschlug. Rebecca kämpfte gegen den Würgereiz an und sagte: »Ja, Herr Kommandant. Ich werde es fehlerfrei singen.«

Bis tief in die Nacht hinein hatte sie geübt. Sie durfte mit einer Ausnahmegenehmigung des Kommandanten sogar nach neun noch in dem Proberaum bleiben, in dem normalerweise die Gefangenen entlaust wurden. Sarah hatte sie in der Unterkunft schlafen gelegt, die anderen Frauen achteten auf sie.

Als die Trillerpfeifen sie um fünf Uhr nach einem kurzen unruhigen Schlaf weckten, arbeitete Rebecca sofort weiter und ging schon während der Morgentoilette in Gedanken den Text durch. An diesem Tag musste sie im Schlafraum üben, die Entlausungskammer wurde benötigt. Ilse, die ebenfalls Teil des Orchesters war, saß an dem kleinen Tisch und kopierte gewissenhaft Noten für die anderen Musiker. Da sie kein Notenpapier hatte, musste sie improvisieren und zog sich die Striche mithilfe einer Latte auf weißes Papier. Die beiden Frauen mochten sich und waren dankbar, einander beistehen zu können.

Das Stück war schwierig, viel zu schwierig, genau wie Rebecca es erwartet hatte. Immer wieder scheiterte sie an den Höhen, traf die Töne nicht sauber. Auch die schnellen Tonfolgen machten ihr Probleme. Ihr fehlte die richtige Technik, um dabei atmen zu können. Deshalb kippten immer wieder Töne weg und es gab unschöne Atempausen. Doch auch wenn ihr die notwendige Luft fehlte, Rebecca kämpfte verbissen weiter.

Aufgeben war keine Option, denn das wäre ihr Todesurteil. Versagte sie beim Vorsingen, käme sie vielleicht mit Schlägen davon. Aber vielleicht gab es ja einen Ausweg. Ihr Vorteil war, dass der Kommandant keinerlei musikalisches Talent hatte. Rebecca setzte darauf, dass er es nicht merken würde, wenn sie sich über die schwierigsten Passagen hinwegmogelte. Sie musste es nur überzeugend verkaufen. Also versuchte sie die Arie ein wenig zu modifizieren. Sie war entschlossen, sich nicht unterkriegen zu lassen, und mit jedem neuen Durchgang gewann die Zuversicht an Kraft.

Als Rebecca gerade langsam Hoffnung schöpfte, eine brauchbare Version gefunden zu haben, brach draußen auf dem Platz zwischen den Baracken ein Tumult los. Wütende Schreie ertönten, Holz splitterte, Glas klirrte. Im Lager herrschte Aufruhr. Sofort ließ Ilse den Bleistift fallen und rannte hinaus. Nach ein paar Minuten kam sie aufgeregt zurück. Sie schlug die Hüttentür zu und lehnte sich schwer atmend von innen dagegen.

»Sie haben die Wachen überwältigt und übernehmen die Kontrolle im Lager«, rief sie. »Wir werden frei sein! Hörst du? Frei!«

»Aber …« Rebecca wusste nicht, was sie dazu sagen sollte. Es gab im Lager eine Widerstandsgruppe, das wusste sie natürlich. Sie selbst hatte ihnen geholfen, geheime Botschaften zu übermitteln. Durch ihre Stellung als Musikerin hatte sie im Vergleich zu den Mitgefangenen ein wenig mehr Freiräume, alleine schon dadurch, dass sie nicht täglich zum Arbeitsdienst erscheinen musste wie ihre Mitinsassinnen.

Ihr Mann Jacob war Teil der Gruppe, die im Verborgenen Widerstand leistete, wann immer es ging. Oft waren es nur kleine Gesten, aber sie halfen, die Moral der Gefangenen zu stärken. Dass es tatsächlich zu einer Revolte kommen würde, damit hatte Rebecca nicht gerechnet und sie wusste nicht, was sie davon halten sollte. Wenn das schiefging, waren sie alle verloren.

Ihr Blick fiel auf ihr Töchterchen Sarah. Die Kleine war erst vier Jahre alt und hatte doch noch ihr ganzes Leben vor sich. Hoffentlich machten sie keinen Fehler. Noch war Rebeccas Angst größer als die Hoffnung. Konnte das tatsächlich gut gehen? Konnten die geschwächten Gefangenen wirklich gegen die Übermacht der SS bestehen? Rebecca fürchtete das Schlimmste.

Als Schüsse und Schreie direkt neben ihrer Unterkunft die Luft zerfetzten, drückte Rebecca ihre Tochter fest an sich und summte mit zitternder Stimme ein Kinderlied, um die Kleine zu beruhigen. Dabei hatte sie selbst entsetzliche Angst. Woher hatten die Gefangenen überhaupt die Waffen? Hatten sie wirklich eine Chance? Was ging da draußen vor sich? Sie hätte es zu gern gewusst, aber sie wagte es nicht, hinauszugehen.

Als die Tür aufgestoßen wurde, schrie Ilse erschrocken auf. Rebecca zuckte vor Schreck zusammen. Jede Sekunde erwartete sie einen Schuss. Ihr war schwindlig, sie hatte Angst, in Ohnmacht zu fallen. Das durfte nicht passieren, sie musste auf Sarah aufpassen.

»Pass auf ihn auf, er kann nicht mitkämpfen, er kann ja kaum stehen.« Sie kannte diese Stimme. Das war Heinrich. Im nächsten Moment lichtete sich der Schleier des Schreckens, die Männer traten aus dem grellen Gegenlicht des Türrahmens in den Verschlag und Rebecca erkannte, dass Heinrich und Franz ihren Mann Jacob zu ihr brachten.

»Bald ist es vorbei«, sagte Franz. »Versteckt euch besser, bis es sicher ist.«

Bevor Rebecca Fragen stellen konnte, waren die beiden auch schon wieder draußen. Jacob hatten sie auf eine Pritsche fallen lassen, wo er regungslos liegen blieb.

»Jacob«, rief Rebecca. Sie hatte ihren Mann seit Tagen nicht mehr zu Gesicht bekommen und es zog ihr das Herz zusammen, ihn jetzt in diesem elenden Zustand zu sehen.

Als er die Stimme seiner Frau hörte, wandte Jacob ihr das Gesicht zu. Er öffnete die Augen und seine schrundigen Lippen verzogen sich zu einer Grimmasse, die ein Lächeln sein sollte.

»Becci«, hauchte er. »Sarah«, kam es ein paar Sekunden später hinterher. Dann schloss er die Augen wieder und schien einzuschlafen. Doch das konnte Rebecca nicht zulassen. Sie sollten sich verstecken, hatte Franz gesagt. Entschlossen fasste Rebecca Jacob an der Schulter und schüttelte ihn vorsichtig.

»Du kannst jetzt nicht schlafen, Jacob. Bitte! Wach auf. Wir müssen hier raus.« Sarah stand neben ihrer Mutter und beobachtete sie schweigend. Das Kind hatte gelernt still zu sein. Sarah sprach kaum und wenn sie weinte, dann tat sie es meist lautlos. Rebecca spürte, dass der Anblick ihres Vaters sie ängstigte. »Es wird alles gut, Sarah. Hab keine Angst. Dein Vater ist nur müde. Er hat dich lieb, weißt du?« Sie schenkte ihrer Tochter ein schwaches Lächeln, von dem sie selbst spürte, wie unecht es war.

Jacob war nicht nur müde, sie spürte, dass er keinen Lebenswillen mehr hatte, er war auf der Schwelle des Seins. Die Peiniger hatten ihren Mann gebrochen.

»Halte durch, Jacob. Wir haben es fast überstanden«, flehte sie. Mit ihrer letzten Kraft schaffte Rebecca es, ihren Mann auf die Beine zu bringen. Ilse stützte ihn von der anderen Seite und sie schleppten sich gemeinsam um die Hütte herum so weit nach hinten wie möglich. Sarah hielt sich am Kleiderzipfel ihrer Mutter fest und stolperte hinterher.

Etwas verdeckt von einem Busch ließen sie sich auf den Boden fallen. Ein besseres Versteck wäre Rebecca lieber gewesen, aber sie hatten nicht die Kraft, Jacob noch weiter zu schleppen.

Jetzt saß sie klein zusammengekauert im hintersten Winkel an die Bretterwand ihrer Unterkunft gelehnt. Hin und wieder lichteten sich die Wolken, dann streifte sie ein Strahl der noch schwachen Frühlingssonne. Gerne wäre Rebecca weiter ins wärmende Licht gerutscht, aber sie wollte nicht gesehen werden. Sie hatte die Arme um ihre Knie geschlungen als versuche sie, sich selbst Halt zu geben. Ilse saß in ähnlicher Haltung neben ihr.

Sarah und Jacob lagen auf der Erde und schliefen. Rebecca hatte sich noch einmal in die Hütte geschlichen, aber mehr als eine dünne graue Decke, die hauptsächlich aus Löchern zu bestehen schien, hatte sie nicht finden können. Diesen Fetzen hatte sie über ihre beiden Liebsten gelegt, die sich eng umschlungen hielten, um sich gegenseitig zu wärmen.

Jacob zuckte im Schlaf und stöhnte. Er hatte nie darüber gesprochen, aber Rebecca hatte die Male gesehen. Brandwunden von Zigaretten, Striemen von Peitschen und Gürteln und Narben von Schnitten, die sie ihm zugefügt hatten. Hämatome von Schlägen. Sie hatten ihn gefoltert. Immer wieder hatten sie ihn abgeholt, angeblich zu ärztlichen Untersuchungen, um sicherzustellen, dass er gesund war. Und nach jedem Mal war er gebrochener zurückgebracht worden. Von dem fröhlichen Mann, den sie einst geheiratet hatte, war nichts mehr übrig.

Seine Stimme war heiser, seine Haut durchscheinend und dünn wie Pergament und seine Augen leer. Von seinem dunklen Haar war nicht mehr viel übrig, sie hatten ihn kurz geschoren, an vielen Stellen war er kahl, auf der Kopfhaut hatten sich Ekzeme und schorfige Stellen gebildet.

Rebecca wandte den Blick, den sie kurz auf ihrem Mann und ihrer Tochter hatte ruhen lassen, wieder dem Geschehen im Lager zu. Fremde Soldaten marschierten ein und trieben deutsche Soldaten vor sich her. Rebecca sah die Angst auf den Gesichtern der verhafteten Männer, die bis vor wenigen Momenten noch ihre Peiniger gewesen waren.

Vielleicht war der Krieg wirklich vorbei. Vielleicht hatte die Schreckensherrschaft Hitlers tatsächlich ein Ende gefunden. Dieses Vielleicht umspielte wie ein flatternder Schmetterling

Rebbeccas Herz und ließ es vor Hoffnung stolpern. Hatte das Schicksal ein Einsehen und verschonte sie und ihre kleine Familie? Es wäre zu schön, um wahr zu sein.

Noch traute Rebecca den Veränderungen nicht. Sie war sich nicht sicher, ob das alles am Ende nicht nur ein perfides Spiel war, um sie zu quälen. Jeden Moment rechnete sie damit, dass sie zu den Baracken getrieben wurden, aus denen es kein Zurück gab. Die Angst ließ den Schmetterling der Hoffnung taumeln.

Sie hatte zu viel gesehen und gehört in den vergangenen Monaten. Das Leben war hier im Lager keinen Pfifferling wert und den Nazis traute sie alles zu. Andererseits sah sie keine Wachen. Vorsichtig breitete der Schmetterling seine Flügel wieder aus und begann erneut zu flattern.

Ein Soldat kam auf sie zu. Er blieb vor ihr stehen. Rebecca legte sich über Sarah, um sie zu schützen, und sah ängstlich zu dem Mann auf, der nicht viel älter als zwanzig sein konnte. »Nicht Angst«, sagte er und lächelte sie an. »War is over. You are safe.«

Sie hatten sich auf dem Platz vor den Baracken versammelt. Wer noch Kraft hatte, half bei der Essensverteilung, die anderen saßen an die Holzwände der Hütten gelehnt oder lagen auf dem blanken Boden.

Die Wolkendecke war aufgerissen, die Sonne schien und schenkte ihnen Wärme. Sogar ein paar Tische und Stühle waren nach draußen gebracht worden. An einem davon saßen Rebecca, Sarah und Jacob. Aus den Blechtellern, die gerade auf den Tisch gestellt wurden, stieg ein verführerischer Duft, der Rebecca beinahe schwindlig werden ließ. Ihr Magen zog sich schmerzhaft zusammen. Vorsichtig tauchte sie ihren Löffel in den Eintopf, nahm etwas Brühe und ein Stück Karotte auf und hob es sich unter die Nase. Es roch so gut, dass ihr Tränen des Glücks in die Augen stiegen. Und es war heiß! Eine heiße, nahrhafte Suppe mit richtigen Gemüsewürfeln, Kartoffeln und sogar etwas Fleisch. Die Soldaten hatten die Speisekammer der Aufseher gefunden und den Gefangenen zugänglich gemacht. Rebecca konnte sich nicht erinnern, wann sie das letzte Mal so etwas Köstliches gegessen hatte.

Doch so gern sie sich diesen ersten Happen einfach in den Mund geschoben hätte, sie hielt sich zurück. Vorsichtig pustete sie auf den Löffel, hob ihre Lippe daran, um die Temperatur zu testen, und pustete noch einmal. Als es genug abgekühlt hatte, stupste Rebecca ihre kleine Tochter an. Sarah hatte ihre Mutter erst mit großen Augen beobachtet, aber dann hatte doch die Müdigkeit gewonnen und die Augen waren ihr zugefallen. Jetzt blinzelte das zarte Mädchen verschlafen.

»Aufwachen Schatz, ich habe etwas zu essen für dich.« Sarahs Mund öffnete sich, sie war es gewohnt, dass ihre Mutter ihr in Wasser weich getunkte Stücke von altem Brot in den Mund schob. An manchen Tagen gab es das Wasser, das angeblich eine Suppe sein sollte, auch ohne Brot. Wie ein schwaches kleines Vögelchen öffnete Sarah gehorsam ihren Schnabel. Kaum hatte ihre Mutter ihr den Löffel über die Lippen geschoben, war die Kleine jedoch hellwach. Mit weit aufgerissenen Augen kaute sie das Stück Karotte, kostete die kräftige Brühe und riss den Mund schon wieder auf, kaum, dass sie geschluckt hatte.

Rebecca liefen Tränen des Glücks über die Wangen, als sie beobachtete, wie Sarah auf die Nahrung reagierte. Sie lachte und schluchzte gleichzeitig. »Langsam, Liebling. Nicht so gierig, sonst bekommst du Bauchschmerzen«, warnte sie, erlaubte Sarah aber auch noch einen dritten und vierten Löffel. Erst dann gönnte sie sich selbst einen Happen. Sie hatte das Gefühl, als würde die nahrhafte Brühe direkt durch ihren ganzen Körper fließen und das Leben in ihn zurückbringen.

***

»Ihr braucht Erholung«, sagte Jimmy einige Tage später zu Rebecca und sah dabei auf Jacob, der noch immer kaum Kraft hatte, sich auf den Beinen zu halten.

Jimmy war ein amerikanischer Soldat, er sprach sehr gut Deutsch, was für alle eine große Erleichterung war. Er kümmerte sich seit dem Tag der Befreiung um die befreiten Insassen des Konzentrationslagers. Vor allem ging es darum, die Transporte zu organisieren, die sie aus diesem Ort der Qual fortschaffen sollten, und dabei nach Möglichkeit mit dem Zielort den unterschiedlichen Wünschen der vom Schicksal gezeichneten Menschen zu entsprechen. Manche wollten direkt nach Hause, andere wurden an verschiedene Orte geschickt, um wieder zu Kräften zu kommen. »Der Arzt sagt, Jacob kann reisen. Wenn ihr wollt, kann es losgehen.«

Ihre amerikanischen Befreier hatten einen eigenen Arzt bei sich, der sich um die Insassen kümmerte und der Jacob vorhin noch einmal untersucht hatte. Im Moment konnte niemand etwas für ihn tun, die Zeit musste zeigen, ob Jacob wieder zu Kräften kommen konnte. Im Moment war er nicht nur körperlich schwach, er war auch verwirrt und apathisch. An dem Gespräch mit Jimmy beteiligte er sich nicht. Rebecca war sich nicht sicher, ob er überhaupt verstand, was um ihn herum vor sich ging.

»Ich könnte euch nach Schweden schicken«, schlug Jimmy vor. »Dort kannst du Jacob in aller Ruhe aufpäppeln und auch Sarah und dir selbst wird das guttun. In einer Stunde geht ein Transport in diese Richtung.«

Schweden? Rebecca überlegte, aber sie konnte sich nicht vorstellen, in ein fremdes Land zu gehen. Sie konnte die Sprache nicht und sie wusste, dass es in Schweden im Winter sehr dunkel und sehr kalt war. Auch wenn jetzt erst einmal der Sommer bevorstand, schreckte dieser Gedanke sie ab. Ihre Seele sehnte sich nach Licht und Wärme.

»Können wir stattdessen nicht in den Schwarzwald?«, fragte sie. »Dort haben wir Freunde. Dort könnten wir uns erholen und ein neues Leben beginnen.« Sie sprach leise und hielt ihr Haupt gesenkt. Zu groß war die Angst, einen Soldaten zu verärgern, dieses über Monate antrainierte Verhalten konnte sie nicht von einem Tag zum anderen ablegen.

»Schwarzwald?« Jimmy rieb sich den Nacken, während er überlegte. Dann nickte er. »Alright. Wenn euch das lieber ist, mir soll es recht sein. Ich komme gleich wieder. Wartet hier«, sagte er und machte auf dem Absatz kehrt. Es dauerte eine halbe Stunde, dann stand er wieder vor Rebecca. »Kommt mit. Ich habe einen Transport.«

Mit Rebeccas Hilfe kam Jacob auf die Beine. Er stützte sich schwer auf ihre Schulter, als er sich neben ihr vorwärtsschleppte. Sarah, die durch das Essen der letzten Tage zu einem völlig neuen Kind geworden war, tänzelte vor ihren Eltern her. Sie schob ihr kleines Händchen in die große Hand des Soldaten und lächelte zu ihm hinauf. Er nickte dem Mädchen zu. »Es wird schön, wo ihr hingeht«, sagte er. »Black Forest.«

Nach ein paar Metern hatten sie die Fahrzeuge erreicht, die bereitstanden um die Menschen an ihre neuen Bestimmungsorte zu bringen. Jimmy reichte Rebecca ihre Papiere und zeigte auf einen der bereitstehenden Transporter. »Das ist eurer.« Ein Ruf ertönte, ein Vorgesetzter winkte den Soldaten zu sich. »Klettert hoch. Es geht bald los«, sagte Jimmy noch, dann ging er mit schnellen Schritten davon.

Obwohl seit der Befreiung schon einige Tage vergangen waren, kam Rebecca das alles noch immer vollkommen unwirklich vor. Zu lange hatte sie sich nicht frei bewegen dürfen. Es war nicht verwunderlich, dass sie jederzeit mit einem Pfiff, einem Brüllen oder einem Schlag rechnete. Aber sie hatten es überstanden und wurden nun weggebracht in ein neues Leben. Sie hatten das Martyrium wirklich überlebt.

In dem einen Moment fühlte sie sich von Glück erfüllt, im nächsten wurde sie von blanker Panik geschüttelt und war überzeugt, in der nächsten Sekunde erschossen zu werden. Dann ging ein Zittern durch ihren Körper und die Knie drohten nachzugeben. Doch sie musste stark bleiben. Für Sarah und Jacob.

In der Zeit ihrer Haft hatten sie gelernt, keine Fragen zu stellen. Jimmy hatte gesagt, der Transporter würde sie in den Schwarzwald bringen, also kletterte Rebecca zusammen mit ihrer Familie auf die Ladefläche und suchte sich einen Platz zwischen den anderen, die bereits auf die Abfahrt warteten.

Obwohl die Sonne vom wolkenlosen Himmel schien und unter der Plane des Lastwagens die Temperatur wie in einem Gewächshaus noch deutlich wärmer war als im Freien, drängten sich die Menschen auf der Ladefläche eng zusammen. Gegen die eisige Kälte der noch immer allgegenwärtigen Todesangst konnte die Sonne nur wenig ausrichten.

Etwa dreißig Personen, Männer, Frauen und Kinder, kauerten auf den Behelfssitzflächen aus Decken und Matratzen und harrten der Dinge, die auf sie zukommen mochten.

Rebecca sah sich um und erkannte, dass es nicht nur ihr so ging. Keiner schien so richtig an das Glück glauben zu können, das ihnen gerade zuteilwurde. Es würde noch viel Zeit vergehen, bis die bis zum Umfallen erschöpften, verängstigten und unterernährten Menschen wirklich begreifen würden, dass sie dem Grauen entkommen waren. Und trotzdem ging ein erwartungsvolles Raunen durch die Reihen. Plötzlich hatte das Leben wieder Perspektiven zu bieten.

Sarah saß auf dem Schoß ihrer Mutter und spielte mit einer Handvoll Knöpfe, die Jimmy ihr geschenkt hatte. Jacob hatte sich neben Rebecca im Eck zusammengekauert, die Arme über den Knien verschränkt, den Kopf darauf gebettet und die

Augen geschlossen. Sein langsam nachwachsendes Haar war schlohweiß, obwohl er noch keine dreißig Jahre alt war. Das Licht, das durch die zerfetzten Seitenwände des Anhängers auf die Ladefläche fiel, warf gespenstische Schatten, die über sein ausgemergeltes Gesicht zu tanzen schienen.

Noch einmal wurde die Plane zur Seite geschoben. Zwei Soldaten, fast noch Kinder, reichten einen Beutel mit Lebensmitteln herein. Einer blieb vor Sarah und ihrer Mutter stehen. Sofort verschwand Sarahs gerade erst wieder erwachte Lebensfreude, sie drückte sich ängstlich an ihre Mutter. Der Soldat ging in die Hocke, lächelte das verängstigte Mädchen an und hielt ihr etwas entgegen. Er sprach auf sie ein, aber Sarah verstand ihn nicht. Sie traute sich nicht, zuzugreifen. Ihr Blick suchte den ihrer Mutter. Rebecca lächelte und nickte kaum merklich. »Nimm«, flüsterte sie. »Und bedanke dich.«

»Danke«, flüsterte Sarah und nahm das an, was der Mann ihr geben wollte. Sie hatte keine Ahnung, was es sein mochte.

»Schokolät«, sagte der Soldat nun. Er zwinkerte Sarah zu, leckte sich die Lippen und sagte: »Gud!«

Als sich kurz darauf der Transporter mit einem heftigen Ruck in Bewegung setzte, hob Sarahs Vater den Kopf und sah sich panisch um.

»Nicht wieder zurück«, flüsterte er heiser. Ein trockenes Schluchzen schüttelte den Mann, der nur noch Haut, Narben und Knochen war. Sarah begann ebenfalls zu weinen.

Rebecca strich ihrer Tochter über den Rücken und wiegte sie ein wenig hin und her, während sie beruhigend auf ihren Mann einsprach. »Ruhig, Jacob, beruhige dich. Es ist vorbei. Wir leben und werden uns erholen. Sie schicken uns in den Schwarzwald, damit wir wieder Kraft bekommen. Alles ist gut.«

Doch Rebecca erreichte ihren Mann nicht. Die Schrecken des Konzentrationslagers hatten ihn noch immer fest im Griff. Er packte die Hand seiner Frau und versuchte sie mit einer plötzlich aufwallenden Kraft auf die Beine zu ziehen. »Es ist ein Trick! Becci, spring raus. Rette dich und unsere Sarah. Springt! Ich bleibe hier, ich habe keine Kraft mehr.«

Ein Hustenanfall stoppte seinen hilflosen Versuch, seine Frau und seine Tochter von der Ladefläche zu bringen. Der keuchende Husten schüttelte den geschwächten Mann. Rebecca reichte Jacob einen Fetzen Stoff, den er als Taschentuch verwenden konnte, und versuchte weiter, ihn zu überzeugen, dass alles in Ordnung war.

»Es ist vorbei, Jacob. Glaube mir. Sie werden dir nichts mehr tun.« Ihre Augen glänzten feucht. Sie ahnte, was ihr Mann durchgestanden haben musste, dagegen waren die Männer, die sich an ihr vergangen hatten, nichts. Sie würde das vergessen. Nie wieder wollte sie an die stinkenden Mäuler denken, an das Brennen, wenn sie unerbittlich in sie hineinstießen, bis sie sich befriedigt hatten.

Manchmal hatte sie Glück und ihr Vergewaltiger wandte sich danach wortlos von ihr ab. Oft aber gab es auch noch ein paar Ohrfeigen oder Fußtritte. Sie spuckten auf sie und nannten sie Dreckshure. Doch jetzt war es vorbei!

»Wir haben es überstanden«, sagte Rebecca leise zu sich selbst und auch zu Sarah, die auf ihrem Schoß eingeschlafen war. Sie musste es aussprechen, um die Geister aus ihrem Kopf zu vertreiben. »Wir haben es überstanden«, wiederholte sie und drückte ihre Tochter an sich.

Kapitel 7
Noch mehr Ärger

Aachen • Oche • Aix-la-Chapelle • Aken • Aquae Granni

Gegenwart: April

Nachdem Vanessa Noah eine für Corinne ungeheuerliche Forderung vor die Füße geschmettert hatte, stand sie einen Moment sehr selbstzufrieden da und beobachtete, wie ihre Worte langsam in das Bewusstsein ihres Gegenübers tröpfelten. Sie wartete nicht, bis Noah seine Sprache wiedergefunden hatte, sondern drehte mit einem hämischen Grinsen auf den Lippen auf dem Absatz um und rauschte aus der Rösterei.

»Überleg es dir gut, mein Angebot ist mehr als fair. Tschau. Ich melde mich«, rief sie im Hinausgehen noch über die Schulter.

Corinne hatte Vanessas Auftritt schweigend beobachtet und starrte nun fassungslos auf die Tür, die gerade mit vernehmlichem Krachen hinter dieser blondierten Furie zugeschlagen war. Sie hatte das Gefühl, im falschen Film zu sein. Das konnte diese Vanessa doch nie und nimmer ernst meinen. Und so jemand hatte Noah einmal nahegestanden? Sosehr sie sich auch bemühte, Corinne brachte diese beiden so unterschiedlichen Menschen in ihrem Kopf nicht zusammen. Und wie sollte es nun weitergehen?

Noah saß neben ihr am Kaffeetresen. Mit einem Stöhnen ließ er den Kopf auf die Arme sinken.

»Und jetzt?«, fragte Corinne. Mehr fiel ihr gerade nicht ein.

Noah rührte sich nicht.

Aber er musste! Er konnte doch nicht einfach schweigen. Sie mussten reden. Dringend!

»Was wirst du tun? Wie konnte das überhaupt passieren?« Sie stockte kurz und schüttelte dann vehement den Kopf. »Das ist falsch formuliert. Ich wollte fragen: Wie konnte dir das überhaupt passieren?«

Jetzt hob Noah seinen Kopf wieder und sah Corinne an. Ganz offen blickte er ihr in die Augen.

»Ich finde deine erste Formulierung absolut richtig. Wie konnte das passieren? Genau das frage ich mich nämlich tatsächlich. Ich schwöre dir, Corinne, ich habe aufgepasst und selbstverständlich ein Kondom benutzt. Es kann eigentlich gar nicht sein.«

»Dafür, dass es nicht sein kann, ist Vanessas Bauch allerdings ziemlich rund«, konterte Corinne trocken. In ihrem Kopf wirbelten die Gedanken wild umher. Im ersten Moment war sie sauer auf Noah gewesen. Doch kaum war die Wut hochgestiegen, hatte Corinne erkannt, dass sie kein Recht dazu hatte, ihm Vorwürfe zu machen. Sie hatte sich schließlich nicht in einen Mönch verliebt oder in jemanden ohne Vergangenheit. Es war doch klar, dass Noah vor ihr auch schon Frauen gekannt und Beziehungen geführt hatte. Dass seine Beziehung zu dieser Frau allerdings ein solches Nachspiel haben sollte, das war echt übel. Darüber würden sie sprechen müssen, sobald sie den ersten Schock über diese unliebsame Wende einigermaßen verdaut hatten.

Dieser Tag wurde wirklich immer mehr zur Katastrophe.

Wieder schwiegen beide und hingen ihren Gedanken nach. Corinne konnte nicht mehr still sitzen. Sie stand auf, stellte den Wasserkocher an und gab Kaffee in eine Siebstempelkanne. Es war ein Caturra aus Peru, dunkel geröstet. Sie goss das heiße, nicht mehr kochende Wasser darauf, ließ den Kaffee ein paar

Minuten ziehen und drückte dann den Stempel hinunter. Corinne vollzog jeden einzelnen Schritt sehr bewusst, ja fast schon andächtig. Sie hob die Nase in den aufsteigenden Dampf und sog das warme schokoladige Kaffeearoma tief in ihre Lungen.

Das tat so gut! Sie spürte, wie ihre flatternden Nerven ruhiger wurden. *Guter Kaffee ist wie eine Umarmung*. Dieser Spruch, den sie auf einer ihrer Karten stehen hatte, bewahrheitete sich wieder einmal.

Nachdem sie zwei Tassen gefüllt und auf den Tresen gestellt hatte, setzte sie sich wieder neben Noah. Schweigend tranken sie und spürten beide dem feinen Aroma nach. Da Noah aber auch nach einigen Schlucken immer noch weiterschwieg, wurde Corinne ungeduldig.

Sie hatte ihn jetzt lange genug seinen Gedanken überlassen. Es war Zeit, die Sprache wiederzufinden. Vor allem hoffte sie inständig, dass die Antworten, die Noah ihr geben würde, nicht das gefährdeten, was zwischen ihnen beiden war.

»Bring mich mal auf den aktuellen Stand, bitte«, bat sie deshalb. »Wann war das mit Vanessa? Du hast mir nie von ihr erzählt. Wie lange wart ihr zusammen?«, schob sie die Fragen hinterher, die sie am drängendsten empfand.

»Ein paar Wochen«, kam es prompt von Noah.

Corinne hatte das Gefühl, er war froh, dass sie die Stille durchbrochen hatte, denn jetzt begann er zu erzählen.

»Wir haben nicht zusammengepasst, das war schnell klar. Es ist auch schon eine ganze Weile her, das war letztes Jahr im Sommer. Und dann ist sie im Herbst noch mal bei mir in der Rösterei aufgetaucht. Ganz unvermittelt. Ich weiß gar nicht mehr genau, wie das passiert ist, aber wir haben noch einmal miteinander geschlafen.« Noah zuckte mit den Schultern. »Es hatte keine Bedeutung, weder die kurze Beziehung noch der Ausrutscher im Herbst. Es gab keinen Grund, dir von Vanessa zu erzählen.«

Klassischer Sex mit der Ex, vermutete Corinne. Im Grunde wäre das alles kein Problem, gäbe es da nicht diese in Vanessa heranwachsende Folge davon in Form eines Kindes. Das änderte auf einen Schlag alles. Was, wenn Noah jetzt zu Vanessa zurückwollte? Dieser Gedanke durchfuhr Corinne wie ein Blitz. Aber nein – beruhigte sie sich sofort. Gerade hatte er selbst gesagt, dass sie nicht zusammenpassten, und die Vorstellung, dass Noah eine Frau wie Vanessa in seinem Leben haben wollte, war wirklich absurd. Vielleicht war sie ja anders gewesen, als die beiden sich begegnet waren, aber so, wie sie sich hier und heute gegeben hatte, käme ein Leben mit ihr für ihn sicher nicht infrage

»Sie war nicht immer so, wie du sie gerade erlebt hast, weißt du«, erzählte Noah jetzt, als hätte er Corinnes Gedanken gelesen. »Vanessa kann unglaublich charmant sein, man kann mit ihr lachen und Blödsinn machen. Sie kann super nett sein. Zumindest war es letztes Jahr so, am Anfang, als ich sie kennengelernt habe.«

Und sie ist verdammt hübsch, dachte Corinne, das hatte vielleicht dazu geführt, dass Noah die ein oder andere hässliche Charakterstelle zuerst gar nicht bemerkt hatte. Aber sie sagte nichts, sie wollte Noah nicht unterbrechen.

Der schnaubte jetzt unwillig. »Besonders wenn sie was will, kann sie säuseln wie ein Engel«, schob er seinem letzten Satz hinterher. Jetzt nickte er. »Ja, sie kann wirklich sehr überzeugend sein«, bekräftigte er noch einmal. »Und ich war Single, niemandem Rechenschaft schuldig. Also habe ich mich auf ihr Spiel eingelassen.«

Noah raufte sich die Haare und schüttelte den Kopf. »Ich bin so ein Idiot. Ich hätte ahnen müssen, dass sie was im Schilde führt, als sie im Herbst plötzlich wieder aufgetaucht ist. Aber in dem Moment …« Er atmete tief durch und zuckte mit den Schultern. »Es ist, wie es ist, ich kann es nicht mehr ändern.

Danach war mir sofort klar, dass es ein Fehler gewesen war. Vanessa und ich leben in vollkommen unterschiedlichen Welten. Wir haben andere Erwartungen an das Leben, andere Wertvorstellungen, das mit uns hatte keine Zukunft. Sie schien es genauso zu sehen, denn als ich ihr sagte, dass es mit uns beiden nicht funktionieren kann, hat sie schallend gelacht und mich gefragt, ob ich mir wirklich einbilden würde, dass sie jetzt eine Zukunft mit mir wollte. Sie hätte einfach nur Lust gehabt, mit mir zu schlafen, und ich sollte mir nur nichts einbilden. Danach habe ich sie nicht mehr gesehen.«

»Wie meinst du das, dass sie was im Schilde führte? Glaubst du, sie hat es darauf angelegt und das mit dem Kind war Absicht?«

Seine Antwort war nur ein weiteres ratloses Schulterzucken. Corinne kam wieder auf ihre Ursprungsfrage zurück.

»Und jetzt?«, fragte sie noch einmal.

»Jetzt?«, wiederholte Noah die Frage und drückte seinen Rücken durch. Er sah Corinne eindringlich an, nahm ihre Hände in seine. »Es tut mir so unglaublich leid, Corinne, dass du da hineingezogen wirst. Ich hätte nie gedacht, dass so etwas ... ich meine, wer rechnet denn auch mit so etwas? Aber ...«

Ja, dachte Corinne. Wer rechnete auch mit so etwas? Sie jedenfalls nicht. Aber es half nichts, Vanessas Schwangerschaft war nun einmal eine Tatsache, sie mussten das irgendwie gemeinsam meistern. Vor allem aber wollte sie dringend wissen, wie Noah zu dieser Sache stand. Davon hing für Corinne alles ab. Jetzt würde es sich zeigen, ob Noah der Mensch war, für den sie ihn hielt und wofür sie ihn liebte.

»Wirst du tun, was sie von dir verlangt?«, fragte sie ganz konkret.

Während sie auf Noahs Antwort wartete, spürte Corinne ihren Herzschlag am Hals. Angespannt beobachtete sie sein Mienenspiel.

»Auf keinen Fall«, sagte er fast unmittelbar. »Ich kaufe mich doch nicht aus meiner Verantwortung heraus. Ob es mir passt oder nicht, ich werde wohl Vater und ich werde für das Kind da sein. Etwas anderes kommt für mich nicht infrage.«

Erleichtert blies Corinne den Atem aus, den sie unbewusst angehalten hatte. Genau darauf hatte sie gehofft. Es wäre der leichtere Weg gewesen, dieser Person nachzugeben und sich auf einen Schlag aus der Verantwortung zu befreien. Das war ihnen beiden klar. Einfacher, aber auch falsch.

»Weißt du, was ich jetzt tun möchte?«, fragte Corinne. Sie beugte sich zu Noah und gab ihm einen Kuss.

»Mich zum Teufel schicken, weil ich ein Baby mit einer anderen Frau haben werde?«, fragte er zurück. Seine kornblumenblauen Augen wirkten ängstlich. Auch wenn er versucht hatte, es als Scherz klingen zu lassen, las sie die Angst darin, dass sie genau das sagen könnte. Aber da kannte er seine Freundin schlecht.

»Papperlapapp!«, gab Corinne zurück und gab ihm einen sanften Rempler.

Dann sah sie ihn ernst an. »Ich bin sehr froh, dass du nicht versuchst, dich aus deiner Verpflichtung freizukaufen, Noah. Das habe ich sehr gehofft und du hast mich nicht enttäuscht. Dass ich nicht begeistert bin von der Situation, das kannst du mir glauben. Genauso wenig wie vermutlich du. Aber hättest du Vanessas Bitte um eine Ablösesumme stattgegeben, hätte mich das sehr getroffen. Jedes Kind, egal ob geplant oder nicht, hat einen liebenden Vater verdient. Sich aus einer solchen Verantwortung herauszukaufen, wäre in meinen Augen reichlich armselig. Und Vanessa hat kein Recht, dir dein Kind vorzuenthalten, nur weil sie Geld braucht. Das ist alles ein ziemlicher Mist, aber wir werden das schon irgendwie schaffen. Ein Schritt nach dem anderen.«

»Ich liebe dich, Corinne«, sagte Noah und sie hörte die Erleichterung über ihre Reaktion in seiner Stimme.

Alles ist für etwas gut, schob sich das Motto ihres Großvaters in Corinnes Gedanken. Diese unerwartete Prüfung hatte sie und Noah schon jetzt noch enger zusammengebracht, das spürte sie deutlich. Trotzdem hätte sie sehr gern darauf verzichtet.

Noah zog sie von ihrem Hocker und in seine Arme. Sie ließ es geschehen und erwiderte seinen Kuss. Für ein paar Augenblicke ließ sie sich in die Zärtlichkeit fallen, drängte sich eng an Noah heran und genoss es, von ihm gehalten zu werden.

»Du hast mir noch nicht verraten, was du jetzt gerne tun möchtest«, raunte Noah eine Weile später in ihr Ohr. Er hielt sie noch immer eng umschlungen.

»Kaffee rösten«, erwiderte Corinne und lachte, als sie das verdutzte Gesicht ihres Liebsten sah. »Ich meine es ernst. Dieser Tag ist so verflixt blöd gelaufen, es gab nicht nur eine Hiobsbotschaft, sondern gleich zwei. Ich brauche jetzt das Rascheln von Kaffeebohnen. Ich möchte hören, wie die Bohnen umeinander tanzen und sich aneinander reiben. Ich möchte den Duft in der Nase haben, wenn die Trommel sich aufheizt und das Aroma sich entfaltet. Ich möchte lauschen und riechen und den perfekten Röstgrad abpassen. Auch wenn mir gerade große Teile meines Lebens aus den Händen gleiten, zumindest in diesem Bereich kann ich das Gefühl genießen, die Kontrolle zu haben. Das wird uns ganz sicher beiden guttun. Was ist, bist du bereit?«

»Bereit, wenn du es bist«, antwortete Noah und endlich konnte Corinne auch wieder das Leuchten in seinen Augen sehen, das seit Vanessas Auftritt verschwunden gewesen war. Noahs Anspielung auf das Zitat aus Kerstin Giers Edelsteintrilogie brachte sie erneut zum Lachen. Das war ihr zu Beginn ihrer Freundschaft rausgerutscht und sehr peinlich gewesen, denn zu diesem Zeitpunkt waren sie und Noah noch kein Paar gewesen, aber es hatte bereits ebenso zwischen ihnen gekribbelt, wie es in Kerstin Giers Roman zwischen den beiden Hauptfiguren funkte.

Unglaublich eigentlich, dass sie und Noah sich erst seit ein paar Monaten kannten, sie hatten schon so viel miteinander erlebt. Sie hatten Seelenpartner ineinander gefunden, das wurde Corinne gerade jetzt wieder einmal sehr bewusst. Mit Noah an ihrer Seite würde sie den Stürmen trotzen, mit ihm gemeinsam würde es immer wieder Momente der Hoffnung geben und die Gewissheit, dass am Ende alles gut sein würde.

»Ich finde die Idee prima«, sagte Noah jetzt in Corinnes Gedanken hinein. Ohne lange zu fackeln stand er auf, ging zur Ladentür und schloss ab. Dann schaltete er das Licht ein, denn inzwischen war es schon ziemlich dämmrig geworden, wie Corinne erstaunt feststellte. Sie sah auf die Uhr. Es war schon nach sieben.

Noah ging ins Lager und kam mit einem kleinen Sack Kaffee zurück. »Ich habe dir doch vorhin gesagt, dass ich dir unbedingt die Lieferung zeigen möchte, die ich heute bekommen habe. Das ist er. Ein Catuai aus Hawaii«, erzählte er und holte eine Handvoll grüner Bohnen heraus. »Mein Freund Benjamin ist gerade dort unterwegs und hat ihn für mich organisiert. Ich freue mich schon den ganzen Tag darauf, ihn dir zu zeigen. Die Bohnen mit dir gemeinsam zu rösten ist allerdings noch besser, als ihn nur zu begutachten. Dieser Kaffee ist etwas ganz Besonderes. Sieh mal, die Bohnen sind perfekt ausgereift und gut verarbeitet. Keine Fehlstellen, kaum Bruch. Was meinst du?« Er sah Corinne fragend an, seine Augen blitzten, als zeigte er ihr einen Schatz.

»Hawaiianischer Kaffee? Nobel«, kommentierte Corinne und nickte anerkennend. Dann beugte sie sich über Noahs ausgestreckte Hand und betrachtete die Bohnen. Im nächsten Moment riss sie überrascht Mund und Augen auf. »Noah, aber das ist ja …«

Neugierig nahm sie eine der Bohnen und hielt sie zwischen Daumen und Zeigefinger. Sie hob die Hand vor ihre Augen und betrachtete die kleine runde Kugel ganz genau. »Perlbohnen, richtig?«, sagte sie schließlich beeindruckt. »Wow!«

Noah nickte und strahlte dabei vor Freude. »Ganz genau. Peaberry oder auch Caracol genannt. Wildwuchs. Manuelle Auslese.« Er nahm jetzt ebenfalls eine einzelne Perle und ließ sie über die Theke rollen. »Sieh nur, wie perfekt rund sie ist. Ich dachte mir schon, dass du begeistert sein wirst. Was ist, du warst doch so heiß darauf, Kaffee zu rösten. Wollen wir herausfinden, wie sich die Perlen im Röster verhalten?«

»Ich kann es kaum erwarten.«

Und das stimmte auch. Noahs Aufregung und Freude war auf Corinne übergeschwappt. Unwillkürlich musste sie an ihren Großvater denken. Er wäre bestimmt ebenso begeistert über die Chance, so einen besonderen Kaffee zu verarbeiten, wie sie selbst.

Während Noah den Röster vorbereitete, nutzte Corinne die Zeit, die Perlbohnen noch einmal genau zu betrachten. Im Gegensatz zu normalen Kaffeebohnen waren sie rund. Wie Perlen eben, deshalb auch der Name. Das kam daher, dass in manchen Kaffeekirschen – meist waren es Arabica-Sorten, so viel wusste Corinne – nur eine statt zwei Bohnen heranreiften. Diese einzelne Bohne hatte mehr Platz und konnte, im Gegensatz zu den üblichen Kaffeebohnenzwillingen, in alle Richtungen wachsen. Wie es allerdings dazu kam, dass in manchen Kirschen nur eine Bohne heranwuchs, das wusste Corinne nicht. Sie hatte zwar etwas darüber gelesen, aber im Moment erinnerte sie sich nicht.

»Okay, du kannst einfüllen«, sagte Noah und nickte Corinne zu. Er sah auf seine Uhr und notierte den Start der Röstung und die gewählte Temperatur.

Vorsichtig ließ Corinne die Perlbohnen in den Röster rieseln. Erst einmal nur eine kleine Menge, einen Bruchteil der

Lieferung. Sie wollten sich langsam herantasten. Noah musste ein Röstprofil erstellen, um die bestmögliche Behandlung des teuren Kaffees zu erarbeiten.

»Wild gewachsen, sagst du? Wie kommt es dazu, weißt du das?«, fragte sie, nachdem die Trommel sich langsam drehte. Das Geräusch der sich bewegenden Perlen war anders, gleichmäßiger als bei üblichen Kaffeebohnen.

»Es gibt zwei Theorien«, erklärte Noah. »Einige Experten gehen von einer Wachstumsstörung aus, die durch einen Mangel verursacht wird – zu hohe Hitze, Wasser- oder Nährstoffmangel. Nach deren Meinung bildet sich durch die aufgrund des Mangels verminderte Fruchtbarkeit nur eine Bohne aus. Ich glaube allerdings eher, wie einige andere auch, dass es sich um eine natürliche Mutation handelt. Das erklärt meiner Meinung nach nämlich auch, weshalb dieses Phänomen überwiegend Arabicabohnen betrifft.«

»Wegen der Selbstbestäubung vererbt es sich«, sagte Corinne und nickte zustimmend. »Das klingt logisch. Jetzt erinnere ich mich auch wieder. Das mit der Mutation erscheint mir auch naheliegender.«

»Und sympathischer«, ergänzte Noah. Er zog die kleine Probeschaufel aus dem Röster, begutachtete zusammen mit Corinne die noch hellen Bohnen und schob das Schäufelchen gleich wieder hinein. »Wenn man den Gedanken nämlich weiterspinnt, würde ein Mangel sich eher negativ auf das Aroma auswirken. Eine Mutation hingegen könnte das Aroma positiv beeinflussen. Mein Freund schwört auf Perlbohnenkaffee. Er sagt, dadurch, dass die einzelne Bohne sich ungehindert in der Kirsche entfalten kann, wird auch das Aroma voller und kräftiger«

»Klar, die einzelne Bohne bekommt die geballte Ladung Nährstoffe und Kraft aus der Kirsche, sie muss sich nichts mit ihrem Bohnenzwilling teilen. Oh, ich bin so gespannt, wie er schmecken wird. Willst du ihn dunkel rösten?«

»Ich würde sagen, wir starten mit einer hellen bis mittleren Röstung. Auf keinen Fall zu dunkel, damit die besonderen Aromen nicht überdeckt werden. Die Röstung soll sie nur sachte unterstützen.«

»Ich kann es kaum erwarten.« Jetzt war es Corinne, die das Schäufelchen aus dem Röster zog, um die Bohnen zu begutachten. »Schau mal, es geht langsam los. Siehst du, wie gleichmäßig sie sich verfärben?«

Sie genoss es, gemeinsam mit Noah die grünen Bohnen Schritt für Schritt bis zum perfekt gerösteten Kaffee zu begleiten. Sie musste sich ganz und gar darauf konzentrieren und konnte dabei alles andere ausschalten. Außerdem beruhigte der sinnliche Vorgang des Röstens Corinnes Nerven. Sie spürte, wie sie langsam wieder ihre Fassung und Zuversicht zurückgewann. Und mit Noah zu fachsimpeln und im Kaffeeglück zu schwelgen war sowieso immer wieder aufs Neue ein großes Vergnügen.

Noah betrachtete die Probe und nickte. »Von diesem Effekt habe ich gelesen und Benjamin hat mir auch davon erzählt. Es liegt an der Kugelform. Die Bohnen kommen gleichmäßiger mit der Hitze in Kontakt.«

Und dann senkte sich einvernehmliches Schweigen über sie, denn wenn alles passte, müsste demnächst der First Crack zu hören sein. Dieses Knacken der Kaffeebohnen zeigte an, dass das Wasser in ihnen verdampfte. Die Bohnen brachen dabei auf – ähnlich wie Popcorn. Sowohl der Zeitpunkt, wann dieses erste Knacken auftrat, als auch die Art des Knackens lieferten einem erfahrenen Röster Hinweise darauf, ob das Röstprofil stimmte. Es musste ein sattes gleichmäßiges Geräusch sein, nicht zu knallend, aber auch nicht zu schwach.

»Sehr gut«, brummte Noah kurz darauf, nachdem das Knacken im Inneren des Rösters zu hören gewesen war.

Wieder notierte er sich den Zeitpunkt und begann nun die

Sekunden zu zählen. Corinne kontrollierte immer wieder den Röstgrad. Bei der letzten Kontrolle nickte sie und hielt Noah das Schäufelchen hin.

»Zwei Minuten und zehn Sekunden«, sagte er. »Sieht sehr gut aus.« Er beendete den Röstvorgang und ließ die Bohnen auf das Kühlgitter rutschen. Jetzt kam es darauf an, die heißen Bohnen schnell abzukühlen, damit sie nicht nachrösteten. Während sie im Kreis fuhren und dabei die heiße Luft abgesaugt wurde, schenkten Noah und Corinne sich einen Kuss.

»Ich glaube, das hat super geklappt. Und ganz erstaunlich, wie zeitgleich die Bohnen aufgeplatzt sind. Es gab kaum Abweichungen. Bist du zufrieden?«, fragte sie.

Er nickte. »Bis hierhin sieht das ziemlich gut aus. Ich freue mich auf die Verkostung. Aber nicht mehr heute. Lass uns die Bohnen versorgen und dann machen wir Feierabend. Ich habe einen Bärenhunger.«

Wie immer, wenn sie den Duft frisch gerösteten Kaffees in der Nase hatte, fühlte Corinne sich glücklich und geborgen. Egal was das Leben ihr für Steine in den Weg legen würde, solange sie Kaffee rösten konnte und die Arbeit tun, die sie so tief erfüllte, konnte ihr nichts wirklich Schlimmes geschehen.

Dieses Gefühl gab ihr die Kraft, die anstehenden Herausforderungen zu meistern. Davon war sie fest überzeugt.

***

Corinne schmiegte sich an Noah. Ihr Kopf lag auf seiner Brust, sodass sie seinen gleichmäßigen Herzschlag hörte. Nachdem sie den Kaffee richtig verpackt hatten, waren sie nach oben gegangen. Noah hatte eine Flasche Wein geöffnet, sie hatten Pasta mit Pesto und Parmesan und dazu einen grünen Salat zubereitet und es sich nach dem Essen auf dem Sofa gemütlich gemacht. In der ganzen Zeit während des Röstens und auch beim Kochen und Essen hatten sie nicht über die anstehenden Probleme gesprochen. Trotzdem war es keine künstliche Ablenkung gewesen. Es hatte sich gut angefühlt, sie für eine Zeit in den Hintergrund zu schieben und die schönen Dinge zu genießen.

Jetzt saß Noah auf dem Sofa und Corinne lag mit dem Oberkörper an ihn gelehnt. Sie hatte sich eine Decke über die Füße gelegt.

»Danke, Corinne«, sagte Noah leise. »Diese Pause hat gutgetan. Ich bin mir inzwischen auch klar darüber, wie ich mit Vanessa umgehen werde. Ihr Vorschlag kommt nicht infrage, das ist ja ohnehin klar. Stattdessen werde ich ihr sagen, dass ich einen Vaterschaftstest verlange, und wenn das Kind tatsächlich von mir ist, werde ich ihm ein möglichst guter Vater sein.« Noah streichelte Corinnes Arme. »Ich weiß, das ist viel verlangt, aber wirst du das mit mir gemeinsam durchziehen? Kannst du es ertragen, wenn das Kind einer anderen Frau zu uns zu Besuch kommt und einen Platz in meinem Leben einnimmt – in unserem Leben? Es tut mir so leid, aber ich habe keine andere Wahl, als so zu handeln. Du aber hast jede Freiheit und ich muss und werde akzeptieren, wenn du deine Entscheidung dagegen fällst. Ich werde dir nie etwas vorwerfen.«

»Und ich bin froh um diese Freiheit«, antwortete Corinne. »Ich nehme mir die Freiheit, mich jetzt und immer wieder für dich zu entscheiden, Noah. Und wenn zu dir ein Kind gehört, dann ist das eben so. Ich werde versuchen, eine gute Zweitmutter zu sein oder wie auch immer man meine Rolle dann nennen kann. Wenn du das Kind bereits gehabt hättest, als wir uns kennengelernt haben, hätte das für mich ja auch keinen Unterschied gemacht. Ich liebe dich und alles, was zu dir gehört.«

»Du bist fantastisch, habe ich dir das eigentlich schon gesagt?«

Corinne lachte. »Lass mich überlegen, ich habe nicht mitgezählt, aber ein paarmal kommen da schon zusammen.«

Noah stimmte in ihr Lachen mit ein. Sie spürte, wie die Anspannung aus seinem Körper wich.

»Sag mal, kurz bevor Vanessa uns so rüde unterbrochen hat, haben wir über unsere Wohnung gesprochen. Ich weiß, du sagtest, deine Rösterei wirft genug ab, um die Kosten zu tragen, falls ich durch diesen schrecklichen Fabian Bühling tatsächlich in einen finanziellen Engpass rutsche. Aber das war, bevor du wusstest, dass du in ein paar Monaten Vater werden würdest. Findest du nicht, wir sollten doch das Gesindehaus nehmen?«

»Hm«, machte Noah und Corinne gab ihm Zeit, über ihren Vorschlag nachzudenken. Es dauerte nicht lange, bis er antwortete. »Du hast recht, wenn ich tatsächlich Vater werde – ich bin noch nicht so weit, dass ich mir das wirklich vorstellen kann –, dann entstehen dadurch natürlich auch Kosten. Aber du warst doch so verliebt in die Wohnung. Würde es dir nichts ausmachen, darauf zu verzichten?«

»Die Wohnung ist fantastisch, das stimmt. Der Marmor, diese unglaubliche Dachterrasse und der Ausblick. Ich bin immer noch sehr beeindruckt. Aber ich liebe das Gesindehaus auch«, gab Corinne zurück. »Vor allem aber liebe ich dich. Wo wir wohnen, ist nicht das Wichtigste. Hauptsache, wir sind zusammen. Außerdem habe ich als kleines Mädchen immer davon geträumt, einmal in dem Haus zu wohnen. Vielleicht geht da ja nur ein Traum in Erfüllung, den ich zwischenzeitlich vergessen hatte.«

Corinnes Handy klingelte, bevor Noah antworten konnte. Alexander rief an.

»Hey, Alexander«, begrüßte Corinne ihren Bruder fröhlich. »Was gibt es?«

»Hallo, Corinne. Störe ich?«, fragte Alexander. Er klang ein wenig aufgeregt.

»Gar nicht. Also, was ist los?«

»Könntet ihr, also du und Noah, morgen Abend in die Villa kommen? Thomas und ich wollen etwas mit der Familie besprechen.«

Corinne setzte sich aufrecht hin. Sie war wie elektrisiert. »Nein!«, hauchte sie. »Wirklich?«

»Was denn?«, fragte Alexander. Sein Lachen klang ein wenig verlegen. »Ich hab doch gar nichts gesagt.«

»Ja«, konterte Corinne. »Aber die Art und Weise, wie du das nicht gesagt hast, sagt doch alles, oder etwa nicht?« Sie kicherte übermütig. »Komm schon, Alexander. Ich verrate Mama nichts, aber spuck es aus. Ist es das, woran ich denke?«

»Wenn du daran denkst, dass wir etwas besprechen wollen, dann liegst du richtig«, machte Alexander einen weiteren eher hilflosen Versuch, sich um eine Antwort herumzudrücken.

Aber Corinne ließ nicht nach.

»Fängt es mit ›Hei‹ an und hört mit ›raten‹ auf?« Sie hielt die Luft an.

Sie hörte, wie Alexander überrascht Luft holte, und ihr Herz machte einen Freudensprung. Sie lag richtig. Jetzt war sie sich sicher.

Endlich! Dieser Tag hatte so viel Ärger im Gepäck gehabt, nun nahm er zumindest noch ein versöhnliches Ende.

»Löckchen, du weißt schon, dass du eine ganz schlimme Nervensäge sein kannst, oder?«, grummelte Alexander und musste gleichzeitig lachen.

»Ja, Corinne«, hörte sie jetzt die Stimme von Thomas. Offenbar hatte er mitgehört. »Richtig geraten. Was sagst du? Würdest du mich als Schwager in der Familie willkommen heißen?«

KAPITEL 8
DAS GROSSE UND DAS KLEINE GLÜCK

Aachen • Oche • Aix-la-Chapelle • Aken • Aquae Granni

Gegenwart: April

Am späten Nachmittag wurde es nach einem wieder einmal sehr umtriebigen Verkaufstag etwas ruhiger im Laden. Das kam Corinne gerade recht, denn vor lauter Trubel in der letzten Zeit kam sie kaum mit den Aufgaben abseits des täglichen Verkaufs hinterher.

»Ich werde jetzt die Bohnen der letzten Röstung sortieren und wenn ich es zeitlich schaffe auch gleich abpacken, damit wir wieder Nachschub haben«, sagte sie zu Frieda, als sie gerade allein im Laden waren, und hatte auch direkt eine Bitte an ihre Mitarbeiterin. »Könntest du zwischendurch die Bestellungen für die heutige Auslieferung zusammenstellen?«

Corinne hatte von Anfang an einen Lieferservice innerhalb des Stadtgebietes angeboten, der sehr gut angenommen wurde. Sie hatte mit dieser Idee genau den richtigen Riecher gehabt. Vor allem berufstätige Kunden waren froh, nicht selbst einkaufen gehen, aber dennoch nicht auf guten Kaffee verzichten zu müssen.

»Klar doch, mach ich«, kam Friedas Antwort prompt. »Ich würde nachher auch total gern die Auslieferung übernehmen, wenn du willst«, bot sie an. »Ich wollte sowieso ein bisschen Sport machen, ich radle dann einfach noch eine Extrarunde, dann passt das.«

»Echt? Oh, das ist super, da sag ich nicht Nein. Gerade heute bin ich froh, nicht selbst loszumüssen. Danke, Frieda!«

Das Ausliefern der Bestellungen machten sie beide gern, zumindest bei schönem Wetter. Aber da Corinne später zum Familientreffen in die Villa wollte, wäre das heute eine ziemliche Hetzerei für sie gewesen. Sie hatte sogar kurz daran gedacht, Frieda zu fragen, es dann aber doch nicht getan. Frieda war ihr ohnehin eine riesige Hilfe und blieb ohne zu zögern immer gern noch etwas länger, wenn Corinne sie brauchte. Sie wollte keine Chefin sein, die ihre Mitarbeiterin überstrapazierte oder ausnutzte. Aber da Frieda das Angebot von sich aus gemacht hatte und es Corinne wirklich sehr gelegen kam, nahm sie es gern an.

»Dann werde ich jetzt mal«, sagte Corinne und wollte nach hinten gehen, um den frisch gerösteten Kaffee zum Sortieren zu holen. Doch Frieda hielt sie noch einen Moment zurück.

»Ich koche einen Kaffee, trinkst du auch eine Tasse? Du hast den ganzen Tag durchgewirbelt, gönn dir doch mal einen Moment, um Luft zu holen«, sagte sie und warf ihrer Chefin einen besorgten Blick zu.

Sie hatte recht – und ganz offensichtlich nicht nur für die Bedürfnisse der Kundschaft, sondern generell für die ihrer Mitmenschen ein feines Gespür. Corinne war heute von ihrer inneren Unruhe getrieben und hatte deshalb kaum Pausen gemacht. Aber sie lehnte Friedas Angebot dennoch ab.

»Das ist lieb von dir, aber mir geht es gut, mach dir keine Gedanken. Vielleicht trinke ich nachher eine Tasse, wenn ich die Charge sortiert habe. Aber mach du ruhig eine Pause, im Moment ist ja nichts los.« Damit wandte sie sich ab und ging nun wirklich nach hinten.

Sie freute sich schon den ganzen Tag auf den Abend und konnte es kaum erwarten, Alexander und Thomas in die Arme zu schließen und ihnen persönlich zur Verlobung zu gratulieren.

Gleichzeitig hatte sie aber auch immer wieder schwache Momente gehabt, in denen die Situation mit Fabian Bühling, der von ihm drohende Ärger und auch diese unsägliche Vanessa ihre Stimmung schmerzhaft dämpften. Deshalb hatte Corinne sich auch so gut wie möglich beschäftigt gehalten. Sie wollte sich vom Nachdenken abhalten. Die Sorgen im Kopf hin und her zu drehen, würde alles nur schlimmer machen. Im Moment konnte sie nur abwarten und darauf vertrauen, dass sich früher oder später für jedes Problem eine Lösung finden würde. Aus diesem Grund hatte sie auch die Kaffeepause mit Frieda abgelehnt. Lieber machte sie sich umgehend ans Werk.

Corinne füllte den frisch gerösteten Mundo Novo in den Trichter, setzte sich an den Sortiertisch und ließ direkt die ersten Bohnen auf den Tisch rutschen. Schon kreisten ihre Hände über den Bohnen. Konzentriert kontrollierte sie akribisch Portion für Portion, um Steinchen und andere Fremdteile auszusortieren und auch um die Qualität der Ware zu kontrollieren. Die Kunden sollten nur die feinen Bohnen bekommen, sonst nichts. Wenn sie mit der Kontrolle durch war, schob sie mit der linken Hand die jetzt garantiert einwandfreien Bohnen über den Tischrand in den darunter stehenden Sack und ließ fast zeitgleich mit der rechten Hand die nächste Ladung aus dem Trichter auf den Tisch rutschen.

Sie war sehr zufrieden, denn es gab kaum Fehlteile, die sie zur Seite schieben musste. Fernandos Leute hatten den Kaffee ausgezeichnet vorsortiert, die Charge war ausgesprochen rein.

Es war unglaublich, wie unterschiedlich die Qualitäten waren, die sie geliefert bekam. Corinne hatte deshalb angefangen, exakt darüber Buch zu führen. Sie hatte eine Datei angelegt mit den einzelnen Kaffeebauern, den Sorten, die sie von dort bezogen hatte, und den für den nächsten Kauf relevanten Fakten wie Sauberkeit, Qualität und Zuverlässigkeit. Dass sie sich mit Noah absprechen konnte, machte ihr das Leben natürlich sehr viel leichter. Seine jahrelange Erfahrung hatte ihr schon den ein oder anderen Missgriff erspart.

Fernando hatte für Corinne natürlich eine Sonderrolle unter den Kaffeehändlern inne. Seine Familie arbeitete seit Jahrzehnten mit *Ahrensberg Kaffee* zusammen und Fernando, seine Frau Luciana und Baby Katalina waren für Corinne fast Teil der Familie, auf jeden Fall aber sehr gute Freunde. Und Fernando schickte ihr nur ausgewählt gute Bohnen, darauf konnte sie blind vertrauen. Dass sie dennoch kontrollierte, lag mehr an ihrer Routine als an der Notwendigkeit. Außerdem bereitete es ihr Freude, den Kaffee zu betrachten. Jede einzelne Kaffeebohne war ein Kunstwerk der Natur.

Die Oberfläche der Bohnen war dunkelbraun, glatt und sanft schimmernd. Corinne entdeckte – genau wie sie es erwartet hatte – keinerlei Löcher und oder Fraßstellen, die auf Schädlingsbefall hindeuten könnten. Es gab auch kaum Bruchbohnen. Sie war wirklich begeistert von der Qualität und freute sich auch, dass sie den perfekten Röstgrad getroffen hatte. Das war für sie noch immer keine Selbstverständlichkeit, auch wenn sie inzwischen schon eine gewisse Routine entwickelt hatte.

Wenn sie dunkel röstete, war sie noch immer jedes Mal nervös, denn in diesen Sekunden zeigte sich die wahre Kunst. Ein paar Augenblicke zu lang konnten über optimale Röstung und Kaffee mit Kohleanteilen entscheiden.

Mundo Novo war ein natürlicher Bourbon-Typica-Hybrid, der seit Jahren immer beliebter wurde. Das lag zum einen natürlich an seinem Aroma. Gute Qualitäten brachten den Geschmack von dunklen Beeren und Zartbitterschokolade auf die Zunge. Trotzdem hatte diese Kreuzung eine dezentere Süße als reiner Typica oder Bourbon, das machte ihn auch als Espresso interessant. Aber auch der Anbau brachte Vorteile. Mundo Novo war ein sehr ertragreicher Kaffeestrauch, der obendrein eine enge Bepflanzung gut tolerierte. Seine natürliche Resistenz gegen äußere Einflüsse, Krankheiten und Schädlinge steigerte seine Attraktivität für die Kaffeebauern.

Zuerst hatte Corinne diese Sorte für ihren Betrieb gar nicht in Betracht gezogen, weil sie wusste, dass Fernando den Mundo Novo an *Ahrensberg Kaffee* lieferte, den Anbau also in großem Stil betrieb. Für ihr *Böhnchen* kam das nicht infrage, obwohl auch diese Qualität durchaus gut war, schließlich würde *Ahrensberg Kaffee* niemals minderwertigen Kaffee verkaufen. Doch Fernando hatte sie mit der Nachricht überrascht, dass er auch diese Sorte in seinem Mischwald anbaute, und ihr noch vor Eröffnung der Rösterei einen Sack davon geschickt, damit sie sie testen konnte. Die im Mischwald angebauten Sorten konnten ausschließlich von Hand geerntet werden und dadurch wurde die Bohne eben doch auch für Corinnes Manufaktur interessant. Und mit dieser Sorte hatte Corinne einen Kaffee, der wenig Schwankungen im Ertrag hatte und damit sicher lieferbar war. Auch das musste sie natürlich kalkulieren. Sie konnte nicht alle Kaffees immer nur in kleinen Chargen im Sortiment haben, einige Sorten musste sie auch langfristig in einer stabilen Qualität im Angebot haben. Sehr praktisch war für sie auch, dass Fernando ihre kleineren Lieferungen zusammen mit den Großmengen für Alexander verschicken konnte, das erleichterte ihr das Leben enorm. So musste sie sich nicht um die Papiere und Zollangelegenheiten kümmern. Und wenn sie selbst nicht konnte, sorgte Alexander sogar dafür, dass ihr die Säcke ins *Böhnchen* gebracht wurden, so wie mit dieser neuen Lieferung.

Corinne war dankbar, dass sich das alles so gut etabliert hatte und es inzwischen ein sehr harmonisches Miteinander war zwischen den beiden Firmen.

Nur der Kaffeebaron wusste noch immer nichts davon, dass sie sich die Leitung der Firma nicht mehr mit Alexander teilte.

Auch wenn sie offen darüber gesprochen hatte, war sie sich ziemlich sicher, dass er die Fakten nicht verstanden hatte. Vielleicht war es auch zu unvorstellbar für ihn, dass seine Tochter eigene Wege ging. Sie wusste nicht, wie er darauf reagieren würde, aber irgendwann würde sie es herausfinden und sie fürchtete, dass es einen ziemlichen Knall geben würde.

Nach seinem Schlaganfall hatte Corinne anfangs Probleme gehabt, mit diesem plötzlich so anderen Menschen umzugehen. Ihr Vater war der Kaffeebaron. Groß, stark, manchmal etwas zu laut und herrisch und immer geradlinig mit klaren Überzeugungen. Das Bild des kranken schwachen Mannes, der anfangs im künstlichen Koma lag und von dem niemand wusste, ob er sich je würde erholen können, passte nicht zum Kaffeebaron.

Die ersten Versuche, ihren Vater zu besuchen, endeten in Corinnes überhasteter Flucht aus seinem Zimmer auf der Intensivstation. Erst langsam hatte sie sich an die veränderte Situation gewöhnt und seinen Zustand akzeptiert. Nachdem sie diese Hürde genommen hatte, hatte sie oft an seinem Bett gesessen, seine Hände massiert und ihm von der Welt erzählt, von dem, was sie erlebte und auch von ihren Plänen und schließlich von ihrer Rösterei, dem *Öcher Böhnchen.* Aber bis heute hatte er es ihrer Einschätzung nach noch nicht verstanden und sie hatte aufgehört, es zu erwähnen. Er würde sich nur unnötig aufregen.

Corinne seufzte. Ja, es würde einen Knall geben, aber wenn er sich weiter so gut erholte, dann war der Zeitpunkt nicht mehr fern, dass sie sich diesem Gespräch stellen musste. Aber noch nicht heute.

Sie nahm sich vor, später, wenn sie in der Villa war, Zeit mit ihrem Vater zu verbringen. Seit ihrem Auszug war die gemeinsame Zeit mit ihm deutlich weniger gewesen und das war nicht gut. Er brauchte die Gesellschaft seiner Lieben, um wieder gesund zu werden.

Ohne es bewusst zu steuern, war Corinne doch wieder in ihre Grübeleien versunken, während sie noch immer Kaffee sortierte. Und ganz automatisch wanderten ihre Gedanken nun wieder zu den gerade anstehenden Problemen.

Sie war dankbar, Noah an ihrer Seite zu wissen. Trotzdem war ihr bang bei dem Gedanken an das, was Fabian Bühling plante. Und wenn sie an Vanessas Schwangerschaft dachte – vor allem aber an die Zeit nach der Geburt –, bekam sie weiche Knie. Die Frage, wie sie zu diesem Baby stehen würde und wie sie das als Dreiereltern wohl hinbekommen würden, belastete sie deutlich stärker, als sie anfangs gedacht hatte. Corinne traute Vanessa nicht und ohne es genau benennen zu können, hatte sie das Gefühl, dass ihnen mit dieser Frau noch mächtig Ärger ins Haus stehen würde.

Was, wenn sie ihre Strategie änderte und versuchte, Noah zurückzubekommen? Oder wenn Noah seine Meinung änderte und dem Kind doch eine intakte Familie bieten wollte? Hätte sie eine Chance? Und durfte sie den beiden im Weg stehen, wenn es wirklich das war, was sie wollten?

Nach all der Aufregung gestern hatten sie und Noah die Zeit miteinander noch intensiver genossen, hatten sich leidenschaftlich geliebt. Corinne hatte in Noahs Armen gelegen und er hatte ihr seine Liebe versichert. Es gab keinen Grund, an seiner Aufrichtigkeit zu zweifeln. Eigentlich war alles in Ordnung, aber das Bild von der wirklich bildhübschen Vanessa schob sich immer wieder in Corinnes Bewusstsein.

Sie hätte als Model arbeiten können. Groß, langbeinig und, abgesehen von dem kleinen Bauch, kein Gramm Fett zu viel am Körper. Dagegen kam Corinne sich fast dick vor, dabei hatte sie eine vollkommen normale Figur. Sie mochte diese Klappergestelle gar nicht und hatte nie den Wunsch gehabt, so auszusehen.

»Stehst du auf Modelfrauen?«, hatte sie Noah gefragt.

»Ich steh auf dich, Corinne. Ich mag echte Menschen. Du bist wunderschön, nicht nur dein Körper, sondern auch deine Seele. Da können alle Vanessas dieser Welt nicht mithalten. Glaub mir das bitte.«

Und trotzdem sah Corinne seit Vanessas Auftritt immer wieder deren Gesicht mit dem hämischen Grinsen vor sich. Verflixt.

Wütend auf sich selbst und darauf, dass sie ihre Gedanken schon wieder nicht unter Kontrolle hatte, wischte Corinne mit einer heftigen Bewegung über den Sortiertisch und schubste damit nicht nur die kontrollierten Bohnen, sondern auch ein paar Steinchen mit in den Sack, die aus früheren Sortierungen noch am Rand gelegen hatten. Corinne stöhnte unwillig auf. Jetzt musste sie noch einmal von vorn beginnen, es half alles nichts.

***

Noah und Corinne spazierten Hand in Hand den Preusweg hinunter Richtung Villa Ahrensberg. Der Abend hatte sich über die Stadt gelegt und Corinne zog ihr Stricktuch ein wenig enger um ihren Hals, denn es wehte ein ziemlich frischer Wind. Trotzdem genoss sie es, nach dem langen Tag in der Rösterei draußen zu sein und sich etwas zu bewegen – nicht nur zwischen den Regalen hin und her, sondern richtig. Besonders mit Noah an ihrer Seite erfüllte sie das mit Zufriedenheit und machte sie glücklich, trotz all ihrer Sorgen und Schicksalswellen. Vielleicht aber auch gerade deshalb.

Corinne liebte das kleine Glück am Wegesrand, sie fand es schon immer viel wichtiger, diese schönen Momente bewusst wahrzunehmen und zu genießen, statt immer und ewig einem eigentlich unerreichbaren großen Glück hinterherzurennen. So hatte sie es instinktiv bereits als Kind gehalten, ohne dieses Verhalten zu reflektieren. Heute tat sie es bewusster, was die Kostbarkeit solcher Momente nur noch steigerte. Letztlich stärkte sie mit diesen kleinen Glücksmomenten die Kraft ihrer inneren Glücksfee und schaffte damit die Basis, dieses Glück zu vermehren. So ähnlich hatte sie es in einem kleinen Buch gelesen, das Sebastian ihr zum Geburtstag geschenkt hatte und in dem sie immer wieder gern blätterte.

Obendrein schuf sie sich mit jedem bewusst erlebten glücklichen Moment eine ebenso glückliche Erinnerung. Das war wie eine immaterielle Schatzkiste, die sie in sich selbst aufbewahrte. In schwierigen Situationen konnte sie die Truhe öffnen und daraus neue Kraft schöpfen.

Wenn sie alleine an die vielen wundervollen Erinnerungen dachte, die sie an ihren Großvater hatte. Dadurch war er auf eine besondere Art immer bei ihr.

»Du bist so nachdenklich, Liebling. Was beschäftigt dich?«, wollte Noah wissen und warf ihr einen forschenden Blick zu.

»Das Glück«, antwortete sie wie aus der Pistole geschossen. »Das Glück und wie sonderbar es manchmal erscheint, dass man glücklich sein kann, obwohl man traurig ist, genervt, gestresst oder sogar unglücklich.«

»Glücklich und unglücklich gleichzeitig?«, fragte Noah. »Das klingt anstrengend«, meinte er, nachdem er kurz darüber nachgedacht hatte. »Ein ziemliches Gefühlswirrwarr, oder? Geht es dir so? Was macht dich unglücklich?«

»Ja«, sagte Corinne. »Nein«, schob sie im nächsten Moment hinterher. »Ich würde nicht sagen, dass ich unglücklich bin. Immer noch besorgt wegen des Gesundheitszustands meines Vaters, auch wenn es ihm schon deutlich besser geht. Genervt, wenn ich an diesen Fabian Bühling denke.« An dieser Stelle rollte sie mit den Augen. »Traurig, weil mein Verpächter gestorben ist. Etwas gestresst, weil ich Angst davor habe, wie wir die Aufgabe meistern, Eltern zu sein. Noch dazu, da ich ja nur die Zweitmutter sein werde, das macht es sicher noch komplizierter. Tja. Und zu guter Letzt glücklich. Weil mein *Öcher Böhnchen* so einen tollen Start hatte und weiterhin gut läuft. Der Tag heute war wieder richtig gut und Frieda arbeitet, als hätte sie nie etwas anderes getan. Ich bin auch glücklich, weil ich hier mit dir durch den Abend spazieren kann. Weil es dich in meinem Leben gibt und wir uns eine gemeinsame Zukunft ausmalen. Und weil wir diese Zukunft damit beginnen werden, uns im Gesindehaus ein wunderbares Nest einzurichten.« Corinne machte kurz Pause, um Luft zu holen und ihre vielen unterschiedlichen Gefühle einzufangen und in Worte zu fassen. Sie war wirklich glücklich, dass die Wohnungsentscheidung nun gefallen war.

Sie hatten gestern noch lange diskutiert und letztendlich Carlos angerufen und die Wohnung abgesagt. Das heutige Familientreffen wollten sie nutzen, um ihren Entschluss zu verkünden und über den weiteren Ablauf zu sprechen. Sobald Alfred ausgezogen war – Corinnes Mutter hatte den Termin noch nicht sicher gewusst –, würden sie das Gesindehaus besichtigen und die sicher notwendige Renovierung besprechen. Sie wollten dieses Thema gleich auf den Tisch bringen, sobald alle da waren. Dann hatten sie hinterher den Kopf frei, um mit Alexander und Thomas anzustoßen und die Verlobung zu feiern. Schon hatte sie ihren nächsten Glückspunkt, den sie mit Noah teilen wollte.

»Und natürlich bin ich glücklich, weil Alexander und Thomas heiraten werden. Das ist so fantastisch. Ich kann es immer noch nicht fassen.«

Bei dem Gedanken an das bevorstehende Ereignis wurde ihr richtig warm ums Herz. Sie stellte sich das Gesicht ihrer Mutter vor, wenn sie die Neuigkeit erfuhr, und wusste jetzt schon, dass sie ebenso begeistert sein würde wie sie selbst.

»Alexander und Thomas. Mann und Mann. Bis dass der Tod

euch scheidet!« Corinne konnte nicht anders, sie musste vor Freude in die Hände klatschen und ein bisschen hüpfen. Dann schob sie ihre Hand wieder in Noahs und ging weiter neben ihm her. »Ich freu mich so sehr für die beiden. Tja, du siehst also, Gefühle können sehr wohl ziemlich wild durcheinandergehen und auch gleichzeitig sehr gegensätzlich sein. Opa sagte immer, man muss nur aufpassen, dass man die lauten Pöbler nicht die Oberhand gewinnen lässt. Daran versuche ich mich zu halten.«

»Ich bin beeindruckt«, sagte Noah. »So habe ich die Sache mit dem Glück tatsächlich noch nie gesehen.«

»Aber du hast unbewusst danach gelebt und schon immer die glücklichen Momente geehrt und nicht nur nach dem großen Glück gejagt. Das habe ich sofort gemerkt und vermutlich war das mit ein Grund, wieso du dich so schnell in mein Herz schleichen konntest.«

»Ach, das große Glück ist doch ein Märchen«, schnaufte Noah und schüttelte den Kopf. »Wann genau soll man das denn haben? Wenn man reich, schön, gesund, jung und verliebt ist? Würde das im Umkehrschluss nicht bedeuten, dass Menschen mit einer chronischen Krankheit, mit weniger Geld oder in einem höheren Alter nie die Chance auf das große Glück hätten? Das wäre fatal! Ich glaube, Leute, die immer alles haben wollen, werden nie das Gefühl kennenlernen, wirklich glücklich zu sein. Kaum hat sich ein Ziel erfüllt, stehen schon die nächsten Wünsche am Start, die unbedingt auch noch erfüllt werden müssen. Mich erinnert das an die Menschen, die ihr Leben lang alles aufschieben, was sie gerne tun würden, und immer sagen: Wenn ich mal in Rente bin, dann … Aber was, wenn man gar nicht so alt wird? Was, wenn eine Krankheit dazwischenkommt? Und wenn sie tatsächlich bis zur Rente durchhalten, sagen sie dann: Ach, das hätte ich gern gemacht, als ich jung war. Jetzt bin ich zu alt dafür. Und wieder stehen sie sich und ihrem Glück selbst im Weg. Du hast recht, Corinne, ich habe wohl wirklich immer schon das kleine Glück geehrt. Anders könnte ich gar nicht leben und würde es auch nicht wollen.«

»Und heute Abend feiern wir all das viele kleine Glück und auch das, was sich im richtigen Moment auch mal wie das ganz große Glück anfühlen kann: unsere Liebe, unseren Umzug und die bevorstehende Hochzeit. Ich hoffe, Mama hat genug Sekt im Kühlschrank.«

Die nächsten Schritte gingen sie in stillem Einvernehmen. Corinnes Gedanken sprangen wild umher. Plötzlich stockte sie mitten im Schritt.

Noah blieb ebenfalls stehen und sah sie mit fragend hochgezogenen Augenbrauen an.

»Ich habe gerade eine fantastische Idee, Noah«, sprudelte sie heraus. »Wie wäre es, wenn wir für Alexander und Thomas einen speziellen Hochzeitskaffee rösten? Einen Blend, der ihren Vorlieben – die wir natürlich noch herausfinden müssen – Rechnung trägt. Wir könnten ein Etikett dazu entwerfen in Regenbogenfarben und jedes Jahr am Hochzeitstag bekommen sie wieder eine Packung geschenkt. So bleibt ihnen dieser wunderbare Tag für immer als Aroma auf dem Gaumen. Ein Kaffee der Liebe sozusagen, eine glückliche Erinnerung in Form von Kaffee. Hach, ist das nicht wundervoll?«

Während sie ihre Idee formulierte, hatte Corinne das Etikett bereits vor Augen. Sie würde Sebastian fragen, ganz sicher würde er ihr bei der Umsetzung helfen.

Noah nickte begeistert. »Das ist eine sehr zauberhafte Idee, Corinne, das machen wir. Weißt du was? Dein Bruder hat wirklich Glück, so eine tolle Schwester zu haben. Falls er das je wieder vergisst, werde ich ihn daran erinnern.« Er zog Corinne wieder mit sich und sie gingen weiter das letzte kleine Stück bis zur Villa. »Und weißt du was noch?«, sagte Noah, als sie schon die Einfahrt entlanggingen. »Du bist so Feuer und Flamme, vielleicht werden die beiden dich als Hochzeitsplanerin engagieren.«

Was für eine schöne Vorstellung. Das gefiel ihr.

»Ich werde mich sicher nicht aufdrängen, aber falls sie mich tatsächlich fragen – das würde ich glatt machen. Hilfst du mir?«

»Hätte ich überhaupt eine Wahl?«, fragte Noah zurück und Corinne kicherte.

Noah kannte sie schon ziemlich gut. Aber sie war sich sicher, dass auch er Spaß daran haben würde, so ein Fest zu planen. Er hatte jedenfalls interessiert gelauscht, als Corinne Alexander gestern Abend mit Fragen bombardiert hatte.

Wann? Wo? Was für ein Fest? Was wollten sie anziehen? Was für einen Hochzeitskuchen wollten sie haben? Irgendwann hatte Alexander gesagt: »Erbarmen! Löckchen, du machst mich fertig. Lass uns erst einmal mit Mama sprechen, dann sehen wir weiter. Okay?« Sie hatte nachgegeben und Alexander aus dem Stoßfeuer ihrer Fragen entlassen.

Später hatte sie mit Noah auf das Glück ihres Bruders angestoßen.

Auch wenn die Freude über diese wunderbare Nachricht Corinne gerade erfüllte, wallte doch auch genau in diesem Moment ganz unvermittelt die Angst wieder in ihr auf, die sie so erfolgreich in den Hintergrund gedrängt hatte. Sie hatte keine Lust auf diese dunklen Wolken, auf den Streit und den Stress, aber sie konnte sich auch nicht davor verschließen. Sie musste sich den Herausforderungen stellen. Und mit der Verlobung ihres Bruders war noch eine weitere hinzugekommen: Sie mussten dem Kaffeebaron bald sagen, dass sein Sohn einen Mann heiraten würde.

Genervt von sich selbst und ihren eigenen Zweifeln schnaufte Corinne kräftig aus.

Wieder überraschte Noah sie, weil er sofort erfasste, was der Grund dafür war.

»Eins nach dem anderen. Jetzt gehen wir feiern. Und morgen knöpfe ich mir Vanessa vor und du wirst mit Doktor Hartmann sprechen wegen dieses Fabian Bühling – morgen müsste er doch wieder da sein, oder?«

Corinne nickte, aber sie kam nicht mehr dazu, zu antworten, denn hinter ihnen fuhr gerade ein Wagen die Einfahrt hinauf. Alexander und Thomas kamen zeitgleich mit ihnen am Treppenabsatz der Villa an.

Corinne umarmte die beiden stürmisch, sobald sie aus dem Auto gestiegen waren. Da ihre Mutter schon in der Tür stand und Corinne ihrem Bruder nicht vorgreifen wollte, flüsterte sie ihnen nur leise ins Ohr: »Herzlichen Glückwunsch!«

Sie tauschten einen kurzen innigen Blick aus, dann wandten sie sich dem Haus zu.

Kapitel 9
Dunkle Wolken

Euweiler • Euwiller

Oktober 1946

Die Zeit der warmen Herbsttage ging dem Ende entgegen. Langsam, aber sicher übernahmen die frostigen Temperaturen die Vorherrschaft und kündigten den nahenden Winter an. Im Schatten zwischen den Bäumen war es bereits unangenehm kalt, die schräg stehende Herbstsonne schaffte es nicht mehr bis hinab auf den Boden.

Mit dem Leiterwagen, Rucksäcken, Stofftaschen und zwei Körben ausgerüstet, hatten Eberhard und Magdalena sich an diesem Sonntag aufgemacht zu einem der letzten gemeinsamen Sammelstreifzüge in diesem Jahr. Eberhard brauchte dringend noch mehr Holz für den Laden und Magdalena wollte die Wintervorräte für die Familie noch etwas aufstocken. Den Leiterwagen stellten sie auf einem Nebenweg im Wald ab und schlugen sich von dort aus in die Büsche.

Obwohl die Haupterntezeit für Beeren vorbei war, fanden sie noch vereinzelt Holunderbeeren, Blaubeeren, Brombeeren, Moosbeeren und Himbeeren. Magdalena sammelte aber nicht nur die Früchte, sondern auch Beerenblätter. Hauptsächlich für Tees, aber einen Teil ihrer Beute würde sie als Gemüse auf den Tisch bringen. Eberhard bewunderte Magdalena. Für sie schien die Natur wie ein reich gedeckter Tisch, man musste sich nur bedienen, und genau das tat sie mit großer Begeisterung. Für sie war es keine Pflicht, sondern ein Vergnügen. Sie liebte die Streifzüge durch die Natur aus ganzem Herzen.

»Schau nur, Eberhard«, rief sie gerade entzückt. »Ein ganzes Feld Sauerklee, was für ein Glück. Der wird sich sehr gut in einem Salat machen und einen Teil kann ich für den Tee trocknen.« Schon bückte sie sich und zupfte Stängel für Stängel vorsichtig ab. Eberhard ging neben ihr in die Hocke und half mit.

Magdalena lächelte ihn an und hielt ihm eines der Kleeblätter an die Lippen. Eberhard ließ sich von ihr füttern, grinste und machte leise »Muh«.

Mit Magdalena an seiner Seite fand er diese kleinen besonderen Momente der Leichtigkeit, die seiner kriegsgeschädigten Seele so unheimlich guttaten.

»Hey, mach dich nicht lustig. Das ist gesund und frisch. Sei lieber froh, dass wir so wunderbares Essen haben«, schimpfte Magdalena ihren Ehemann halbherzig aus und gab ihm einen liebevollen Knuff gegen den Oberarm.

Eberhard lachte, tat so, als hätte ihn der sanfte Stoß aus dem Gleichgewicht gebracht, und ließ sich auf den Rücken fallen. Jedoch nicht, ohne schnell noch Magdalenas Hand zu ergreifen und seine überraschte Frau übermütig mit sich zu ziehen. Er stahl ihr einen Kuss und erstickte mit seinen Lippen ihren Protest.

»Ich bin froh, mein Herz«, versicherte er ihr. »Über den Klee, der übrigens sehr gut schmeckt, und über die wunderbare Frau an meiner Seite.« Schon lagen seine Lippen wieder auf ihren und sie erwiderte diesen Kuss voller Hingabe.

Wie von selbst fanden Magdalenas Hände seinen Rücken und streichelten ihn. Sie drängte sich ihrem Mann entgegen. Trotz der Kälte schob er seine Hand unter ihre Bluse, Magdalena ließ es geschehen. Ihre Augen wurden vor Leidenschaft dunkel wie das Moor und Eberhard konnte nicht mehr an sich halten.

Mit einem Stöhnen senkte er seinen Kopf und gleich darauf erklang ein spitzer Laut der Überraschung aus Magdalenas Kehle.

»Wenn uns jemand sieht«, sagte sie ängstlich. Doch ihr Protest war halbherzig und wurde von der Welle der Erregung fortgerissen.

Sie wären gern noch eine Weile liegen geblieben, aber dazu war es leider zu kalt. Außerdem würde es auffallen, wenn die Dunkelheit hereinbrach und sie mit beinahe leeren Händen wieder nach Hause kämen. Also rafften sie sich auf, ordneten ihre Kleidung und warfen sich dabei immer wieder verliebte Blicke zu. Eberhard ganz offen, Magdalena ein wenig verschämt.

Diese Schüchternheit berührte sein Herz. Er fand es entzückend, wenn Magdalenas Wangen sich röteten und sie ihren Blick senkte. Seine Frau hatte keine Ahnung, wie unfassbar wunderbar sie war, dafür liebte er sie noch mehr, als er es ohnehin schon tat. Frech ließ Eberhard seine Hand über ihren perfekten Po streichen und zwinkerte ihr zu. »Wenn es so wunderbare Dinge im Wald zu finden gibt, werde ich von nun an noch viel häufiger auf die Suche gehen«, sagte er.

Jetzt wurde Magdalena endgültig rot. Sie holte ein Taschentuch hervor, schnäuzte sich und sagte: »Alberner Kerl.«

Dann besann sie sich und sah ihren Ehemann herausfordernd an. Ihre Schüchternheit war wie weggewischt, nur das Lächeln zuckte noch immer in ihren Mundwinkeln. »Jetzt aber los«, kommandierte sie. »Oder was willst du Edda, deiner Mutter und Barbara erzählen, weshalb wir nur so wenig gefunden haben?«

»Dass ich meine Frau vor Waldgeistern beschützen musste?« Eberhard lachte und zupfte ihr einen Zweig aus den Haaren. Dann lenkte er aber ein. »Du hast ja recht, Liebes, also los jetzt, lass uns die Taschen mit den Schätzen des Waldes füllen, damit niemand auf die Idee kommt, wir hätten uns hier im Wald nur vergnügt.«

Gut gelaunt machten sie sich mit neuem Schwung wieder ans Sammeln. Eberhard brachte zwischendurch immer wieder Arme voller Äste zum Leiterwagen und auch die Taschen und Behältnisse füllten sich zügig. Zu den Beeren gesellten sich bald schon Kastanien, Bucheckern, Walnüsse, Haselnüsse und nicht zuletzt zu Eberhards größter Freude selbstverständlich auch reichlich Pilze.

Das Pilzesammeln war Magdalenas Steckenpferd. Sie hatte einen siebten Sinn, wenn es darum ging, sie zu entdecken. Maronenröhrlinge, Rotfußröhrlinge, Steinpilze, Espenrotkappen, Pfifferlinge, Schusterpilze, Perlpilze, Semmelstoppelpilze, Reizker, Butterpilze oder auch Parasole – Magdalena kannte sie alle mit Namen und spürte sie nahezu mühelos auf. Sie war seit dem Sommer regelmäßig unterwegs gewesen und immer mit Taschen voller Pilze und Kräuter nach Hause gekommen. Ein Großteil ihrer Beute wurde getrocknet, der Vorrat war jetzt schon beachtlich. Überall im Haus hingen in Scheiben geschnittene und aufgefädelte Pilze und Kräuterbüschel. Die Kräuter kamen in Dosen oder wurden in Zeitungspapier eingewickelt, die getrockneten Pilze füllte Magdalena nach und nach in Gläser. Für jede Sorte ein anderes Glas, nahmen sie ein ganzes Brett in der Speisekammer für sich ein. An Pilzen würde es ihnen in diesem Winter nicht mangeln.

Eberhard wäre sicher an mehr als der Hälfte ihrer Funde achtlos vorbeigegangen. Was vermutlich auch daran lag, dass seine Beziehung zu diesen Gewächsen nicht sehr innig war. Sie bildeten einen wichtigen Faktor für ihre Versorgung, dafür war er auch dankbar, aber die von Edda gepriesene köstliche Abwechslung auf dem Teller empfand er nicht. Pilzgerichte machten satt. Ein wirklicher Genuss waren sie für Eberhard allerdings nicht. Abgesehen von den Parasolen.

Wenn Magdalena die gebratenen Schirmscheiben auftischte, freute er sich immer, denn sie schenkten ihm fast das Gefühl, ein gutes Stück Fleisch auf dem Teller zu haben. Manchmal panierte sie die Scheiben sogar mit Ei und Bröseln von altem Brot oder tunkte sie in eine Masse aus Mehl, Milch und Ei, das war stets ein Festmahl.

Neben dem Holz, den Beeren und allerlei Pilzen sammelten Magdalena und er auch Eicheln und Löwenzahnwurzeln für Muckefuck. Das tat Eberhard etwas zähneknirschend nur seiner Frau zuliebe. Wenn es nach ihm gegangen wäre, hätte es im Hause Ahrensberg so ein grausiges Gebräu – wie er es immer nannte – nicht gegeben. Aber er hatte eine willensstarke Frau und sie hatte sich durchgesetzt.

»Du bist Kaffeehändler, Eberhard, ich weiß. Aber genau deshalb werden wir die kostbaren Bohnen nicht selbst verbrauchen. Das wäre ja noch schöner! Du sollst damit handeln und ihn nicht selbst trinken. Du musst sowieso hin und wieder eine Tasse für dich aufbrühen, um die Qualität zu kontrollieren. Also stell dich nicht so an. Es wird dich nicht umbringen, wenn du zu Hause mit uns Frauen den Muckefuck trinkst. Zumindest bis *Ahrensberg Kaffee* den Start geschafft hat.« Sie war zu ihm gegangen, hatte die Arme um ihn gelegt und ihn mit einem lieblichen Augenaufschlag bedacht. »Das wird nicht lange dauern, ich bin sicher. Und wenn es so weit ist, wird es in deinem Haus nie wieder aufgebrühte Wurzeln oder Eicheln geben. Das verspreche ich dir.«

Er würde sie an dieses Versprechen erinnern und alles daransetzen, dass es sehr bald so weit war. Das war ein weiterer guter Grund, ehrgeizig am Erfolg seiner Rösterei zu arbeiten.

Der weiche Waldboden dämpfte ihre Schritte, als sie sich Seite an Seite durch das Gestrüpp kämpften. Zielstrebig suchte Magdalena sich ihren Weg durch das Unterholz. Eberhard war ihr dicht auf den Fersen.

Er genoss es sehr, die Zeit mit seiner Frau allein zu verbringen. Zu Hause hatten sie nur ihr gemeinsames Schlafzimmer als Rückzugsort, im Rest des Hauses war immer jemand der anderen Bewohner dabei. Eberhard mochte das Familienleben, er hatte nicht vergessen, wie sehr er sich in der Gefangenschaft danach gesehnt hatte. Und seit sein Vater mit seiner Hartherzigkeit und Verbissenheit nicht mehr jede Freude im Keim erstickte, war es ein sehr liebevolles Miteinander zwischen ihnen. Im Hause Ahrensberg wurde gelacht, gesungen und sogar auch mal getanzt. Barbara wurde langsam vom Kind zum Backfisch und brachte Schwung in ihrer aller Leben.

Edda Müller war ein Teil der Familie geworden, seit sie Eberhards Mutter und ihre Kinder bei sich aufgenommen hatte, nachdem deren Haus durch die letzten fallenden Kriegsbomben zerstört worden war. Sie war für sie alle wichtig, vor allem aber für seine Schwester Barbara. Sie hing innig an ihrer Oma Edda, die ihr Geschichten erzählte, das Nähen und Stricken beibrachte und immer für das Mädchen da war, als sei sie die echte Großmutter.

Barbara war überhaupt sehr anhänglich, was Eberhard auf die Verluste zurückführte, die sie in ihren gerade mal dreizehn Lebensjahren schon hatte erleiden müssen. Der Krieg hatte ihr die Schwester und einen Bruder genommen und selbst der Tod des Vaters war für das kleine Mädchen schmerzhaft gewesen – anders als für Eberhard. Für ihn war das Familienoberhaupt schon kein Vater mehr gewesen, als er noch gelebt hatte. Er hatte seiner Familie in den harten Kriegsjahren zusätzliche Entbehrungen aufgebürdet, Eberhards Mutter das Leben noch schwerer gemacht, als es zu jener Zeit ohnehin schon gewesen war. Vor allem aber hatte Eberhard die braune Gesinnung seines Vaters gehasst. Noch heute schämte er sich für die Freveltaten, die sein Erzeuger begangen hatte. Es verging kaum ein Tag, an dem er nicht darüber nachsann, wie er einen Teil dieser von seinem Vater begangenen Schuld wiedergutmachen könnte.

Genauso verging kaum je eine Nacht, ohne dass Eberhard in Albträumen von den schlimmen Erlebnissen während seiner Zeit an der Front und in amerikanischer Gefangenschaft heimgesucht wurde. Dabei war es ihm viel besser ergangen als so manchem seiner Kameraden, dessen war er sich sehr wohl bewusst. Er hatte letztlich sogar großes Glück gehabt. Bevor er an der Front in diesen schrecklichen letzten Kämpfen hatte ernstlich verletzt werden können, war er von den Amerikanern gefangen genommen worden. Im Lager hatte er sich mit Tom, einem amerikanischen Soldaten aus Wisconsin, angefreundet, der deutsche Wurzeln hatte. Das hatte für Eberhard vieles erleichtert.

Vor den Schmerzensschreien seiner verletzten Mitgefangenen, vor den nächtlichen Schreien, wenn die Soldaten von Albträumen heimgesucht wurden, vor den Filzläusen und dem Heimweh hatte es ihn aber nicht geschützt.

Magdalena blieb stehen und zeigte mit dem Finger zwischen den Bäumen hindurch auf ein Eichhörnchen, das Haselnüsse sammelte. »Sieh dir die Tiere an«, sagte sie. »Nicht nur dieses Eichhörnchen. Ich beobachte das schon eine Weile. Sie sind alle fast schon hektisch dabei, sich ihr Winternest zu bauen und Vorräte zu sammeln. Ich glaube, das kündigt einen langen Winter an.«

»Nicht gerade das, was wir in diesem Jahr gebrauchen können«, brummte Eberhard. »In diesem Fall hoffe ich wirklich, dass du dich irrst.«

Er bückte sich und hob einen dicken Ast auf. Wenn Magdalena recht behielt, würde er wohl besser noch mehr Holz sammeln.

***

Eberhard saß in seinem Laden neben der Kochhexe und drehte langsam und gleichmäßig an der Kurbel der Rösttrommel. Zwischendurch gähnte er und rieb sich die müden Augen. Die Nacht war deutlich zu kurz gewesen. Wieder einmal hatten ihn das Pfeifen der Granaten und die Bilder der Front verfolgt und um den Schlaf gebracht.

Im Traum hatte er mit seinem amerikanischen Freund Tom hinter einem kleinen Wall in einem Graben gekauert. Um sie herum schlugen die Geschosse ein. Schmerzensschreie zerrissen die Luft. Die Einschläge waren immer näher gekommen. Erde und Steine waren auf sie hinabgeprasselt. Und dann hatte er hochgesehen und vor Schreck geschrien. Tom saß genau in der Flugbahn der Granate.

»Tom!«, hatte er gebrüllt. »Deckung, Tom!« Doch sosehr er sich auch bemühte, er schrie, dass er dachte, seine Stimmbänder müssten reißen, aber kein Laut kam über seine Lippen. Sein Freund hatte ihn angesehen und gelacht. Er hatte ein Lied gesungen, als seien sie auf einer Party und nicht im Feuerhagel an der Front. Jede Sekunde musste es geschehen. Eberhard hob die Arme schützend über seinen Kopf und konnte doch den Blick nicht von seinem singenden amerikanischen Freund abwenden. Urplötzlich aber wechselte das Gesicht. Anstelle von Tom saß ein Kamerad neben ihm, an dessen Namen er sich nicht mehr erinnern konnte. Das Pfeifen wurde schrill und Eberhard wurde durchgerüttelt. Sein Kopf flog von rechts nach links, immer hin und her.

»Eberhard, bitte, wach auf!« Die Worte seiner Frau klangen, als bewegten sie sich durch einen zähen Brei. Ihre Stimme flüsterte nah an seinem Ohr, aber er begriff nicht, was sie von ihm wollte. Dann endlich hatte sein Bewusstsein es geschafft. Eberhard hatte die Augen aufgerissen und sich keuchend aufgesetzt. Magdalena hatte ihn an der Schulter gerüttelt, um ihn aus dem Horror seines Traumes zu befreien. Er hatte Minuten gebraucht, bis sein Atem sich beruhigt und das Zittern seiner Hände sich gelegt hatte. Es war fünf Uhr morgens gewesen.

»Wieder der Krieg?«, hatte Magdalena gefragt und ihn besorgt angesehen.

»Mach dir keine Sorgen. Alles wieder gut. Danke«, hatte Eberhard zurückgeflüstert. Er hatte ihr einen Kuss gegeben und nach einem Blick auf den Wecker gesagt: »Schlaf weiter, es ist zu früh.«

Magdalena stand immer Punkt sechs Uhr auf, versorgte die Hühner und richtete für alle das Frühstück. Sie konnte also noch eine ganze Stunde schlafen.

Aus Angst, wieder in den grausamen Traum zurückzugleiten, hatte Eberhard nicht mehr einschlafen können. Also hatte er gewartet, bis Magdalenas Atem ihm verriet, dass sie wieder eingeschlafen war. Leise hatte er sich aus dem Bett gestohlen, seine Kleider genommen, die wie immer ordentlich gefaltet über der Stuhllehne hingen, und sich in die Küche geschlichen.

Es war eisig kalt geworden über Nacht und das Haus vollkommen ausgekühlt. Schnell hatte Eberhard bibbernd die Asche aus dem Ofen gekratzt und den Herd neu angefeuert. Dann hatte er den Tisch gedeckt und das Frühstück gerichtet. Wenn er schon so früh wach war, konnte er seiner Frau auch etwas Arbeit abnehmen, hatte er gedacht. Sie schuftete ohnehin viel zu viel.

Um sieben nach einem gemeinsamen Frühstück mit seinen Lieben hatte er sich aufgemacht in seinen Laden und hier saß er nun.

Das Feuer im Ofen strahlte eine wunderbare Wärme aus, die an diesen immer kälter werdenden Tagen sehr angenehm war. Magdalena hatte wohl leider recht gehabt, in diesem Jahr schien der Winter es eilig zu haben.

Normalerweise sparte Eberhard in seinem Laden so gut es ging Brennholz ein. Der Winter fing gerade erst an und er musste schließlich nicht nur den Laden heizen, sondern auch das Haus.

Seine Frauen sollten nicht frieren müssen. Nicht frieren und nicht hungern. Das hatten sie während des Krieges oft genug erleben müssen. Eberhard sah es als einziger Mann in der Familie als seine Pflicht an, gut für alle zu sorgen. Trotz seiner jungen Jahre hatte er automatisch seit seiner Heimkehr die Rolle des Familienoberhauptes übernommen. Es war ihm nichts anderes übrig bleiben und er hatte es auch von Herzen gern getan. Edda war eine alte Frau, außerdem hatte sie bereits genug für die Ahrensbergs getan, indem sie sie bei sich aufgenommen hatte. Für sie zu sorgen war für ihn selbstverständlich. Seine Schwester Barbara war noch ein Kind und seine Mutter hatte in den vergangenen Jahren wahrlich genug Last getragen, die sein Vater ihr aufgebürdet hatte.

Dann war Magdalena in sein Leben getreten. Am Tag ihrer Hochzeit hatte er gelobt, für seine Frau zu sorgen, und daran würde er sich sein Leben lang halten.

Doch auch Magdalena kümmerte sich um ihn. Jetzt wo es kälter wurde, sorgte sie dafür, dass er immer mehrere Kleidungsschichten übereinandertrug, sonst ließ sie ihren Mann nicht aus dem Haus. Ihre Fürsorge tat Eberhard gut, auch wenn er jeden Morgen gespielt murrte, wenn sie ihm auffordernd einen Pullover hinhielt, obwohl er bereits Unterhemd und Stoffhemd trug.

Er mochte es, ein verheirateter Mann zu sein, und er war dem Schicksal dankbar, dass es ihm in der dunklen Zeit Magdalena geschickt hatte, die vom ersten Tag Licht in sein Leben brachte. Sein Wunsch, bald Vater zu werden, wurde jeden Tag größer. Er konnte sich nichts Schöneres vorstellen, als die Liebe, die er von seiner Familie bekam, an einen kleinen Menschen weiterzugeben. Egal ob Tochter oder Sohn, Eberhard würde immer für sein Kind da sein, auf es achten, ihm zuhören und ihm

Geborgenheit schenken. Er selbst hatte schmerzhaft bei seinem Vater erlebt, wie ein Mann es nicht tun sollte – nun wartete er auf die Chance, es besser zu machen.

Für einen kurzen Augenblick unterbrach Eberhard seine Gedanken und zog die Rösttrommel vom Feuer. Er nahm den dicken Lappen, um sich nicht die Finger zu verbrennen, öffnete das kleine Türchen und sah naserümpfend nach dem Röstgut. Seine Augenbrauen hatte er mürrisch zusammengezogen.

Ein kurzer Blick genügte. Schon schloss er die Trommel wieder und schob den Röster ungeduldig zurück über die Hitze. Das dauerte ewig und es warteten noch zwei weitere Fuhren darauf, geröstet zu werden. Missmutig begann er wieder die Kurbel zu drehen.

Die Zeit in seiner kleinen Rösterei war für Eberhard immer sehr besonders. Wenn der Ofen bullerte, die Wärme ihm in die Knochen kroch und die Kaffeebohnen beim Drehen der Rösttrommel raschelten, dann stieg ein wohliges Gefühl von Geborgenheit in ihm auf. Mit dem Duft von frisch geröstetem Kaffee in der Nase schien die Welt ein besserer Ort zu sein und die Erinnerung an die Schrecken der Kriegsjahre verblasste. Für Eberhard war das Rösten von Kaffee wie eine Therapie für seine vernarbte Seele. Da es aber auch um das perfekte Ergebnis ging – schließlich wollte er seinen Kunden nur beste Qualität bieten –, geizte er an diesen Tagen nicht und heizte den Ofen für das Rösten ordentlich an. Ein weiterer Punkt, warum er die Rösttage momentan besonders genoss.

Es war schwierig gewesen, guten grünen Kaffee zu bekommen. Und so teuer, dass Eberhard schier die Luft weggeblieben war. Die Qualität der grünen Bohnen war nicht das, was er sich erhofft hatte, aber ordentlich geröstet schafften sie es dennoch, ein gutes Aroma zu entfalten.

Wenn das Feuer prasselnd brannte, die Wärme und der Duft nach frisch geröstetem Kaffee sich wohlig im ganzen Raum ausbreiteten und er nicht wie sonst immer dick eingemummelt mit kalten Händen im Laden stehen musste, dann war Eberhard glücklich.

Leider blieb die gute Laune an diesem Morgen aber aus. Genau wie das langsam intensiver werdende Aroma gerösteter Kaffeebohnen. Im Gegenteil, mit jeder Umdrehung wurde Eberhard missmutiger und schuld daran war der Geruch nach der Muckefuckröstung. Alles in ihm sträubte sich, dieses Zeug zu verarbeiten, das in seinen Augen nicht einmal das Recht hatte, sich Ersatzkaffee zu nennen. Aber es blieb ihm nichts anderes übrig. Nicht, wenn er sich nicht den Zorn Magdalenas aufladen wollte. Das Schlimme war, dass sie recht hatte. Er musste diesen Kompromiss eingehen, um irgendwie über die Runden zu kommen.

Natürlich wusste Eberhard, dass die Zeit schwierig war. Er lebte ja mittendrin und kämpfte selbst – genau wie alle anderen – ums tägliche Überleben. Trotzdem hatte er nicht damit gerechnet, dass es so schwierig werden würde.

Seit seiner Eröffnung vor zwei Wochen dümpelte das Geschäft eher träge vor sich hin. Die Leute kamen auf ein Schwätzchen vorbei. Sie bewunderten seine Einrichtung und die Ware, sie schnupperten am Kaffee und betrachteten das schwarze Gold mit sehnsuchtsvoll glänzenden Augen. Doch allzu oft gingen sie bald wieder, ohne etwas gekauft zu haben. Nicht, weil sie seine Röstkunst nicht zu schätzen gewusst hätten, sondern weil sie leider alle viel zu wenig Geld hatten. Kaum jemand konnte sich echten, guten Kaffee leisten – schon gar nicht unter der Woche, da gab es Kräutertee oder eben Muckefuck.

Eberhard, der davon geträumt hatte, große Packungen Kaffee zu verkaufen, wog den Kunden auf Wunsch inzwischen auch kleinste Mengen für die Tasse Kaffee am Sonntag ab. So sicherte er sich wenigstens einen geringen Grundumsatz. Aber davon würde er auf Dauer nicht leben können. Und da die

Steuer auf Kaffee so entsetzlich hoch war, konnte er den Kunden auch nicht im Preis entgegenkommen. Wie geplant bot Eberhard inzwischen auch Tischwaren, Kaffeemühlen, Handröster und andere Kleinigkeiten an. Doch auch dafür fehlte den Menschen leider meistens das Geld.

»Wenn das nicht besser wird, werde ich andere Wege gehen müssen«, hatte Eberhard zu Magdalena gesagt. Sie hatte ihn sofort verstanden und ihrem Mann sehr ernsthaft die Stirn geboten. Immerhin hatte er ihr versprochen, nicht mehr auf Schmuggeltour zu gehen. Sie hatte ihn erbarmungslos auf sein Wort festgenagelt. Und dann hatte sie ihm vorgeschlagen, neben echtem Bohnenkaffee auch Muckefuck und Kräutertee anzubieten.

»Die Menschen brauchen Alltagsdinge«, hatte sie mit großer Überzeugung gesagt. »Natürlich machen viele sich ihren Muckefuck selbst und sammeln auch selbst die Kräuter. Aber nicht alle. Viele haben keine Zeit dafür oder sind zu alt und zu schwach. Tu es, Eberhard. Spring über deinen Schatten und starte einen Versuch. Wenn es nicht funktioniert, werde ich dir nicht mehr im Weg stehen, auch wenn ich mit dem, den du gehen willst, nicht einverstanden bin. Aber nur dann, hörst du?«

Und so hatte er sich geschlagen gegeben und röstete nun sehr unwillig Eicheln, Löwenzahn- und Zichorienwurzeln. Magdalena hatte ihm die perfekte Kombination notiert, er sollte die Zutaten einzeln rösten und dann im Verhältnis drei zu zwei zu eineinhalb zusammengeben und mahlen.

Als könnte das den Geschmack retten, hatte er mürrisch gedacht. Aber er hatte es nicht ausgesprochen, denn er achtete Magdalenas Eifer und ihren Wunsch, ihn zu unterstützen.

Die Ladentür wurde geöffnet und die alte Erna trat ein.

»Guten Morgen, Erna«, sagte Eberhard. »Einen Moment bitte, ich bin sofort für dich da.«

Er zog die Rösttrommel vom Feuer, warf einen kontrollierenden Blick hinein und kippte die Eicheln auf das Abkühltablett, das Hans für ihn gebaut hatte. Es war ein rechteckiges gelochtes Brett mit erhöhten Seiten, damit der Kaffee, der eigentlich dort abkühlen sollte, nicht herunterkullern konnte. Rechts und links hatte Hans Griffe befestigt. So konnte Eberhard die heißen Bohnen hin und her bewegen, damit sie schneller abkühlten. Die Eicheln ließ er aber liegen, die würden sicher keinen Schaden nehmen, wenn sie langsam ihre Hitze abgaben. Geschmacklich war da ohnehin nichts zu retten, fand Eberhard. Muckefuck blieb Muckefuck.

»Was kann ich für dich tun, Erna?«, fragte er nun höflich.

Die alte Erna hatte im Krieg alles verloren, zeitweise sogar ihren Verstand. In den letzten Monaten hatte sie sich etwas erholt, auch wenn sie immer noch wunderlich war. Eberhard war auf alles gefasst.

»Sonntagskaffee«, sagte sie und hielt ihm ein paar Reichsmark hin. Eberhard seufzte. Was Erna ihm bot, würde für eine oder zwei Bohnen reichen, doch er brachte es nicht über sich, ihr das zu sagen.

Lächelnd nahm er eine der Tüten und gab zwei Schäufelchen Kaffeebohnen hinein. Er reichte ihr das Gewünschte und akzeptierte Ernas Bezahlung. Er konnte nicht anders. Sie hatte es verdient, am Sonntag Kaffee trinken zu können. Wenn es nach seinem Vater gegangen wäre, hätte Erna das Kriegsende wohl nicht erlebt, sie war ihm ein Dorn im Auge gewesen. Ein Grund mehr für Eberhard, ihr wohlgesonnen zu sein.

»Die Engel fliegen«, murmelte Erna. Sie öffnete die Papiertüte und schob ihre Nase hinein. Dann nickte sie zufrieden. »Sonntags«, sagte sie. »Sonntags fliegen die Engel.«

Müde trat Eberhard um den Tresen herum und hielt der alten Erna die Tür auf. Er konnte nur hoffen, dass heute noch kaufkräftigere Kunden den Weg in sein Geschäft finden würden. Noch waren es zu viele Tage, die ihn mehr kosteten, als sie einbrachten. Aber er verlor die Hoffnung auf bessere Momente nicht.

»Danke für deinen Einkauf, Erna. Einen guten Tag.«

»Das Senfkorn trägt die ganze Welt in sich«, murmelte sie und schlurfte an ihm vorbei zu ihrem Leiterwagen, den sie vor dem Geschäft abgestellt hatte. Die Tüte Kaffee hatte sie in ihre große Manteltasche gesteckt.

Als Eberhard die Tür wieder schließen wollte, sah er Magdalena eilig die Straße entlanghasten.

»Eberhard, warte«, rief sie. Auf ihrem Gesicht lag ein Leuchten, als hätte sie den Weihnachtsengel gesehen.

Kapitel 10
Familienessen

Aachen • Oche • Aix-la-Chapelle • Aken • Aquae Granni

Gegenwart: April

Nach der allgemeinen Begrüßung vor dem Haus traten sie gut gelaunt und durcheinanderplaudernd in die Halle. Klara hatte eine große flache Schale mit Narzissen, Tulpen, Krokussen, Blausternchen, Winterlingen und Hyazinthen neben der Treppe platziert. Das sah nicht nur farbenfroh und fröhlich aus, die Hyazinthen verströmten auch einen intensiven Duft.

Corinne atmete tief durch und sagte: »Hach, Frühling, wie ich den Duft und die Farben liebe! Ist das nicht hübsch?«, fragte sie Noah, der bestätigend nickte.

Sie nahm sich vor, für den Eingang der Rösterei auch eine Blumenschale zu gestalten. Die würde die Kunden sicher ebenso erfreuen wie sie selbst. Als sie noch klein gewesen war, hatte sie Klara manchmal beim Bepflanzen der Blumenschalen helfen dürfen. Die Haushälterin liebte Blumen und sorgte von jeher dafür, dass es in der Villa Ahrensberg immer ein paar der Jahreszeit angepasste duftende Farbtupfen gab.

»Geht schon mal ins Speisezimmer«, sagte Alexander, steuerte selbst aber auf das Kaminzimmer zu. »Ich mixe uns einen Aperitif. Bin gleich bei euch.«

»Soll ich dir helfen?«, fragte Thomas sofort, aber Alexander schüttelte verneinend den Kopf.

»Wie ich Klara kenne, hat sie alles bereitgestellt. Dauert nicht lange, geh nur schon mit den anderen rüber. Der Drink wird sofort serviert.« Er gab Thomas einen Kuss und zwinkerte ihm zu. »Entspann dich«, flüsterte er gerade so laut, dass Corinne es noch hören konnte.

Sie beobachtete die beiden schon seit ihrer Ankunft. Sie waren wirklich goldig miteinander, zwischen ihnen vibrierte es vor Glück und Liebe. Es war fast ein Wunder, dass ihre Mutter nicht sofort bemerkt hatte, dass etwas in der Luft lag. Corinne freute sich so auf ihr Gesicht, wenn sie von der Verlobung erfuhr. Sie konnte es kaum erwarten, dass die beiden die große Neuigkeit endlich aus dem Sack ließen.

Thomas schien trotz Alexanders Versuch, ihn zu beruhigen, ziemlich nervös zu sein. Aus der Firma kannte Corinne ihn sehr viel lockerer. Sie fand das sehr süß und durchaus verständlich. Diese private Entscheidung war so viel bedeutender als irgendwelche betrieblichen Maßnahmen oder Änderungen, die es zu beschließen galt. Es war ein wichtiger Schritt und ein sehr besonderer Moment, so etwas machte man schließlich nicht jeden Tag. Da durften die Nerven durchaus ein bisschen flattern.

Wie es ihr an seiner Stelle wohl gehen würde? Vermutlich ähnlich. Ihr Blick huschte zu Noah. Ob er in dieser Situation auch so nervös wäre? Die Fragen tauchten vollkommen unerwartet in Corinnes Kopf auf. So ein Blödsinn, schimpfte sie sich selbst. Sie bemühte sich, diese Gedanken sofort wieder wegzuschieben. Sie und Noah waren noch gar nicht so lange ein Paar, da mussten nicht gleich die Hochzeitsglocken läuten. Das lag sicher nur daran, dass ihr Bruder gerade Hochzeitspläne schmiedete. So etwas war irgendwie ansteckend. Aber sie und Noah waren gerade erst zusammengezogen und lernten sich Tag für Tag besser kennen. Wer konnte schon sagen, wie sich das alles entwickeln würde?

Andererseits – eigentlich hatte Corinne das Gefühl, Noah schon ewig zu kennen. Er gehörte einfach zu ihr und sie zu ihm. Sie waren Seelenverwandte. Und sie liebten sich. An ihren Gefühlen zueinander gab es absolut keine Zweifel. Da war dieser letzte Schritt, dieses vorbehaltlose Ja zum anderen auch nicht so abwegig, oder?

Nein, rief sie sich energisch selbst zur Ordnung. Als Noah ihr einen fragenden Blick zuwarf, merkte sie, dass sie dieses Nein nicht nur gedacht hatte, sondern tatsächlich den Kopf geschüttelt hatte. Sie lächelte ihren Liebsten kurz an, deutete ein Schulterzucken an und winkte ab. War nichts Wichtiges, sollte das heißen. Noah gab sich mit ihrer nichtssagenden Geste zufrieden. Was für ein Glück, dass er ihre Gedanken nicht lesen konnte, das wäre ihr in diesem Moment wirklich peinlich gewesen.

Es war jetzt absolut nicht der richtige Zeitpunkt für solche Ideen, überlegte Corinne weiter. Sie sollte sich lieber in Acht nehmen, dass sie sich nicht gedanklich vergaloppierte.

Dieser Abend gehörte Alexander und Thomas. Die beiden sollten im Mittelpunkt stehen und sie alle würden das Brautpaar ordentlich hochleben lassen.

Corinne und Noah würden ihrer Mutter mit ihrer Entscheidung, ins Gesindehaus zu ziehen, heute auch eine Freude machen. Das war dann genug Stoff für diverse Toasts, die im Laufe des Abends sicher folgen würden. Mehr wäre übertrieben.

Mit dem Umzug, dem bevorstehenden Ärger mit diesem Fabian Bühling, der ihr wie ein unverdaulicher Stein im Magen lag, mit Noahs neuer Rolle als werdender Vater und mit den Vorbereitungen für die Hochzeit ihres Bruders hatte sie die nächsten Wochen oder auch Monate sicher auch ohne eigene Hochzeitspläne genug zu tun.

Wenn sie das alles bewältigt hatte, konnte sie immer noch anfangen, mit Noah zusammen rosa Wolkenschlösser zu bauen und ihre eigene Hochzeitsmischung Kaffee rösten.

Vor der Tür zum Speisezimmer stockte Corinnes Schritt. »Gehst du bitte auch schon mal mit Mama rein?«, bat sie Noah. »Ich will noch eben nach Papa sehen. Zehn Minuten, dann bin ich da.«

Zügig trat Corinne an die Tür und klopfte leise, dann öffnete sie sie vorsichtig. Sie wollte ihren Vater nicht wecken, falls er schon schlief. Kaum trat sie in das Zimmer, drehte er den Kopf in ihre Richtung. Er blickte zu ihr und zögerte einen Moment, sie sah ihm an, dass er überlegte. Sie blieb stehen, um ihm Zeit zu geben. Ihr Vater hatte noch immer kognitive Störungen, das wurde in diesem Moment deutlich. Er brauchte viel länger als früher, um Eindrücke zu erfassen und zu verarbeiten. Doch nach ein paar Sekunden, in denen Corinne unwillkürlich den Atem angehalten hatte, zog ein freudiges Erkennen über sein Gesicht. Seine Lippen verzogen sich zu einem Lächeln.

»Corinne«, sagte er und ihr Herz machte einen freudigen Satz.

»Hallo, Papa«, antwortete sie leise und durchquerte mit schnellen Schritten den Raum. Sie trat neben das Bett, beugte sich zu ihrem Vater hinunter und gab ihm einen Kuss auf die Wange. Dann zog sie sich einen Stuhl heran und setzte sich ganz nah zu ihm.

Wie jedes Mal in den ersten Sekunden ihrer Besuche herrschte eine für Corinne verlegene Stille zwischen ihnen. Weil sie nicht wusste, was sie sagen sollte, nahm sie die Hand ihres Vaters und begann sie sanft zu massieren. Der Kaffeebaron dankte es ihr mit einem spontanen tiefen Atemzug. Fast augenblicklich entspannten sich seine Gesichtszüge.

Er schloss die Augen und überließ sich der Berührung. Ein kleines Lächeln lag auf seinen Lippen. Die Stille war noch immer da, doch Corinnes Verlegenheit war gewichen.

Corinne konzentrierte sich ganz auf die Massage. Sie strich mit ihren beiden Daumen in kleinen Bögen von innen nach außen über seine Handinnenfläche. Dabei variierte sie den Druck, legte die Daumen manchmal breit auf und machte lange Striche, dann wieder arbeitete sie nur mit der Daumenkuppe und setzte einzelne Druckpunkte.

Sie spürte, wie die Spannung in der Hand ihres Vaters sich veränderte. Es schien, als löste sich etwas. Jetzt drehte sie die Hand um und bearbeitete den Handrücken. Dabei ging sie etwas vorsichtiger vor, fuhr zwischen den einzelnen Fingerknöcheln entlang Richtung Fingerspitzen.

Sie fand Massagen toll, irgendwann würde sie vielleicht einmal einen Kurs machen, einfach so, nur für sich. Im Moment folgte sie ohne Grundkenntnisse lediglich ihrer Intuition. Aber ihr entspannt daliegender Vater war ein Indiz dafür, dass sie wohl nicht ganz falsch lag mit ihren Bewegungen.

Nach dem Handrücken widmete Corinne sich jedem einzelnen Finger und arbeitete sie durch. Nachdem sie fertig war, wechselte sie die Bettseite. Da sie die ruhige Stimmung, die im Raum herrschte, nicht stören wollte, verzichtete sie darauf, den Stuhl mitzunehmen und setzte sich stattdessen vorsichtig zu ihrem Vater aufs Bett. Sie nahm seine Hand in ihre und erschrak. Dies war seine gelähmte Seite und das war noch immer deutlich spürbar. Die Hand war im Vergleich zur anderen sehr viel kraftloser und fühlte sich irgendwie kleiner an, zarter.

Auch wenn sie natürlich gewusst hatte, dass der Kaffeebaron noch mit der Lähmung kämpfte, versetzte ihr diese spürbare Schwäche doch einen Stich. Trotzdem massierte sie unbeirrt weiter. Ihr Vater sollte ihre Irritation nicht bemerken, das würde ihn nur unnötig schmerzen. Als sie fertig war, legte sie seine Hand sanft wieder auf die Bettdecke, ging wieder um das Bett herum und setzte sich auf ihren Stuhl. Sie begann möglichst unbefangen zu plaudern.

»Die Rösterei läuft sehr gut, Papa. Die Menschen lieben unseren Kaffee. Alexander ist wirklich ein toller Chef, er vertritt dich sehr gut, du kannst stolz auf ihn sein.«

Ob er wohl merkte, dass sie nur Alexander als Chef nannte? Einen Moment überlegte sie, ob sie noch einmal von ihrem *Öcher Böhnchen* erzählen sollte, doch sie entschied sich dagegen.

Ihr Vater machte einen deutlich stabileren Eindruck und schien wirklich gute Fortschritte zu machen. Sie würde warten, bis er wieder richtig stabil war. Vielleicht konnte sie ihn dann einfach mitnehmen in ihre Rösterei und ihm alles zeigen.

Kurz stellte sie sich die Situation vor. In ihrer Fantasie ging der Kaffeebaron durch ihr *Böhnchen* und nickte dabei immer wieder anerkennend. Vielleicht würde er sogar so etwas sagen wie »Ich bin stolz auf dich, mein Kind« oder etwas in der Art.

»Gut«, sagte ihr Vater in ihren Tagtraum hinein. »Danke. Corinne.«

Er sprach langsam, aber zu ihrer großen Freude ziemlich deutlich. Ein wenig schleppend zwar noch, aber das fiel vermutlich nur auf, wenn man seine kraftvolle Stimme von vor dem Schlaganfall kannte.

Jetzt hob er die gesunde Hand und bewegte die Finger. »Gut«, wiederholte er.

Zuerst hatte sie gedacht, er antwortete auf ihre Aussage zu Alexander, aber jetzt wurde ihr klar, dass er die Handmassage meinte. Er reagierte wirklich sehr verzögert.

»Es freut mich sehr, wenn es dir gutgetan hat«, sagte Corinne.

Sie betrachtete ihn aufmerksam. Auch wenn sie unfassbar erleichtert war, ihn für die Verhältnisse so wohlauf zu erleben, machte ihr diese erheblich verzögerte Reaktion doch Sorgen. Sie musste mit ihrer Mutter sprechen und fragen, was die Ärzte dazu sagten. Noch immer war nicht ganz geklärt, welche Folgen mit dem Schlaganfall zusammenhingen und welche Probleme aus der Kopfverletzung resultierten, die er sich bei seinem durch den Schlaganfall verursachten Sturz zugezogen hatte.

Aber sie wollte sich jetzt nicht zu viele Gedanken machen,

sondern sich lieber über die Fortschritte freuen. Seine Gesichtslähmung hatte sich fast vollständig zurückgebildet, er sah nicht mehr länger wie ein schwerkranker Patient aus, sondern wieder vielmehr wie der Kaffeebaron. Jetzt aber gähnte er.

Sofort erhob sich Corinne. Es war ohnehin Zeit, die anderen warteten sicher längst ungeduldig auf sie.

»Ich komme in den nächsten Tagen wieder, Papa. Schlaf jetzt und erhol dich bitte weiter so gut.«

Ich habe dich lieb, Papa, ging es ihr durch den Kopf. Aber sie schaffte es nicht, die Worte auszusprechen. Sie hatten sich das nie so direkt gesagt, es kam ihr einfach merkwürdig vor.

Mit einem Wangenkuss und einem sanften Streicheln über seine Schulter verabschiedete sie sich. Er öffnete die Augen nicht mehr, aber Corinne entdeckte eine einzelne Träne, die sich aus dem Augenwinkel gelöst hatte und über seine Schläfe Richtung Kopfkissen lief.

Sofort stiegen auch ihr Tränen in die Augen. Er tat ihr so unfassbar leid. Sicher war es mit der langsam zurückkehrenden Kraft noch viel schwieriger, das alles auszuhalten. Er erlebte jetzt bewusst seine Hilfsbedürftigkeit und Corinne wusste, dass er genau das über alles hasste. Er war sein Leben lang nicht hilfsbedürftig gewesen. Er war der Kaffeebaron.

Schnell wandte Corinne sich ab und hastete aus dem Raum. Vor der Tür legte sie die Hände vor ihr Gesicht und atmete zittrig durch. Sie durfte das nicht überbewerten. Natürlich hatte auch ihr Vater schwache Momente und selbstverständlich belastete ihn dieser Kampf. Vermutlich war er fürchterlich wütend auf das Schicksal und auch auf sich selbst, auf seinen Körper, der ihn so sträflich im Stich ließ. Aber trotzdem mussten sie dankbar sein. Er hatte überlebt. Es ging ihm schon wieder sehr viel besser, als die Ärzte erwartet hatten. Sicher war das seinem unbeugsamen Charakter zu verdanken. Ihr Vater war ein Kämpfer. Und er machte weiter sehr gute Fortschritte.

Trotzdem quälte es sie, ihn so leiden zu sehen. Sie würde viel darum geben, wenn sie ihm helfen könnte.

Aus dem Esszimmer klang Lachen in die Halle. Sie schienen ihren Spaß zu haben. Bevor Corinne aber zu den anderen ging, flitzte sie noch eben schnell in die Küche, um Klara zu begrüßen. Sie hatte ihr ein Päckchen *Öcher Böhnchen* mitgebracht.

»Ich freue mich wirklich sehr, meine Kinder endlich einmal wieder beide im Haus zu haben«, sagte Esther, nachdem sie alle beisammensaßen. Sie hatten mit einem Champagner-Kaffee-Cocktail angestoßen und gerade servierte Klara die Vorspeise. Esther warf einen kurzen Blick zu Noah und Thomas und ergänzte: »Und euch natürlich auch.« Lächelnd hob sie ihr Glas in Richtung der beiden und trank den letzten Schluck. Die Eiswürfel im Cocktailglas klirrten leise.

»Das war ein erfrischender Aperitif, Alexander. Eine gute Wahl. Aber jetzt würde ich vorschlagen, wir gehen zum Wein über. Was meint ihr, wollen wir zum Essen einen Riesling trinken? Alexander, wärst du so lieb?« Sie zeigte auf die Anrichte, wo eine Flasche Wein im Kühler bereitstand.

Alexander ließ sich nicht zweimal bitten. Sofort stand er auf, nahm den Wein in die Hand und warf einen prüfenden Blick auf das Etikett. Gleich darauf nickte er anerkennend.

»Dein Weingeschmack ist exzellent, Mama, das muss ich dir lassen. Dönnhof, Niederhäuser Hermannshöhle, nicht schlecht, Herr Specht.« Mit geübten Handgriffen öffnete Alexander die Flasche, goss sich einen Schluck ins Glas und kostete. Zufrieden schnalzte er mit der Zunge, nickte und schenkte nun allen ein. Ganz Gentleman, seiner Mutter und Corinne zuerst.

»Cheers, ihr Lieben«, sagte Esther Ahrensberg, nachdem Alexander wieder Platz genommen hatte. Sie hob ihr Weinglas. Ihr Blick huschte schnell zwischen Thomas und Alexander und zwischen Noah und Corinne hin und her, dann sagte sie: »Auf die Liebe und auf die Familie.«

»Auf die Liebe und auf die Familie«, wiederholten alle am Tisch und die Gläser klangen hell, als sie alle über der Mitte des Tisches aneinanderstießen.

Das Essen sah köstlich aus. Klara hatte wieder einmal keine Mühe gescheut. Es gab einen leichten Waldorfsalat mit Joghurt statt Mayonnaise und hauchdünn aufgeschnittenem Roastbeef. Dazu hatte Klara ein Walnussbaguette gebacken. Corinne lief das Wasser im Mund zusammen.

»Die Walnüsse sind von deinem Baum, Liebes«, hatte Klara gesagt, als sie den Brotkorb auf den Tisch gestellt hatte. »Es waren die letzten. Hoffen wir, dass er dieses Jahr auch wieder gut trägt.«

»Danke, liebe Klara. Es duftet himmlisch. Du bist die beste Köchin der Welt, da bin ich sicher.«

»Kleine Schmeichlerin«, neckte Klara sie. »Du willst doch nur eine Extraportion Kaffeecreme.«

»Erwischt«, gab Corinne unumwunden zu und Klara lachte. Dann sagte sie: »Einen guten Appetit wünsche ich allerseits. Falls Sie etwas brauchen, ich bin in der Küche und kümmere mich um den Hauptgang.«

»Was gibt es denn?«, fragte Alexander, der bereits zur Gabel gegriffen hatte und es offensichtlich kaum erwarten konnte.

»Spargel«, antwortete Corinne, die ja gerade eben kurz bei Klara in der Küche vorbeigeschaut hatte und dabei die weißen Stangen unter dem feuchten Tuch entdeckt hatte.

»Fantastisch! Na dann, lasst uns mal anfangen, bevor mein Magen euch ein Konzert gibt. Guten Appetit.« Damit stach Alexander auch schon mit der Gabel in das Fleisch auf seinem Teller. Das Roastbeef war so hauchdünn und zart, dass er es gar nicht schneiden musste, er konnte es ganz einfach auseinanderziehen.

Die ersten Minuten des Essens verliefen schweigend. Alle waren auf den Genuss konzentriert. Die Kruste des Baguettes knusperte, als Corinne sich ein Stück abbrach. Alles war harmonisch abgeschmeckt mit dem für Klara typischen besonderen Pfiff. Sie war wirklich eine tolle Köchin, Corinne hatte nicht übertrieben.

Esther Ahrensberg war in Feierlaune. Sie lachte viel, aß genüsslich, trank in kleinen Schlucken ihren Wein und schien sich sehr wohlzufühlen. Immer wieder wanderte ihr Blick über ihre Kinder und deren Freunde und ein Strahlen ging über ihr Gesicht. Es war offensichtlich, dass sie die Gesellschaft vermisst hatte. Das schlechte Gewissen zwickte Corinne, aber im nächsten Moment beschwichtigte sie es. Immerhin würde ihre Mutter heute noch reichlich Grund zur Freude bekommen.

Aber zuerst musste sie etwas Ernsteres ansprechen. Sie wollte nicht die gute Stimmung verderben, aber die Frage brannte ihr auf der Seele.

»Was sagen denn die Ärzte zu Papas Genesungsfortschritten?«, fragte Corinne deshalb nach einer Weile. »Er sieht viel besser aus, aber er reagiert so langsam. Wird sich das noch geben? Und was ist mit der Lähmung? Im Gesicht ist sie fast nicht mehr zu sehen, aber die Hand fühlt sich noch ziemlich schwach an.«

»Ach, die Ärzte«, kam es etwas gepresst über die Lippen ihrer Mutter. »Die zucken nur mit den Schultern und sagen, man müsse abwarten.« Esther schnaubte unwillig. »Ihr wisst ja, dass Geduld nicht die Stärke eures Vaters ist. Er wird nicht einfacher. Die Schwestern beschweren sich schon über ihn.«

Das konnte Corinne sich lebhaft vorstellen. Ihr Vater konnte ein ziemlicher Raubauz sein, wenn ihm etwas nicht passte. Aber in diesem Fall verstand sie ihn auch. Sie dachte an die Träne, die gerade seine Wange hinuntergelaufen war. Er litt und weil er kein anderes Ventil hatte, bekamen wohl die Schwestern seine Wut ab.

»Soll ich mit ihm sprechen?«

Ihre Mutter lächelte kurz zu Corinne hinüber, lehnte das Angebot aber dankend ab. »Lass nur, Löckchen. Die beiden machen ihre Sache gut, die werden schon mit ihm fertig, auch wenn sie sich hin und wieder über ihn beschweren. Du weißt doch wie er ist, da hilft Sprechen nicht viel. Und im Moment, da er die Dinge ohnehin nur langsam und teilweise begreift, bringt das gar nichts.«

Sie hatten die Vorspeise beendet. Corinne räumte den Tisch ab und stellte das Geschirr gerade auf die Anrichte, als die Tür aufging und Klara hereinkam.

»Das ist lieb. Danke, Corinne. Dann kann es ja weitergehen. Bin sofort wieder da.« Sie schnappte sich die schmutzigen Teller und rauschte ab in die Küche.

Zum Hauptgang gab es Spargel mit Sauce hollandaise, kleinen La-Ratte-Pellkartöffelchen und Lammkoteletts vom Einola-Lamm. Diese besondere Ur-Rasse wurde, soweit Corinne es wusste, nur in der Eifel gezüchtet und war bekannt für ihr ausgesprochen aromatisches und zartes Fleisch. Über den Spargel hatte Klara sehr fein geschnittenen frischen Bärlauch gestreut.

»Ich dachte immer, Klara könnte nicht noch besser werden, aber dieses Essen stellt sogar ihr Hühnerfrikassee in den Schatten – und wenn ich das sage, dann will das was heißen«, sagte Corinne und seufzte vor Wonne.

Das war der richtige Moment, um mit ihrer Neuigkeit herauszukommen, fand sie. Die ganze Zeit hatte sie schon überlegt, wie sie es am besten sagen wollte und vor allem auch wann. Erst Alexander und Thomas oder – wie sie es ursprünglich geplant hatte – erst sie und Noah? Jetzt gab sie ihrem Gefühl nach.

Wenn ihre Neuigkeit verdaut war, dann konnten Alexander und Thomas zum Dessert mit ihrer Verlobung den krönenden Abschluss bilden.

»Wenn wir erst nebenan wohnen, werde ich mindestens einmal die Woche zum Essen kommen«, erklärte sie also fast schon beiläufig.

Sie sah kurz zu Noah und zwinkerte ihm zu. Er hob gespannt die Augenbrauen und sah zu Esther hinüber. Einen Moment brauchte ihre Mutter, um das Gesagte zu begreifen, dann ließ sie ganz unelegant ihre Gabel auf den Teller fallen, dass es laut klirrte.

»Wirklich? Willst du damit sagen … ich meine, werdet ihr mein Angebot tatsächlich annehmen?« Schnell tupfte sie sich die Lippen mit der Stoffserviette ab, nahm ihr Glas und prostete Corinne und Noah zu. »Das ist eine ganz wunderbare Nachricht. Ihr beide macht mir damit eine riesige Freude.« Dann wurde ihr wohl bewusst, dass sie sehr emotional reagierte. Sie nickte und sagte: »Das ist eine sehr gute Entscheidung. Die Welt wird zur Kenntnis nehmen, dass die Ahrensbergs zusammenhalten und es keinerlei Familienstreitigkeiten gibt.«

Sebastian und Susan hatten also recht gehabt. Darüber konnte ihre Mutter auch mit dem Versuch, in den professionellen Ton zu wechseln, nicht hinwegtäuschen. Ihre Freude war zu offensichtlich gewesen. Sie war einsam in der Villa.

»Es tut mir leid, Mama, dass ich so selten hier war. Das wird sich jetzt ändern. Versprochen. Mit Frieda läuft es im *Böhnchen* richtig gut, da werde ich mir zwischendurch auch freinehmen können.« Wenn dieser vermaledeite Erbe ihr nicht dazwischengrätschte, ging es ihr durch den Kopf. Aber das behielt sie für sich. Heute Abend ging es nicht um Probleme, sondern darum, das Leben zu feiern.

»Ich könnte jetzt sagen, das ist nicht nötig, Löckchen, aber um ehrlich zu sein, das wäre nicht die Wahrheit. Ich freue mich sehr, wenn du wieder öfter da bist. Aber trotzdem brauchst du kein schlechtes Gewissen zu haben. Ganz, ganz bestimmt nicht. Denn ich freue mich ebenso sehr, dass es dir gerade so gut geht. Ach, das wird toll.«

»Wann können wir uns das Haus denn ansehen?«, fragte Noah nun und Corinne war froh, dass er sich einklinkte, sonst hätte sie am Ende doch noch ihren Ärger angesprochen, obwohl sie es gar nicht wollte.

»Wie wäre es mit morgen?«, fragte Esther. »Alfred ist gestern ausgezogen, das Haus steht leer und ist bereit für neues Leben. Vermutlich werdet ihr ein wenig umbauen und renovieren wollen. Ihr habt freie Hand, richtet euch euer Nest so ein, wie es euch gefällt.«

»Das werden wir«, sagte Corinne und nickte.

»Ich freue mich schon darauf«, sagte Noah.

Zum Nachtisch gab es zu Corinnes Freude wieder mal eine Schüssel *Oma Lilo Bavaroise.* Dazu stellte Klara einen Teller mit kleinen Rhabarbertartelettes in die Mitte des Tisches. Diese kleinen Küchlein waren ein Traum. Klara hatte Mürbeteig mit Vanillecreme und Rhabarberragout gefüllt und karamellisierte gehackte Pistazien darübergestreut.

Jetzt war es so weit, Corinne musste den obersten Knopf ihrer Stoffhose öffnen. Trotzdem löffelte sie genüsslich die Kaffeecreme und nahm sich auch noch eine zweite Tartelette. Gleichzeitig suchte sie aber auch Alexanders Blick, der nervös immer wieder abwechselnd zu Thomas und zu seiner Mutter sah. Wie lange wollte er den Moment denn noch hinauszögern?

Corinne versuchte, ihm über Augenkontakt ein Signal zu geben. Aber er reagierte nicht. Also rutschte sie auf ihrem Stuhl etwas hinunter, streckte ihren Fuß unter dem Tisch auf die andere Seite und gab Alexander einen leichten Tritt.

»Aua«, sagte ihre Mutter und sah Corinne strafend an. »Sag mal, Löckchen. Warum trittst du mich denn?«

Ups. Corinne überlegte blitzschnell, aber gleichzeitig fand sie die ganze Situation so grotesk komisch, dass sich tief in ihr ein heftiges Lachen bildete und nach oben drängte. Sie versuchte es mit aller Macht zu unterdrücken, aber es klappte nicht. Sie konnte gerade noch hinunterschlucken, dann platzte es aus ihr heraus. Sie lachte so heftig, dass ihr Tränen in die Augen traten. Mühsam versuchte sie sich wieder unter Kontrolle zu bringen, während sie sich die Serviette vors Gesicht hielt.

»Es ... geht ... gleich wieder«, japste sie, als sie wieder etwas Luft bekam. Doch schon im nächsten Moment überspülte sie die nächste Lachwelle.

Und sie war nicht die Einzige am Tisch. Nach und nach hatte sie die anderen angesteckt. Selbst ihre Mutter lachte inzwischen mit.

»Es tut mir leid«, sagte Corinne, nachdem sie endlich wieder richtig atmen konnte. »Wie du dir sicher denken kannst, wollte ich nicht dich treffen, sondern mein Brüderchen.« Jetzt war die Zeit des Versteckspielens vorbei. Sie nickte Alexander zu. »Also dann. Los jetzt«, kommandierte sie.

Alexanders Gesichtsfarbe hatte einen Rotton angenommen, der jede Tomate neidisch hätte werden lassen. Er räusperte sich, setzte sich aufrechter hin und nickte. »Du hast recht, Corinne. Also ...« Noch einmal räusperte er sich und sah kurz zu Thomas, bevor er sich an seine Mutter wandte, die gespannt die Augenbrauen gehoben hatte und ihren Sohn forschend ansah.

»Mutter, Thomas und ich wollen dir etwas sagen. Du weißt ja, dass wir schon lange zusammen sind. Und wir finden, also ich meine, wir haben beschlossen ... Thomas und ich wollen heiraten, Mama.«

»Kinder!«, rief Esther Ahrensberg sofort voller Begeisterung. Sie stand so schnell auf, dass ihr Stuhl lautstark über das Parkett schrammte. »Das nenne ich mal fantastische Neuigkeiten. Und ich hatte schon gedacht, der Abend könnte kaum noch besser werden.« Sie schnappte sich Alexander und drückte ihn fest an sich. Sie küsste ihn und in ihren Augen glitzerten Glückstränen. »Thomas, komm her«, forderte sie ihren Schwiegersohn in spe dann resolut auf. Auch er wurde gedrückt und geküsst.

Corinne und Noah waren ebenfalls aufgestanden und es gab ein wildes gegenseitiges Umarmen und Beglückwünschen.

»Ich bin gleich wieder da«, sagte Corinne und huschte auch schon aus dem Zimmer. Sie hatte Klara vorhin bei der Begrüßung in Alexanders Pläne eingeweiht und die Haushälterin hatte bereits Gläser, Eiskübel und Champagner bereitgestellt, als Corinne zu ihr in die Küche kam.

Nach einem kurzen Blick auf das Tablett schüttelte Corinne den Kopf. »Da fehlt ein Glas, Klara.«

Aber Klara wehrte ab. »Corinne, ich glaube nicht, dass dein Vater …«

»Wer sagt denn was vom Kaffeebaron?«, unterbrach Corinne Klara aber sogleich. »Es geht um dich. Du sollst selbstverständlich mit uns anstoßen, Klara. Das ist doch keine Frage!«

»Ach Kindchen, du bist wirklich etwas Besonderes«, sagte Klara gerührt. Nach kurzem Zögern nickte sie und stellte ein weiteres Glas auf das Tablett. »Dann los jetzt. Du nimmst den Kübel mit dem Champagner und ich bringe die zweite Flasche und die Gläser. Auf!«

***

Corinne lag neben Noah im Bett und starrte in die Dunkelheit. Sie hatte zwei Stunden geschlafen und fühlte sich jetzt hellwach.

Trotzdem machte sie einen Versuch, noch einmal einzuschlafen, denn es war erst drei Uhr. Aber es war unmöglich, sie war viel zu hibbelig. In ihrem Kopf ratterten die Gedanken und sie fand den Schalter nicht, um das abzuschalten.

Leise rutschte sie aus Noahs Armen und unter der Decke hervor und schlich ins Wohnzimmer. Sie holte das Tagebuch ihres Großvaters und mummelte sich zusammen mit diesem Schatz auf dem Sofa ein. Die Sehnsucht nach ihrem Opa war gerade besonders groß, vermutlich wegen des bevorstehenden Familienfestes. Opa hatte Feste geliebt.

Vielleicht auch, weil sie noch einmal lesen wollte, wie es gewesen war, als er *Ahrensberg Kaffee* gegründet hatte. Sie wusste schon, dass er einige Hürden hatte nehmen müssen, um die Firma zum Erfolg zu führen.

Vorsichtig schlug Corinne das Tagebuch auf. Sie blätterte ein paar Seiten, dann begann sie zu lesen.

August 1946
Wie wunderbar dieser Sommer war. Die Welt duftete nach Heu und Kräutern, nach Liebe und nach Freiheit. An den lauen Abenden saßen wir nach getaner Arbeit oft im Garten, ganz egal wie müde wir waren, wir wollten nicht auf dieses Glück verzichten. Die Hühner schliefen in ihrem Stall, Mutter betrachtete zufrieden die Gemüsebeete und auch ihre Blumen, die sie mit großer Hingabe hegte. Stockrosen gefielen ihr besonders gut, davon hatte sie Unmengen, im ganzen Garten verteilt. Wir tranken kalten Kräutertee und manchmal auch einen Obstwein, den Edda selbst herstellte. Er war ziemlich sauer, aber Edda sagte: »Macht nichts, der zieht mir die Falten aus dem Gesicht.« Dann lachte sie und ihr Gesicht legte sich dabei in tausend Runzeln. Es war ein wunderschönes Gesicht, denn diese Frau war die Güte in Person. Ich glaube, sie hatte in ihrem Leben nie auch nur einen bösen Gedanken. Ach Edda, du fehlst mir selbst heute noch, nach vielen Jahrzehnten.

Aber damals war sie noch bei uns und inzwischen auch ein Teil der Familie geworden.
Wenn die Dunkelheit sich über uns senkte, kamen die Glühwürmchen und tanzten leuchtend um uns herum. Magdalena und ich saßen dann immer auf der schmalen Bank an der Hauswand. Ich hatte den Arm um sie gelegt und sie hatte ihren Kopf an meine Schulter gebettet.
Meistens plauderten wir über unwichtige Alltagsdinge, aber wir konnten auch gut miteinander schweigen. Und manchmal baten mich meine Frauen, ihnen von den Kaffeeplantagen zu erzählen. Vom Zauber des Röstens und von den Aromen, die Kaffeebohnen haben konnten.
Ich liebte es. Bis heute kann ich nicht sagen, woher ich das alles wusste. Einiges hatte ich natürlich gelesen, aber mein Wissen ging weit über das hinaus, was ich in Zeitschriften und Büchern gefunden hatte. Als ich viele Jahre später das erste Mal selbst in Brasilien über eine Kaffeeplantage ging, hatte ich das Gefühl eines Déjà-vus. Es fühlte sich fast an wie nach Hause kommen. Meine Seele kannte diesen Ort.
Aber jetzt schweife ich ab. Ich wollte vom Sommer 1946 erzählen. Die Menschen hatten wieder Mut gefasst, sie hatten ihr Lachen wiedergefunden und ihre Lebensfreude. Auch Magdalena und ich und die ganze Familie.
Ohne den täglichen Terror meines Vaters blühte meine Mutter richtig auf. Unser Tisch war dank des Gartens, der Hühner, meiner Tauschgeschäfte und Magdalenas Begeisterung für die Naturschätze um uns herum meist gut gedeckt. Wir hatten einen abwechslungsreichen Speiseplan. Und wir hatten sogar Freizeit. Manchmal unternahmen wir Badeausflüge mit meiner Schwester Barbara und sogar Mutter hat uns hin und wieder begleitet. An manchen Tagen aber haben Magdalena und ich uns davongestohlen wie Kinder, die etwas anstellen wollen. Dann sind wir an den See gewandert und haben versteckt zwischen den Büschen gebadet und uns geliebt.

An dieser Stelle unterbrach Corinne ihre Lektüre, legte ihren Kopf gegen die Sofalehne und lächelte. Bis hierhin hatte Corinne den Text schon zweimal gelesen und wieder fühlte sie eine Welle der Liebe in sich.

Ihr Opa! So ein Schelm. Er hatte geahnt, dass sie das Tagebuch eines Tages lesen würde, und vermutlich hatte er Spaß gehabt, das zu schreiben und sich vorzustellen, wie Corinne reagierte. Diese Vorstellung wärmte sie innerlich. Es war zwar etwas merkwürdig für sie als Enkeltochter, so etwas zu lesen, aber gleichzeitig berührte es sie und machte sie glücklich. Ihr Großvater hatte die Gabe gehabt, auch in schwierigen Zeiten die Glücksmomente zu erkennen und dem Leben Freude abzuringen.

Neugierig las sie weiter. Das Geschäft hatte ihr Großvater im Oktober 1946 eröffnet.

Wir hatten das Gefühl, den Krieg, das Leid und die Entbehrungen endlich hinter uns zu lassen. Ich handelte wie ein Weltmeister auf dem Schwarzmarkt und arbeitete wie besessen daran, endlich meine Rösterei zu eröffnen. Ich war davon überzeugt, gegen alle Widerstände mit meiner Idee Erfolg zu haben. Es war auch viel mehr als nur eine Idee. Es war mein Lebenstraum und ich war entschlossen, ihn mir zu erfüllen. Ich wollte ein ehrbarer und erfolgreicher Kaufmann werden.

November 1946
Das Gefühl, Vater zu werden, diese alles überwältigende Freude gab mir Kraft in dieser immer schwieriger werdenden Zeit.

Hier stockte Corinne. Vater werden? Ging es um den Kaffeebaron? Musste ja eigentlich, er war ein Einzelkind. Corinne rechnete nach, wurde aber jäh unterbrochen.

Das schrille Klingeln des Telefons zerriss die nächtliche Stille.

Vor Schreck zuckte Corinne so zusammen, dass das Tagebuch ihr von den Knien rutschte. Sie bekam es gerade noch zu fassen, bevor es auf den Boden knallte. Ihr Blick schnellte zur Uhr. Es war kurz nach vier.

So schnell sie konnte, kämpfte sie sich unter ihrer Decke hervor, legte das gerade noch aufgefangene Tagebuch zur Seite und nahm den Anruf an. Hoffentlich hatte das Läuten Noah nicht geweckt, es genügte, dass sie sich die Nacht um die Ohren schlug.

»Hallo«, meldete sie sich. Sie vermutete einen Betrunkenen und verzichtete darauf, ihren Namen zu nennen.

»Corinne, es tut mir leid. Alexander hier. Mama hat gerade angerufen – sie hat es bei dir auf dem Handy versucht, aber das ist wohl aus. Die Nummer von Noahs …«

»Was ist los?«, unterbrach Corinne ihren Bruder und sie ahnte es schon, während er noch Luft holte.

»Es geht um Vater. Ich weiß noch nichts Genaues. Wieder ein Schlaganfall oder ein Herzinfarkt, keine Ahnung. Mama war so aufgelöst, sie konnte nicht klar denken und erst recht nicht reden. Sie haben Papa ins Krankenhaus mitgenommen und Mama gesagt, dass sie zu Hause bleiben soll, weil sie jetzt ohnehin nichts für ihn tun kann. Thomas und ich fahren gleich zu ihr.«

»Ich mache mich fertig und komme auch. Bis gleich, Alexander.«

Kapitel 11
Pläne und Hoffnung

Aachen • Oche • Aix-la-Chapelle • Aken • Aquae Granni

Gegenwart: Mai

Müde und erleichtert, wieder an die frische Luft zu kommen, trat Corinne aus dem Krankenhaus. Vor der Tür blieb sie kurz stehen, drückte mit einem leisen Ächzen ihren Rücken durch und blinzelte in die Maisonne, die ihr nach dem kalten künstlichen Licht auf der Station sehr unwirklich vorkam. Genau wie die plaudernden und lachenden Menschen um sie herum.

Immer wenn sie bei ihrem Vater war, schien es ihr, als müsste die Welt drumherum stillstehen. Aber das tat sie nicht. Mehr noch, sie schien sich gerade jetzt in diesen schweren Stunden und Tagen schneller zu drehen als sonst irgendwann. Darüber staunte Corinne nach jedem ihrer Besuche. Das Leben pulsierte, während der Tod ein paar Schritte weiter auf seine Chance lauerte.

Der Kaffeebaron lag nun wieder, wie im vergangenen Herbst nach seinem Schlaganfall und der schweren Kopfverletzung, auf der Intensivstation. Und es stand schlechter um ihn denn je. In der Nacht nach dem Familienessen hatte er eine erneute Hirnblutung erlitten. Die Schwester hatte es bei ihrem Kontrollgang bemerkt und sofort Notarzt und Krankenwagen alarmiert – nur diesem Umstand war es zu verdanken, dass er überhaupt noch lebte. In einer mehrstündigen Notoperation hatten die Ärzte dem Patienten zwar vorerst das Leben gerettet, doch niemand wusste, ob er erneut die Kraft haben würde, sich aus dem Koma zurückzukämpfen. Und wenn er es tatsächlich schaffte, dann musste sich zeigen, ob und in welchem Ausmaß die Blutung bleibende Schäden verursacht hatte. Im Moment blieb ihnen allen nicht mehr übrig, als zu warten und zu beten.

Esther Ahrensberg saß täglich viele Stunden bei ihrem Mann. Sie betupfte seine spröden, aufgeplatzten Lippen, spielte ihm Musik vor und sprach mit ihm. Alexander und Corinne wechselten sich mit ihren Besuchen ab. Es hatte sich eingespielt, dass Corinne immer vormittags für eine oder zwei Stunden hinging, während Frieda in der Rösterei die Stellung hielt. Alexander besuchte den Kaffeebaron meist am späten Nachmittag oder auch erst abends. Sie hielten als Familie fest zusammen und gaben sich gegenseitig so gut es ging Kraft.

Nach einem prüfenden Blick in den Himmel steuerte Corinne – entgegen ihrer sonstigen Gewohnheiten – den Taxistand an. Sie war gerade erst wieder einigermaßen trocken, nachdem sie vorher auf dem Weg von der Rösterei in die Klinik in einen Gewitterguss geraten war. Eine solche Dusche zu wiederholen stand ganz sicher nicht auf ihrem Wunschzettel.

Im Moment schien zwar die Sonne, aber das Maiwetter war in diesem Jahr tückisch – fast wie sonst im April. Manchmal gab es Regen, Sonne, Sturm, Hagel, Blitz und Donner – alles innerhalb von ein paar Minuten. Eigentlich genau wie in letzter Zeit in meinem Leben, dachte Corinne. Übertragen gesehen war sie in den vergangenen Wochen in ziemlich viele Schauer und Gewitter geraten. Eindeutig zu viele für ihren Geschmack. Aber danach fragte das Schicksal leider nicht. Während dieser Überlegungen hielt sie mit eiligen Schritten auf die Reihe der Taxis zu.

Gleich am ersten Wagen blieb sie stehen, beugte sich zum Beifahrerfenster hinunter und sah hinein. Darin saß eine Frau um die vierzig mit rotem Bubikopf und unzähligen Sommersprossen. Sie löffelte gerade einen Joghurt, reagierte aber sofort und lächelte Corinne herzlich an. Der Joghurt wanderte in das Seitenfach der Tür. Die Fahrerin beugte sich über den Sitz zur Beifahrertür, zog am Verriegelungshebel, sodass die Tür sich öffnete, und machte eine einladende Geste.

»Guten Morgen«, grüßte sie freundlich. »Wollen Sie zu mir nach vorn oder lieber nach hinten? Mir ist beides recht. Und wo darf es hingehen?«

Nach kurzem Überlegen öffnete Corinne die Tür ganz und setzte sich auf den Beifahrersitz. Eigentlich hätte sie sich gern nach hinten gesetzt und ein paar Minuten die Augen geschlossen. Sie fühlte sich, wie immer, wenn sie bei ihrem Vater auf der Intensivstation gewesen war, sehr ausgelaugt. Aber sie wusste genau, dass dann nur die Bilder sie überfluten würden. Das Blinken der Geräte, die Schläuche und das kalte Weiß. Dazu die Geräusche und der Geruch nach Desinfektionsmitteln und Dahinsiechen. Es war eine höchst ungute Mischung, die ihr auf den Magen und auf die Seele schlug. Da war es besser, vorn zu sitzen, den Verkehr zu beobachten und in Kauf zu nehmen, dass die Fahrerin vielleicht plaudern wollte. Solange sie keine eloquenten Antworten erwartete, war alles okay.

In diesem Fall hatte Corinne aber Glück. Ein Gespräch über das Wetter oder neugierige Fragen über den Grund des Krankenhausbesuchs blieben ihr erspart. Die Frau nickte, nachdem Corinne ihr die Zieladresse genannt hatte, startete das Taxameter und legte den Finger auf die Playtaste des Radios.

»Ist Musik okay?«, fragte sie.

»Solange es kein Heavy Metal ist, das wäre mir jetzt gerade zu viel«, sagte Corinne.

Das Lachen der Taxifahrerin klang warm und herzlich. Sie schüttelte amüsiert den Kopf. »Ich würde sagen es ist eher das Gegenteil. Ein musikalisches In-den-Arm-nehmen.« Mit diesen Worten drückte sie auf Play und Corinne wusste augenblicklich, was die Fahrerin mit ihrer Beschreibung meinte. Die helle Stimme erkannte sie schon bei den ersten Tönen.

»Mrs. Greenbird«, sagte sie erfreut und fühlte sich sofort besser. »Das ist ja toll. Genau das, was mir jetzt guttut. Ich habe Sarah und Steffen voriges Jahr in Köln bei einem Konzert erlebt. Es war ein zauberhafter Abend. Die beiden sind etwas ganz Besonderes.«

»Das finde ich auch«, stimmte die Taxifahrerin ihr zu. »Seit ich Mrs. Greenbird bei ihrem allerersten Auftritt bei dieser Castingshow gehört habe, verfolge ich ihren musikalischen Weg und freue mich über ihren Erfolg. Ich hatte damals sofort so ein Gefühl, dass sie die Show gewinnen würden. Da lag plötzlich so eine Magie im Raum. Ganz außergewöhnlich.«

Sie fuhr los und die beiden Frauen lauschten schweigend der Musik. Gerade lief *Shooting Stars and Fairy Tales* und Corinne hatte das Gefühl, sie sangen von ihr und ihrer Liebe zu Noah. Was für ein wunderbarer Zufall, dass die Taxifahrerin diese Musik so sehr liebte wie sie selbst. Manchmal schüttete das Schicksal eben doch kein weiteres Unwetter aus, sondern hielt ein Pflaster für die Seele bereit.

Noah mochte die Musik auch, sie hatten sie schon bei gemütlichen Sofazeiten gemeinsam gehört. Wenn ihr Leben wieder etwas ruhiger verlief, würde Corinne recherchieren, wann Sarah und Steffen wieder einmal ein Konzert in Köln oder Düsseldorf gaben und Karten besorgen. Sie war sich sicher, dass Noah sich freuen würde.

Die Taxifahrerin lenkte ihren Wagen routiniert. Leider kamen sie im dichten Berufsverkehr nur langsam voran. Und offenbar hatten alle Ampeln es sich zur Aufgabe gemacht, auf Rot zu springen, sobald sich das Taxi näherte. Mühsam unterdrückte Corinne ein unwilliges Schnauben. Sie wollte so schnell wie möglich zum Haus, dort war sie mit Noah verabredet, er hatte sich den Nachmittag freigenommen Sie selbst musste später noch ins *Böhnchen*. Frieda stand in letzter Zeit so oft allein im Laden, Corinne musste dringend zwischendurch nach dem Rechten sehen.

Wäre Frieda nicht so eine außergewöhnliche Mitarbeiterin, hätte Corinne sich die letzten Wochen nie so viele Freiräume nehmen können. Aber trotz aller Bereitschaft, alles konnte Frieda eben doch nicht allein stemmen. Besonders die Warenwirtschaft musste Corinne im Auge behalten. Sie sah zwar die Umsätze in der Kasse, hatte aber keinen Überblick, welcher Kaffee wie gut lief. Die nächste Kaffeeorder war sicher bald fällig, dazu musste Corinne ihren Bestand kennen und sich mit Alexander und Noah absprechen. Noah kannte sich mit dem Import aus Regionen aus, mit denen *Ahrensberg Kaffee* nicht handelte, und bestellte ebenfalls für Corinne mit. Für ihre Rösterei war das fantastisch, so konnte sie inzwischen ein sehr breites Kaffeesortiment aus vielen Regionen der Welt anbieten, ohne dabei hohe Kosten für Einzellieferungen kleiner Mengen in Kauf nehmen zu müssen.

Heute Nachmittag musste sie auch dringend rösten, sonst hätte sie ziemlich bald das nächste Problem. Eine Kaffeerösterei ohne gerösteten Kaffee kam bei den Kunden vermutlich nicht sonderlich gut an. Frieda hatte gestern schon gemeldet, dass ihre Eigenmarke, das *Öcher Böhnchen*, bald zur Neige ging. Die Hausmarke war eine Mischung aus drei Arabicas, zwei aus Brasilien und einer aus Peru. Der Kaffee hatte ein sehr harmonisches Aroma und war ein qualitativ hochwertiger Kaffee ohne besondere Auffälligkeiten, der den Geschmack einer breiten Kundschaft ansprach. Corinne hatte zusammen mit Noah lange am Röstgrad und dem Mischungsverhältnis getüftelt.

Sie hatten ihre eigenen Vorlieben für Charakterkaffee hintangestellt und sich auf ein vollmundiges Geschmackserlebnis konzentriert. Der Erfolg gab ihnen Recht. Es war nicht nur der passende Name, der die Mischung *Öcher Böhnchen* zum Verkaufshit machte. Sie musste unbedingt die Arabicas dafür rösten, das *Öcher Böhnchen* durfte ihnen auf keinen Fall ausgehen.

An diesem Punkt der Überlegungen zwang sich Corinne ihre Gedanken zu stoppen. Immer schön eine Aufgabe nach der anderen, es war auch so anstrengend genug, ohne dass sie sich zusätzlich stresste. Bevor sie sich über Frieda und den Kaffee Gedanken machte, war erst das Haus an der Reihe. Und Noah. Von ihm umarmt zu werden, half besser als jede Meditation gegen Stress und den Krankenhaushorror.

Sie würden sich gleich gemeinsam dem Gesindehaus und den Einrichtungsüberlegungen widmen. In ein paar Tagen wollten sie schon umziehen.

Esther hatte sie trotz der Sorge um den Kaffeebaron gedrängt, das Haus zu besichtigen und ihren Umzug vorzubereiten. Zuerst hatten sie sich gesträubt. Es kam ihnen pietätlos vor, ein neues Leben zu planen, während Corinnes Vater um seines kämpfte. Es hatte sich egoistisch angefühlt, unpassend, merkwürdig und irgendwie falsch. Gleichzeitig aber auch wundervoll aufregend und richtig. Das Leben stand nun einmal auch in solch schlimmen Situationen nicht still. Also hatten sie zugestimmt und sich des Hauses angenommen, damit es zu ihrem Heim werden konnte.

Felix, ein guter Freund von Noah, war Architekt, den hatte Noah ins Boot geholt. Natürlich hätten sie die Renovierung auch selbst in die Hand nehmen können, aber sie waren beide in ihren Röstereien eingebunden und Corinne zusätzlich mit den Krankenbesuchen und der Unterstützung ihrer Mutter. Deshalb hatten sie Felix gebeten, die Renovierung als Bauleiter zu organisieren und die notwendigen Handwerker zu beauftragen. Sie waren zu dritt durch das Haus gegangen, hatten ihre Wünsche und Vorstellungen besprochen. Felix hatte alles notiert, eigene Vorschläge eingebracht und im Nu hatte er Handwerker unterschiedlicher Gewerke organisiert, die sich mächtig ins Zeug legten.

Das alte Fachwerkhaus hatte in den Räumen offenes Gebälk, was eine urgemütliche Atmosphäre schuf. Aber es wirkte ein wenig altbacken. Es brauchte Pfiff, einen Hauch Frische, ohne jedoch die heimelige Atmosphäre zu zerstören – darin waren sich alle einig. Bei der Renovierung sollte der Charakter des Hauses erhalten bleiben und lediglich durch moderne Einflüsse ergänzt werden.

Im Erdgeschoss befanden sich rechts von einem kleinen Flur der Wohnbereich und die Küche, linker Hand das Bad, ein Gästezimmer und zwei kleine Arbeitszimmer. In der Wand zwischen den Arbeitszimmern waren auf Vorschlag von Felix ein Durchbruch gemacht und eine extrabreite Schiebetür eingebaut worden. War die geöffnet, wirkten die beiden Räume fast wie einer. Brauchte man aber Ruhe, konnte die Tür im Handumdrehen geschlossen werden. Das war im Erdgeschoss neben dem Bad die größte Veränderung, die sie hatten durchführen lassen.

Sosehr Corinne und Noah den Charme des Hauses schätzten, beim Bad wollten sie keine Kompromisse und ihre Wünsche waren etwas zu groß für den kleinen Raum. Corinne bestand auf einer großen frei stehenden Badewanne und Holz, für Noah war eine geräumige Dusche wichtig. Felix hatte sich die Wünsche der beiden angehört und vorgeschlagen, die Wand zum Gästezimmer zu entfernen und so das Badezimmer zu vergrößern. Von dieser Idee waren beide begeistert gewesen. Ein Gästezimmer brauchten sie nicht zwingend, ein komfortables Badezimmer war wichtiger. Die beiden Räume wurden also komplett entkernt und anschließend zu einem verbunden. Erst dann wurde alles wieder neu aufgebaut.

Im ersten Stock mit Dachschräge wollten Noah und Corinne ihren Schlafbereich einrichten sowie einen großen begehbaren

Kleiderschrank – eher schon ein Ankleidezimmer. Hier musste ebenfalls eine Wand weichen und es gab reichlich Schreinerarbeiten zu erledigen.

Für heute war geplant, dass das Bad und der Boden im Schlafbereich fertiggestellt wurden. Das Parkett im Wohnzimmer war bereits geschliffen und neu geölt. Die gesamten Holzarbeiten müssten somit in den nächsten Tagen abgeschlossen sein. Die Rundumerneuerung der Sprossenfenster im ganzen Haus war ein enormer Zeitfresser gewesen, sie lagen bereits zwei Tage hinter ihrem Arbeitsplan zurück. Heute mussten sie unbedingt die Sofafrage klären – in diesem Punkt war leider bisher keine Einigung in Sicht – und sich für die Küchenfronten entscheiden.

Zur Melodie von *Take my Hand*, die aus dem Radiolautsprecher tönte, mischte sich das altmodische Schrillen eines Telefons – es war Corinnes Handy. Erschrocken zuckte sie zusammen und nahm den Anruf ohne zu zögern mit pochendem Herzen an. Seit Alexanders Anruf mitten in der Nacht rechnete Corinne bei jedem Läuten mit dem Schlimmsten.

»Corinne Ahrensberg«, meldete sie sich.

»Fabian Bühling. Ich komme gerade vom Anwalt und wollte es mir nicht nehmen lassen, Sie persönlich zu informieren, bevor Sie gleich per Boten einen Brief zugestellt bekommen.« Sein joviales Lachen drang an Corinnes Ohr und sie verzog angewidert das Gesicht.

»Worum geht es, Herr Bühling?«, fragte sie deutlich reserviert und für sie ungewöhnlich schneidend. Natürlich ahnte sie, worauf das alles hinauslief, er würde nicht anrufen, wenn er nicht die Oberhand hätte.

Die Taxifahrerin warf ihr kurz einen fragenden Blick zu und stellte die Musik ab. Corinne nickte ihr dankend zu und konzentrierte sich wieder auf ihr Telefonat.

»Was denken Sie wohl? Dachten Sie, ich mache Scherze?«,

schepperte die näselnde Stimme ihres neuen Verpächters durch den Lautsprecher des Handys. »Tja. Jetzt ist alles geregelt, Gnädigste. Ziehen Sie sich besser warm an, ich habe einiges vor. Fenster und Heizung müssen auch erneuert werden. Die Termine bekommen Sie selbstverständlich schriftlich. Stellen Sie sich darauf ein, dass es in den nächsten Monaten zu der einen oder anderen Unannehmlichkeit für Sie und Ihre Kunden kommen wird.«

Corinne holte empört Luft und wollte protestieren. Doch dieser unverschämte Kerl gab ihr keine Gelegenheit für eine Erwiderung. Mit einem »Einen schönen Tag noch« verabschiedete er sich gut gelaunt und legte einfach auf.

Die Taxifahrerin schaltete die Musik wieder an, doch jetzt gerade konnte auch Mrs. Greenbird Corinnes Laune nicht retten.

Wie vom Blitz getroffen starrte sie ihr Telefon an. Das durfte doch alles nicht wahr sein. Wie konnte man nur so wenig Manieren haben? Anstand war vermutlich ein Wort, das dieser Mensch nicht kannte.

Sie konnte sich nicht helfen, aber seit *to trump* nicht mehr nur ein Wort aus dem Wörterbuch war und Narzissten es an die Spitze der Macht geschafft hatten und der Welt tagtäglich vor Augen führten, wie weit man mit schlechtem Benehmen und Rücksichtslosigkeit kommen – und vor allem damit durchkommen – konnte, hatte sie den Eindruck, dass auch im täglichen Leben, jenseits der Weltpolitik, schlechte Manieren en vogue waren. Himmel, sie war noch keine dreißig, aber als sie das dachte, kam sie sich plötzlich vor wie mindestens sechzig und von der Welt überrollt.

Ihr Gespräch mit Doktor Hartmann vergangene Woche war leider nicht sehr erbaulich gewesen. Er hatte sich die Situation von ihr schildern lassen und dann bedauernd die Schultern und die Hände mit den Handflächen nach oben gehoben. Aber zumindest hatte er ihr zugesichert, für sie da zu sein und das konkrete Vorgehen ihres Verpächters bei Bedarf zu prüfen. Falls es notwendig werden würde, wollte er sie im juristischen Kampf unterstützen. Gleichzeitig hatte er ihr aber keine großen Hoffnungen gemacht, denn viele Möglichkeiten gab es nicht. Gegen Modernisierungsmaßnahmen, auch wenn sie weitreichend waren, und damit verbundene Unannehmlichkeiten würde sie wohl wenig ausrichten können. Der Vorschlag von Doktor Hartman war, sich mit ihrem voraussichtlich neuen Verpächter möglichst gut zu stellen und zu arrangieren.

Pah! Als ob Fabian Bühling darauf aus wäre, sich mit irgendetwas zu arrangieren. Er wollte sie rausekeln und das Haus teuer verhökern – daran hatte er keinen Zweifel gelassen.

»So, da wären wir. Das macht dann achtzehn Euro bitte.«

Corinne zog einen Zwanzigeuroschein aus der Tasche, bedankte sich für die Fahrt und stieg aus. Mit einem Gruß startete die Taxifahrerin ihren Wagen und fuhr davon. Corinne nahm sich einen Moment, um das Haus zu betrachten. Ihr neues Heim. Sie liebte es schon jetzt; trotz Bauschuttcontainer und Planen an den Fenstern wirkte es freundlich und einladend. Im Garten blühten Tulpen und Pfingstrosen. Auch der große Fliederbusch stand in voller Blüte, das konnte Corinne sehen, aber sie hatte auch den lieblichen Duft in der Nase.

Noah war bereits da. Er hatte sie kommen sehen, öffnete die Haustür und Corinne lief auf ihn zu und ließ sich in seine Arme fallen.

***

Corinne stand hinter der Theke im *Böhnchen* und sah hastig den Stapel Briefe durch, den die Postfrau ihr gerade in die Hand gedrückt hatte. Seit Fabian Bühlings Anruf war sie nervös. Aber es war kein Schreiben von ihm dabei. Erleichtert pustete sie sich eine Haarsträhne aus der Stirn, auch wenn sie natürlich wusste, dass es nur ein kleiner Aufschub war.

Ach, sie war das alles so leid. Dabei hatte sie wahrlich genug andere Sorgen.

Die Türglocke meldete einen neuen Kunden und Corinne zwang sich ein Lächeln ins Gesicht, gegen das sich all ihre Muskeln zu wehren schienen. Es tat richtig weh. Aber es musste sein. Ihre Sorgen und Ängste gingen die Kunden nichts an, auch wenn sie noch so neugierig waren.

Seit sich herumgesprochen hatte, dass der Kaffeebaron wieder im Krankenhaus lag und sein Zustand äußerst kritisch war, wurde sie immer wieder darauf angesprochen. Besonders seit dieser vermaledeite Reporter in der Klatschzeitung der Stadt darüber berichtet hatte, zwei Tage nachdem ihr Vater die Hirnblutung erlitten hatte.

Haben die Familienstreitereien dem Kaffeebaron das Herz gebrochen? Mit dieser erbärmlichen Schlagzeile auf unterstem Klatschpresseniveau hatte er den Artikel eröffnet. Gefolgt war eine wilde Aneinanderreihung von Mutmaßungen und Unwahrheiten. Alles immer schön mit einem Fragezeichen am Ende versehen, sodass niemand ihm wegen übler Nachrede etwas anhaben konnte. Herr Hartmann hatte alles versucht, aber der Schmutz, den diese Zeitung als Artikel bezeichnete, war rechtlich leider wasserdicht.

Als Corinne den jungen Mann, der gerade in den Laden trat, genauer betrachtete, erkannte sie, dass er gar kein Kunde war, sondern ein Kurier. Freundlich lächelnd überreichte er Corinne einen großen Briefumschlag und verschwand mit einem knappen Gruß wieder zu seinem Fahrrad vor der Tür. Sie brauchte den Blick auf den Absender nicht, um zu wissen, was ihr gerade übergeben worden war. Trotzdem huschten ihre Augen zu dem Stempel und sie sah ihre Befürchtung bestätigt. Das war der angekündigte Brief von Fabian Bühling.

Ach verflixt. Es war also doch keine leere Drohung gewesen, um sie zu einem Kaufangebot zu bewegen. Insgeheim hatte Corinne darauf gehofft.

»Frieda, schließt du bitte ab?«, bat Corinne ihre Mitarbeiterin. Montags und mittwochs schloss sie den Laden immer schon um vier, um in Ruhe rösten zu können. Wie sie bereits geahnt hatte, musste sie heute wirklich ran, in den Regalen gab es bereits Lücken. Die letzten beiden Rösttage waren vor lauter Aufregung und Arbeit rund um das Haus ausgefallen. »Und dann kannst du Feierabend machen. Ich übernehme das Aufräumen und Putzen.«

»Würde es dich stören, wenn ich bleibe und dir beim Rösten helfe?«, fragte Frieda, nachdem sie die Ladentür abgeschlossen und das Schild von *geöffnet* auf *geschlossen* gedreht hatte. »Keine Angst, ich steh dir nicht im Weg. Ich finde nur, das wäre wichtiges Hintergrundwissen und könnte mir helfen, eine bessere Verkäuferin zu werden. Ich sollte doch wissen, wovon ich spreche, wenn ich den Kunden von langsam geröstetem Kaffee erzähle, oder?«

Der Eifer, den Frieda an den Tag legte, berührte Corinne. Hätte es eine Bestätigung gebraucht, dass Frieda ins *Böhnchen* gehörte, das wäre sie gewesen. Vielleicht war es ja gut, jetzt nicht allein zu sein, überlegte Corinne.

»Von mir aus gern, Frieda«, entschied sie. »Aber bevor wir rösten, muss ich mir das hier ansehen.« Sie hielt den Umschlag hoch. »Wenn es dumm läuft, brauchen wir den Röster bald gar nicht mehr anzuheizen, weil dieser Fabian Bühling all unsere Kunden vergrault.«

Corinne zögerte, aber dann gab sie sich einen Ruck. Es half ja nichts. Energisch riss sie den Umschlag auf und zog mehrere Blätter heraus. Ein Brief mit der Ankündigung der Renovierung. Ein Ablaufplan mit Terminen. Eine Liste der geplanten Arbeiten und eine Übersicht der dadurch zu erwartenden Einschränkungen. Fabian Bühling spielte das gesamte Register an legalen Möglichkeiten, um Corinne Schwierigkeiten zu machen. Nach ihrem Gefühl hangelte er sich gerade eben an der Grenze des Erlaubten entlang. Im ersten Moment dachte Corinne daran, Doktor Hartmann die Unterlagen zu zeigen. Sicher gab es die ein oder andere Grenzüberschreitung. Doch dann ließ sie die Idee wieder fallen. Was würde das nützen? Im schlimmsten Fall würde es den Ärger nur noch länger hinauszögern.

»Heilige Mistkröte«, entfuhr es Frieda, die neben Corinne stand und die Unterlagen anstarrte. »Und jetzt?«

»Jetzt werden wir rösten.« Die Energie, die Corinne in ihre Stimme legte, fühlte sie zwar nicht, aber sie war nicht bereit, sich von diesem Emporkömmling unterkriegen zu lassen. Als sie die Papiere wieder in den Umschlag steckte, fiel ihr Blick auf eine weitere Notiz.

Sie haben keine Lust auf die mit der Renovierung einhergehenden Einschränkungen und ich habe im Grunde keine Lust auf das ganze Theater. Am Ende muss ich Ihnen auch noch wegen Eigenbedarf kündigen, das wäre doch äußerst unschön, finden Sie nicht?
Deshalb mein Angebot: Kaufen Sie das Haus und alle sind zufrieden. Und da ich kein Halsabschneider bin, schlage ich einen fairen Preis vor, obwohl allein die Lage ja eigentlich unbezahlbar ist.

Als Corinne die Summe sah, die Fabian Bühling notiert hatte, entfuhr ihr ein Keuchen. Sechshundertfünzigtausend Euro setzte dieser Mistkerl für die Immobilie an! Und das, obwohl er in seinem Schreiben offiziell den schlechten Allgemeinzustand des Gebäudes bemängelte und dringenden Renovierungsbedarf sah. So ein verlogener … Corinne überlegte fieberhaft, aber ihr fiel partout kein Schimpfwort ein, das sie für so viel Niedertracht passend fand.

Selbst wenn sie sich auf diesen Preis einlassen wollen würde, sie könnte es nicht. Woher um Himmels willen sollte sie so viel Geld nehmen? Über kurz oder lang würde sie sich nach neuen Räumen umsehen müssen. Das war eine Katastrophe. Die jetzigen Räume zu finden, war bereits enorm schwierig und nur einer großen Portion Glück und Noahs toller Vernetzung zu verdanken gewesen. Noch mal würde das nicht so leicht klappen. Zumindest nicht in der näheren Umgebung.

Ein Wegzug in den Randbereich der Stadt oder gar in einen Vorort würde bedeuten, die Stammkundschaft, die sie sich gerade aufgebaut hatte, zu verlieren. Sie müsste wieder bei Null anfangen. Dabei hatte sie die Kosten der Geschäftseröffnung noch lange nicht wieder eingeholt. Sie stand doch noch ganz am Anfang. Neue Räume würden wieder Kosten bedeuten, sie konnte nicht davon ausgehen, dass sie die Einrichtung wie sie war ohne Anpassungen würde übernehmen können. Ob ein zweiter Start so kurz nach ihrer Eröffnung wieder so erfolgreich wäre, das stand in den Sternen.

Außerdem – und das war das wichtigste Argument für Corinne – wollte sie überhaupt nicht wechseln. Sie fühlte sich in diesen Räumen angekommen. Das war ihr *Öcher Böhnchen*. Hier stimmte einfach alles. Hier hatte sie die ganze Energie des Neustarts hineingesteckt, all ihre Liebe, Zuversicht und Hoffnung. Hier hatte sie den ersten Abend mit Noah verbracht, nachdem sie sich ihre Liebe gestanden hatten.

Nein. So leicht würde sie sich nicht ins Bockshorn jagen lassen.

Mit großen Augen beobachtete Frieda jede von Corinnes Bewegungen. Sie schien vollkommen fasziniert von den wirbelnden Kaffeebohnen und ihrer Verwandlung, die sie in der Rösttrommel erfuhren.

»Was meinst du?«, fragte Corinne ihre Mitarbeiterin und

hielt ihr die Testschaufel zur Begutachtung hin, die sie gerade aus dem Röster gezogen hatte.

»Noch ein bisschen blass, oder?«, sagte Frieda.

»Absolut«, stimmte Corinne ihr zu und schob die Schaufel zurück an ihren Platz. »Aber schnupper einmal. Merkst du, wie das Aroma sich langsam verändert, wie der Kaffeeduft sich immer mehr entfaltet?«

Wie geheißen hob Frieda ihre Nase und schnupperte.

»Wow«, hauchte sie und strahlte Corinne mit glänzenden Augen an. »So langsam verstehe ich deine Leidenschaft, Corinne«, sagte sie. »Das ist wie Magie. Sieh nur, ich bin so begeistert, ich krieg direkt Gänsehaut.«

Frieda hielt Corinne ihren Unterarm hin und tatsächlich, die Härchen darauf standen senkrecht.

»Es ist schön, dass du geblieben bist, Frieda.« Sie lächelte ihrer Mitarbeiterin zu. Was für ein Glück sie doch hatte. Nicht jeder spürte den Zauber des Röstens, aber Frieda war ganz offensichtlich richtig geflasht. Und ganz sicher würde sie diese Begeisterung auch an die Kunden weitergeben.

Das Geräusch im Trommelröster veränderte sich und Corinne lauschte gespannt. »Pass auf, gleich …«, flüsterte sie, um nur ja nicht den First Crack zu verpassen.

Frieda beugte sich ebenfalls zur Trommel. Corinne beobachtete, wie sie vor lauter Spannung sogar den Atem anhielt.

Die Bohnen sprangen im Inneren des Rösters auf und das typische Krachen der platzenden Zellen erklang.

»Da!«, rief Frieda. »Es kracht!« Begeistert klatschte sie in die Hände und hüpfte vor Freude auf der Stelle.

Corinne sah auf ihren Röstplan und sagte: »Noch dreißig Sekunden, dann kommen die Bohnen in die Kühlung.«

»Das ist so aufregend. So unfassbar sinnlich und köstlich und – ach Corinne – ich bin wirklich froh, dass das Leben mich zu dir in das *Böhnchen* gespült hat.«

Corinne lachte. »Frag mich mal, wie froh ich über deine Hilfe bin«, entgegnete sie. »Sag mal, wie wäre es, wenn wir gleich schnell hier klar Schiff machen und dann zusammen zu Susan ins *Emotion* gehen? Ich finde wir haben uns ein Stück Kuchen und eine gute Tasse Kaffee verdient.«

Liebste Sarah,

ich danke Dir sehr für Deine Karte. Dieser Engel, der voller Wonne eine Tasse Kaffee in der Hand hält und daran schnuppert, ist so niedlich. Noah meinte, er sieht mir ähnlich. So ein Quatschkopf. Als ob ich solche Pausbäckchen hätte. Von meinen braunen Haaren einmal abgesehen. Aber das lässt er nicht gelten.

Er schickt Dir übrigens herzliche Grüße. Wir freuen uns, dass es Dir so gut geht. Dein Ausflug an den Vierwaldstätter See klingt idyllisch.

Wenn wir in unser neues Heim eingezogen sind, kommst Du hoffentlich zu uns zum Urlaub machen. In der Villa steht immer ein Zimmer für liebe Gäste bereit.

Bei uns ist es gerade sehr durchwachsen. Leider gibt es unschöne Neuigkeiten. Das ist auch der Grund, weshalb ich diesen Brief schon wieder viel zu lange vor mir herschiebe. Dafür bitte ich Dich aufrichtig um Entschuldigung.

Mein Vater hatte eine Hirnblutung. Er musste notoperiert werden und liegt nun erneut auf der Intensivstation. Ich weiß, wie sehr Du mit mir, mit uns allen leidest. Deshalb habe ich gezögert, Dir das zu schreiben, auch in der Hoffnung, dass ich Dir mit etwas Abstand bereits Positiveres berichten könnte. Aber nun sind es schon fast zwei Wochen und unsere Hoffnung, dass sich alles zum Guten wendet, wird von Tag zu Tag kleiner. Aber wir geben nicht auf.

Trotz dieser schwierigen Situation geht es mit unserem Haus voran. Noah und ich sind ein gutes Team und ich schätze, dass wir nächste Woche einziehen können. Inzwischen bin ich davon überzeugt, dass es die richtige Entscheidung war. Das wird ein richtiges Zuhause für uns. Unser Nest.

Nur über das Sofa müssen wir uns noch einig werden. Das ist fast schon lustig. Wir konnten problemlos alles bestimmen, Wandfarben, Fliesen, Raumaufteilung – nur beim Sofa kommen wir auf keinen gemeinsamen Nenner. Eigentlich wollten wir heute eine Lösung finden, aber die doch reichlich hitzige Diskussion endete mit einem Kuss und der gegenseitigen Beteuerung, dass wir uns trotzdem liebhaben. Die Sofafrage wurde also erneut vertagt. Noah hängt an seinem alten Kuschelsofa und ja, ich gebe zu, es ist auch nicht ganz schlecht. Aber ich mag das dunkle Braun nicht und an den Seiten hat der Stoff schon ziemlich gelitten. Ich fände ein helles Sofa schön. Eines, das wir gemeinsam aussuchen.

Aber das sind ja eher nette Anekdoten, die wir irgendwann unseren Enkelkindern erzählen können, sicher ist es nichts, was eine Krise auslösen könnte.

Ganz anders ist die Situation in meiner Rösterei. Die taugt nicht zur Anekdote. Eher zur Horrorgeschichte. Mein Vermieter ist offenbar entschlossen, seinen gemeinen Plan in die Tat umzusetzen.

Heute kam die schriftliche Ankündigung der bevorstehenden Arbeiten. Er setzt alles daran, mir das Leben schwer zu machen und meine Kundschaft zu vergraulen.

Es sei denn, ich blättere ihm einen ungeheuerlichen Kaufpreis auf den Tisch.

Aber der soll sich ruhig aufspielen. Frieda und ich werden ihm die Stirn bieten und Mittel und Wege finden, den Betrieb trotz der Schikanen am Leben zu halten.

Morgen will sich die Familie zu Mittag in der Stadt zum Essen treffen. Dann werde ich meiner Mutter und Alexander von dem Problem erzählen. Ich bin sicher, sie werden mich so gut wie möglich unterstützen.

Ich melde mich bald, liebe Sarah und dann schicke ich

Dir Bilder von unserem Haus. Hast Du denn inzwischen Dein Notebook bekommen? Melde Dich, wenn wir skypen können. Darauf freue ich mich schon sehr.

Eine Umarmung für Dich schickt
Corinne

PS: Jetzt hätte ich es fast vergessen. Stell Dir vor, mein Bruder und sein Freund Thomas werden heiraten. Ist das nicht wunderbar? Der Termin steht noch nicht fest, aber wenn alles klappt, soll es im Juni oder Juli stattfinden.

Kapitel 12
Ertappt

Aachen • Oche • Aix-la-Chapelle • Aken • Aquae Granni

Gegenwart: Mai

Im Grunde war Corinne klar, dass sie keine Chance hatte, ihr Eigenkapital war zu gering. Aber egal was ihr Kopf sagte, sie musste es dennoch versuchen. Also hatte sie sich kurzerhand gleich am Vormittag einen Termin für ein Beratungsgespräch bei der Hausbank der Familie geben lassen, wo auch sie ihr Geschäftskonto hatte. Bangen Herzens, aber gegen alle Vernunft doch mit einem Funken Hoffnung, vor allem aber mit den neuesten Zahlen ihrer Rösterei und allen wichtigen Unterlagen gerüstet, war sie mit Schirm bewaffnet durch den Mairegen zur Bank marschiert. Sie hatte sogar eine Packung *Öcher Böhnchen* eingepackt, um ihr Design und die Hausmarke zu präsentieren.

Und hier saß sie nun, versuchte ihren ganzen Charme spielen zu lassen und legte diesem Bankberater ihr Herz zu Füßen.

Leider aber hatte Herr Meier, ein Mann Anfang fünfzig, mit einer über die beginnende Glatze gelegten Haarsträhne und einem unter dem spannenden Hemd unverkennbaren Bauchansatz, so gar keinen Sinn für den Zauber von Kaffee, von dem Corinne ihm inbrünstig erzählte. Er hatte sich in seinem Stuhl zurückgelehnt. Die Unterarme lagen auf den Seitenlehnen seines Schreibtischstuhls und die Fingerspitzen hatte er aneinandergelegt. So hörte er ihr scheinbar interessiert zu, stellte aber keine einzige Zwischenfrage. Der fürsorgliche Ausdruck auf seinem Gesicht kam Corinne sehr bemüht und gekünstelt vor.

»Wissen Sie, Fräulein Ahrensberg«, sagte er, nachdem sie zu Ende gesprochen hatte, und Corinne stellten sich augenblicklich die Nackenhaare auf. Dieses *Fräulein* aus seinem Mund klang so herabwürdigend, da hätte er gleich *Kindchen* oder *mein Kind* sagen können. Es fehlte nur noch, dass er ihr das Glas mit den Bonbons hinhielt. Was die Sache noch schlimmer machte, war Corinnes Eindruck, dass er sich der Wirkung des Gesagten durchaus bewusst war und sie damit kleinmachen wollte. So ein Macho.

Zu gern hätte Corinne ihn aufgeklärt, dass *Fräulein* ein Begriff aus dem vorigen Jahrhundert war, den heute kein Mensch mehr verwendete. Zumindest dann nicht, wenn er sich nicht lächerlich machen wollte. Aber sie wollte ihn nicht vor den Kopf stoßen und sich damit vielleicht eine noch verbleibende winzige Chance zerstören. Außerdem betreute er nicht nur ihre Rösterei, sondern auch *Ahrensberg Kaffee.* Ein weiterer Grund, Contenance zu bewahren. Sie sprach heute zwar für sich selbst und ihr persönliches Anliegen bei ihm vor, aber natürlich war sie eine Ahrensberg und repräsentierte damit auch die Familie. Deshalb hielt Corinne ihren Ärger unter Verschluss, lächelte den Sachbearbeiter unverbindlich an und neigte den Kopf leicht zur Seite, als Zeichen, dass sie ihrem Gegenüber aufmerksam zuhörte.

Herr Meier räusperte sich und blätterte ein wenig in den Papieren, ohne sich jedoch wirklich mit dem Inhalt zu beschäftigen. Dann lehnte er sich wieder in seinem Stuhl zurück und sah zu Corinne.

Sie wusste, bevor er auch nur ein Wort gesagt hatte, dass er ihr Kreditersuchen ablehnen würde. Allerdings war sie auf die Begründung gespannt. Vielleicht konnte sie seine Bedenken doch noch ausräumen und ihn umstimmen. Ihre Zahlen waren gut, das musste er doch sehen.

»Das klingt ja alles ganz allerliebst«, sagte er jetzt. »Diese Leidenschaft für Kaffee und wie sehr Sie das Rösten lieben.« Er lachte kurz auf. »Ich bin beeindruckt. Doch. Wirklich. Sie scheinen das tatsächlich mit Herzblut zu machen. Aber es ist ja doch – seien wir ehrlich – eher eine Spielerei im Vergleich zum richtigen Kaffeehandel. Ich bin sicher, das ist Ihnen bewusst.« Jetzt wippte er ein bisschen mit seinem Stuhl vor und zurück und schien kurz zu überlegen. Dann fuhr er fort. »Was sagt denn Ihr Vater dazu, dass seine Tochter dem Familienunternehmen den Rücken kehrt? Wäre es nicht eigentlich Ihre Aufgabe, Ihren Bruder bei der Weiterführung der Geschäfte zu unterstützen, bis der Kaffeebaron das Zepter wieder in die Hand nehmen kann?«

An dieser Stelle räusperte er sich und strich die Strähne, die langsam, aber sicher Richtung Stirn rutschte, wieder an ihren Platz zurück. »Apropos. Richten Sie Ihrem Herrn Vater doch bitte meine Grüße und die besten Genesungswünsche aus, wenn Sie ihn besuchen. Wenn es um eine wertsteigernde Anlagemöglichkeit für *Ahrensberg Kaffee* ginge, könnte ich das selbstverständlich wohlwollend prüfen, trotz der schwierigen Lage ohne das Familienoberhaupt, aber so …« Er schüttelte vielsagend den Kopf und seufzte.

Und wieder hätte Corinne ihm viel lieber gegen das Schienbein getreten, als weiter höflich zu bleiben. Aber sie beherrschte sich.

»Herr Meier, was unsere Familienfirma anbelangt, seien Sie versichert, dass mein Bruder einen herausragend guten Job macht und die Geschäfte bestens am Laufen hält. Aber darum geht es hier und heute ja überhaupt nicht. Es geht nicht um *Ahrensberg Kaffee*, sondern um das *Öcher Böhnchen*. Meine eigene Rösterei, die ich vollkommen unabhängig von der Großrösterei meiner Familie betreibe. Unabhängig und durchaus erfolgreich. Wenn Sie bitte einen Blick in meine Unterlagen werfen würden – dann könnten Sie sich davon überzeugen, dass es sich nicht um eine Spielerei handelt. Selbstverständlich ist mir bewusst, dass die Zeitspanne des laufenden Betriebes für belastbare Zahlen zu knapp ist, aber dennoch geben die Aufzeichnungen einen ersten Eindruck. Und schauen Sie sich meinen Businessplan an. Das hat alles Hand und Fuß.«

Jetzt lachte der Banker jovial. »Wohl eher Händchen und Füßchen, Verehrteste. Also beim besten Willen, aber wenn Sie mit den Großen mitspielen wollen, dann brauchen Sie mehr als die Erinnerung an Ihren Großvater, einen alten Röstapparat und Leidenschaft. Und dieser kleine Bausparvertrag hilft Ihnen da auch nicht weiter. Tja, Fräulein Ahrensberg, so leid es mir tut, wenn Ihre Familie nicht mit im Boot ist, werde ich nichts für Sie tun können.«

Okay. Jetzt hatte sie genug. Natürlich war ihr bewusst, dass ihre Chance auf einen Kredit gering war, aber sie hatte zumindest eine faire Prüfung erwartet und den gebotenen Respekt ihr, ihrem Unternehmen und ihren Erfolgen gegenüber. Banken hatten entgegen der normalen Vorgaben immer auch einen gewissen Spielrahmen, das wusste sie. Corinne erhob sich, griff über den Tisch und schnappte sich ihre Unterlagen.

»Herr Maier, nur zu Ihrer Information, der Gebrauch des Wortes *Fräulein* ist ebenso überholt wie der verzweifelte Versuch, eine Glatze zu kaschieren. Die echten Männer von heute haben das nicht nötig, die stehen zu sich selbst. Ich wünsche Ihnen einen schönen Tag. Und vielen Dank auch für nichts.«

Damit rauschte sie aus dem Büro hinaus, ohne sich noch einmal umzudrehen.

Aus dem Augenwinkel sah sie Herrn Maier, der mit heruntergeklapptem Unterkiefer an seinem Schreibtisch saß und ihr sprachlos hinterherstarrte.

Corinnes Schläfe pochte vor Wut. Dieser überhebliche Mensch. Was bildete der sich denn ein? Ob er sich das auch erlaubt hätte, wenn sie ein Mann wäre? Vermutlich nicht! Sie war so stinksauer, dass sie das Gefühl hatte, jeden Moment zu explodieren.

Mindestens genauso sehr ärgerte sie sich aber auch über sich selbst. Das war nicht klug gewesen. Und vor allem ganz und gar unprofessionell. Sie hätte nicht die Contenance verlieren dürfen. Aber er hatte sie derart zur Weißglut getrieben … Er konnte froh sein, dass sie ihrem Wunsch, ihn gegen das Schienbein zu treten, am Ende nicht doch noch nachgegeben hatte. Aber nein, so tief würde sie niemals sinken. Nicht wegen eines solchen Schleimbeutels.

Und dann musste sie trotz ihres schlechten Gewissens kichern. Sein verdattertes Gesicht, als sie aus dem Büro gerauscht war, war köstlich gewesen. Das gab ihr immerhin ein wenig Genugtuung. Erreicht hatte sie mit diesem Versuch, ihre Probleme mit einem Bankkredit aus der Welt zu schaffen und das Haus einfach zu kaufen, nun leider außer dem Ärger gerade gar nichts.

Corinne warf einen Blick auf ihre Uhr. Sie war früh genug dran, um Noah abzuholen. Dann konnten sie gemeinsam zu Susan ins *Emotion* gehen. Es war von der Bank aus nur ein kleiner Umweg von vielleicht zehn Minuten. Die Bewegung an der frischen Luft würde Corinne guttun und ihren Nerven die Gelegenheit geben, sich zu beruhigen.

Als sie Noahs Rösterei erreichte, fühlte Corinne sich tatsächlich schon besser. Sie hatte ihre Zuversicht zurück. Irgendeine Lösung würde sich finden und am Ende würde sie erkennen, wofür der ganze Stress gut gewesen war. Bei diesem Gedanken hatte sie das Gefühl, ihren Großvater nahe bei sich zu spüren, als würde er ihr Kraft geben.

»Alles ist für etwas gut, Corinne«, hörte sie seine Stimme, als würde der Wind sie zu ihr tragen. Immerhin hatte der Regen inzwischen aufgehört und die Maisonne lachte vom Himmel.

Bevor Corinne die Tür zu Noahs Laden öffnete, atmete sie

tief durch und versuchte, die restliche negative Energie loszuwerden, die noch von dem unschönen Gespräch mit Herrn Meier an ihr klebte. Sie freute sich auf Noah und die gemeinsame Mittagspause mit der Familie. Es würde ihrer Mutter guttun, eine Weile aus dem Krankenhaus rauszukommen. Noch einmal nahm sie einen tiefen Atemzug, dann trat sie lächelnd ein. Doch schon im nächsten Moment fühlte es sich wie ein erneuter Schlag in die Magengrube an. Vanessa saß am Tresen und redete auf Noah ein.

Als die Türglocke erklang, drehte sich Noahs Ex auf ihrem Hocker neugierig um. Sie erkannte Corinne, hob mit sehr überheblichem Gesichtsausdruck die Augenbrauen, drehte sich zu Noah zurück und sagte extra laut, damit Corinne es auch sicher verstand: »Du glaubst doch nicht, dass ich die da bei meinem Kind Mama spielen lasse. Das kommt überhaupt nicht infrage. Und überhaupt, ich werde nicht in Aachen bleiben. Wie stellst du dir das vor, mit dem Kind und dir? Du wirst ihm kein Vater sein können. So oder so. Also sei jetzt ein Mann und steh zu deiner Verantwortung. Als es darum ging, mir das Ding zu machen, hast du dich auch nicht so angestellt. Soweit ich mich erinnere, warst du …«

»Vanessa!«, zischte Noah scharf.

Corinne kam um die Theke herum und legte Noah besänftigend die Hand auf den Arm. Er gab ihr einen Kuss und sah sie einen Moment an. Sie erkannte Zorn, aber auch Hilflosigkeit und Verzweiflung in seinem Blick. Seine kornblumenblauen Augen waren jetzt mitternachtsblau.

»Was ist jetzt?«, kam es quengelnd von Vanessa. »Ich habe heute noch was vor. Entscheide dich jetzt endlich und sag mir, wann ich das Geld bekomme.«

Zornig knallte Noah den Lappen, mit dem er gerade die Arbeitsfläche abgewischt hatte, auf den Tresen. Sein Geduldsfaden war offensichtlich endgültig gerissen.

»Es reicht. Du hast kein Recht und auch keinen Grund, dich hier so aufzuspielen. Meine Entscheidung steht fest. Wenn du ein Kind von mir bekommst, dann werde ich zu meiner Verantwortung stehen. Wie genau wir das regeln, werden wir sehen. Ganz bestimmt werde ich keine Ablösesumme zahlen. Das hat für mich nichts mit Verantwortung zu tun. Und jetzt geh und hör auf, mich mit deinen Forderungen zu nerven.«

»Du arroganter Arsch!«, kreischte Vanessa jetzt aufgebracht. »Benno und ich wollen nach Mallorca auswandern. Ich brauche das Geld.«

Ihr Gesicht war vor Zorn zu einer abstoßenden Fratze geworden. Die äußere Schönheit vermischte sich mit der aus ihrem Inneren herausbrechenden Hässlichkeit.

Corinne wollte sie nicht anstarren, aber sie konnte auch nicht den Blick abwenden. Noah schien von der Veränderung unbeeindruckt. Er lehnte sich auf den Tresen, beugte sich nah zu Vanessa hin und verzog seine Lippen zu einem verächtlichen Grinsen.

»Jetzt kommen wir der Sache doch näher«, sagte er leise und sehr scharf. »Du willst dir mit meinem Geld ein schönes Leben auf Mallorca machen und entweder das Kind ist gar nicht von mir und ihr würdet euch ins Fäustchen lachen oder aber es ist mein Kind und wenn die Kohle verjubelt ist, stehst du wieder da und hältst die Hand auf. Nein, Vanessa. So läuft das nicht. Da hast du dir den Falschen ausgesucht. Mein Kind wird mit seinem Vater aufwachsen. Wenn schon nicht jeden Tag, dann doch zumindest mit regelmäßigen Besuchszeiten und aufgeteilten Urlauben. Und jetzt raus hier.«

Mit angehaltenem Atem hatte Corinne die Szene beobachtet. So hatte sie Noah noch nie erlebt. Sie sah, wie schwer es ihm fiel, nicht die Beherrschung zu verlieren. Sein rechtes Augenlid zuckte. Seine Finger umschlossen eine Kaffeetasse und fast fürchtete Corinne, er könnte sie vor Wut zerdrücken.

Vanessa brauchte ein paar Sekunden, um sich nach Noahs deutlicher Ansage wieder zu fangen, doch dann warf sie ihre langen Locken über die Schulter, machte mit einer abfälligen Kopfbewegung »Ts«, rutschte vom Hocker und stakste ausladend mit dem Hintern wackelnd aus dem Laden.

Kopfschüttelnd sah Noah ihr hinterher, bis die Tür zufiel. Dann schnaubte er unwillig, schnappte sich Corinne und gab ihr einen Kuss.

Damit hatte sie nicht gerechnet, aber sie ließ sich in seine Umarmung fallen, schmiegte sich an ihn und erwiderte seine Leidenschaft.

»Danke«, sagte er Minuten später etwas atemlos. »Wenn du nicht gekommen wärst, wäre ich Vanessa vermutlich nicht so schnell losgeworden. Ich hatte ihr schon zweimal gesagt, dass sie gehen soll, aber sie hat es einfach ignoriert. Und ich kann ja schlecht eine schwangere Frau am Arm packen und gegen ihren Willen vor die Tür zerren. Dabei war ich mehrfach kurz davor.« Er raufte sich die Haare und schüttelte entsetzt über sich selbst den Kopf. »Stell dir mal vor, wenn dabei etwas passieren würde. Ich könnte nie wieder in den Spiegel …«

»Hör auf damit, Noah. Das würdest du nie tun und dass dir dennoch der Gedanke gekommen ist, das kannst du Vanessa zuschreiben. Sie legt es doch ganz offensichtlich darauf an, dich zur Weißglut zu treiben.«

»Was ihr verdammt gut gelingt«, brummte Noah. Aber immerhin konnte er schon wieder ein wenig lächeln. Corinne sah auf die Uhr. Noah hatte in einer Minute Mittagspause.

»Was ist, wollen wir los? Die Bewegung an der frischen Luft wird dir guttun.« Ich spreche aus Erfahrung, wollte sie noch hinzufügen. Aber es war jetzt nicht der richtige Zeitpunkt, um über ihren Ärger mit der Bank zu sprechen. Noah sollte erst einmal Zeit bekommen, um sich wieder zu fangen.

»Du hast recht. Lass uns aufbrechen«, entschied Noah und holte seine Jacke aus dem Hinterzimmer.

Kaum hatte Noah die Tür abgeschlossen, griff er nach Corinnes Hand und sie liefen los. Eine Weile waren sie schweigend unterwegs, bis Noah nachdenklich sagte: »Vielleicht sollte ich die Angelegenheit einem Anwalt übergeben. Ich meine, wenn Vanessa wirklich nach Mallorca abhaut, was wird dann aus meinem Kind? Sie kann es mir doch nicht so einfach vorenthalten, oder?«

»Um ehrlich zu sein«, gab Corinne zu, »ich habe keine Ahnung, was sie darf und was nicht beziehungsweise was deine Rechte und Pflichten sind. Mit dieser Thematik habe ich mich noch nie befasst. Aber nach allem, was ich von Vanessa mitbekommen habe, wäre ein Anwalt vermutlich eine gute Idee. Soll ich Doktor Hartmann fragen, ob er uns eine Kollegin oder einen Kollegen empfehlen kann?«

»Du bist eine Wucht, mein Schatz«, antwortete Noah begeistert und endlich wirkte er wieder fröhlich. »Nicht nur, weil du mir hilfst, einen guten Anwalt zu finden, sondern weil du so ganz selbstverständlich *uns* sagst, obwohl du am allerwenigsten mit diesem ganzen Streit zu tun hast. Ich bin dir sehr dankbar, dass du mir zur Seite stehst. Zusammen werden wir das ganz bestimmt irgendwie hinbekommen. Ich möchte wirklich für das Kind da sein. Ich meine, das ist mein Fleisch und Blut.«

»Wenn der Mann, den ich liebe und mit dem gemeinsam ich mein Leben verbringe, Ärger hat, dann finde ich schon, dass ich mit seinen Problemen zu tun habe. Alles andere wäre für mich nicht akzeptabel. Wir gehören doch zusammen, oder etwa nicht? Und wie du sagst: Dieses Kind wird ein Teil von dir sein. Allein deshalb werde ich es lieben.«

»Ich sag es ja«, antwortete Noah und gab Corinne einen schnellen Kuss. »Du bist eine Wucht. Und ich bin ein glücklicher Mann.«

Sie hatten das *Emotion* erreicht und Noah hielt Corinne die Tür auf.

»Hey, Honey«, begrüßte Susan sie auch schon, kaum dass sie das Café betreten hatten. »So early? Ich dachte, ihr kommt um eins?« Dabei zeigte sie auf zwei zusammengeschobene Tische am Fenster, auf denen ein »Reserviert«-Schild stand. »Aber no problem, euer Platz ist reserviert. Setzt euch. Kaffee?«

»Stilles Wasser, bitte«, sagte Corinne und Noah nickte.

»Für mich auch, bitte.«

Sie gingen zu ihrem Tisch. Noah schob Corinne ganz selbstverständlich den Stuhl zurecht und setzte sich dann ihr gegenüber.

»Sag mal, vor lauter Vanessa haben wir noch gar nicht über deinen Termin gesprochen. Wie war es denn? Konntest du etwas erreichen?«

Jetzt war es an Corinne, unwillig zu schnauben. Sie verdrehte die Augen und sagte: »Frag lieber nicht.«

»Zu spät.« Noah grinste. »Hab ich gerade.« Er fasste über den Tisch, nahm ihre Hände und hielt sie. »Na komm. Erzähl. Wollen sie gar nicht oder nur eine kleinere Summe? Du hast doch deine Unterlagen vorgelegt. Die Zahlen vom *Öcher Böhnchen* sind fantastisch. Sogar besser als meine«, bekannte er, ohne mit der Wimper zu zucken oder auch nur das leiseste Bedauern in der Stimme.

Das war die Facette in Noahs Charakter, mit der er Corinnes Herz erobert hatte. Neben seinem charmanten Lächeln, seinen kornblumenblauen Augen, den Lippen, die so fantastisch küssen konnten und seiner liebevollen Zärtlichkeit …

»Corinne?«, fragte Noah. Sie hatte sich gerade in eben diesen wunderbaren Augen und in ihren Träumereien verloren. Wo war sie gewesen? Ach ja, bei seiner neidlosen Großherzigkeit. Futterneid war für Noah ein Fremdwort.

»Er hat sich die Zahlen nicht einmal angesehen«, gab sie jetzt zu. Allein der Gedanke an die Herablassung, mit der dieser unsägliche Herr Meier sie behandelt hatte, trieb Corinne auch jetzt noch das Blut in die Wangen.

»Dieser arrogante Glatzenkaschierer hat mich behandelt wie ein unmündiges Kind, das besser mit seinen Puppen spielen und den Herren der Welt die großen Geschäfte überlassen sollte.« Corinne zog ihre Hände aus Noahs. »Oh, du hättest das erleben sollen.« Mit jedem weiteren Wort redete sie sich mehr in Rage. Doch bevor sie weitersprechen konnte, stand Susan mit einer Flasche Wasser und zwei Gläsern an ihrem Tisch.

»Trouble?«

Corinne rollte mit den Augen. »Das ist gar kein Ausdruck. Die Welt hat sich gegen mich verschworen.«

»Dieser neue Verpächter?«, fragte Susan. Sie sah sich kurz um, entschied, dass sie sich eine kurze Pause erlauben konnte, zog einen Stuhl unter dem Tisch hervor und setzte sich. »Spit it out, Honey.«

Es war ganz klar, dass Susan ins Bild gesetzt werden wollte, also gab Corinne ihr einen kurzen Überblick: »Er will, dass ich das Haus kaufe. Wenn nicht, sabotiert er mich mit Renovierungsarbeiten, bis ich aufgebe. Ich war heute bei der Bank, aber dieser Mensch hat mich gar nicht ernst genommen. Ich kam mir vor … oh, ich kann es euch gar nicht sagen.« Corinne schüttelte den Kopf, dass ihre Locken flogen. »Ich habe mir wirklich viel gefallen lassen. Nicht nur, weil ich bis zum Schluss die Hoffnung hatte, ihn doch noch zu überzeugen, sondern auch, weil es die Hausbank von *Ahrensberg Kaffee* ist. Aber dann …«

»Was hast du getan?«, fragte Noah besorgt.

Susan hing an ihren Lippen und wartete darauf, mehr zu erfahren.

»Ich habe ihm gesagt, dass kein vernünftig denkender Mensch heutzutage noch das Wort *Fräulein* verwendet und …« Jetzt musste Corinne ein bisschen kichern.

Noah und Susan war die Ungeduld anzusehen. Sie hatten beinahe Fragezeichen in den Augen. Die Spannung stieg. Dann prustete Corinne heraus: »Ich habe ihm gesagt, dass die Männer von heute es nicht mehr nötig haben, ihre beginnende Glatze mit einer Haarsträhne zu kaschieren.« Jetzt wurde Corinne wieder ernst. »Und dann bin ich aus dem Büro gerauscht. Es ging nicht anders. Wirklich. Ich habe alles versucht, aber er hat quasi darum gebettelt, dass ich ihm den Kopf zurechtrücke.« Sie legte ihr Gesicht in die Hände, stöhnte und schüttelte den Kopf. »Meine Mutter wird mir den Kopf abreißen, wenn sie das hört. Und dieser Herr Meier wird dafür sorgen, dass sie …«

»Das wird nicht nötig sein. Ich habe es ja gerade von dir gehört«, ertönte da Esther Ahrensbergs Stimme hinter Corinne.

Kapitel 13
Freiheit

Schwarzwald • Black Forest • Forêt Noire

Juli 1945

Langsam und stetig stampfte der Zug durch das Tal und schließlich den Berg hinauf. Die Räder ratterten im immer gleichen Rhythmus über die Schienen. Nur das laute Pfeifen der Lokomotive zerriss hin und wieder die Monotonie dieses Gleichklangs.

Es waren die letzten Kilometer ihrer mühsamen Reise, die vor Tagen im Konzentrationslager auf der Ladefläche eines Lastwagens begonnen hatte und nun bald in ihrem neuen Leben enden sollte. Immer wieder hatten sie Umwege fahren müssen, weil Straßen gesperrt oder zerstört gewesen waren. Sie hatten mehrfach auf die nächste Mitfahrmöglichkeit und an der letzten Station dann auf den Zug warten müssen, der sie endlich an ihren Bestimmungsort bringen sollte.

Das Land steckte mitten im Nachkriegschaos, die Menschen versuchten allerorten der Zerstörungen Herr zu werden und sich zurechtzufinden. Unzählige Menschen, denen der Krieg kaum etwas gelassen hatte, standen vor den Trümmern ihrer Wohnungen, aber auch ihres früheren Lebens, und versuchten irgendwie alles neu zu organisieren. Sie waren nicht die einzigen Heimatlosen auf der Suche nach einem Neuanfang.

Rebecca betrachtete die Menschen, versuchte sich vorzustellen, wie sie die Zeit des Krieges wohl verbracht hatten. Waren sie ihrem Führer treu ergeben gewesen? Hatten sie aus Überzeugung mitgekämpft oder nur, weil ihnen nichts anderes übrig geblieben war? Wer von den Leuten hätte ihr geholfen und wer hätte sie verraten? Und was ging nun in diesen Menschen vor? Sie konnte es nicht verhindern, die Gedanken kamen, obwohl sie lieber gar nicht mehr an die Vergangenheit denken wollte.

Rebecca war bei Begegnungen immer sehr vorsichtig. Sie wollte niemandem Anlass geben für Ärger. Noch hatte sie nicht das Gefühl, wieder ein vollwertiger Teil dieser Gesellschaft zu sein. Sie blieb auf der Hut. Bei schnellen Bewegungen oder lauten Geräuschen zuckte sie oft erschrocken zusammen und duckte sich unwillkürlich, weil sie mit einem Angriff rechnete. Sie hoffte sehr, dass sich dieses Gefühl ändern würde, wenn sie nur erst eine Wohnung gefunden und Fuß gefasst hatten.

Den Rest ihres alten Lebens hatte Rebecca in zwei Beutel gepackt, die sie sorgsam bewachte. Ein paar Kleidungsstücke, etwas zu essen, das die Soldaten ihr zugesteckt hatten, und von ihren Befreiern ausgestellte Papiere, die ihnen den Neustart erleichtern sollten – mehr war ihnen nicht geblieben. Ihr gesamtes persönliches Hab und Gut war für immer verloren. Doch das grämte Rebecca nicht.

Sie lebten. Das war alles, was zählte. Und es kam nach allem, was sie erlebt und gesehen hatten, einem Wunder gleich.

Rebecca streckte sich und dehnte ihre Nackenmuskeln. Jacob und Sarah schliefen. Ihr Töchterchen hatte sich auf dem Sitz zusammengerollt und ihren Kopf in den Schoß des Vaters gebettet. Nur Rebecca war trotz ihrer Erschöpfung hellwach und sah neugierig aus dem Fenster. Sie konnte den Blick kaum von der Landschaft losreißen, wollte alle Eindrücke tief in sich aufnehmen.

Manchmal wirkte es auf sie wie in der Eifel und dann offenbarte der Schwarzwald sich doch wieder ganz anders. Schroffer und trotz des hellen Sommertages fast schon bedrohlich muteten einige Abschnitte an, an denen sie vorüberkamen. Die Eifler Wälder und das Moor konnten zwar auch unheimlich sein, aber sie waren Rebecca vertrauter und schüchterten sie deshalb nicht so ein wie der sich über tiefe Täler und hohe Bergketten erstreckende Schwarzwald. Besonders imposant fand sie die steil in den Himmel ragenden Felswände, die unüberwindbar schienen. Daneben lagen lieblich blühende bunte Blumenwiesen und Viehweiden, auf denen sich Kühe tummelten. Die Sonne strahlte und tauchte alles in helle Freundlichkeit.

Das also würde ihre neue Heimat werden.

Heimat.

Rebecca spürte dem Wort nach, das gerade wie selbstverständlich durch ihre Gedanken spaziert war. Heimat. Nur ein paar Buchstaben, doch sie lösten eine Flut bittersüßer Gefühle in ihr aus. Konnte es überhaupt je wieder eine richtige Heimat für sie geben? Würde sie wieder lernen, den Menschen zu vertrauen? Konnte sie die Lebensfreude wiederfinden, die sie einmal in sich getragen hatte? Und wie würde dieses Leben aussehen, mit einem kleinen Kind und einem schwer kranken Mann? Ob und wann Jacob sich erholen und seine Stellung als Familienhaupt wieder ausfüllen konnte, stand in den Sternen. Es würde an ihr liegen, die Familie durchzubringen – irgendwie. Im Moment fühlte Rebecca sich trotz der Aufregung und der Chance auf den Neuanfang müde und ausgelaugt. Sie sehnte sich nach Leichtigkeit, während sie eine unerträgliche Schwere in sich fühlte.

Würden sie hier ihren Frieden wiederfinden? Sie war noch nie im Schwarzwald gewesen und kannte die Gegend nur aus den Erzählungen ihrer Freunde Gerhard und Ingeborg, die ihr in Briefen und bei den seltenen Besuchen in der Eifel davon vorgeschwärmt hatten. Immerhin hatten sie nicht übertrieben. Die Landschaft und die versprengt liegenden, romantisch anmutenden Schwarzwaldhöfe waren genauso wunderschön, wie Rebecca es sich anhand der Erzählungen vorgestellt hatte. Es wirkte wie aus einem Bilderbuch.

Lächelnd warf Rebecca einen kurzen Blick zu ihren beiden Lieben. Wie gern hätte sie diesen letzten Teil der Fahrt, kurz vor der Ankunft, mit ihnen geteilt. Doch Jacob und Sarah hatten den Großteil der Reise verschlafen und Rebecca brachte es nicht über sich, die beiden zu wecken. Besonders Jacob brauchte jede Sekunde Schlaf, die er kriegen konnte, um wieder gesund zu werden.

Als der Zug langsamer werdend in den Bahnhof einfuhr und schließlich zum Stehen kam, blinzelte Sarah verschlafen und rieb sich die Augen. Jacob rührte sich nicht, Rebecca musste ihn wachrütteln.

»Aufwachen, Jacob. Wir sind da.«

Während ihr Mann sich mühsam aufrichtete, schnappte Rebecca ihre beiden Taschen und Sarah und eilte zur Tür. Sie hob ihre Tochter auf den Bahnsteig, drückte ihr die Taschen in die Hand und ermahnte sie eindringlich, sich nicht von der Stelle zu rühren und die Taschen gut festzuhalten. Dann rannte sie zurück zu Jacob, um ihn zu stützen. Als sie ihn erreichte, stand er bereits, klammerte sich aber an die Gepäckablage, um nicht umzufallen.

»Komm, leg deinen Arm um meine Schultern«, sagte Rebecca. Obwohl Jacobs Körper nur Haut und Knochen war, ging Rebecca beinahe in die Knie, als er sich schwer auf sie stützte. Sie biss die Zähne zusammen und kämpfte sich mit Jacob im Schlepptau Richtung Zugausgang.

Der Schaffner warf ihnen bereits einen ungeduldigen Blick zu, doch bevor er sie rügen konnte, hatten sie es geschafft. Kaum hatte Rebecca den letzten Tritt des Ausstiegs überwunden, knallte auch schon die Waggontür zu und der schrille Pfiff des Schaffners ertönte. Stampfend nahm der Zug wieder Fahrt auf.

Und nun? Einen Moment stand Rebecca etwas ratlos auf dem Bahnsteig. Sie waren am Ziel ihrer Reise angekommen, doch sie fühlte sich verloren. Sie hatten keine Unterkunft und Jacob war zu schwach, um sich auf die Suche zu machen. Entschlossen drückte Rebecca ihren Rücken durch und straffte die Schultern. Sie strich sich eine Haarsträhne aus der Stirn, die sich unter ihrem Kopftuch hervorgestohlen hatte.

»Komm, Jacob. Wir suchen dir draußen einen Platz in der Sonne. Dort wartest du. Sarah und ich versuchen Gerhard und Ingeborg zu finden oder eine Unterkunft. Mal sehen, was sich ergibt.«

***

Ein paar Tage waren seit ihrer Ankunft vergangen und langsam sackte der Umstand in Rebeccas Bewusstsein, dass dies nun ihr Zuhause und ihr neues Leben war. Sie hatte Glück gehabt und ihre Freunde schnell gefunden. Mit ihrer Hilfe waren sie vorerst auf dem Rapplerhof untergekommen. Ein Zimmer mit einem großen Ehebett, in dem sie zu dritt schliefen, Tisch und Stühlen und einer Küchennische. Das Gemeinschaftsbad lag auf dem Flur.

Manchmal dachte Rebecca wehmütig an ihre schöne Wohnung in Euweiler zurück, doch so schnell diese Gedanken kamen, so schnell wischte Rebecca sie auch wieder beiseite. Das zählte jetzt nicht mehr. Sie musste nach vorne sehen und die Vergangenheit vergessen. Nostalgische Gefühle erlaubte sie sich nicht, das machte nur traurig und raubte ihr Energie. Die Kunst des Verdrängens beherrschte Rebecca immer besser.

Auch Sarah schien ganz im Jetzt zu leben. Sie hatte sich

schnell eingewöhnt und fühlte sich auf dem Hof wohl. Wie Jacob die neue Heimat wahrnahm, wusste Rebecca nicht. Er war noch immer zu krank, um viel mitzubekommen. Rebecca bewältigte den Alltag ohne seine Unterstützung. Es hatte sich längst noch nicht eingespielt, noch war das Leben davon geprägt, sich zurechtzufinden. Behördengänge, Einkäufe, die Suche nach einer Arbeit, die sich mit Kind und krankem Mann vereinbaren ließ, das alles kostete Rebecca viel Kraft. Sie funktionierte und richtete das neue Leben nach ihren Möglichkeiten ein. Bis dieser Ort aber Heimat werden würde, musste noch viel Wasser aus der nahen Quelle sprudeln. Aber es gab neben all der Mühsal auch diese Momente der Hoffnung. Sie wurden stärker und häufiger und spornten Rebecca immer wieder an. Aufgeben war ohnehin keine Option, schon allein Sarah zuliebe musste sie weiterkämpfen und dafür sorgen, dass ihr Töchterchen ein besseres Leben haben würde.

Der Sommer meinte es ausgesprochen gut mit den Menschen. Rebecca gierte nach der Wärme der Sonne, dem Licht und der Natur. Wenn sie die Berge, Wälder und Wiesen betrachtete, dann floss ihr Herz über vor Dankbarkeit. Manchmal wurde sie in diesen Momenten von ihren Gefühlen überwältigt. Wenn sie alleine war, ließ sie sich fallen und schluchzte haltlos. Die lange Zeit unterdrückten Tränen stürzten dann nur so aus ihr heraus. Es fühlte sich für Rebecca an, als fände eine innere Reinigung statt.

In den schlimmsten und schwärzesten Momenten der letzten Jahre hatte nur die Hoffnung auf bessere Tage sie am Leben gehalten. Während ihr Körper geschunden worden war, hatte ihr Geist die Flügel ausgebreitet und sie in eine Zukunft mitgenommen, in der sie die Welt wieder als freier Mensch erleben durfte. Und nun war dieser Traum Wirklichkeit geworden.

Wann immer es möglich war, schnappte Rebecca ihre Tochter und ging mit ihr gemeinsam hinaus an die frische Luft.

Manchmal schaffte auch Jacob es, sie zu begleiten – meistens aber war er zu schwach. Er lag oft tagelang im Bett und schlief.

Ihre Hoffnung, dass es ihm hier im Schwarzwald bald besser gehen würde, hatte sich leider zerschlagen. Sein Körper verweigerte sich der Genesung, die Wunde am Bein machte Probleme. Und auch seine Seele traute sich nicht aus der Dunkelheit zurück ins Licht. In ihren Wunschträumen hatte Rebecca Jacob in Gesellschaft seines Freundes Gerhard lachen sehen, doch bisher reagierte ihr Mann kaum auf die Besuche und die Ansprache.

Gerhard und Ingeborg kamen fast täglich und halfen so gut sie konnten. Sie versuchten Rebecca Mut zu machen und kümmerten sich auch um Sarah, um Rebecca etwas Freiraum zu verschaffen. Sie redeten ihr gut zu und versprachen ihr, dass bald alles leichter werden würde. Doch Rebecca konnte diese Zuversicht nicht teilen.

Die Situation in dem kleinen Schwarzwaldort war schwierig. Auch wenn sie nun frei waren und ein Dach über dem Kopf hatten, glücklich war Rebecca nicht.

Sosehr sie sich auch bemühte, Anschluss zu finden, es wollte ihr nicht gelingen. Die Schwarzwälder waren den Neuankömmlingen gegenüber verstockt und argwöhnisch. Rebecca spürte die misstrauischen Blicke, das brüske Abwenden und einsetzende Schweigen, wenn sie sich näherte. Es tat ihr weh. Alles was sie wollte, war in Frieden zu leben.

Auch an diesem sonnigen und herrlich warmen Vormittag hatte Rebecca ihre Tochter nach dem Frühstück mit nach draußen genommen. Sie hatten einen kleinen Spaziergang unternommen und Sarah hatte für ihre Mutter einen Wiesenblumenstrauß gepflückt. Jetzt saß die Kleine mitten auf der Wiese und jauchzte vor Vergnügen, während sie einem Schmetterling zusah, der anmutig von Blume zu Blume flog.

Rebecca saß auf einer Bank und sah ihrer Tochter zu. Seit sie hier im Schwarzwald angekommen waren, blühte Sarah mit jedem Tag mehr auf, als wäre sie selbst eines der Blümchen dieser Wiese, auf der sie so gerne saß.

Sie mochte das Summen und Brummen der Insekten, vor allem aber liebte sie es, Blüten der Taubnesseln zu pflücken und den süßen Nektar auszusaugen. Oder sie pflückte Löwenzahn und fütterte damit die Hasen, die hinter dem Haus in Ställen saßen. Als der Schmetterling ganz in Sarahs Nähe auf einer Butterblume haltmachte, hielt das Mädchen seine Hand hin, damit der Falter als Nächstes darauf landen konnte. Doch der Sommervogel hatte andere Pläne. Er flog an der Kinderhand vorbei und setzte sich stattdessen auf Sarahs nackten Zeh. Das kleine Mädchen kicherte.

»Mama, sieh nur!«, rief sie und schob sich eine neue lila Taubnesselblüte in den Mund.

»Ich sehe es, Schätzchen. Das ist ein Tagpfauenauge, schau dir nur die Zeichnung der Flügel an. Es sieht aus, als wären es Augen,« antwortete Rebecca lächelnd und nickte.

Sie beobachtete ihre Tochter und registrierte voller Dankbarkeit das sanfte Rot, das sich inzwischen auf deren Wangen zeigte. Die Ruhe, die frische Luft und das zwar karge, aber doch regelmäßige Essen taten der Kleinen enorm gut. Rebecca schaffte es mit vielen frischen Kräutern und Wildgemüse, auch mit dem Wenigen, das sie hatten, gesunde Mahlzeiten zu zaubern. Sarah liebte den Löwenzahn-Brennnessel-Spinat, den Rebecca oft auf den Tisch brachte. Sogar als Salat aß Sarah den Löwenzahn und störte sich überhaupt nicht an dem etwas bitteren Beigeschmack.

»Jetzt bin ich auch ein Häschen, Mami«, sagte sie dann immer und ahmte vergnügt das Mümmeln der Stallhasen nach. Sarah war ihr kleiner Sonnenschein. Sie scherte sich nicht um argwöhnische Blicke und ließ sich ihr neu gefundenes Lachen nicht nehmen.

Für einen Moment hob sich die Last der Sorgen ein wenig von Rebeccas Seele und sie konnte Leichtigkeit darunter ahnen. Das war ein Gefühl, das sie schon beinahe vergessen hatte und nach dem sie sich jetzt umso mehr sehnte. Doch schon mit dem nächsten Atemzug waren die Sorgen wieder da. Die Pflicht rief.

»Komm jetzt, Liebes, lass uns weitergehen«, sagte Rebecca. Sie stand auf und hielt ihrer Tochter auffordernd die Hand hin. Sarah sprang auf und kam fröhlich zu ihrer Mutter gehüpft.

Rebecca wollte noch im Stall vorbei und versuchen, für Sarah etwas frische Milch zu ergattern. Für Sarah war das alles ein großes wundervolles Abenteuer. Die großen Kühe mit den rauen Zungen und tiefen Stimmen faszinierten das Mädchen. Als das erste Mal eine Kuh direkt neben ihr laut gemuht hatte, war Sarah vor Schreck umgefallen und in einem Heuhaufen gelandet. Aber sie hatte die Angst vor den Tieren schnell verloren. Hätte Rebecca sie nicht zurückgehalten, wäre sie vermutlich ohne Scheu zwischen den Kolossen herumgehüpft.

Wäre Sarah nicht so fröhlich und unbekümmert, hätten sie vermutlich den Stall nicht einmal betreten dürfen, denn die Bauersleute hatten sie zwar aufgenommen, doch sie beobachteten jeden ihrer Schritte. Nur die Altbäuerin schenkte Rebecca ein wenig Seelenwärme und hin und wieder auch alte Kleidung, da sie mitbekommen hatte, dass Rebecca sehr geschickt mit Nadel und Faden umgehen konnte. Heute hatte Sarah ein neues Kleid an, das Rebecca ihr aus einem abgetragenen Rock der Altbäuerin genäht hatte. Ihre Kleine hatte sich bei der Anprobe glücklich im Kreis gedreht und den Rock schwingen lassen, den Rebecca glockenförmig zugeschnitten hatte.

Rebecca dachte an ihren Mann, der oben im Bett lag und schlief. Sie seufzte. Sie hatte gewusst, dass Jacob Zeit brauchen würde, aber dass es so lange dauern würde, damit hatte sie nicht gerechnet. Die Nachwirkungen der Folter ließen Jacob nicht aus den Klauen. Ein Arzt hatte sich nach ihrer Befreiung zwar sehr gut um die äußeren Wunden gekümmert, bis auf ein eitriges Ekzem am Schienbein war alles gut abgeheilt, doch Jacobs Seele schien nicht genesen zu können.

Manchmal hatte Rebecca Angst, er könnte den Verstand verlieren, denn er war oft verwirrt und schien in einer anderen Welt zu sein – in einer Welt voller Angst und Dunkelheit. In diesen Momenten durften selbst sie oder Sarah sich ihm nicht nähern, da er auch seine Frau und sein Kind für den Feind hielt. Dann wieder begriff er, dass sie in Sicherheit waren. In diesen Augenblicken lächelte er Rebecca mit einem Blick an, in dem all die Liebe lag, die zwischen ihnen herrschte. Dann streckte er die Arme nach ihr aus und sie sank in die Umarmung, genoss die Wärme, die er ihr dann schenkte, und die Geborgenheit.

Dieses Hin und Her zwischen Verzweiflung und Hoffnung kostete Rebecca viel Kraft, doch sie war nicht bereit aufzugeben. Nicht, nachdem sie dieses Martyrium überstanden hatten. Sie kämpfte um Jacobs Genesung. Die Seele brauchte eben etwas länger als der Körper. Es war eine schwierige Situation, nicht nur mit Jacob, sondern insgesamt. Darüber konnten auch der warme Sommer und die wunderschöne Natur nicht hinwegtäuschen. Die Menschen hier hatten nicht auf sie gewartet und sie waren nicht begeistert von den mittellosen Flüchtlingen. Hinzu kam, dass sie eine Sprache sprachen, die zwar Deutsch sein sollte, für Rebecca aber sehr fremd klang. Immer wieder musste sie nachfragen, weil sie – wenn dann doch einmal jemand mit ihr sprach – die Worte nicht verstand. Jacob war zu krank, um sich eine Arbeit zu suchen, und Rebecca musste sich um ihren kranken Mann und um Sarah kümmern. Sie bot ihre Nähdienste an, doch die Aufträge waren rar. Ihr so hoffnungsvoller Neustart entpuppte sich immer mehr als Enttäuschung.

»Komm jetzt, Sarah. Es wird Zeit hineinzugehen. Ich muss nach deinem Vater sehen und das Essen machen.«

Sie wollte gerade ins Haus, da kamen Gerhard und Ingeborg des Weges.

»Rebecca, hallo, wir haben Neuigkeiten«, begrüßte Ingeborg ihre Freundin mit vor Aufregung geröteten Wangen.

Sofort wanderte Rebeccas Blick am Körper ihrer Freundin hinab und blieb beim Bauch hängen. Doch Ingeborg schüttelte lachend den Kopf. »Nein, nicht was du gerade denkst. Noch nicht«, schob sie hinterher und warf ihrem Ehemann einen kurzen liebevollen Blick zu. »Es geht um unsere Zukunft. Wir haben uns doch schon öfter darüber unterhalten, wie wir weitermachen wollen. Gerhard möchte sich stärker auf die Kunst konzentrieren, weißt du? Er träumt davon, eine Galerie zu eröffnen.«

»Ja«, nahm Gerhard den Faden auf. »Das wollte ich schon lange. Aber hier in der Gegend komme ich damit nicht weiter. Außerdem haben wir einen sehr netten Kontakt in die Schweiz. Einige unserer Freunde haben sich in einem kleinen Ort angesiedelt – irgendwo zwischen Basel und Zürich. Sie haben uns gefragt, ob wir nicht auch auswandern wollen, nun ja, und wir …«

»Wir haben Ja gesagt!«, rief Ingeborg und strahlte Rebecca an.

»Oh«, sagte Rebecca.

Sie wollte ihren Freunden die Freude nicht verderben, für sie aber war diese Nachricht ein Schlag in die Magengrube. Das Leben hier in diesem kleinen Schwarzwalddorf würde noch schwieriger und einsamer werden ohne die beiden. Rebecca räusperte sich und zwang sich zu einem Lächeln. »Das ist eine Überraschung. Da wünsche ich euch auf jeden Fall viel Glück für den Neubeginn. Wann soll es denn losgehen?« Sie hoffte, dass die beiden nicht merken würden, wie dünn ihre Stimme klang.

Ingeborg und Gerhard tauschten einen Blick aus, dann zwinkerte Ingeborg Rebecca zu. »Das entscheiden wir nicht alleine«, sagte sie. »Wann würde es dir denn passen?«

Die Frage hing in der Luft und Rebecca riss Augen und Mund auf. »Mir? Wann es mir passen würde?«, fragte sie und jetzt schwappte die freudige Aufregung ihrer Freunde unmittelbar auch auf sie über. »Soll das heißen ... meint ihr, wollt ihr ...?«

»Aber du Schäfchen«, jubelte Ingeborg und freute sich ganz offensichtlich sehr über den Effekt ihrer Nachricht. »Glaubst du etwa, wir lassen dich, Jacob und unser Sarah-Engelchen allein hier zurück? Wir wissen doch, wie unglücklich du hier bist. Was ist? Kommt ihr mit? Bist du bereit für ein neues Abenteuer?«

»Ja!«, rief Rebecca. Sie wusste, dass sie eigentlich zuerst mit Jacob hätte sprechen müssen, aber sie würde ihn schon überzeugen. Vermutlich fehlte ihm ohnehin noch die Kraft, um eine derart weitreichende Entscheidung zu treffen.

Schweiz. Sie würden in die Schweiz auswandern. Jetzt endlich öffnete Rebecca die Haustür. »Los, herein mit euch. Ich möchte alle Einzelheiten über unsere Auswanderung wissen.«

Sarah, die der Unterhaltung mit großen Augen gelauscht hatte, hüpfte vor den Erwachsenen her ins Haus. »Papa, wir gehen wandern«, rief sie, als sie in ihre Unterkunft stürmte.

Kapitel 14
Eiszeit

Euweiler • Euwiller

Dezember 1946

Müde schloss Eberhard die Tür seiner Rösterei hinter sich ab und stapfte missmutig durch die Dunkelheit die Straße hinunter. Eigentlich konnte er es kaum erwarten, nach Hause zu kommen und Magdalena zu sehen. Seit sie schwanger war, wurde sie jeden Tag schöner. Wenn er sie ansah, konnte er das Glück, so eine wundervolle Frau zu haben, immer kaum fassen. Doch sosehr er sich auf Magdalena freute, sosehr schämte er sich auch, schon wieder mit leeren Händen vor ihr zu stehen. Er fühlte sich wie ein elender Versager.

Den ganzen Tag waren gerade einmal drei Kunden im Laden gewesen und nur einer von ihnen hatte echten Bohnenkaffee gekauft. So konnte es nicht weitergehen, Eberhard musste etwas unternehmen, und zwar schnell.

Er wollte auf keinen Fall seinen Traum vom Kaffeehandel aufgeben. Aber er konnte auch nicht tagein, tagaus dasitzen, Löcher in die Luft starren und auf Kunden warten. Er kam sich vor wie ein schamloser Tagedieb und das ertrug er nicht länger. Immerhin wurde er Vater – allein der Gedanke daran ließ sein Herz schneller schlagen. Er hatte jetzt schon Verantwortung, aber bald hatte er seine eigene kleine Familie zu versorgen. Und er musste auf Magdalena achten, damit sie sich nicht übernahm.

Sie war so unfassbar fleißig und sollte sich und dem Baby doch viel öfter Pausen gönnen. Obendrein drohte der Winter hart zu werden, sie würden sehen müssen, dass sie genug Lebensmittel und Brennholz hatten.

So glücklich ihn die Tatsache von Magdalenas Schwangerschaft auch machte, sosehr verstärkte sich dadurch auch der Druck, den er sich selbst auferlegte. Seine Unruhe wuchs von Tag zu Tag. Es war verflixt.

Außerdem stand Weihnachten vor der Tür. Aus dem Haus, an dem Eberhard gerade vorbeikam, drangen helle Kinderstimmen. Es wurden Weihnachtslieder gesungen. In den Fenstern leuchteten Kerzen und es duftete nach weihnachtlichem Gebäck. Die Menschen kratzten zusammen, was sie hatten. Oft waren die Weihnachtsbrötchen mit Bucheckern oder Maismehl gestreckt und am Zucker wurde gespart. Aber sie schmeckten trotzdem nach Weihnachten und verbreiteten ihren Zauber.

Vor Wehmut zog sich Eberhards Herz zusammen. Er wollte so gerne ein paar Überraschungen besorgen, dieses Weihnachtsfest sollte besonders schön werden. Für Magdalena, seine Mutter, Edda und natürlich seinen Sonnenschein, seinen wunderbaren Lieblingsbackfisch Barbara. Sie hatten das erste Friedensjahr erlebt und wollten die Schrecken nun endlich hinter sich lassen. Alle sehnten sich nach Normalität.

Seit Eberhard Tod und Elend an der Front und in der Kriegsgefangenschaft erlebt hatte, hing er noch inniger an seiner Familie. Nie würde er zulassen, dass es seinen Lieben seinetwegen schlecht ging. Aber er hatte auch keine Lösung für das Problem. Ohne Umsätze waren ihm die Hände gebunden, es war einfach gar nichts möglich.

Er hatte davon geträumt, jeder seiner Frauen eine Kleinigkeit zu kaufen – jetzt konnte er allenfalls versuchen, ob er auf dem Schwarzmarkt etwas tauschen konnte. Im Keller stand noch eine Kiste mit Hitlerdevotionalien, die er längst hatte verbrennen wollen. Aber solange das Geschäft nicht florierte, hatte er die Sachen sozusagen als Notgroschen aufbewahrt. Trotzdem hoffte er von ganzem Herzen, dieses letzte Mittel nie einsetzen zu müssen. Allein der Gedanke daran widerte ihn an. Er hasste diesen unseligen Hitler und alles, was an die Naziherrschaft erinnerte. Aber auf dem Schwarzmarkt waren gerade diese Dinge sehr gefragt und wurden hoch gehandelt. Alles in Eberhard sträubte sich, diesen Weg zu beschreiten.

Wieso war es nur so unfassbar schwierig, ein rechtschaffener Geschäftsmann zu sein? Wieso zwang der Staat mit seinen horrenden Steuern ihn, an Lösungen zu denken, die ihn vom rechtschaffenen Weg abbringen würden? Er verstand es nicht. Die Menschen dürsteten nach gutem Kaffee, das wusste Eberhard. Oft hoben sie, wenn sie an *Ahrensberg Kaffee* vorbeigingen, sehnsüchtig schnuppernd die Nase, um etwas von dem köstlichen Kaffeearoma zu erhaschen. Und jeder, der seine Röstungen bisher gekostet hatte, bestätigte ihm die Güte seiner Ware und die gute Qualität seiner Röstung. Doch zu den offiziellen Preisen konnte es sich leider kaum jemand leisten, bei ihm zu kaufen.

Erst heute war Sieglinde bei ihm gewesen und hatte ihn gefragt, ob er nicht auch etwas preiswerteren Kaffee hätte. Sie hätte auch nichts dagegen, wenn die Ware keinen offiziellen Stempel hätte, hatte sie gesagt und ihm zugezwinkert. Sie wollte so gern einen Adventskaffee mit ihrer Familie feiern.

Nachdem Eberhard bedauernd den Kopf geschüttelt hatte, hatte sie ihm einen mitleidigen Blick zugeworfen. »Bist du wirklich so ein Schaf, Eberhard Ahrensberg?«, hatte sie gefragt. Dann hatte sie geseufzt und gemeint: »Dann muss ich eben doch nach Aachen gehen, dort stellen sich die Händler nicht so tugendhaft an. Du solltest mal über deine Geschäftsstrategie nachdenken, Eberhard.«

Demonstrativ hatte sie noch einen vielsagenden Blick durch

den menschenleeren Raum und auf die vollen Regale geworfen, dann war sie mit einem kurzen Gruß aus dem Laden gerauscht. Eberhard war allein zurückgeblieben und sich vorgekommen wie ein Depp.

Dazu kam die Angst vor einem strengen Winter. Es war jetzt schon deutlich kälter als in früheren Jahren. Die alte Erna hatte eine Eiszeit prophezeit und das Verhalten der Tiere hatte die Menschen ebenfalls gewarnt.

Wie zur Bestätigung dieser Gedanken toste der Wind zwischen den Häusern und Ruinen hindurch und schlug Eberhard eiskalt entgegen. Wo immer er ein Stück Haut erwischte, biss er erbarmungslos wie eine scharf gezackte Säge hinein.

Um seinen Hals und über das Gesicht hatte Eberhard einen dicken Schal geschlungen. Er hatte ihn so fest wie möglich gezogen und war jetzt froh über den Schutz. Eigentlich hatte er morgens nur mit Mantel und Mütze das Haus verlassen wollen.

»Vergiss den Schal nicht«, hatte Magdalena gerufen, da war Eberhard schon fast zur Tür hinaus gewesen. Dieser vermaledeite Schal. Edda hatte dem Bergbauern im Sommer Wolle abgekauft. Sie hatte die Vliese gewaschen, getrocknet und anschließend mit zwei Handkarden so lange gekämmt, bis sie glatt und von allem befreit waren, was nicht zur Wolle gehörte oder schon zu verfilzt war. Die Schafe trieben sich oft im Gestrüpp herum, es war ein mühsames Geschäft, alle Disteln und Kletten aus dem Vlies zu klauben. Aber Edda hatte viel Geduld und jahrzehntelange Übung. Außerdem hatte es ihr gut getan, eine echte Aufgabe zu haben.

Nach dieser Vorarbeit hatte Eberhards Mutter die vorbereitete Wolle dann gesponnen – darin war sie eine Meisterin – und alle Frauen zusammen hatten an den langen Sommerabenden Schals, Handschuhe, Mützen und Strümpfe für die ganze Familie gestrickt.

Während die anderen Frauen nur an die Zweckmäßigkeit dachten und einfache Strickstücke herstellten, hatte Magdalena Spaß daran, Verzierungen einzuarbeiten. Besonders schön waren ihre Zopfmuster. Sie strickte nicht nur, weil es sein musste, sondern weil sie es liebte.

Doch all ihre Liebe konnte die Schafwolle nicht weicher machen. Und so hatte Eberhard am Morgen abgewunken und gemurrt, weil er die kratzige Wolle am Hals nicht leiden konnte. Ein Blick in Magdalenas Gesicht hatte seinen Widerspruch allerdings schnell erstickt.

Mit dem eisigen Wind im Gesicht fiel es Eberhard gar nicht schwer zuzugeben, dass Magdalena wieder einmal recht gehabt hatte. Im Gegenteil, jetzt war er dankbar für die Sturheit seiner Frau und für den Schutz vor der Kälte – egal ob es kratzte oder nicht.

Seine Hände steckten tief in den Manteltaschen, die Finger waren trotz Handschuhen schon fast taub. Es hatte sicher minus zehn Grad und durch den typischen Eifler Wind fühlte es sich an wie minus fünfzehn oder noch kälter. Die Menschen verkrochen sich in ihre Häuser und drängten sich dort meist in den Küchen eng zusammen. Die Schlafräume und Wohnzimmer wurden gar nicht oder nur sparsam geheizt.

Und trotzdem hatte sich eine vorweihnachtliche Stimmung über den Ort gelegt. Die Menschen sehnten sich nach Kerzenschein und Weihnachtsduft. Sie wollten gemeinsam singen und das Fest der Liebe feiern. Das wollten sie sich nicht nehmen lassen, nicht, nachdem sie all die schlimmen Jahre unter Hitlers Knechtschaft überlebt hatten.

Schon das letzte Weihnachtsfest war ihnen als ein besonderes Geschenk erschienen, doch da waren die Schatten des Krieges noch zu gegenwärtig gewesen. Erst in diesem Jahr spürte man, dass die Erleichterung über den Frieden wirklich in den Herzen der Menschen angekommen war. Hoffnung hatte sich wieder breitgemacht und eine neue Lebensfreude entfacht – trotz der Armut und Not, die in vielen Familien herrschte. Es gab wenig, aber die Menschen hatten gelernt, das Beste daraus zu machen.

Nur diese arktischen Temperaturen, die seit Wochen immer wieder in Wellen über sie hereinbrachen, waren grausam. Als ob sie nicht ohnehin genug damit zu tun hätten, durch den Alltag zu kommen, machte die Kälte den Leuten das Leben zusätzlich schwer. Auch Eberhard hatte Sorgen deshalb.

Trotz seiner guten Vorsätze, Holz zu sparen, musste er inzwischen immer öfter seine Kochhexe anfeuern, anders war es auch dick eingepackt im Laden nicht auszuhalten. Zumal er sich den lieben langen Tag die Beine in den Bauch stand und auf Kundschaft wartete.

Dass die Menschen kein Geld hatten, um sich den teuren Kaffee zu leisten, war schlimm genug. Aber wenn es so eisig war, blieben selbst die Kunden aus, die sich trotz aller Not ein wenig Luxus gönnen wollten, einfach weil sie keine Lust hatten, vor die Tür zu gehen, wenn es nicht unbedingt sein musste.

Es war ja nicht so, dass die Leute keinen Kaffee wollten, oh nein. Und sie verzichteten auch nicht komplett darauf. Das hatte Sieglindes Frage nach günstigem Kaffee ihm erst heute wieder gezeigt. Aber genau wie Sieglinde tauschten und kauften auch die anderen sich ihr schwarzes Gold auf dem Schwarzmarkt. Mit diesen Preisen konnte Eberhard mit den offiziell gehandelten Bohnen unmöglich mithalten.

Zwei Tage die Woche hatte er sein Geschäft bereits geschlossen und ging selbst diversen Tauschgeschäften nach. Auf diese Weise organisierte er die Grundnahrungsmittel und Alltagsdinge für die Familie. Barbara war in die Höhe geschossen, Magdalena brauchte Stoff, um ihr neue Kleider zu nähen. Sie alle hatten Winterschuhe gebraucht. Es war schwierig, aber noch immer gab es viele zerstörte Häuser, in denen sich Wertsachen finden ließen. Die Bautrupps kamen nicht mit dem Aufräumen hinterher. Viele Trümmerfelder lagen verwaist und für den Moment vergessen da, weil die Eigentümer den Krieg nicht überlebt hatten. Der Staat kam mit der Klärung der Besitzverhältnisse und der Regelung der Erbschaften kaum voran. Wichtige Papiere waren oft im Bombenhagel verbrannt, was die Nachverfolgung zusätzlich erschwerte.

Eberhard hasste es, in den Trümmern nach Tauschmitteln zu wühlen. Bei jeder dieser Touren fühlte er sich elend. Es erschien ihm nicht recht, sich an den Besitztümern anderer zu bereichern, die ohnehin weniger Glück gehabt hatten als er. Wenn er schon andere Wege beschreiten musste, dann würde er viel lieber Kaffee schmuggeln. Damit könnte er *Ahrensberg Kaffee* durch die schwierige Zeit bringen. Irgendwann würde alles besser werden, davon war er überzeugt. Er musste nur durchhalten.

Aber Magdalena wollte nichts von diesen Überlegungen wissen, das hatte sie deutlich gemacht. Und Eberhard scheute sich, das Thema erneut anzuschneiden, weil er seine schwangere Frau nicht unnötig aufregen wollte.

Vor ihm tauchte Eddas Haus auf und Eberhard schob all die schweren Gedanken beiseite. Er drückte den Rücken durch, zwang ein fröhliches Lächeln auf seine Lippen und holte den Hausschlüssel aus seiner Manteltasche.

»Guten Abend, die Damen«, sagte er und trat in die Küche, wo alle versammelt waren.

»Eberhard, da bist du ja«, jubelte Barbara. Sie erhob sich so schnell, dass der Stuhl lautstark über den Fliesenboden kratzte. Obwohl sie eigentlich schon zu groß dafür war, flog seine kleine Schwester ihm in die Arme und er drehte sich zweimal mit ihr im Kreis. Dann stellte Eberhard das lachende Mädchen wieder auf die Füße und wandte sich seiner Frau zu, die ihre Hände an der Schürze abwischte und sich eine Haarsträhne aus der Stirn strich, als sie zu Eberhard trat.

»Guten Abend, schöne Frau«, sagte er. Er drückte Magdalena an sich, gab ihr einen Kuss und legte dann fragend die Hand auf ihren noch flachen Bauch. »Wie geht es euch beiden heute?«, wollte er wissen.

»Es geht uns großartig«, antwortete Magdalena und in ihren Augen spiegelte sich das Licht der Kerzen wider, die auf dem Tisch brannten. Sie schien von innen zu leuchten vor Glück, seit sie wusste, dass sie ein Kind erwartete. »Das Essen ist gleich fertig«, sagte sie dann und löste sich aus seiner Umarmung. »Wasch dir die Hände Eberhard, ich muss nur noch abschmecken.«

Eberhard hob die Nase. Es roch köstlich nach Sauerkraut. Keine Pilze! Das hob seine Laune direkt. Aber er hatte noch einen anderen Duft in der Nase. Einen, der direkt einen Wasserfall auf seine Zunge niederprasseln ließ. Speck! Es roch eindeutig nach Speck.

»Habe ich etwas verpasst?«, fragte Eberhard kurze Zeit später, als sie alle am Tisch saßen. Magdalena hatte tatsächlich ein Stück Speck mit dem Kraut gekocht. »Heute ist doch nicht Sonntag.«

»Die Frau vom Hüwweltjebauern, die Gabriele, hat sich das Bein gebrochen«, sagte Edda.

»Das tut mir leid«, antwortete Eberhard und fragte sich, was das mit seiner Frage zu tun haben sollte.

»Stell dir vor, die arme Frau. Eine Kuh ist ihr auf das Bein gestiegen, weil sie während einer schwierigen Geburt vor lauter Schmerzen Panik bekommen hat.«

»Immerhin hat das Kalb überlebt«, ergänzte Eberhards Mutter. »Die Mutterkuh leider nicht. Jetzt hat der Peter nicht nur seine kranke Frau im Haus liegen, sondern musste auch noch eine Notschlachtung bewältigen. Du weißt, wie viel Arbeit das macht. Und um das Elend perfekt zu machen, hat er nun eine Milchkuh weniger. Er hat es wirklich nicht leicht, der Peter.«

»Und deshalb gibt es bei uns Speck?«, fragte Eberhard und warf einen langen Blick zu Magdalena.

Die schaute aber nicht auf, sondern zerteilte hoch konzentriert ihre Kartoffel und schnitt ein kleines Stückchen ihres Speckstreifens ab.

»Magdalena?«, sagte Eberhard nun eindringlich, nachdem alle Frauen am Tisch in Schweigen verfallen waren. »Was ist los?«

»Ich habe heute einen Kranz gebunden, für unsere Tür. Ich muss nur noch die Tannenzapfen befestigen, dann kann ich ihn aufhängen«, plapperte Magdalena in dem hilflosen Versuch, das Thema zu wechseln.

»Und stell dir vor, wir, also Edda und ich, haben heute Marzipan gemacht. Aus Walnüssen und gerösteten Bucheckern. Das schmeckt ganz köstlich! Aber ich durfte nur ein winzig kleines Stück kosten. Edda sagt, das ist für Heiligabend, aber vielleicht darfst du auch schon mal kosten«, versuchte nun Barbara ihrer Schwägerin beizustehen.

Doch Eberhard wusste inzwischen, was Magdalena so sehr versuchte, ihm nicht zu sagen, und er war ganz und gar nicht begeistert.

»Du weißt, dass ich nichts davon halte, wenn meine Frau arbeitet. Ich bin der Mann im Haus und ich sorge für euch«, presste Eberhard hervor.

Er wollte sich nicht mit seiner Frau streiten, aber er war in Sorge um Magdalena. Sie war dünn und blass und er wollte nicht, dass sie die schwere Arbeit auf einem Hof auf sich nahm, nur weil er unfähig war, genug Geld und Essen ins Haus zu bringen.

Mit leisem Klappern legte Eberhard das Besteck auf den Teller.

Einen Moment hielt Magdalena den Blick noch gesenkt, doch dann drehte sie ihr Gesicht Eberhard zu und sagte mit fester Stimme: »Eberhard, ich gehe nicht arbeiten. Ich leiste Nachbarschaftshilfe. Jetzt sag mir nicht, dass ich das nicht tun soll. Gabriele kann sich kaum rühren und sie hat große Schmerzen. Und Peter ist so dankbar, dass ich ihm zur Hand gehe. Das wird uns wohltun. Frische Milch. Fleisch. Wie gesagt, es ist keine Arbeitsstelle, aber es ist etwas, was für beide Seiten nur Vorteile bringt.«

Inzwischen hatte Eberhard das Besteck wieder in die Hand genommen und seinen Teller leer gegessen.

»Und wie lange soll das so gehen?«, fragte er murrend. »Und was ist mit unserem Kind?«

»Ach Eberhard«, lachte nun seine Mutter, die sich bisher zurückgehalten hatte. »Magdalena ist schwanger, nicht krank. Bewegung ist für werdende Mütter sogar gesund. Also hör auf, dich hier wie ein Despot aufzuspielen, und freue dich, dass du so eine wundervolle Frau hast. Verstanden?«

»Ich hoffe nur, dass unser erstes Kind ein Sohn wird. Gegen diese Übermacht der Frauen hat doch kein Mann eine Chance«, grummelte er.

Als Magdalena und Eberhard Stunden später eng aneinandergeschmiegt im Bett lagen, fasste Eberhard einen Entschluss. Er hatte es die ganze Zeit gefühlt, aber jetzt war es so klar in ihm, dass er keinen Zweifel mehr hegte. Wenn er sich weiter im Spiegel ansehen können wollte, dann musste er seinen Mann stehen und sich nicht hinter der Schaffenskraft seiner Frau verstecken. Das war erbärmlich.

»Liebling, ich muss dir etwas sagen«, begann er leise zu sprechen. Er streichelte Magdalenas Bauch und versuchte sich vorzustellen, dass dort drin ein kleiner Mensch lebte. Ein Mensch aus seinem Fleisch und Blut.

»Was denn?«, fragte Magdalena und kicherte leise, als Eberhards Hand ein Stück weiter hinaufwanderte und ihren Busen berührte. »Eberhard. Sag nur, du möchtest schon wieder. Wir müssen morgen früh aufstehen, weißt du.« Sie nahm seine Hand und hielt sie auf ihre Brust gepresst fest.

»Ich möchte dich immerzu lieben, aber nein. Es geht um etwas anderes. Heute war Sieglinde bei mir im Laden und hat nach billigem Kaffee gefragt. Der ganze Ort trinkt belgischen Kaffee, ich kann nicht länger so tun, als wüsste ich das nicht.«

»Nein, Eberhard!«, zischte Magdalena und Eberhard spürte, wie sie sich versteifte. »Du weißt, dass ich Angst habe«, sagte sie.

Eberhard gab ihr einen Kuss auf die Schulter und nickte. »Ja, ich weiß. Aber es geht nicht anders, Magdalena. Ich möchte Kaffeehändler sein und um das Geschäft durch diese schwierige Zeit zu bringen, bleibt mir nichts anderes übrig. Ich muss neben dem offiziellen Kaffeegeschäft den Kunden, die sich das nicht leisten können, eine günstigere Variante anbieten. Ich habe es mit Muckefuck versucht, aber das Geld, das ich dafür bekomme, ist das Holz nicht wert, das ich für das Rösten benötige. Ich habe gute Beziehungen. Ich kenne die Gegend seit meiner Kindheit und ich bin vorsichtig. Aber – und Magdalena, ich dulde keinen Widerspruch – ich werde Kaffee schmuggeln und damit unsere Existenzgrundlage sichern.«

Magdalena sagte kein Wort.

»Versteh mich doch, Magdalena«, versuchte Eberhard es nach ein paar Minuten des Schweigens. Doch seine Frau tat so, als würde sie schlafen. Eberhard gab den Versuch auf. Aber er hatte es entschieden und es war genau so, wie er es gesagt hatte. Er duldete in diesem Punkt keinen Widerspruch mehr. Auch wenn das fürs Erste bedeutete, dass nun nicht nur draußen Eiszeit herrschte, sondern auch hier zwischen ihm und seiner wunderbaren Frau.

Er würde ihr beweisen, dass er gut auf sich aufpasste. Und er würde ihr wunderschöne Ohrringe zu Weihnachten schenken.

Gekauft von Geld, das er mit dem Kaffeehandel verdient haben würde.

Gleich morgen würde er sich die Route überlegen und losziehen. Er hatte lange genug gezögert, es gab nichts mehr abzuwarten.

Kapitel 15
Ungeahntes Talent

Aachen • Oche • Aix-la-Chapelle • Aken • Aquae Granni

Gegenwart: Mai

»So«, sagte Corinne und ließ ihren Blick zufrieden das Regal entlangwandern.

An diesem Nachmittag war es relativ still im Laden. Also hatte sie gemeinsam mit Frieda ordentlich gewirbelt und alles wieder auf Vordermann gebracht. Nicht nur Ware aufgefüllt, sondern auch gleich abgestaubt und alles neu arrangiert. »Jetzt sieht das doch schon wieder alles ganz gut aus, oder was meinst du?«

Nach der wunderbaren Mittagspause mit ihrer Mutter, Alexander, Thomas und Noah war Corinne energiegeladen zurück ins *Böhnchen* gekommen. Sie hatte das Gefühl, ihre Mitte wiedergefunden zu haben. Vor allem aber fühlte sie sich halbwegs bereit, sich den Herausforderungen zu stellen, die da auf sie zukamen. Allen voran wollte sie diesem fiesen Fabian Bühling die Stirn bieten.

Sie konnte die Situation vielleicht im Moment nicht ändern, aber sie konnte entscheiden, wie sie damit umgehen wollte. Und auch wenn sie so gar keine Lust auf Streit hatte, sie würde nicht kuschen. Genauso wenig wie sie das bei dem herablassenden Herrn Meier getan hatte. Wenn sie durch die unfairen Machenschaften tatsächlich aus ihrem Laden gedrängt werden würde, dann mit Pauken und Trompeten und ganz sicher nicht davonschleichend wie ein geprügelter Hund.

Im Moment hatte sie aber Hoffnung, dass Fabian Bühling klein beigeben würde, wenn er sah, wie viel Engagement sie hier an den Tag legte. Die Zeit würde es zeigen.

Der Knaller allerdings war vorhin bei dem Mittagessen die Reaktion ihrer Mutter auf den vermeintlichen Fauxpas ihrer Tochter gewesen, als sie so unvermittelt hinter Corinne aufgetaucht war und alles mitbekommen hatte.

Corinne war herumgefahren und hatte ihre Mutter erschrocken angestarrt. Einen Moment herrschte tiefe Stille am Tisch. Susan hatte sich als Erste gefangen.

»Oh well. Hello Esther. Long time no see. Komm, setz dich. Was möchtest du trinken?«, hatte sie gefragt. Mit einem Lächeln war sie aufgestanden und hatte ihren Platz Esther Ahrensberg überlassen. Die hatte um ein Wasser und ein Glas Wein gebeten. Dann hatte sie Platz genommen und ihre Tochter mit einem sehr ernsten Blick bedacht.

»Nun«, hatte sie endlich gesagt, als Corinne schon unruhig auf ihrem Stuhl herumgerutscht war. »Ich bin gespannt auf die Geschichte. Alles, Corinne. Ich möchte mir ein eigenes Bild machen.«

Auch jetzt, wieder zurück im Laden, konnte Corinne den weiteren Verlauf des Gesprächs noch immer kaum fassen. Esther Ahrensberg hatte ihr nicht nur nicht den Kopf abgerissen, sie hatte sich die Geschichte in aller Ruhe angehört. Zuerst hatte sie über ihre Mimik so getan, als würde sie Corinnes Verhalten tatsächlich missbilligen und wolle ihr dafür sprichwörtlich die Ohren langziehen. Aber am Ende hatte sie Corinne auf die Schulter geklopft und anerkennend gelacht.

»Kennst du mich wirklich so schlecht, Löckchen?«, hatte sie gefragt und den Kopf geschüttelt. Gleich darauf hatte sie mit stolzgeschwellter Stimme fünf Gläser Sekt bei Susan bestellt.

»Wir müssen auf meine taffe Tochter anstoßen«, hatte sie erklärt. »Sie hat heute wirklich Rückgrat bewiesen.«

Während Susan sich um den Sekt gekümmert hatte, hatte Esther Ahrensberg sich an Corinne gewandt. »Weißt du, Löckchen, es sind nicht nur die Männer, die in den letzten Jahrzehnten gelernt haben, zu sich …«, an dieser Stelle hatte sie Alexander zugezwinkert, »… und unter anderem auch zu ihren Glatzen zu stehen. Es sind Frauen wie du, die sich nicht unterkriegen lassen, die die Welt verändern. Frauen, die den Mut haben, nicht nur zu träumen, sondern ihre Träume auch zu leben. Ich bin stolz auf dich, Corinne, weil ich weiß, dass du es ernst meinst, mit deinem *Böhnchen*, und dass dein Geschäft das Potenzial hat, etwas wirklich Erfolgreiches und Großes zu werden. Vielleicht schaffst du es, diesen Fabian Bühling noch zu überzeugen, und ihr findet einen gemeinsamen Weg. Das wünsche ich dir. Aber ganz egal was kommt, zwei Dinge sind sicher. Du hast Menschen, die dich lieben und die hinter dir stehen, und du bist eine überaus begabte Kaffeerösterin. Ganz egal, wo die Rösttrommel deines Großvaters einmal stehen wird, du wirst damit weiterhin herausragend gute Kaffees rösten und Erfolg haben. Davon bin ich absolut überzeugt. Und all das hat nichts mit Spielerei zu tun! Du hast nicht nur die Liebe für Kaffee von deinem Großvater, sondern auch den Geschäftssinn deines Vaters geerbt!«

Sie hatte das Glas gehoben und alle anderen hatten es ihr gleichgetan. Esther Ahrensberg hatte an ihrem Sekt genippt und den Faden wieder aufgenommen: »Dieser Herr Meier war mir schon immer suspekt mit seiner Katzbuckelei eurem Vater gegenüber. Aber nun ja, Günther ist eben der Kaffeebaron, er hat diese fast schon einschüchternde Wirkung auf seine Mitmenschen, da muss er gar nicht viel tun, außer den Raum zu betreten.« Einen Moment hatte sie innegehalten, dann hatte sie die ganz offensichtlich trübsinnigen Gedanken abgeschüttelt.

»Alexander«, hatte sie in Richtung ihres Sohnes gesagt, »lass dich von diesem Bankmenschen nur ja nicht ins Bockshorn jagen, hörst du? Ich nehme an, du wirst auch bald einmal einen Termin bei ihm machen müssen. Unsere Ausbaupläne für die Firma sind ja inzwischen spruchreif. Es wird Zeit, dass wir eine größere Halle bekommen, es platzt alles aus den Nähten. Also, du hast gesehen, wie deine Schwester reagiert hat. Lass dir nur nichts von dem Kerl gefallen. Mit *Ahrensberg Kaffee* im Rücken hast du noch ganz andere Mittel als Corinne mit ihrer kleinen, neu eröffneten Rösterei. Eine Andeutung über ein interessantes Angebot der Konkurrenzbank wird ihn sicher ordentlich ins Schwitzen bringen und ihm seine Überheblichkeit schnell austreiben.«

Während Corinne jetzt vor ihrem neu organisierten Regal stand und ihr das Gespräch mit ihrer Mutter durch den Kopf ging, staunte sie noch immer. Mit so einer lässigen und doch bedächtigen Reaktion ihrer Mutter hätte sie im Leben nicht gerechnet.

Seit Esther Ahrensberg durch den Ausfall des Kaffeebarons selbst mehr Verantwortung in der Firma und auch für die Familie übernehmen musste und viel stärker im Fokus stand als früher, fiel Corinne immer häufiger auf, was für eine starke Frau in ihrer Mutter steckte.

Im Schatten ihres Mannes war das oft gar nicht so zur Geltung gekommen. Natürlich, sie hatte die Villa mit den Angestellten geführt und sie war immer an der Seite ihres Mannes gewesen, wenn es um gesellschaftliche Anlässe gegangen war. Aber was *Ahrensberg Kaffee* anbelangte, hatte sie immer einen Schritt hinter ihrem Mann gestanden und sich zurückgehalten.

Nachdenklich rückte Corinne noch eine Spruchtafel zurecht und wischte ein nicht vorhandenes Staubkorn weg.

Frieda, die neben ihr stand und gerade den letzten leeren

Karton zusammenfaltete, sagte: »Gut, dass du geröstet hast. Kaffee ist jetzt wieder genug da. Und die neue Anordnung sieht auch ganz gut aus. Nur beim Geschirr fehlt mir etwas. Es ist ein bisschen nüchtern, findest du nicht?«

Sie legte den Kopf schief und betrachtete das neu gestaltete Regal. Sie schien mit sich selbst zu ringen, dann nickte sie und sagte: »Moment. Bin gleich wieder da.« Kaum ausgesprochen, marschierte sie auch schon mit großen Schritten durch den Laden und auf die Hintertür zu.

Erstaunt betrachtete Corinne das hübsch arrangierte Geschirr. Es gab Spruchtassen, zwei Kaffeeservice von Greengate samt passender Kannen und ein Espressoservice mit vier Tassen. Sie hatte auch einzelne Kaffeekannen sowie Stempelkannen und Espressozubereiter im Angebot. Für Corinne schien das eine ziemlich gute Auswahl zu sein – für eine kleine Rösterei und den begrenzten Verkaufsraum. Auch Kaffeemühlen hatte sie mehrere auf Lager. Von nostalgisch bis modern, für den kleineren Geldbeutel, aber auch für den exklusiven Geschmack – es war von allem etwas dabei. Was meinte Frieda wohl mit farblos? Sie musste nicht lange auf die Antwort warten, schon kam Frieda freudestrahlend auf sie zu.

»Schau mal, Corinne. Wie findest du das?«, fragte sie und hielt ihr ein Stück Stoff hin. »Ich habe auf den passenden Moment gewartet, um es dir zu zeigen. Und ich glaube, der ist jetzt da.«

Zuerst verstand Corinne nicht, wovon Frieda sprach. Was wollte sie mit einem Stück Stoff? Doch dann erkannte sie, was es war. Frieda hielt einen sehr hübschen Kannenwärmer in der Hand.

»Der ist ja süß!«, rief Corinne und nahm Frieda den Wärmer aus der Hand. »Wo hast du den denn her?«

Jetzt lächelte ihre Mitarbeiterin leicht verlegen und hielt ihrer Chefin zwei weitere Exemplare entgegen.

»Och, ich hatte ein bisschen Langeweile und noch Stoff, da dachte ich, das wäre vielleicht was für das *Böhnchen.*«

»Wie? Du hast die selbst genäht?«, fragte Corinne erstaunt.

Sie bewunderte die Kannenwärmer und war ehrlich entzückt. Einer der Stoffe hatte ein Rosenmuster, das sie sehr an Susans Café erinnerte. Der zweite hatte Dunkelblau als Grundfarbe mit weißen Blümchen darauf und der dritte war türkisblau und dunkelblau kariert. Die Nähte saßen akkurat, als hätte eine professionelle Schneiderin es gearbeitet. Besonders hübsch fand Corinne die Verzierungen aus weißer Spitze, die Frieda appliziert hatte. Die Hauben für die Kaffeekannen sahen richtig niedlich aus.

Frieda nickte und ihre Stimme verriet, dass sie stolz auf ihre Werke war. »Alles meine Arbeit und mein Design. Die Kannenwärmer und ein paar Tischsets habe ich auch noch. Alles im ähnlichen Stil, ich weiß ja, was dir gefällt«, sagte sie mit Blick auf das Greengate-Geschirr. »Was meinst du? Darf ich die im Regal dekorieren? Es sieht bestimmt gleich noch freundlicher aus, wenn es ein paar Farbtupfen gibt.«

»Aber klar. Was für eine wunderbare Idee.« Corinne freute sich über Friedas Initiative. Genau deshalb arbeitete sie so gern mit ihr zusammen. Sie wartete nicht auf Anweisung, sondern dachte selbst mit und brachte sich ein. Doch dann kamen Corinne Bedenken. »Was ist, wenn sie jemand kaufen möchte? Willst du das denn? Kannst du nachliefern, falls Bedarf besteht? Und was würdest du verlangen?«

»Alles kein Problem«, kam es prompt von Frieda. Offensichtlich hatte sie über diesen Punkt selbst bereits nachgedacht und sich eine Strategie zurechtgelegt. »Wie wäre es mit zwanzig Euro im Verkauf und wir teilen es auf. Siebzig zu dreißig? Ich besorge die Stoffe und sorge dafür, dass immer Ware da ist? Auf Kommission.«

Sofort schoss Corinnes Hand hervor. »Abgemacht«, sagte sie. »Für den Anfang machen wir das so. Wenn es angenommen wird, dann ändern wir das mit der Kommission und ich kaufe dir deine Ware ab. Wir können auch über das Sortiment sprechen. Geschirrtücher fände ich nett. Tischdecken und Servietten vielleicht. Oder Topflappen. Mensch, ich wusste gar nicht, dass du so ein Nähtalent hast. Ich bin wirklich beeindruckt, Frieda. Damit können wir eine Lücke in unserem Sortiment schließen.« Es tat Corinne unglaublich gut, wieder einmal an etwas anderes zu denken als immer nur an die Probleme, die sie momentan belasteten. Sie wollte so lange wie möglich ignorieren, dass es bald nicht mehr so gemütlich sein würde in ihrem Laden. Die Hoffnung aufzugeben – dazu war sie noch lange nicht bereit. Da fand sie Pläneschmieden sehr viel angenehmer und vielleicht hatte das Schicksal ja ein Einsehen.

Ein spitzbübisches Grinsen legte sich auf Friedas Gesicht, als sie freudig in Corinnes ausgestreckte Hand einschlug. »Darf ich dir noch einen anderen Vorschlag machen?«, fragte sie.

»Aber klar«, antwortete Corinne leichthin. Jetzt grinste sie ebenfalls und ergänzte: »Ich muss ihn ja nicht annehmen.« So ganz sicher war sie sich bei Frieda dann doch noch nicht, dazu kannten sie sich nicht lange genug.

»Da hast du auch wieder recht.« Frieda lachte. »Aber jetzt pass auf. Meinen Vorschlag musst du dir nicht anhören, du musst ihn schmecken. Setz dich mal, ich koch uns einen Kaffee.«

Ein Kunde kam herein und bevor Frieda hinter die Theke trat, um Kaffee zu kochen, übernahm sie noch eben die Bedienung. Da der Herr zielstrebig zwei Pfund *Öcher Böhnchen* verlangte, ging das auch ganz flott.

»Das ist für die Verwandtschaft, wissen Sie«, erzählte der Kunde. »Wir fahren übers Wochenende nach Monschau und die beiden Tanten lieben den Kaffee. Sie dachten immer, sie hätten den besten vor Ort, aber seit es das *Öcher Böhnchen* gibt, wollen sie keinen anderen Kaffee mehr.«

Corinne hatte sich währenddessen auf einen der Hocker gesetzt. Sie freute sich unbändig über das Lob des Herrn und wünschte ihm noch einen schönen Tag, als er den Laden verließ. Dann stützte sie den Kopf auf ihre Hände und wartete gespannt ab, was Frieda wohl plante. Die begann unterdessen mit sicheren Handgriffen Kaffee zu kochen. Sie erwärmte auch Milch und schäumte sie auf. Nachdem vier köstlich duftende Tassen Milchkaffee vor ihr standen, zog sie zwei Tütchen aus ihrer Schürzentasche und streute vorsichtig ein Pulver auf den Schaum.

Sofort stiegen Corinne Aromen von warmen Gewürzen in die Nase. Sie schnupperte. Zimt und Kardamom konnte sie ausmachen. Kakao und Chili lagen auch in der Luft.

»Was wird das denn?«, fragte sie und schaltete unwillkürlich auf Abwehr. Gewürze im Kaffee? Sie verarbeitete hochwertige Kaffees aus aller Welt und deren feines Aroma sollte überdeckt werden? Wie konnte man denn auf die Idee kommen? Hatte Frieda doch weniger Kaffeegespür im Blut, als sie bisher angenommen hatte?

Bevor sie aber protestieren konnte, beschwichtigte Frieda ihre Chefin auch schon.

»Du solltest nie Poker spielen, Corinne. Auf deinem Gesicht kann man jeden Gedanken ablesen«, erklärte sie mit einem Augenzwinkern. »Und bevor du dich aufregst: Ich weiß sehr wohl, dass deine hochwertigen Kaffees viel zu schade sind, um ihr Aroma mit Gewürzen zu verfälschen. Das traust du mir doch nicht ernsthaft zu, oder?« Die Frage war offensichtlich rhetorisch gemeint, denn Frieda sprach ohne Pause weiter. »Aber sieh mal, du hast mit deiner Hausmarke ja auch schon deinen persönlichen Anspruch heruntergeschraubt, was die Aromenvielfalt anbelangt. Das *Öcher Böhnchen* ist ein unbestritten guter Kaffee, aber er ist auch ein …« An dieser Stelle hielt Frieda inne und suchte nach dem passenden Begriff. Dann strahlte sie.

»Er ist ein Alltagskaffee. Wohlschmeckend und harmonisch, aber ohne große Ecken und Kanten. Und das ist ja auch gut so. Genau dafür hast du ihn gemacht. Ein Kaffee für jeden Tag, der aber trotzdem einen hohen Qualitätsanspruch hat. Und wieso könnte man zu diesem Alltagskaffee nicht eine Ergänzung anbieten? *Öcher Böhnchen* plus, sozusagen.«

Corinne holte Luft, um zu widersprechen, aber sie blies sie sogleich wortlos wieder aus.

War sie voreingenommen? Vielleicht sollte sie Friedas Idee eine Chance geben. Sie erinnerte sich an ihre eigenen Ideen und daran, wie sie sie dem Kaffeebaron und Alexander vorgestellt hatte und grundsätzlich nur auf Gegenwehr gestoßen war. Sie hatte sich immer nur eine Chance gewünscht. Die Offenheit, sich einmal anzuhören und zu testen, was sie vorschlug. Genau das sollte sie Frieda gewähren. Als hätte sie ihre Gedanken gehört, stellte Frieda jetzt zwei Tassen vor Corinne auf den Tresen, zwei behielt sie bei sich.

»Diese Kaffees mit Zusätzen sind ziemlich in«, erklärte sie. »Oft werden sie mit aromatisiertem Sirup zubereitet. Leider stecken da aber meist auch Zusatzstoffe drin, Konservierungsmittel, Farbstoffe, Aromen. Das braucht doch kein Mensch. Eine Mitbewohnerin meiner früheren WG hat immer eigene Kaffeegewürze gemischt. Mit Zimt, Kardamom, Ingwer, Pfeffer, Chili, Schokoladenraspeln, Karamell – das war toll. Also meistens. Manchmal auch ungenießbar«, gab Frieda zu und rümpfte ihre Nase. »Aber von ihr habe ich die Idee. Und ich habe einfach mal zwei Gewürzmischungen ausprobiert. Man kann die Gewürze auf den Schaum geben oder auch direkt in den Kaffee mischen. Manche mengen sie auch zum Kaffeepulver und gießen sie mit auf – da muss man ausprobieren, was man selbst am liebsten mag.« Frieda zeigte auf die erste Tasse. »Die hier ist eine warme Wintermischung mit Zimt, Kardamom, einem Hauch Muskatnuss und Piment. Man kann es mit Vanille oder Kakao ergänzen, muss man aber nicht. Probier mal.«

»Okay«, antwortete Corinne etwas gedehnt. Sie hatte sich noch nicht entschieden, wie sie die Idee finden wollte. Dann gab sie sich einen Ruck und nahm den Löffel in die Hand. Damit rührte sie den Milchschaum, auf dem die Gewürze noch lagen, unter und nahm die Tasse in die Hand. Der Duft jedenfalls war sehr angenehm. Sie nahm einen vorsichtigen Schluck und war sehr überrascht. Das war zwar kein reiner Kaffeegenuss, aber davon abgesehen war es tatsächlich köstlich.

»Gar nicht schlecht«, gab sie zu und nickte. Sie nahm einen zweiten Schluck. Ja, das war wirklich gut. Das Aroma vermittelte ein warmes Gefühl von Geborgenheit.

»Dann jetzt den zweiten«, kommandierte Frieda erfreut. »Hier habe ich Kardamom, Piment, Kakaopulver und Chili verwendet.«

Schon legte sich Corinnes Stirn wieder in Falten. Chili im Kaffee konnte sie sich so gar nicht vorstellen. Aber sie war bereit, sich überraschen zu lassen. Und genau das geschah auch schon Sekunden später.

Sie hatte nur vorsichtig an dem Getränk genippt, aber ihre Bedenken waren vollkommen unbegründet gewesen. Die Schärfe wurde von der warmen Kakaonote umhüllt und wirkte nur unterschwellig. Es war eine Geschmacksexplosion am Gaumen.

»Wahnsinn. Frieda, du bist fantastisch. Und du hast mich überzeugt. Das nehmen wir in Angriff. Wir müssen uns genaue Rezepte erarbeiten und hinten eine Ecke einrichten, in der wir die Gewürze mischen können. Ich erkundige mich, wo ich die Zutaten herbekomme – am besten in Bioqualität, und was für eine Verpackung dafür am geeignetsten ist. Wenn wir so weit sind, bitte ich Sebastian, die Etiketten zu gestalten. Oh, die Gewürze brauchen natürlich auch Namen. Am besten etwas mit *Öcher*, da wir sie als Ergänzung zum *Öcher Böhnchen* anbieten wollen. Es soll schließlich niemand auf die Idee kommen, eine erlesene sortenreine Röstung mit Gewürzen zu misshandeln.«

Am liebsten hätte Corinne sofort losgelegt. Sie war jetzt tatsächlich begeistert von Friedas Idee. Und wieder hatte sie das Gefühl, sich mit diesem Blick nach vorn so etwas wie einen Schutzwall aufzubauen. Das *Öcher Böhnchen* musste wachsen und die Kunden weiter begeistern. Sie würden nicht weichen.

»Sehr cool«, sagte Frieda und auf ihrem Gesicht lag ein glückliches Leuchten.

»Das finde ich allerdings auch. Danke, dass ...« Das Handyklingeln unterbrach sie. Corinne sah auf das Display. Sarah rief an. »Entschuldige, Frieda. Da sollte ich rangehen. Tolle Arbeit, wir reden später weiter«, sagte sie noch, während ihr Finger bereits zu dem grünen Hörer strich, um das Gespräch anzunehmen.

Kapitel 16
Die Entdeckung

Aachen • Oche • Aix-la-Chapelle • Aken • Aquae Granni

Gegenwart: Mai

»Hallo, Sarah«, meldete sich Corinne. Sie rutschte von ihrem Hocker, schnappte sich die zweite Tasse mit der Chilinote, um sie in Ruhe während des Telefonats auszutrinken und machte Frieda ein Zeichen, dass sie hinten telefonieren würde. Die nickte und begann den Tresen aufzuräumen.

Hinter Corinne erklang die Türglocke, eine ältere Dame betrat den Laden. Sie sah noch, dass Frieda auf die Frau zuging und sie freundlich grüßte, dann schloss sie die Verbindungstür zum hinteren Bereich.

»Hallo, Corinne«, tönte Sarahs Stimme an Corinnes Ohr. Sie klang aufgeregt. »Stell dir vor, ich kann jetzt skypen. Was ist, Liebes, hast du Zeit? Wollen wir von Angesicht zu Angesicht miteinander sprechen? Ich weiß, du hast den Laden noch geöffnet, aber ich bin so aufgeregt, dass ich es dir gleich erzählen wollte. Thomas, der junge Mann, der in der Villa nebenan wohnt, hat mir alles eingerichtet und es auch mit mir geübt. Ich kann das jetzt.«

Einen Moment zögerte Corinne. Ihr Kopf war so übervoll von dem Tag und sie fühlte sich dünnhäutig. Andererseits konnte sie es selbst kaum erwarten, Sarah endlich einmal zu sehen. Bisher kannten sie beide nur Fotos von sich und ihre Stimmen.

»Sag mir mal deinen Skype-Namen«, bat sie deshalb. »Ich muss das Notebook auspacken und starten, dann rufe ich dich in ein paar Minuten an.«

»Oh, Thomas wollte mir einen albernen Namen geben, aber das mochte ich nicht. Ich möchte doch nur technisch mit der Zeit gehen und mir keine neue Identität zulegen. Das habe ich dem jungen Mann erklärt und er hat mir die Bitte erfüllt. Also einfach SarahRosenbaum, am Stück geschrieben und mit großem S und R.«

»Prima. Dann bis gleich.« Schon hatte Corinne die Verbindung unterbrochen und kramte ihr Notebook aus der Tasche.

Der Anruf klappte auf Anhieb. Bereits nach dem zweiten Klingeln nahm Sarah das Videotelefonat an.

»Es funktioniert tatsächlich!«, rief sie mit vor Begeisterung funkelnden Augen und sichtlich stolz. »Hallo, Corinne, wie schön, dass du mich anrufst. Ich freue mich von Herzen, dich nun endlich sehen zu können.«

Es war berührend für Corinne, Sarah nicht nur zu hören, sondern sie auch zu sehen. Die gütigen warmen Augen waren das Erste, was sie wahrnahm. In ihnen loderte ein begeistertes Feuer, als könnte sie es kaum erwarten, neue Dinge zu entdecken. Auf den Fotos war diese Lebendigkeit, die Corinne jetzt entgegenschlug, lange nicht so intensiv gewesen. Im Laufe ihres langen Lebens hatte Sarah viel Schlimmes gesehen und erlebt. Was sie Corinne bisher erzählt hatte, war mehr als genug und doch ganz sicher längst nicht alles gewesen, das ahnte Corinne. Trotzdem war Sarah bereit, alles immer mit Liebe zu betrachten, selbst das Hässliche. Genau diesen Eindruck hatte Corinne von Anfang an von der älteren Freundin gehabt und es bestätigte sich auch in Sarahs Art. Sie schien Corinne mit ihrem Blick zu umarmen.

Ihr silbergrauer halblanger Pagenschnitt und die feinen Linien um die Augen und die Mundwinkel, die von einer Frau erzählten, die gern lächelte und lachte, rundeten das Bild ab. Sie war eine sehr schöne feine ältere Dame.

Obwohl Corinne Sarah als sehr nahbar, offen und herzlich erlebte, wirkte sie gleichzeitig auch distinguiert. Sie hatte eine sehr natürliche Eleganz, in der Kleidung ebenso wie in ihren Bewegungen und in ihrer Art zu sprechen. Alles an ihr wirkte überaus sympathisch. Hätte Corinne dieser Frau nicht ohnehin längst ihr Herz geschenkt, in diesen ersten Momenten ihrer virtuellen Begegnung wäre es um sie geschehen gewesen.

»Hallo, Sarah«, sagte Corinne und ihre Stimme kratzte im Hals, so sehr berührte sie dieser Moment. Sie war so überwältigt von der Fülle der Eindrücke, dass es ihr die Sprache verschlug.

Da sie keine Worte fand, strahlte sie ihr Gegenüber einfach nur schweigend an, und Sarah schien es nach dem ersten herzlichen Hallo nun ebenso zu gehen.

Einige Sekunden verstrichen, doch bevor es unangenehm werden konnte, fingen beide Frauen gleichzeitig an zu lachen. Das war der Schlüssel. Damit schafften sie es, die Verlegenheit abzustreifen.

»Also, meine Liebe, lass uns mit etwas Schönem beginnen. Erzähl mir doch bitte zuerst einmal von eurem Haus. Ich finde es so wunderbar aufregend. Das erste gemeinsame Nest. Ich habe aus deinen Zeilen herausgelesen, wie viel Freude es euch macht. Aber jetzt möchte ich es bitte von dir persönlich hören. Erzähl mir wie es war, durch die leeren Räume zu gehen und die Einrichtung zu planen. Nimm mich mit, damit ich mir das Haus vorstellen kann.«

Darum musste sie nicht zweimal bitten. Mit Begeisterung erzählte Corinne Sarah von dem Haus, der Zimmereinteilung und der Renovierung.

»Wir haben uns eine tolle Badewanne ausgesucht. Ich sehe es schon vor mir, wie ich im Schaumbad liege, Mrs. Greenbird lausche und entspanne.«

Sarah lachte auf. »Ich kenne zwar diesen grünen Vogel nicht, aber das klingt schon sehr gemütlich. Und vermutlich ist die Wanne groß genug, damit du nicht allein im Schaumbad liegen musst.«

Corinne, die gerade einen Schluck Wasser getrunken hatte, verschluckte sich. Sie hustete und stimmte dann in Sarahs Lachen ein. Das hatte sie zwar gedacht, aber sie hätte es nicht gewagt, Sarah von ihrer Vorstellung mit Noah in der Badewanne zu erzählen. Wie schön, dass sie so locker war und Humor hatte.

»Der grüne Vogel sind eigentlich zwei Vögelchen – Sarah und Steffen. Und sie machen Musik, die direkt in die Seele geht.«

»Oh, auch eine Sarah. Das ist ja nett. Und du magst ihre Musik?«

»Sehr! Sie begleiten mich mit ihren Liedern schon viele Jahre. Und wieso sie sich nach einem grünen Vogel benannt haben, erzähle ich dir ein anderes Mal. Oder ich schicke es dir. Du kannst ja jetzt nicht nur skypen, sondern auch mailen. Ach, das ist wirklich toll. Keine Wartezeiten mehr, bis ein Brief zugestellt wird.«

»Aber ich hoffe doch, du vergisst den Zauber von Papier nicht. Zwischendurch freue ich mich sehr über einen handgeschriebenen Brief von dir und werde ganz sicher auch selbst weiter ganz altmodisch schreiben. Sonst wird mir das alles zu hektisch.«

»Natürlich! Wir machen einfach eine gute Mischung …«

Die Tür ging auf und Frieda trat ein.

»Sorry«, sagte sie. »Ich brauche nur eben eine frische Schürze. Ich habe gekleckert.« Sie grinste und hob bedauernd die Schultern. Auf dem Latz ihrer Schürze prangte ein großer nasser Kaffeefleck.

»Kein Problem. Aber komm mal kurz zu mir, Frieda. Sarah, das ist Frieda, von der ich dir schon erzählt habe. Meine fantastische Mitarbeiterin.«

Frieda beugte sich zur Kamera hin und winkte Sarah mit breitem Lächeln zu. »Schön, Sie kennenzulernen, Sarah«, sagte sie. »Es tut mir nur leid, ich muss sehen, dass ich wieder nach vorn in den Laden komme. Alles Liebe für Sie.«

»Hallo, Frieda. Na dann husch, ich möchte nicht schuld sein, wenn die Kunden warten müssen.«

Schon schnappte Frieda sich eine neue Schürze und während sie noch die Bändel hinter ihrem Rücken zur Schleife band, rauschte sie auch schon wieder zur Tür hinaus in den Verkaufsraum.

»Das ist aber eine aparte junge Frau«, sagte Sarah, nachdem Frieda wieder weg war. »So viel Energie, beneidenswert. Und diese Frisur, herrlich. Ein freundliches kleines Engelchen mit Hörnchen.«

»Ja, die Frisur ist besonders, genau wie Frieda, das passt. Sie ist ein Segen für mich. Ich bin jeden Tag dankbar, dass sie bei mir arbeitet. Und sie hat so viel Talent und Ideen. Stell dir vor, sie näht jetzt sogar Accessoires für mich, um das Angebot zu erweitern. Niedliche Kannenwärmer, Handtücher, Topflappen. Die Nähte sehen aus, als wäre ein Profi am Werk gewesen. Ich bin total begeistert.«

Das war für Sarah der Impuls zum Themenwechsel. Sie wurde ernst.

»Liebes, wie geht es dir denn im Moment mit deiner Rösterei und dem Verpächter? Konntest du etwas erreichen? Das klingt alles sehr unschön und vor allem ziemlich unfair.«

Diese direkte Frage, vor allem aber auch Sarahs Mitgefühl, trafen Corinne unmittelbar in ihre sorgfältig aufrechterhaltene Fassung. Als wäre sie ein Luftballon, bei dem die Luft entweicht, schrumpelte ihre aufrechte Haltung in sich zusammen und sie spürte die Tränen, die heiß in ihren Augen brannten.

Sie brauchte einen Moment, um wieder sprechen zu können, ohne in Schluchzen auszubrechen. Deshalb schüttelte sie den

Kopf und wagte ein zaghaftes Lächeln. Nach ein paar Atemzügen hatte sie sich wieder so weit unter Kontrolle, dass sie sprechen konnte.

»Ich gebe mich kampfbereit, das habe ich dir ja geschrieben«, sagte sie und bemühte sich, ihre Stimme auch danach klingen zu lassen. Allerdings hörte sie selbst, dass sie reichlich zittrig schien.

Entschlossen drückte sie den Rücken durch und zwang mehr Festigkeit in ihre Stimme. »Frieda und ich werden diesem Fabian Bühling die Stirn bieten. Wir lassen uns nicht unterkriegen. Aber es macht mich traurig. Ich habe eigentlich keine Lust zu kämpfen. Nicht wegen so etwas. Viel lieber würde ich meine Energie sinnvoll einsetzen. Noch mehr über Kaffee und Kaffeeanbau lernen. Mehr Anbauer kennenlernen, vielleicht irgendwann mit Noah auf die Plantagen reisen und sehen, wo Hilfe nötig ist und was man tun kann. Das wäre ein nachhaltiger Kampf im Sinne meines Großvaters. Dafür würde ich gern meine Kraft investieren. Stattdessen bange ich unverschuldet um meine Existenz. Und wie immer geht es nur ums Geld. Ich hätte sogar klein beigegeben und diesem schrecklichen Menschen das Haus abgekauft, nur um meine Ruhe zu haben. Aber da die Bank nicht mitzieht, bleibt mir nichts anderes übrig, als mich gegen meinen neuen Verpächter zur Wehr zu setzen.«

»Was verlangt er denn für das Haus? Und wieso macht die Bank nicht mit? Dein Geschäft läuft doch sehr gut und du hast einen ausgezeichneten Leumund.«

»Herr Bühling will sechshundertfünfzigtausend Euro«, sagte Corinne. »Das ist viel, aber ich wäre bereit gewesen, das Risiko auf mich zu nehmen. Zumal es über dem Laden eine Etage mit Büros gibt, die man vermieten könnte und damit zusätzliche Einnahmen generieren. Ich habe recherchiert und der Preis ist für den Zustand und die Lage des Hauses durchaus berechtigt.

Und die Innenstadtnähe ist ja genau das, was für mich von so hohem Wert ist. Aber es soll wohl nicht sein.«

»Und wieso macht die Bank nicht mit? Was verlangt sie denn an Sicherheiten?«, fragte Sarah noch einmal nach.

»Dieser Sachbearbeiter war dermaßen herablassend, das kannst du dir nicht vorstellen. Er hat mich behandelt wie ein unmündiges Kind. Bis zu der Frage nach Sicherheiten sind wir gar nicht erst gekommen. Er hat sich nicht einmal ernsthaft mit meinen Unterlagen beschäftigt. Das war offensichtlich unter seiner Würde. Wäre ich als Erbin und zweite Geschäftsführerin von *Ahrensberg Kaffee* vorstellig geworden, wäre es etwas anderes gewesen, aber eine kleine Rösterei – die Spielerei einer verwöhnten Unternehmertochter …« Corinne schnaubte unwillig.

»Hat er das gesagt?«, fragte Sarah entsetzt.

»Die verwöhnte Unternehmertocher hat er nicht ausgesprochen, aber sie lag deutlich in der Luft. Er hat meine Arbeit Spielerei genannt im Gegensatz zum ernsthaften Kaffeehandel. Und er wollte wissen, was mein Vater dazu sagt, dass seine Tochter nicht im Familienunternehmen bleibt.«

»Und immer wieder sind es die Männer, die glauben, alles mit uns Frauen machen zu können.« Sarahs Stimme bebte vor Empörung. »Oh, ich habe so einige Exemplare dieser Gattung kennengelernt, die dachten, sie könnten mich so herablassend behandeln. Ich hoffe, du hast es dir nicht gefallen lassen, Corinne. Kein Mann auf der Welt hat das Recht, einer Frau so entgegenzutreten. Oder lass es mich anders formulieren. Kein Mensch hat das Recht, einen anderen derart unverschämt zu behandeln.«

Sarahs Zorn, der durch den Lautsprecher schepperte, war Balsam für Corinnes verletzten Stolz. Was dieser Herr Meier sich herausgenommen hatte, war wirklich ungeheuerlich. Aber im Nachhinein hatte sie von zwei Frauen, von denen sie es in dieser vehementen Form gar nicht erwartet hatte, Rückendeckung bekommen. Das war sehr tröstlich. Ganz offensichtlich hatte sich das Selbstbewusstsein der Frauen verändert – und das nicht nur in der jüngeren Generation. Und wieder einmal hatte Corinne die Stimme ihres Großvaters im Ohr, der ihr zuflüsterte: »Alles ist für etwas gut, mein Schatz.«

Eine Stunde später stapfte Corinne tief in Gedanken versunken durch die Stadt. Sie hatte die Auslieferung der Bestellungen übernommen und da es nicht sehr viele waren und es nicht sehr weit war, hatte sie beschlossen, zu Fuß zu gehen.

Gerade hatte sie das letzte Päckchen übergeben und war nun auf dem Weg zu Noah. Sie wollten gemeinsam kochen und die ersten Kartons für den Umzug packen.

In Gedanken war Corinne noch bei dem wunderbaren Gespräch mit Sarah. Es war so leicht, mit dieser ihr eigentlich fremden Frau zu sprechen, die noch dazu so viele Jahre älter war als sie selbst. Im Kopf und in ihrem Herzen war Sarah jung geblieben. Sie lachte gern und konnte sehr albern sein. Im nächsten Moment war sie dann wieder ernst, stellte Fragen. Und sie wollte die Antworten wirklich wissen, ließ sich nicht mit oberflächlichen Erwiderungen abspeisen, sondern interessierte sich für die Details.

Lange hatten sie über die Vorstellung von Corinnes Großvater über fairen Kaffeehandel gesprochen. Ein Thema, das Corinne als Teil ihres Erbes empfand. Aber es ging nicht nur um die Überzeugung ihres Großvaters, sondern auch um ihre eigene. Sie wollte ihren Beitrag zu einer besseren Welt leisten und auch etwas für den Klimaschutz tun. Vorerst allerdings hätte sie genug damit zu tun, ihre kleine Rösterei zu retten. Fabian Bühling würde mit harten Bandagen kämpfen, Corinne machte sich nichts vor.

»Hey, Corinne, hallo.« Unvermittelt stand ein breit grinsender Sebastian vor ihr. »Ich komme gerade vom *Böhnchen*. Eigentlich hatte ich dich überraschen wollen und fragen, ob du Lust auf einen Feierabenddrink hast. Aber du warst schon weg.«

»Hallo, Sebastian«, grüßte Corinne ihren Freund erfreut. »Was für ein schöner Zufall.« Sie umarmten sich und Corinne fiel auf, dass Sebastian immer noch breit grinste.

»Was ist? Hast du im Lotto gewonnen?«, fragte sie.

Sebastian winkte ab. »Pah, Geld.« Er hob vielsagend die Augenbrauen. »Ich habe Frieda kennengelernt. Als ich beim *Böhnchen* ankam, hat sie gerade abgeschlossen. Sag mal, wann wolltest du uns einander vorstellen?«

Ach, daher wehte der Kaffeeduft. Jetzt grinste Corinne ebenfalls. Sie hakte sich bei Sebastian unter und sagte: »Ein Feierabenddrink würde mir zwar gefallen, aber Noah wartet. Wir wollen kochen. Auf geht's. Du darfst Karotten schälen.«

Gerade als sie losmarschieren wollten, klang von rechts ein Lachen an Corinnes Ohr, das ihr auf unangenehme Weise bekannt vorkam. Sie drehte den Kopf und sah Vanessa, die mit einem Mann vor der Pizzeria saß und sich offensichtlich köstlich amüsierte. Corinne blieb wie angewurzelt stehen und hielt damit auch Sebastian zurück. Sie zeigte zu dem Pärchen hinüber.

»Vanessa«, sagte sie leise und beobachtete die beiden.

Ob das dieser Benno war, mit dem Vanessa Auswanderungspläne schmiedete? Er sah schmierig aus und das im wahrsten Sinne des Wortes, denn er hatte seine dunklen Haare nach hinten gekämmt und offenbar mit reichlich Gel fixiert. Auf jeden Fall war er der Typ Mann, bei dem Corinnes Fluchtinstinkt anschlug. Da hatten sich wohl zwei gesucht und gefunden. Gerade kreischte Vanessa wieder schrill lachend auf. Sie nahm ihr Sektglas und kippte den Inhalt in einem Zug hinunter.

Corinne stockte. Irgendetwas stimmte an diesem Szenario

nicht. Sie brauchte kurz, um die Informationen zu verarbeiten. Dann wurde ihr bewusst, dass Vanessa sie jeden Moment entdecken konnte. Zwei Meter weiter gab es einen Mauervorsprung, das passte ausgezeichnet. Corinne zog Sebastian mit sich in Deckung.

»Was soll das denn jetzt werden?«, fragte Sebastian leise.

Corinne legte sich den Finger an die Lippen. »Gleich«, flüsterte sie.

Ihr Herz klopfte heftig. Sie fühlte sich wie ein Detektiv auf Verbrecherjagd. Hoffentlich machte sie sich nicht lächerlich, aber sie hatte das Gefühl, dass da etwas nicht stimmte, und sie wollte herausfinden, ob sie mit ihrer Vermutung recht hatte.

Vanessa hielt dem Kellner gerade auffordernd ihr Glas entgegen und er füllte es umgehend. Sie trank tatsächlich Sekt. Und Corinne glaubte keine Sekunde daran, dass es sich um eine alkoholfreie Sorte handelte. Aber das konnte sie doch nicht tun. Was war mit dem Kind? Im ersten Impuls wollte Corinne ihre Tarnung aufgeben und Vanessa zur Rede stellen. Immerhin war es auch Noahs Kind, sie hatte also eine Verantwortung. Doch ihre innere Stimme hielt sie davon ab. Sie blieb in Deckung und beobachtete das Pärchen weiter.

Der Mann beugte sich eben zu Vanessa hinüber und flüsterte ihr etwas ins Ohr. Sie gab ihm lachend einen Klaps auf die Wange und gleich darauf einen leidenschaftlichen Kuss.

Jetzt klapste der Kerl Vanessa auf den Bauch und schien sich köstlich zu amüsieren. Corinne schnappte empört nach Luft. Was spielten diese zwei denn nur für ein abartiges Spiel? Wieder zuckte es in ihren Füßen, einfach an den Tisch zu treten und sie zur Rede zu stellen. Und wieder unterdrückte sie den Impuls und wartete ab.

Benno – falls es sich wirklich um ihn handelte – klapste Vanessa erneut auf den Bauch und sie lachte. Jetzt zog er ihr Shirt hoch und streichelte ihren Bauch.

Corinne kniff die Augen zusammen, um besser sehen zu können, und schnappte im nächsten Moment nach Luft. Das durfte doch nicht wahr sein.

Sie hatte genug gesehen.

»Komm«, sagte sie, schnappte Sebastians Hand und marschierte mit eiligen Schritten los.

Jetzt war es ihr egal, ob Vanessa sie entdeckte.

Kapitel 17
Auf Schmuggeltour

Euweiler • Euwiller

Januar 1947

Eberhard hatte sich zwei Paar Handschuhe über die Hände gezogen, doch auch das war nur ein schwacher Schutz gegen die sibirische Kälte, die das Land im Griff hatte. Sooft es möglich war, vergrub er abwechselnd wenigstens eine Hand in den Taschen seines Mantels. Meist aber brauchte er beide an den Seilen, um seine Fracht über den unebenen Boden zu steuern, denn wie meistens auf seinen Touren war er auch in dieser Nacht wieder querfeldein unterwegs. Noch ein kleines Stück, dann hatte er die Grenze erreicht. Um sich abzusichern, lauschte Eberhard unentwegt in die Dunkelheit hinein.

Er fror so erbärmlich, dass er sich gar nicht mehr an das Gefühl von Wärme erinnern konnte. Seine Finger waren längst taub, er hoffte nur, dass er ohne Erfrierungen davonkäme. Auch seine Zehen spürte er nicht mehr. Die Schuhe, die er im Herbst auf dem Schwarzmarkt erstanden hatte, wärmten nur mäßig, obwohl er als zusätzlichen Schutz sogar Zeitungspapier in den Zehenbereich gestopft hatte.

Entschlossen bahnte Eberhard sich seinen Weg durch die finstere Nacht. Jetzt erkannte er die Umrisse des Westwalls. Ein kurzes Innehalten. Alles war still. Er musste es wagen. Jetzt!

Sein Atem ging stoßweise, sein Puls raste und die Muskeln brannten. Was ihm nicht von der Anstrengung wehtat, schmerzte vor Kälte. Doch Eberhard drosselte sein Tempo nicht. Im Gegenteil.

Mit schweren Schritten stapfte er weit nach vorn gebeugt so schnell es ihm möglich war voran. Er hatte einen Zentner Kaffee im Schlepptau und wollte dringend aus der Gefahrenzone raus. Erst dann würde er sich eine kurze Pause und ein Durchatmen erlauben.

Der Sack lag festgezurrt auf seinem kleinen Wägelchen, dessen Zugriemen Eberhard wie ein Geschirr geschnürt und sich um den Oberkörper gelegt hatte. Es war eine eigenwillige Kreation, die er sich aus einem Brett, drei Schubkarrenrädern und dicken Seilen selbst zusammengebaut hatte. Jean-Claude hatte den Kopf geschüttelt und über seinen verrückten deutschen Freund gelacht. Aber er hatte ihm geholfen, den Kaffeesack zu sichern.

Ein Leiterwagen wäre in der Handhabung bequemer gewesen, aber Eberhard musste flexibel sein. Im Fall einer Verfolgung konnte er dank seiner Spezialkonstruktion den Sack samt Rollbrett mit zwei einfachen Handgriffen auf den Rücken zurren und fliehen. Im Hakenschlagen hatte er inzwischen reichlich Erfahrung und für eine gewisse Zeit schaffte er es auch mit dem Zentner Kaffee auf dem Rücken ziemlich schnell zu rennen.

Das Zurücklassen des Kaffees war die allerletzte Lösung, die Eberhard unbedingt vermeiden wollte. Dazu hatte er viel zu viel auf sich genommen, um die Ware überhaupt zu bekommen.

Als er vor Weihnachten Kontakt zu seinem früheren belgischen Händler Jean-Claude aufgenommen hatte, hatte dieser sich hocherfreut gezeigt.

»Mein Freund«, hatte er gesagt. »Natürlich kannst du kommen. Es ist mir eine Freude. Die anderen – pah! –, die wollen nur Geld machen. Du liebst Kaffee! Du bekommst beste Qualität, das garantiere ich dir.«

»Wenn ich sie mir leisten kann«, hatte Eberhard geantwortet.

Doch Jean-Claude war fair. Die beiden Männer hatten einen guten Draht zueinander. Sie hatten sich auf Silberwährung in Form von Kerzenständern, Besteck, Schalen oder auch Kannen geeinigt. Eberhard sollte sehen, was er auf dem Schwarzmarkt bekommen konnte.

»Ich sag es noch einmal, du bekommst von mir beste Qualität. Einen feinen Arabica«, hatte Jean-Claude ihm versprochen. »Den besten, den ich habe! Über deiner Rösterei werden glückliche Engel im Kaffeeduft tanzen.«

Dieser Umstand hatte Eberhard fast schon wieder mit der Tatsache versöhnt, dass er nicht als rechtschaffener Händler über die Runden kam. Die grünen Bohnen, die er von Jean-Claude bekam, waren so viel besser als das, was er in Deutschland kaufen konnte. Die richtig gute Ware war im deutschen Großhandel für einen kleinen Mann wie ihn unerschwinglich.

Als er Magdalena eröffnet hatte, dass er wieder schmuggeln würde, war sie auf die Barrikaden gegangen. Sie hatte geschimpft und gefleht und als das alles nichts gebracht hatte, hatte sie ihren Ehemann mit Schweigen gestraft. Fünf Tage hatte sie kein Wort mit ihm gewechselt und das Gesicht weggedreht, wenn er ihr einen Kuss hatte geben wollen.

Eberhard hatte nachts stundenlang leise auf sie eingesprochen. Er hatte ihr erklärt, wie wichtig es für ihn war, seine Familie ernähren zu können, und wie wichtig es ihm gleichzeitig war, weiter mit Kaffee zu handeln.

In der fünften Nacht war das Eis endlich gebrochen. Magdalena hatte sich mit Tränen in den Augen zu ihm umgedreht. »Ich liebe dich, Eberhard Ahrensberg. Ich liebe dich von ganzem Herzen. Und ich habe große Angst um dich. Unser

Kind braucht seinen Vater«, hatte sie als letzten Versuch ins Feld geführt. Sie hatte seine Hand genommen und auf ihren Bauch gelegt.

Es hatte Eberhard den Hals zugeschnürt, ihr das antun zu müssen. Aber es gab keine andere Lösung – nicht solange der Staat die Kaffeesteuer nicht senkte. Nicht solange die Menschen Hunger litten.

»Ich liebe dich, Magdalena. Und ich verspreche dir, ich werde achtsam sein und nur das tun, was unerlässlich ist, um uns über diesen Winter zu retten. Aber ich kann nicht anders. Du wirst Mutter, du musst genug zu essen haben, eine warme Unterkunft. Verstehst du? Ich muss.«

Und dann hatten sie sich geliebt. Leidenschaftlich und verzweifelt. Magdalena hatte sich später an ihn gekuschelt in den Schlaf geweint.

Seit dieser Nacht sprach sie zwar wieder mit ihm, aber die Angst in ihren Augen, wenn Eberhard auf Tour ging, brach ihm jedes Mal aufs Neue fast das Herz. Dabei wusste sie gar nicht, wie groß das Risiko tatsächlich war, das er gezwungen war einzugehen. Nicht nur auf dem Weg nach Belgien und zurück. Auch in Aachen auf dem Schwarzmarkt.

Als er vor drei Tagen das Silberbesteck gekauft hatte, das er heute als Bezahlung für den Kaffee Jean-Claude übergeben hatte, hätten die Zöllner ihn um ein Haar erwischt. Nur seine gute Ortskenntnis hatte ihn gerettet. Eberhard hatte viel Zeit darauf verwendet, die Fluchtwege zu erkunden, das war sein Glück gewesen. All das ging ihm durch den Kopf, während er sich weiter vorankämpfte. Den Westwall hatte er hinter sich gelassen, die schwierigste Etappe war geschafft. Aber noch konnte er nicht aufatmen.

Der Mond und die Sterne hatten sich in der letzten Stunde hinter einer dicken Decke aus Wolken verborgen. Bald würde es schneien. Eberhard konnte den Schnee bereits riechen und hoffte inständig, dass er es nach Euweiler schaffte, bevor die ersten Flocken fielen.

Es war auch so schon schwierig genug, sich vor den Zöllnern, den anderen Schmugglern und den Wegelagerern zu verbergen. Im Schnee wären seine Fußstapfen und die Radspuren seines Rollbrettes wie Wegweiser – wer ihn finden wollte, bräuchte nur der Spur zu folgen.

Die Situation wurde immer angespannter, seit der Winter Land und Menschen in seiner eisigen Zange hatte und in den Vorratskammern sogar die Mäuse hungerten. Die Menschen litten schlimme Not. Es fehlte nicht nur an Nahrungsmitteln, auch Brennholz, Kohle, warme Kleidung, Wohnraum. Es fehlte einfach an allem.

Viele – viel zu viele – versuchten sich durch Schwarzhandel und Schmuggel über Wasser zu halten. Es wurde auf alle erdenklichen Weisen geschmuggelt. Zu Fuß, per Rad oder Auto. Sogar hoch zu Ross. Frauen versteckten Schmuggelwaren unter ihren Röcken und in den Windeln der Babys. Wanderer trugen hohle Spazierstöcke bei sich, in denen sie Zigaretten versteckten. Die Menschen waren erfinderisch. Es galt ein Stück Brot auf den Tisch zu bekommen oder auch mal ein Stück Fleisch. Fett als Energiebringer stand besonders hoch im Kurs. Was man mit den Lebensmittelkarten in den Geschäften bekam, reichte nicht zum Leben. Die zugewiesenen Rationen wurden immer kleiner und oft konnte man trotz der Karten die Dinge gar nicht bekommen, die einem eigentlich zustanden. Verzweiflung machte sich breit und brachte die Menschen dazu, sich wegen eines Stückes Butter an die Gurgel zu gehen.

Noch schlimmer war allerdings, dass die Leute begonnen hatten, sich gegenseitig zu belauern. Es gab Banden, die versuchten, die Oberhand über alle anderen zu erlangen oder sich an ihnen zu bereichern.

Inzwischen gab es sogar Gruppen, die ihr Geschäft verlagert

hatten und gar nicht mehr selbst schmuggelten. Stattdessen warteten sie auf deutscher Seite im Wald, bis ein Unglücksrabe in ihre Falle tappte, und nahmen dem von der Tour ohnehin bereits erschöpften Schmuggler die Beute ab.

Widerliche Mistkerle waren das!

Nur Eberhards guter Instinkt und sein wacher Schutzengel hatten ihn bisher vor diesem Schicksal bewahrt. Nachdem er herausgefunden hatte, wo die schlimmsten Banden ihr Revier abgesteckt hatten, hatte er seine eigene Route ein paar Kilometer weiter südlich verlegt. Dadurch verlängerte sich zwar sein Marsch, aber das war es ihm wert, wenn er dadurch unbehelligt zu Hause ankam.

Nicht nur, dass man sich vor anderen Schmugglern und Banditen in Acht nehmen musste. Auch der Kampf gegen die Zöllner wurde immer schwieriger. Es hatte schon Tote gegeben. Ein junger Mann und auch ein Zöllner hatten bei dieser sinnlosen Jagd bereits ihr Leben gelassen.

Auf den Straßen gab es immer häufiger waghalsige Verfolgungsjagden – Schmuggler gegen Zöllner. Sie hatten angefangen, Krähenfüße zu werfen, um damit die Reifen der Zollwagen zu zerfetzen. Das war ungemein gefährlich, es gab zum Teil schlimme Unfälle. Sogar umgebaute Panzer waren im Einsatz. Sie walzten alles nieder, was sich ihnen in den Weg zu stellen versuchte. Beide Seiten rüsteten immer weiter auf, die Mittel wurden härter. Sie hatten den Krieg hinter sich gelassen, nur um einen neuen Krieg zu starten. Wie sehr Eberhard das alles hasste.

Während er diesen düsteren Gedanken nachhing, zerrissen plötzlich Schreie die Nacht. Nicht weit von Eberhard entfernt, ein Stück vor ihm und etwas rechts, gab es einen derben Kampf. Er hörte die Schläge, das Ächzen und Johlen. Es musste eine dieser Banden sein. Es klang, als hätten sie jemanden erwischt. Oder sie waren in Streit geraten. Auch das passierte häufig, denn um die Kälte zu ertragen, kippten die Männer meist große Mengen Alkohol in sich hinein.

So schnell er konnte ging Eberhard in die Knie, beugte sich etwas nach hinten und zog die Seile straff. Es brauchte all seine Kraft, aber er schaffte es, mit dem Kaffeesack auf dem Rücken wieder nach oben zu kommen. Sofort rannte er los. Weg von der Rauferei.

Er schlug einen weiten Bogen und japste nach Luft. Endlich wurden die Geräusche leiser, er hatte genug Abstand zwischen sich und die Fremden gebracht. Erschöpft ließ er sich erst auf die Knie fallen und dann auf den Rücken. Er löste die Seile, gönnte sich noch zwei Minuten, um wieder Kontrolle über seine Atmung zu bekommen. Doch sobald es ihm möglich war, kam er zurück auf die Beine und beeilte sich, weiterzugehen.

All dieses gegenseitige Belauern und Bestehlen, die unfairen Kämpfe, bei denen jegliches Ehrgefühl abhandengekommen war, waren Gründe, weshalb er am liebsten als einsamer Wolf allein unterwegs war. Er wollte mit alldem nichts zu tun haben und versuchte sich von den Streitereien fernzuhalten. Er wollte auch keine Wagenladungen Kaffee schmuggeln und sich eine goldene Nase verdienen. Es ging ihm nicht darum, sich über die Maßen am Staat vorbei zu bereichern. Alles was er wollte, war überleben und seine Familie versorgen. Seinem Kind eine Zukunft sichern und dafür sorgen, dass es alles hatte, was es zum Leben brauchte. Und immer wieder musste er all das, was er so sehr liebte und doch nur beschützen wollte, aufs Spiel setzen.

Energisch schob Eberhard diese unheilvollen Gedanken von sich. Er würde es schaffen. Und er würde in dieser Nacht ein gutes Geschäft machen. Dieser Kaffee würde ihm dreimal so viel einbringen, wie er für das Silberbesteck bezahlt hatte. Von diesem Gewinn konnte er Essen kaufen und vielleicht auch einen Kinderwagen. Es war noch etwas früh, aber Eberhard freute sich so sehr auf das Kind, er konnte es kaum erwarten.

Inzwischen begann Magdalenas Bauch sich auch leicht zu wölben. Es war mehr eine Andeutung, als dass man es schon richtig sehen konnte. Aber Eberhard liebte es, neben seiner Frau im Bett zu liegen und voller Staunen diesen Bauch zu streicheln, in dem neues Leben heranwuchs. Sosehr er auch versuchte, es sich vorzustellen, es blieb ein Wunder für ihn. Er konnte es kaum erwarten, die ersten Kindsbewegungen zu spüren.

Am liebsten hätte er Magdalena in Watte gepackt, aber sie lachte ihn jedes Mal aus, wenn er ihr einen schweren Eimer abnehmen wollte. Und zu Eberhards Leidwesen half sie noch immer jeden Tag ein paar Stunden auf dem Bauernhof aus.

»Wir werden ein wunderbares und gesundes Kind haben, Eberhard«, sagte sie immer und versuchte, seine Sorgen wegzuküssen. »Es geht mir gut, glaub es mir ruhig.«

Auch wenn er die Schatten unter ihren Augen sah, wollte Eberhard Magdalena glauben. Sie würden Eltern eines gesunden Kindes werden. An etwas anderes erlaubte er sich nicht zu denken.

Einen kleinen Moment blieb Eberhard stehen, um die Seile über seinen Schultern zurechtzuziehen, die durch das Auf und Ab etwas verrutscht waren. Er hatte es fast geschafft. Noch etwa zwei Kilometer, dann war er zu Hause. Die Anspannung ließ etwas nach. So nah am Ort fühlte er sich schon sicherer.

Nebelfelder waberten über das Moor, Raureif ließ die Gräser glitzern wie Diamanten, der Morgen dämmerte. Er würde den Kaffee in die Rösterei bringen und dann nach Hause gehen, ein paar Stunden schlafen. Aber nicht zu lange, denn er konnte es kaum erwarten, die erste Fuhre dieser fantastischen Bohnen zu rösten.

Und sicher standen auch bald die ersten Kunden im Laden. Es hatte sich herumgesprochen, dass man bei *Ahrensberg Kaffee* den besten Kaffee der Gegend zu fairen Preisen bekommen konnte. Und da er darüber nicht Buch führen musste, war Eberhard auch immer gern bereit, sich auf ein Tauschgeschäft einzulassen.

***

»Bleib liegen und ruh dich noch etwas aus«, sagte Eberhard zu Magdalena und strich ihr besorgt feucht geschwitzte Haarsträhnen aus der heißen Stirn.

Er machte sich schlimme Vorwürfe. Wenn er geahnt hätte, dass sie sich so schlimm erkältete, hätte er ihr nie und nimmer erlaubt, weiter auf dem Hof auszuhelfen – ganz egal, wie sie argumentiert hätte.

Magdalena lag da, dunkle Ränder unter den geschlossenen Augen, die Wangen gerötet vom Fieber.

Es erschreckte ihn, dass sie seine Anweisung ohne Widerspruch hinnahm. Das passte so gar nicht zu seiner wunderbaren und starken Frau, die es liebte, ihrem Ehemann die Stirn zu bieten. Er betrachtete sie noch ein paar Augenblicke besorgt, dann wandte er sich ab.

Bevor er das Zimmer verließ, legte er zwei Scheite Holz nach. Sie heizten selten im Schlafzimmer, da sie Holz sparen mussten. Aber als Eberhard am Abend gesehen hatte, wie seine Frau, tief unter der Bettdecke verkrochen, vor Kälte mit den Zähnen klapperte, hatte er angefeuert und das Feuer die ganze Nacht in Gang gehalten.

»Wie geht es Magdalena?«, fragte seine Mutter, als Eberhard mit besorgtem Blick in die Küche trat. Edda saß am Tisch, das Strickzeug in der Hand, und sah ihm fragend entgegen. Eberhard zuckte mit den Schultern.

»Nicht gut«, sagte er. »Sie hat Fieber und Schüttelfrost.«

Er nahm sich eine Tasse Muckefuck und ließ sich müde auf einen Küchenstuhl fallen.

Edda legte ihr Strickzeug zur Seite und stand auf.

»Ich sehe nach ihr«, sagte sie. »Johanna, kannst du mir eine Schüssel mit kaltem Wasser und Tücher richten? Eberhard, bringst du mir die Sachen dann ins Schlafzimmer?« Ohne auf die Antworten zu warten, schlurfte Edda auch schon davon.

»Das ist nicht gut für das Kind«, sagte Eberhards Mutter gepresst. »Vielleicht hat sie sich doch übernommen. Auf alle Fälle hat sie in der letzten Zeit viel zu wenig gegessen. Sie braucht jetzt mehr Kraft, ihr Körper muss das Kind versorgen.«

»Guten Morgen«, sagte Barbara, die gerade aufgestanden war, und blieb gähnend in der Tür stehen. »Wer hat zu wenig gegessen?«, fragte sie.

»Wir alle«, kam es prompt über Eberhards Lippen. Und genau das war der Punkt.

Die Versorgung wurde immer schwieriger, je länger die Kälteperiode anhielt. Sie streckten die Nahrungsmittel, so gut es möglich war. Es gab oft Suppen, bei denen man das Blümchenmuster am Tellerboden sehen konnte. Durch Magdalenas Schufterei auf dem Bauernhof hatten sie zumindest noch Griebenschmalz, um etwas Kraft in das Essen zu bekommen. Und Eberhard konnte, seit er wirklich mit Kaffee handelte und nicht mehr länger nur vergeblich auf Kundschaft wartete, hin und wieder auf dem Schwarzmarkt Obst ergattern.

Aber das Verhältnis stimmte nicht. Sie mussten schuften, um an das Essen zu kommen, und das kostete in der herrschenden Kälte noch mehr Kraft als sonst und dafür hatten sie am Ende viel weniger, als sie eigentlich verdient hätten.

Doch Jammern brachte sie nicht weiter. Es ging allen so, wohin man auch schaute. Die Leute wurden dünner und dünner. Die Wangen waren eingefallen, die Gesichter fahl. So schleppten sie sich Tag um Tag durch diesen Winter. Hungrig und frierend.

»Hier«, rief die Stimme seiner Mutter Eberhard aus seinen

düsteren Gedanken. »Bring das Edda. Sie wird Magdalena Wadenwickel machen, das senkt hoffentlich das Fieber.« Sie wischte sich die Hände an der Schürze trocken, wandte sich an Barbara und gab ihrer Tochter einen Kuss. »Guten Morgen. Nimm dir einen Muckefuck. Ich koche dir etwas Brei, ein paar Haferflocken sind noch da. Und dann setze ich Gemüse auf. Magdalena braucht eine kräftige Suppe. Eberhard, würdest du mir gleich noch ein paar Karotten und einen Sellerie aus der Sandkiste holen?«

Eberhard nahm die Wasserschüssel und die Tücher. Er überlegte kurz, dann sagte er: »Magdalena braucht mehr als nur Gemüsesuppe. Ich werde ein Huhn schlachten, dann kannst du eine kräftige Suppe kochen.«

»Bist du sicher?«, fragte seine Mutter. »Du weißt, dass wir die Eier brauchen, Eberhard.«

Doch er war fest entschlossen. »Ich besorge uns ein neues Huhn. Und ich nehme die alte Henne, die ohnehin immer weniger legt«, sagte er gepresst.

Ihm war flau im Magen. Er hasste es, Tiere zu schlachten. Aber er hatte gelernt, es zu akzeptieren. Wer Fleisch essen wollte, musste auch die Konsequenzen ertragen. Und dieses Mal ging es gar nicht um ihn, sondern um seine Frau und sein ungeborenes Kind.

Magdalena schlief, als Eberhard einige Zeit später ins Schlafzimmer trat, um nach ihr zu sehen. Edda saß im Sessel neben dem Bett, das Strickzeug auf dem Schoß, und schnarchte leise mit offenem Mund. Neben ihr stand die Wasserschüssel, die Lappen lagen davor auf dem Boden.

Vorsichtig, um nicht auf das eine knarzende Brett zu treten, hatte Eberhard drei Schritte rückwärts gemacht und die Tür wieder geschlossen. Schlaf war gut. Magdalena sollte sich erholen.

Eigentlich hätte Eberhard in die Rösterei gehen müssen, aber er konnte sich nicht dazu entschließen, seine Frau allein zu lassen. Barbara hatte auf seine Bitte hin auf dem Weg in die Schule einen Zettel an die Tür von *Ahrensberg Kaffee* gehängt. »Wegen Krankheit geschlossen«, hatte sie auf das Blatt geschrieben. Also konnte er ruhigen Gewissens auch zu Hause bleiben, die Kundschaft war informiert. Und die Welt würde nicht untergehen, wenn er einen Tag freimachte.

Als er in die Küche trat, umfing ihn sofort der köstliche Duft von Hühnersuppe, der durch den Raum waberte. Sein Magen reagierte prompt und begann zu knurren. Ihm lief das Wasser im Mund zusammen.

»Das Huhn wird ordentlich lange kochen müssen«, meinte seine Mutter und stach probehalber in einen Schenkel. »Es hätte eigentlich etwas abhängen müssen.«

Aber Eberhard winkte ab. »Magdalena braucht jetzt Kraft, nicht erst morgen«, sagte er.

Wieder drängten sich die Bilder der Schlachtung in sein Bewusstsein, doch er versuchte sie beiseitezuschieben. Er hatte sich bei dem Huhn entschuldigt und gegen seinen heftigen inneren Widerstand getan, was getan werden musste. Beinahe wäre er in Ohnmacht gefallen, aber er hatte dagegen angekämpft. »Bist du ein Mann oder eine Memme?«, hatte er sich selbst angezischt. Das hatte geholfen.

Natürlich war er ein Mann. Und bald würde er auch ein Vater sein. Da war es selbstverständlich, dass er alles tat, was nötig war, um seiner Familie zu helfen.

Trotzdem war er gottfroh gewesen, dass seine Mutter ihm das Ausnehmen und Rupfen abgenommen hatte. Er hatte sich die Hände geschrubbt und die Zähne geputzt, um den Geschmack nach Tod wieder loszuwerden, der sich auf ihn gelegt hatte.

So schlimm die Bilder waren, die ihn jetzt noch verfolgten,

so köstlich war doch auch der Duft, der aus dem Topf emporstieg. Es fiel Eberhard schwer, mit dem Hunger im Bauch einen klaren Gedanken zu fassen.

»Es ist noch ein wenig Haferbrei da, Eberhard. Möchtest du?«, fragte seine Mutter, als hätte sie die Gedanken ihres Sohnes gelesen.

Er nickte. Das würde das Knurren mildern und die aufgewühlten Magensäfte beruhigen.

Gierig schlang er die viel zu kleine Portion Haferbrei hinunter. Dann stand er auf und sah prüfend in den Topf. Auf der Brühe schwammen Fettaugen und neben dem Huhn kochten Karotten, Sellerie, etwas Petersilie und eine Zwiebel mit.

»Ich weiß, das Huhn braucht noch länger, aber was meinst du, könnte ich etwas Brühe und eine halbe Karotte nehmen? Ich zerdrücke die Karotte und werde es Magdalena bringen. Sie kann sicher sowieso nur kleine Portionen essen.«

Sofort holte seine Mutter einen Teller. Sie schmeckte die Suppe ab und gab etwas Salz daran, dann richtete sie eine kleine Portion Brühe und Gemüse für ihre Schwiegertochter.

Vorsichtig, als hätte er flüssiges Gold im Teller, trug er ihn ins Schlafzimmer. »Liebling«, sagte Eberhard leise, als er ans Bett trat »Ich bringe dir eine Stärkung.«

Magdalena rührte sich nicht, aber Edda wachte auf und sah sich verdutzt um. Kaum hatte sie realisiert, wo sie war, stand sie auf und griff nach Magdalenas Stirn.

»Immer noch ziemlich heiß«, murmelte sie.

Eberhard stellte den Teller auf dem Nachttisch ab und nahm Magdalenas Hand in seine. »Lenchen, Liebes, wach auf. Ich habe dir köstliche Hühnersuppe mitgebracht.«

Er strich ihr über den Unterarm und klatschte sanft auf ihren Handrücken.

Endlich reagierte sie. Sie schlug die Augen auf und sah ihren Mann verwirrt an.

»Was ist los?«, fragte sie.

»Du hast Fieber, Liebling. Wahrscheinlich hast du dich erkältet. Aber das wird schon wieder. Komm, ich helfe dir, dich aufzusetzen. Ich habe Suppe für dich.«

Er fasste sie unter den Armen und zog sie ein Stück nach oben. Edda kam um das Bett herum, schüttelte schnell das Kissen auf und stopfte es Magdalena in den Rücken.

Tapfer versuchte seine Frau zu lächeln. Sie öffnete brav ihren Mund und ließ sich von Eberhard füttern. Vier Löffel schaffte sie, bevor sie den Kopf wegdrehte und die Augen schloss.

Sofort stellte Eberhard den Teller zur Seite und gönnte Magdalena eine kurze Pause.

Im nächsten Moment zuckte sie zusammen. Sie riss die Augen auf, sah ihn erschreckt an und rief: »Eberhard!«

»Was?«, fragte er erschrocken.

Magdalena sah zu der Bettdecke. Sie schüttelte den Kopf. »Ich dachte, du hast Suppe verschüttet. Es wurde plötzlich so warm und nass.«

Jetzt war es Edda, die aufschrie. Sie packte Eberhard am Arm und zog ihn auf die Füße.

»Raus, Eberhard. Schnell. Ich kümmere mich um deine Frau. Schick Johanna zu mir. Und bring uns heißes Wasser.«

Eberhard stand bedröppelt mitten im Zimmer und verstand nicht, was eben geschehen war. Doch Edda nahm sich keine Zeit für Erklärungen. »Los jetzt, geh!«, schimpfte sie ungeduldig und gab ihm einen Stoß.

Endlich setzte er sich in Bewegung, sagte seiner Mutter Bescheid, dass Edda sie brauchte, nahm den Wasserkessel, der wie immer bereit am Rand des Herdes stand, und goss heißes Wasser in eine Schüssel. Er wollte es gerade zu den Frauen rüberbringen, da kam seine Mutter bereits herbeigeeilt, nahm ihm die Schüssel ab und rauschte wieder davon. Eberhard setzte sich wie in Trance an den Tisch.

Was hatte das alles zu bedeuten? Wieso war Magdalenas Bett nass. Und weshalb war Edda plötzlich so alarmiert? Sein Gehirn verweigerte ihm den Dienst. Er war nicht in der Lage, über dieses Wieso und Weshalb hinausdenken.

»Magdalena schläft«, sagte seine Mutter, als sie einige Zeit später aus dem Schlafzimmer trat. Eberhard hatte kein Zeitgefühl mehr und hätte nicht sagen können, wie lange die Frauen hinter der verschlossenen Tür rumort hatten. »Edda passt auf sie auf.«

Müde ließ Johanna Ahrensberg sich auf den Stuhl neben Eberhard sinken. Sie nahm seine Hand und sah ihn an. In ihren Augen glitzerten Tränen.

»Es tut mir so leid, Eberhard«, sagte sie.

Ausdruckslos starrte Eberhard seine Mutter an und schüttelte den Kopf.

»Eberhard«, sagte Johanna nun eindringlich. »Magdalena ist jung und gesund. Ihr beide seid jung. Ihr werdet Kinder haben. Ganz bestimmt. Es werden bessere Zeiten kommen. Du darfst jetzt die Hoffnung nicht aufgeben, hörst du? Deine Frau braucht dich.«

Erst jetzt sickerte die Erkenntnis wirklich zu ihm durch. Magdalena hatte ihr Kind verloren. Sie würden nicht Eltern werden. Das Glück und die Hoffnung auf eine Familie hatten ihn aufrechterhalten, doch jetzt wurde ihm auch das genommen. »Kann ich zu ihr?«, fragte Eberhard mit einer Stimme, die er kaum als seine erkannte.

Doch seine Mutter schüttelte den Kopf. »Es ist besser, wenn du sie jetzt schlafen lässt. Sie ist entkräftet und erschöpft. Später kannst du zu ihr. Ihr müsst das miteinander bewältigen.«

Eberhard nickte. Er stand auf und ging Richtung Küchentür.

»Eberhard, was machst du? Wo gehst du hin?«, rief seine Mutter hinter ihm her.

Wenn er nicht bei seiner Frau sein durfte, gab es nur einen Ort, an dem er jetzt sein wollte. Nur einen Ort, wo er – wenn es ihn überhaupt gab – jetzt Trost finden konnte.

»Ich gehe in die Rösterei«, antwortete Eberhard und ohne ein weiteres Wort machte er sich auf den Weg.

Kapitel 18
Enthüllung

Aachen • Oche • Aix-la-Chapelle • Aken • Aquae Granni

Gegenwart: Mai

Noch immer außer sich von dem, was sie gerade herausgefunden hatte, marschierte Corinne schnurstracks die Straße hinunter Richtung Noahs Rösterei. Sebastians Hand hatte sie zwischenzeitlich wieder losgelassen. Er ging eine Weile mit großen Schritten neben ihr her, bis er sie plötzlich am Ellenbogen fasste und sie zwang, sich zu ihm umzudrehen.

»Hey, Corinne, sind wir auf der Flucht?«, fragte er. »Was soll das werden? Ein Aachen-Marathon?«

»Entschuldige bitte, Sebastian.« Immerhin hatte er es geschafft, dass Corinne stehen blieb. Sie sah ihn zerknirscht an, dann sprudelte sie los: »Ich bin nur so durcheinander. Hast du das gesehen? Ist dir klar, was wir da gerade entdeckt haben? Diese Vanessa, diese ...«

Corinne hatte sich so in Rage geredet, dass sie vergessen hatte, zwischendurch zu atmen. Jetzt sog sie gierig Sauerstoff in die Lunge.

»Natürlich habe ich es gesehen«, erwiderte Sebastian. »Es ist unglaublich. Ich verstehe, dass du aufgebracht bist. Aber versuche bitte dich zu beruhigen. Wenn du jetzt durchdrehst, ist keinem geholfen. Ich verstehe auch, dass du es so schnell wie möglich Noah erzählen möchtest, und keine Angst, wir werden sie zur Rechenschaft ziehen. Damit wird sie nicht davonkommen. Trotzdem musst du jetzt versuchen, einen kühlen Kopf zu bewahren.«

So langsam gewann Corinne die Kontrolle über sich zurück. Sie nickte Sebastian zu und setzte sich wieder in Bewegung, zwang sich zu einem normalen Tempo und hakte sich wieder bei ihm unter.

»Noah! Das hätte ich ja fast vergessen. Ich muss ihn anrufen«, sagte sie.

Als Sebastian scharf die Luft einsog, schüttelte Corinne sofort den Kopf. »Keine Angst, ich sag ihm nur, dass du zum Essen kommst. Vielleicht müssen wir unterwegs noch etwas besorgen, ich weiß nicht, was unser Kühlschrank noch hergibt. Über das andere sprechen wir persönlich, das geht nicht am Telefon.«

Minuten später hatte sie mit Noah vereinbart, dass sie und Sebastian die nötigen Zutaten für Hühnchen, Backofenkartoffeln und Salat mitbringen würden. Noah freute sich hörbar über den Besuch und Corinne schaffte es tatsächlich, ihn keinen Verdacht schöpfen zu lassen.

Sie musste sich sehr zügeln, um nicht doch sofort mit der Neuigkeit über Vanessa herauszuplatzen. Deshalb beeilte sie sich, das Gespräch zu beenden. Wenn sie jetzt noch belanglos mit Noah plaudern würde, könnte sie für nichts garantieren. Aber ihre Entdeckung war so ungeheuerlich, das konnte sie ihm unmöglich am Telefon sagen.

Kaum hatte Noah Corinne mit einem Kuss und Sebastian mit einem Handschlag begrüßt, platzte Corinne auch schon mit ihrer Entdeckung heraus.

»Noah, ich muss dir erzählen, was wir eben entdeckt haben. Ich bin selbst noch völlig schockiert.« Kurz zögerte Corinne und suchte nach einer Möglichkeit, Noah die Neuigkeiten schonend beizubringen. Aber die Wucht dieser Ungeheuerlichkeit war einfach zu stark, deshalb sprudelte sie los: »Wir haben Vanessa gesehen, stell dir vor, sie ist überhaupt nicht schwanger. Sie spielt dir das alles nur vor, um an Geld zu kommen.«

»Wie bitte?« Noah stand da und sah abwechselnd zu Corinne und Sebastian. Dann schüttelte er den Kopf. »Wir haben doch gesehen, dass sie schwanger ist. Corinne, das kann nicht sein. Du musst dich irren.«

Es blieb ihr nichts anderes übrig, Corinne holte Luft und sagte: »Sie hat sich einen künstlichen Babybauch umgeschnallt. Irrtum ausgeschlossen. Ich habe sie eben in einem Café sitzen sehen, gemeinsam mit einem Mann, diesem Benno, vermute ich. Sie hat das Shirt hochgehoben und er hat ihr auf den vorgetäuschten Babybauch geklopft. Dann haben sie beide laut gelacht.«

Noah ließ sich auf einen Stuhl fallen und starrte vor sich hin. »Das kann doch nicht sein. Ich weiß, dass Vanessa durchtrieben ist, aber das …«

»Es tut mir leid, Noah«, sagte Sebastian. »Aber ich habe es auch gesehen. Wie es aussieht, hat diese Vanessa keinerlei Skrupel.« Er klopfte Noah aufmunternd auf die Schulter und grinste. »Was meint ihr? Wollen wir kochen und in Ruhe überlegen, wie wir es dieser Person heimzahlen?«

»Das ist eine blendende Idee, ich bin nämlich kurz vorm Verhungern!«, verkündete Corinne und begann sofort die Zutaten aus dem Einkaufsbeutel zu räumen. Während Noah und Sebastian sich mit Schneidebrettchen und Messern bewaffnet über das Gemüse hermachten, kümmerte Corinne sich um das Huhn. Sie bestrich das Fleisch mit einer Marinade aus Sambal Oelek, Salz, Pfeffer und Öl und füllte es mit einigen Zweigen Thymian und Rosmarin. Dann setzte sie es auf den Rost und schob den Bräter mit den von Noah und Sebastian vorbereiteten Karotten, Kartoffeln, Knoblauch und Zwiebeln sowie einigen Kräutern darunter. So landete der auslaufende Saft direkt auf dem Gemüse.

Während Corinne immer wieder nach dem Huhn sah, es hin und wieder mit etwas Flüssigkeit bestrich, damit es nicht austrocknete, saß Sebastian am Küchentisch und wischte sich mit dem Ärmel seines Pullis die Tränen aus den Augen, während er die Zwiebel für das Dressing würfelte.

Noah stand an der Spüle und wusch den Salat.

»Ich kann es immer noch nicht fassen«, sagte er jetzt, während er die Hände in das kalte Wasser tauchte, die grünen Salatblätter herausfischte und in das Sieb gab. »Irrtum ausgeschlossen?«, fragte er wieder.

»Natürlich sind wir sicher. Es gibt keinen Zweifel, die Situation war eindeutig«, antwortete Sebastian vehement.

Noah brummte nur etwas in sich hinein und verfiel dann wieder in nachdenkliches Schweigen. Corinne und Sebastian tauschten einen vielsagenden Blick aus. Sie wollten ihm beide die Zeit geben, die er brauchte, bis er darüber sprechen konnte.

Corinne hatte geahnt, dass es ihn umhauen würde, wenn er von dieser Scharade erfuhr. Ihr ging es ebenso.

So verrückt es war, Corinne war zwar unglaublich erleichtert, dass dieses Problem mit Noahs Vaterschaft und der geteilten Elternschaft sich in Wohlgefallen aufgelöst hatte, aber ein Teil von ihr bedauerte es auch. Sie hatte sich schon an den Gedanken gewöhnt, bald zumindest zeitweise ein Baby in ihrem Leben zu haben. Und außerdem war sie über alle Maßen sauer auf diese Vanessa, die nur darauf aus war sich an Noah zu bereichern. Sie hätte ohne mit der Wimper zu zucken sein Leben zerstört, wenn es ihr einen Vorteil verschafft hätte.

Wenn all das in Corinne schon so widersprüchliche Gefühle auslöste, mochte sie sich gar nicht ausmalen, was es mit Noah anstellte.

»Wisst ihr, ich bin wirklich fassungslos. Aber ich lasse mir von diesem Biest nicht dieses wunderbare Essen verderben. Und um ehrlich zu sein, so schlimm ist die veränderte Situation doch gar nicht. Ich meine, okay, ich werde nicht Vater, das ist irgendwie schade. Aber das heißt ja nicht, dass ich es nie werde.«

Er zwinkerte Corinne zu, und beinahe hätte sie das Glas fallen lassen, das sie gerade aus dem Schrank geholt hatte.

Sebastian stieg sofort auf Noahs Kommentar ein. »Genau! Schließlich hatte die Sache ja einen nicht zu vernachlässigenden Haken. Es war definitiv die falsche Mutter. Aber nachdem das ganze Gerede nur Schall und Rauch war, lässt sich das mit der Mutterschaft ja jetzt korrigieren«, meinte er schelmisch grinsend und stupste mit seinem Ellbogen Corinne in die Seite.

»Du Spinner.« Corinne schüttelte den Kopf und musste trotz ihrer Empörung lachen. »Am besten gleich mit Zwillingen, oder?«, schob sie hinterher. »Du weißt ja, dass du Patenonkel wirst. Und wenn wir gerade dabei sind, Noah, entschuldige den fürchterlichen Wortwitz, aber ich kann nicht widerstehen: Hol doch mal den Braten aus der Röhre«, fügte sie mit einem Lachen hinzu, als der Küchenwecker lautstark verkündete, dass das Huhn nun essbereit war.

Mit der familiären Neigung zu Zwillingsgeburten hatten Sebastian und Noah Corinne schon an ihrem ersten gemeinsamen Abend in ihrem damals noch leer stehenden *Öcher Böhnchen* gehörig auf den Arm genommen. Corinne schmunzelte, als sie daran dachte. Sie hatte später heimlich nachgelesen, was es mit Zwillingsdispositionen auf sich hatte, um sicherzugehen, dass Noah wirklich geflunkert hatte. Dabei hatte sie herausgefunden, dass die Zwillingsbildung gar nicht am Vater lag, sondern an der Mutter.

Mit diesem Wissen fiel es ihr jetzt leicht, diesen Scherz aufzugreifen. In ihrer Familie gab es, so weit sie wusste, keine Mehrlingsgeburten.

Aber ganz offensichtlich gefiel Noah der Gedanke wirklich. »Sebastian hat doch recht. Es heißt nur, ich werde kein Kind mit Vanessa haben, und diesen Umstand kann ich nun durchaus gut verkraften. Eigentlich müssten wir eine Flasche Sekt öffnen.«

Corinne spürte, wie ihre Wangen heiß wurden. Die beiden schienen sich einig zu sein, aber zu gegebener Zeit hätte sie ja wohl auch noch ein Wörtchen mitzureden. Für den Moment beschloss sie aber, besser zu schweigen. Vermutlich war dieser Gedanke für Noah nur ein Ventil, um Vanessas Gemeinheit zu verarbeiten, und nicht allzu ernst gemeint. Die Männer ließen das Thema glücklicherweise auch fallen.

Noah holte das Hähnchen aus dem Ofen, zerteilte es, legte es auf eine Platte und stellte diese in die Tischmitte. Die Kartoffeln und Karotten gab er in eine Schüssel. Sebastian vermengte den Salat und gemeinsam machten sie es sich am Tisch gemütlich.

»Guten Appetit«, wünschten sie sich gegenseitig und das Schlemmen begann. Selbst Noah griff beherzt zu, bis er den Faden wiederaufnahm. »Was mich wirklich fassungslos macht, ist ihre Dreistigkeit. Wie wollte sie denn damit durchkommen? Ich meine irgendwann hätte ich doch gemerkt, dass …«

Noahs Handy klingelte. Er entschuldigte sich und nahm den Anruf an.

»Vanessa«, rief er im nächsten Moment. »Na, das ist ja eine Überraschung! Stell dir vor, wir haben gerade von dir gesprochen.«

Corinne und Sebastian starrten gebannt auf Noah. Was hatte er jetzt vor?

Er lauschte kurz, brummte ein paarmal zustimmend, dann sagte er: »Ja, ich verstehe. Und so langsam sehe ich ein, dass ich dich nicht zwingen kann, in Deutschland zu bleiben. Ich meine, wir sind ja nicht einmal liiert. Was ist, wäre es nicht besser, wir würden die Sache persönlich besprechen? Könntest du zu mir kommen?«

Wieder hörte er zu. Dann nickte er. »In Ordnung. In einer Stunde also. In der Rösterei. Ich werde da sein.«

Schwungvoll legte Noah das Handy beiseite und setzte sich mit einem sehr zufriedenen Gesichtsausdruck wieder an den Tisch. »Die wird ihr blaues Wunder erleben.«

»Was hast du vor?«, fragte Sebastian. »Willst du sie anzeigen?«

Doch Noah winkte ab. »Den Stress tu ich mir nicht an. Was glaubst du, wie sich das in die Länge ziehen würde. Und was würde ihr schon großartig passieren? Nein. Ich möchte mit dieser Frau noch dieses eine Mal sprechen und ihr sagen, was ich von ihr halte. Und dann möchte ich sie nie wiedersehen.« Noah nahm sich noch ein paar Kartoffeln nach. »Ihr habt es ja gehört, wir haben eine Stunde Zeit. Lasst uns jetzt das Essen genießen und überlegen, wie wir das Luder enttarnen und ihr die Möglichkeit nehmen, sich herauszuwinden. Auf keinen Fall dürfen wir sie einfach auf deine Entdeckung ansprechen. Niemals würde sie den Vorwurf von sich aus zugeben.«

***

Corinne wartete darauf, dass das Wasser heiß genug war, und goss es dann auf den grob gemahlenen Arabica. Es war ein Bourbon aus Kolumbien. Als das Aroma aufstieg, schloss sie die Augen und sog den Duft tief ein. Das Ritual des Kaffeekochens beruhigte wie gewohnt ihre flatternden Nerven.

Nach etwas über drei Minuten drückte sie den Siebstempel der Kanne hinunter, füllte drei Tassen und stellte zwei auf den Tresen. Die dritte behielt sie in der Hand.

Noah wanderte unruhig im Laden umher, rückte Postkarten zurecht und Kaffeepäckchen. Er wischte Staub, wo keiner war, und sah immer wieder auf die Straße. Es war schon dunkel, Vanessa musste jeden Moment hier sein.

Sebastian saß am Tresen. Er hatte Corinnes Handgriffe beobachtet.

»Setz dich, Noah«, forderte Corinne ihn auf. »Der Kaffee wird dir guttun.« Dann sah sie Sebastian an, der gerade einen ersten Schluck nahm. »Und du trink nicht zu viel davon«, kommandierte sie. »Du brauchst ihn noch.«

Ihr Herz raste vor Aufregung. Hoffentlich klappte alles, wie sie es sich ausgedacht hatten.

»Ich bin so wütend«, grollte Noah. »Je länger ich über das alles nachdenke, desto schlimmer wird es. Vielleicht sollte ich sie doch ...«

Die Tür ging auf und Vanessa stöckelte herein.

»Oh, eine Party. Na, wenn ich das gewusst hätte, hätte ich Benno mitgebracht.« Sie lachte. »Guten Abend allerseits«, sagte sie und sah Noah an. »Was ist, brauchst du Verstärkung? Hast du Angst vor mir?«

»Hallo, Vanessa. Das ist Sebastian, ein Freund von uns. Also, komm her und setz dich.«

Seine Stimme klang beherrscht, aber Corinne hörte den verhaltenen Zorn sehr deutlich zwischen den Worten. Vanessa merkte nichts davon, dazu war sie sich ihrer Sache viel zu sicher.

»Ich hab nicht lang Zeit«, sagte sie, rutschte aber bereitwillig auf den freien Platz neben Sebastian.

»Möchtest du etwas trinken, Vanessa?«, fragte Corinne und zwang ihre Mundwinkel mit aller Kraft zu einem Lächeln. »Ein Wasser vielleicht?«

»Bah, Wasser. Damit wasch ich mir die Haare. Hast du nichts Vernünftiges? Eine Cola vielleicht?« Im nächsten Moment grinste sie zu Noah. »Ach nein, so etwas trinkt der feine Herr ja nicht«, feixte sie. »Na, dann gib mir einen Kaffee.«

»Bist du sicher?«, fragte Corinne und sah mit hochgehobenen Augenbrauen Richtung Vanessas Bauch.

Die lachte etwas zu schrill und winkte ab. »Ach, das ganze Getue, iss das nicht, trink jenes nicht, ist doch alles nur Geschwätz. Was der Mama guttut, wird dem Zwerg schon nicht schaden. Los, schieb eine Tasse rüber.«

»Und was ist, wenn das Kind da ist? Willst du wirklich, dass ich es nicht sehe?«, fragte Noah. Er hatte offenbar genug von dem höflichen Austausch und wollte zur Sache kommen.

»Sieh es doch mal so. Du gibst mir die Kohle und bist fein raus. Keine stinkenden Windeln, kein nerviges Gekrähe mitten in der Nacht. Das nehme ich dir alles ab. Also das sollte dir schon was wert sein, finde ich.«

Corinne sah zu Sebastian hin und gab ihm mit den Augen ein kurzes Zeichen. Es war Zeit für seinen Einsatz.

Sofort nahm er seine Kaffeetasse in die Hand, trank einen Schluck und als er die Tasse wieder abstellen wollte, rutschte sie ihm beinahe aus den Fingern. Ein Schwall Kaffee ergoss sich geradewegs auf Vanessas Bauch.

»Ach du meine Güte, das tut mir leid«, rief Sebastian gespielt erschrocken.

Vanessa, die gerade zu Noah gesehen hatte, drehte den Kopf, folgte Sebastians Blick und schrie dann – deutlich verzögert – auf: »Aua. Kannst du nicht aufpassen. Das ist doch heiß!«

Corinne kam mit einem Tuch bewaffnet um die Theke herumgeeilt und bevor Vanessa kapierte, was überhaupt geschah, wischte sie ihr auch schon über den gepolsterten Bauch.

»Oh«, sagte sie und sah Vanessa erstaunt an.

»Heiß?«, fragte Sebastian im gleichen Moment. »Der Kaffee steht schon zehn Minuten, der ist lauwarm.«

Corinne griff beherzt zu und zog Vanessas Shirt in die Höhe. »Dann wollen wir doch mal Geburtshelfer spielen. Was meint ihr? Ob es eine schwere Geburt wird?«

Noah trat neben Corinne und besah sich das umgeschnallte Polster. Er schüttelte den Kopf. »Ich glaube, das wird problemlos«, sagte er. »Wir öffnen einfach den Verschluss …« Und genau das tat er nun auch. »Und schon ist das Polsterbaby auf der Welt.«

Triumphierend hielt er den falschen Babybauch in der Hand. Er tat so, als wäre es ein Baby. »Ja wen haben wir denn da?«, fragte er das Polster und platzierte es wie ein Baby auf seinem Unterarm, wiegte es hin und her. »Du bist ja ein properes Baby. Alle Achtung.«

Jetzt hatte Vanessa sich von dem Schock erholt. Sie rutschte von ihrem Hocker und kreischte: »Ihr, ihr …«

»Du bist so aufgewühlt, Vanessa«, sagte Corinne in sehr freundlichem Ton. »Das sind bestimmt die Hormone. So eine Schwangerschaft nimmt eine Frau ja doch ganz schön mit. Möchtest du dein Kind auch einmal halten?«

Sofort drückte Noah seiner Ex das Kissen in die Hand.

»Hier. Nimm es am besten direkt mit nach draußen. Du wolltest doch ohnehin gerade gehen. Oder irre ich mich?«

»Das könnt ihr mit mir nicht machen«, schrie Vanessa. »Ich bin schwanger. Ich wollte nur schon mal fühlen, wie es ist …«

»Du solltest gemerkt haben, dass es vorbei ist«, sagte Corinne. Sie hatte beschwichtigend die Hand auf Noahs Arm gelegt. Er war so zornig, dass sie Bedenken hatte, er würde Vanessa am Arm packen und ihr persönlich vor die Tür helfen.

»Und falls du noch irgendetwas planst, ich werde Corinne und Noah jederzeit als Zeuge zur Verfügung stehen. Die Richter haben sicher sehr viel Spaß an Scheinschwangeren, die versuchen, von ihren Ex-Liebhabern Geld zu erpressen«, fügte Sebastian hinzu.

»Nimm deinen falschen Babybauch und verschwinde, Vanessa. Du hast hier Hausverbot. Und solltest du es je wieder wagen, einen Fuß in meine Rösterei zu setzen oder zu versuchen, etwas von mir zu erpressen, dann wird das nicht so glimpflich für dich ablaufen wie heute. Dann werde ich dich anzeigen.« Noah stellte ein für alle Mal klar, dass sie in seinem Leben nichts mehr zu suchen hatte.

»Idioten«, zischte Vanessa.

Im nächsten Moment knallte die Tür hinter ihr zu und der Spuk war vorbei.

Stille legte sich über den Verkaufsraum der Rösterei. Sekundenlang standen Noah, Sebastian und Corinne da und starrten die Ladentür an. Dann fingen sie alle gleichzeitig an, laut zu lachen.

»Habt ihr das Gesicht gesehen?«, fragte Noah.

»Sie wusste gar nicht wie ihr geschah«, stimmte Corinne zu.

»Aua«, äffte Sebastian Vanessa nach. »Das ist doch heiß!«

»Und jetzt möchte ich bitte auf unseren Sieg anstoßen. Hattest du vorhin nicht etwas von Sekt gesagt?«, fragte Corinne. »Ich finde, jetzt wäre der perfekte Zeitpunkt.«

»Auf das Leben«, sagte Noah und erhob sein Glas.

»Auf die Blitzgeburt«, sagte Corinne und Sebastian ergänzte: »Auf die Schauspielkunst!«

Die erste Flasche Sekt war bereits geleert, Noah holte die zweite aus dem Kühlschrank und öffnete sie mit einem leisen Plopp.

Sie waren wieder in der Wohnung und saßen gemütlich am Esstisch. In der Mitte prangte eine gut bestückte Käseplatte. Daneben stand ein Korb mit frisch aufgebackenem Baguette.

Obwohl das Abendessen reichlich gewesen war, hatten sie schon wieder Appetit.

»Das ist die Aufregung«, verkündete Sebastian. »Da bekomme ich immer Hunger.« Er nahm sich ein Stück Romadur und etwas Brot und kaute zufrieden. »Vielleicht sollte ich mich an der Schauspielschule anmelden. Was meint ihr? Ich habe doch wohl Talent, oder?«

»Du warst fantastisch«, bestätigte Corinne. »Du kannst ja

mal mit Frieda sprechen, sie denkt auch darüber nach, Schauspielerin zu werden.«

»Ich wusste es doch«, donnerte Sebastian und strahlte Corinne an. »Zwei passende Seelen haben sich getroffen. Was ist, Corinne, meinst du, sie würde mal mit mir ausgehen? Hat sie einen Freund? Auf was für einen Typ Mann steht sie?«

»Ich bin immer noch fassungslos«, sagte Noah und auch er bediente sich großzügig an Käse und Brot. Auf Sebastians Schauspielerei ging er gar nicht ein, zu sehr beschäftigte ihn das gerade Erlebte. Er hatte vermutlich nicht einmal mitbekommen, dass Sebastians Herz für Frieda entbrannt war, vermutete Corinne.

Gedankenverloren starrte Noah vor sich hin, dann sagte er: »Und ich bin so unglaublich erleichtert, das könnt ihr euch gar nicht vorstellen. Versteh mich nicht falsch, Corinne. Ich wäre wirklich gern Papa geworden. Aber …«

Jetzt sah Noah Corinne eindringlich an. Er schien mit sich zu ringen, dann gab er sich einen Ruck. Er stand auf und kam zu ihr hinüber. Corinne sah ihn fragend an. Was war denn jetzt los?

Bevor sie reagieren konnte, kniete Noah auch schon neben ihrem Stuhl. Er nahm ihre Hände in seine, holte zittrig Luft und lachte kurz verlegen.

»Corinne, Liebste, danke«, sagte er und sah ihr geradewegs in die Augen. »Nicht jede Frau hätte in so einer Situation so fantastisch und großherzig reagiert. Du hast mir gezeigt, dass ich mich immer auf dich verlassen kann, auch wenn es so aussieht, als hätte ich Mist gebaut. Das Leben mit dir ist wundervoll. Ich möchte bis ans Ende meiner Tage neben dir einschlafen und neben dir aufwachen. Und wenn es so weit ist, dann möchte ich, dass du die Mutter meiner Kinder wirst. Nur mit dir wäre ein solches Glück perfekt. Corinne, ich liebe dich von ganzem Herzen. Möchtest du meine Frau werden?«

In Corinnes Ohren klingelte es. Hatte er das gerade wirklich getan? Hatte Noah ihr tatsächlich einen Heiratsantrag gemacht? Bevor ihr Verstand das alles sortieren konnte, hatte Corinnes Herz längst die Führung übernommen.

»Ja!«, rief sie. »Oh ja!« Sie stand auf und zog Noah mit sich hoch. Dann fiel sie ihm um den Hals. Einen kurzen Moment sahen sie sich an, bevor sie sich den ersten Kuss als Verlobte gaben.

»Genug geknutscht«, meldete sich Sebastian von der Seite. »Jetzt bin ich dran.« Er zog Corinne von Noah weg in seine Arme und gab ihr einen Kuss auf die Wange. Anschließend umarmte er Noah. »Herzlichen Glückwunsch euch beiden. Wenn das mal keine gute Nachricht ist, dann weiß ich auch nicht. Echt fantastisch. Los, anstoßen! Ich vermute, heute muss auch noch eine dritte Flasche dran glauben.« Wieder klirrten die Gläser. Die Erleichterung, vermischt mit der Freude und dem Alkohol, löste etwas in Corinne und gab ihr mit einem Mal ein Gefühl der Leichtigkeit, wie sie es schon viel zu lange nicht mehr empfunden hatte. Kaum saßen sie wieder am Tisch, konnte Sebastian nicht mehr an sich halten.

»Und, wann ist es so weit? Wann wollt ihr heiraten?«, fragte er. Corinne nahm Noahs Hand und warf ihm einen Blick zu, der beinahe sichtbar Herzchen in seine Richtung schickte.

Noah legte den Kopf schief und sah Corinne fragend an. »Was meinst du?«, wollte er wissen. »Bald, oder?«

»Wie wäre es denn, wenn wir eine Doppelhochzeit feiern? Alexander und Thomas haben sich noch nicht festgelegt, da lässt sich doch bestimmt ein Datum finden, das allen passt. Ach, das fände ich wundervoll!«

»Hm, Doppelhochzeit?«, Noah musste nicht lange nachdenken. »Wenn es das ist, was du möchtest, dann bin ich dabei.«

»Ich rufe sofort Alexander an!«, rief Corinne.

»Dir ist aber schon klar, dass es fast Mitternacht ist, oder?«, warf Sebastian ein, als Corinne schon ihr Handy in der Hand hielt.

»Na und? Für so eine Neuigkeit lässt sich mein Bruder sicher gern aus dem Bett werfen. Hach, ich bin so aufgeregt!«

Während sie gerade ihre Kontakte aufrief, ertönte die Anrufmelodie, und Corinne hätte das Handy vor Schreck beinahe fallen lassen. Alexanders Name erschien auf dem Display. Verdattert nahm Corinne den Anruf an.

»Alexander, keine Ahnung, wie du das jetzt gemacht hast, aber ich war noch einen Fingerdruck davon entfernt, dich anzurufen. Das nenne ich Timing.« Sie lachte glücklich und redete direkt weiter. »Ich habe so tolle Neuigkeiten, du wirst umfallen. Also besser setzt du dich gleich hin. Pass auf ...«

»Corinne, warte bitte einen Moment und lass mich zu Wort kommen.« Alexanders Stimme klang gepresst. »Komm bitte sofort in die Klinik, hörst du? Papa geht es schlechter. Die Ärzte sagen ...«

Corinne wollte es nicht hören. Hastig fiel sie Alexander ins Wort: »Ich bin gleich da!« Sie beendete das Gespräch und all die Leichtigkeit von eben war verschwunden, als hätte jemand eine schwere Decke über sie geworfen.

Kapitel 19
Abschied

Aachen • Oche • Aix-la-Chapelle • Aken • Aquae Granni

Gegenwart: Juni

Seit dem Tod ihres Vaters fühlte Corinne sich wie betäubt. Ein Teil von ihr weigerte sich, den Verlust anzuerkennen. Es durfte einfach nicht wahr sein. Ihr Vater war der Kaffeebaron. Es war schlimm genug gewesen, ihn über Monate so krank zu erleben. Erst die große Angst um ihn, dann die kleinen Genesungsschritte, der Rückschlag. Und jetzt sollte er tot sein?

Sie wollte die kleine feine Stimme in ihrem Inneren nicht hören, die ihr zuflüsterte, dass es vielleicht so am besten gewesen war. Ihr Vater wäre schwerbehindert gewesen, wäre er nach der Hirnblutung noch einmal zu Bewusstsein gekommen. Zumindest hatte der Chefarzt das in ihrem letzten Gespräch mit ihm behauptet. Aber was wussten die Ärzte schon? Es konnte immer Wunder geben. Es hätte auch dieses Mal eines geben können.

Diese Gedanken quälten Corinne immer wieder, aber sie versuchte sich abzulenken. Sooft wie möglich flüchtete sie sich in ihr *Böhnchen*. Am Trommelröster ihres Großvaters, mit dem Rascheln der Kaffeebohnen im Ohr und dem Duft nach frisch geröstetem Kaffee in der Nase fand sie Trost. Sie röstete so viel, dass Frieda zwischendurch versuchte, sie zu bremsen, weil sie bald nicht mehr wusste, wohin mit der Ware. Aber Corinne konnte nicht aufhören. Sie brauchte den Halt, den sie beim Rösten fand, die Nähe, die sie dann zu ihrem Großvater und jetzt auch zu ihrem Vater spürte. Auch wenn er ein Geschäftsmann gewesen war, der sich besonders in den letzten Jahren hauptsächlich auf das Geschäft, die Erträge und Lukrativität der Firma konzentriert hatte, hatte auch er den Kaffee geliebt. Kurz nach dem ersten Schlaganfall hatte Esther ihrer Tochter davon erzählt, welche Leidenschaft der Kaffeebaron für dieses Gut in sich trug, das ihre Familie seit Generationen ernährte.

Doch auch die Vorbereitung für die Beerdigung und ihren Umzug in das Gesindehaus waren eine Ablenkung. Sie kam sich in diesen Tagen manchmal vor wie auf einer Achterbahn.

Beatrice Breithaupt, die langjährige Sekretärin des Firmenchefs, unterstützte die Familie bei der Organisation. Sie war fantastisch und schaffte es mit ihrer geradlinigen und vorausschauenden Art, die Fäden der anfallenden Aufgaben so gekonnt zu ziehen wie eine Puppenspielerin, die ihre Marionetten tanzen ließ.

Dieser Vergleich hatte sich Corinne aufgedrängt, denn genau so fühlte sie sich. Wie fremdgesteuert war sie seit diesem Moment im Krankenhaus, als das unruhige Piepsen zu einem lang gezogenen, ins Mark gehenden Geräusch geworden war und ihr Vater den letzten Atemzug getan hatte. Auch Alexander und ihre Mutter wirkten nicht wie sie selbst. Das musste der Schock sein, der ihnen allen noch in den Knochen saß.

»Ich würde so gern im kleinen Kreis Abschied nehmen«, sagte Esther Ahrensberg, als sie wieder einmal alle beisammengesessen und Beatrice mit ihren Fragen zu fälligen Entscheidungen den Takt vorgegeben hatte. Wer sollte benachrichtigt werden? Welche Trauerkarten? Welche Blumen? Musik? Eckpunkte für die Rede des Pfarrers. Wer sollte sonst noch sprechen? Die Urne musste ausgesucht werden, die letzte Kleidung.

Doktor Hartmann übernahm die Aufgabe, sich um die erbrechtlichen Belange zu kümmern und für einen möglichst reibungslosen Übergang der Firmengeschäfte auf Alexander zu sorgen. Es musste schließlich weitergehen. Das waren sie dem Kaffeebaron und auch den Mitarbeitern von *Ahrensberg Kaffee* schuldig.

»Natürlich könnten wir die Todesanzeige ohne Beerdigungstermin veröffentlichen und dazuschreiben, dass die Beisetzung im engsten Familienkreis stattfindet«, bestätigte Beatrice sofort. »Aber wollen Sie das wirklich tun, Frau Ahrensberg? Ihr Mann war sehr bekannt. Die Leute mochten ihn. Sie werden ...«

»Schon gut«, lenkte Esther Ahrensberg direkt ein. »Sie haben natürlich recht, Beatrice. Es war nur ein schwacher Moment. Wir werden alles so durchführen, wie es sich für einen angesehenen Einwohner der Stadt ziemt. Ich bin sicher, mein Mann hätte das auch so gewollt.« Corinne war sich sicher, dass sie recht hatte, dennoch graute auch ihr jetzt schon vor der Vielzahl an Menschen, die zur Beerdigung kommen würden.

Und dann begannen, ausgerechnet in diesen ohnehin schon sehr schweren Tagen, die von Fabian Bühling angedrohten Bauarbeiten. Sehr schnell wurde klar, dass er die Arbeiter angehalten hatte, der Rösterei so viele Umstände wie möglich zu machen – anders war das rücksichtslose Verhalten der Männer nicht zu erklären. Ständig blockierten sie die Ladentür unter fadenscheinigen Gründen. Sie rissen den Gehweg direkt vor dem Eingang auf und sperrten alles weiträumig ab. Die Kunden mussten über ein schmales Brett balancieren, um den Laden zu betreten. Manche kämpften sich durch, viele aber entschieden sich anders, drehten nach kurzem Zögern um und kamen gar nicht erst herein.

Am dritten Tag hatte Frieda die Nase voll. Sie schnappte sich einen Klapptisch und etwas Ware und stellte sich vor das Schaufenster, zwei Meter abseits der Baustelle. So konnte sie die Kunden direkt auf der Straße bedienen. Doch schon nach einer

Stunde kam der Bauleiter und scheuchte sie wieder hinein. Sie wollten jetzt genau an dieser Stelle beginnen, die Fassade zu sanieren, behauptete er. Schimpfend kam Frieda hineingestürmt und wollte Corinne dazu bewegen, sich gegen diese Schikane zur Wehr zu setzen. Doch Corinne zuckte nur mit den Schultern. Was sollte sie machen? Sie hatte keine Kraft, sich diesem unfairen Kampf zu stellen. Wie lange sollte sie sich wehren und mit welchen Mitteln? Gegen ihren neuen Verpächter würde sie ohnehin nicht ankommen.

Fast täglich kam Sebastian vorbei. Er versuchte Corinne aufzuheitern und unterstützte Frieda in ihrem Bemühen, gegen Lärm, Dreck und Kundenbehinderung zu kämpfen. Er war auch da, als am vierten Tag des Schlamassels Fabian Bühling persönlich auftauchte.

»Guten Tag, Verehrteste, nun, ich wollte mich nur vergewissern, dass die beauftragten Arbeiten auch ordnungsgemäß ausgeführt werden. Sie wissen ja, wie das mit diesen Bauarbeitern ist. Unzuverlässig und rücksichtslos. Aber nein, ich möchte nicht meckern. Hier läuft alles ganz richtig und gemäß meinen Anordnungen, wie ich sehe. Der Zugang zu Ihrem Laden ist weiterhin möglich, das ist doch ausgezeichnet. Immerhin bin ich dazu verpflichtet, das sicherzustellen. Wir wollen doch nicht, dass Sie gegen mich vorgehen müssen, nicht wahr.«

Er lachte affektiert.

»Das nennen Sie Zugang?«, schimpfte Frieda, doch Sebastian legte ihr eine Hand auf die Schulter und deutete ein Kopfschütteln an.

»Womit können wir Ihnen helfen?«, fragte er stattdessen, da Corinne nur dastand und durch ihren Verpächter hindurchsah.

Fabian Bühling bedachte Sebastian mit einem abschätzigen Blick und schürzte die Lippen. »Nicht, dass es Sie etwas anginge, aber ich dachte mir, ich höre mal, wie die Lage ist. Mein Angebot steht noch immer im Raum.«

»Wer allerdings sehr schnell nicht mehr im Raum stehen wird, das sind Sie«, konterte Sebastian und ging mit zusammengezogenen Augenbrauen und zu Fäusten geballten Händen drohend ein paar Schritte auf den Verpächter zu. »Frau Ahrensberg hat kein Interesse an einem weiteren Gespräch mit Ihnen. Raus hier.«

»Was erlauben Sie sich? Hören Sie mal. Ich bin der …«

»Der Hanswurst, der meiner Freundin das Leben schwermacht, das wollten Sie doch sagen, oder?«, fiel Sebastian dem Verpächter ins Wort. »Und jetzt raus!«

»Okay, ich kann auch anders.« Jetzt straffte der sehr blass gewordene Fabian Bühling die Schultern. Während er Richtung Ausgang stolperte, sagte er noch: »Die Bauarbeiten werden sich hinziehen. Es wird sicher bis Ende des Jahres dauern, hat mir der Bauleiter mitgeteilt. Stellen Sie sich auf schwierige Zeiten ein.«

Dann war er draußen.

»Er hat gewonnen«, sagte Corinne leise. Sie nahm sich eine Tasse Kaffee und setzte sich an den Tresen. »Ich halte diesen Druck nicht aus. Wie soll ich denn in so einer Umgebung weiterarbeiten, wieder zur Ruhe kommen? Ende Juni werde ich kündigen, dann bin ich Ende September aus dem Vertrag raus.«

»Und wie soll es weitergehen?«, fragte Sebastian. »Willst du dir nicht zuerst etwas Neues suchen, bevor du hier die Segel streichst? Was ist, wenn du keine neuen Räume findest?«

Corinne zuckte mit den Schultern. Ihre Unterlippe zitterte, aber sie hielt die Tränen zurück. Aus der Traum, dachte sie. Aber sie sagte: »Wir werden sehen. Jetzt gerade kann ich nicht darüber nachdenken.«

Wie sollte sie auch? Am nächsten Tag wurde ihr Vater beerdigt. Der Umzug stand vor der Tür. Es war alles anstrengend genug, auch ohne Zukunftsängste.

»Du warst ziemlich cool«, lobte Frieda jetzt Sebastian. »Dem Idioten haben richtig die Knie geschlottert, hast du das gesehen?« Sie lächelte Sebastian bewundernd an und wandte sich dann an Corinne. »Lass den Kopf nicht hängen, Corinne. Wir werden eine Lösung finden. Wenn wir hier tatsächlich rausmüssen, beginnen wir woanders neu und starten durch. Ich werde dich jedenfalls unterstützen, du kannst dich auf mich verlassen.«

»Und auf mich auch«, fügte Sebastian hinzu. Er legte den Arm um Frieda. »Schau uns doch an. Dein Dream-Team Gemeinsam sind wir stark!«

»Aber so was von!«, stimmte Frieda ihm zu. Sie stellte sich in Pose und zeigte ihren angewinkelten Arm, als wolle sie beweisen, was für tolle Muskeln sie hatte.

Es war nur ein schwaches Lächeln, das Corinne zustande brachte. Sie wusste die Bemühungen ihrer Freunde sehr zu schätzen, aber im Moment war ihr alles zu viel. Sie trank den letzten Schluck Kaffee und schob sich vom Hocker.

»Seid mir nicht böse, aber ich gehe eine Weile nach hinten. Ich muss dringend Sarah anrufen, ich habe es ihr versprochen.«

Als Sarah vom Tod des Kaffeebarons gehört hatte, hatte sie Corinne eindringlich gebeten, sich wenigstens einmal pro Woche bei ihr zu melden. Sie wollte sichergehen, dass es ihr gut ging und ihr in dieser schwierigen Zeit zumindest über das Internet zur Seite stehen. Corinne genoss die Gespräche mit der herzenswarmen und lebensklugen älteren Freundin.

Entschlossen startete sie das Notebook und kurz darauf meldete sich auch schon Sarah. Sie sah ein wenig erhitzt aus und hielt Rosen in der Hand.

»Corinne, Liebes, du hast wieder einmal den perfekten Zeitpunkt erwischt. Ich bin gerade hereingekommen. Ich war im Garten und habe mir ein paar Rosen geschnitten. Sieh nur, sind sie nicht wunderschön?« Im nächsten Moment legte sie die

Blumen zur Seite und wurde ernst. »Wie geht es dir? Hast du die Beerdigung schon überstanden?«

Es fiel Corinne schwer, darüber zu sprechen. In ihrem Hals hatte sich ein dicker Knoten gebildet. Sie schüttelte den Kopf. »Morgen«, krächzte sie und es kostete sie alle Kraft, nicht schluchzend zusammenzubrechen. Aber das würde auch nichts ändern. Also atmete sie energisch ein und aus und zwang sich, gerade zu sitzen, nicht wie ein Häufchen Elend.

Es knallte heftig und nicht nur Corinne, sondern sogar Sarah zuckten vor Schreck.

»Ist da etwas explodiert?«, fragte sie.

»Nein. Das waren sicher die Bauarbeiter. Dieser Fabian Bühling hat sie wohl darauf angesetzt, möglichst viel Krach und Dreck zu machen und mir das Geschäft zu verderben.« Corinne schnaubte wütend. »Sie machen einen verdammt guten Job.«

Der Schreck hatte ihre mühsam aufrechterhaltene Fassung zerstört, jetzt flossen doch Tränen. Hastig wühlte Corinne nach einem Taschentuch. Sie tupfte sich die Augen trocken und putzte sich die Nase.

»Hast du es noch einmal bei einer anderen Bank versucht?«, fragte Sarah. »Wenn du das Haus kaufen könntest, wäre der Spuk im Handumdrehen vorbei.«

»Das Erste, was die Bank fragen würde, wäre, weshalb ich nicht zu meiner Hausbank gehe. Und dann? Nein, ich gebe auf. Ich werde kündigen und hier das Feld räumen.«

»Hör mir bitte mal zu, Corinne. Ich verstehe dich. Du bist erschöpft und traurig. Im Moment kommt dir das alles viel zu mühsam vor und du möchtest einfach nur deine Ruhe. Aber bitte, ich habe eine Sache in meinem Leben gelernt: Man sollte nie etwas Wichtiges entscheiden, wenn man gerade am Boden liegt. Deshalb warte bitte auf jeden Fall noch mit der Kündigung. Konzentriere dich auf den Moment. Auf die nächsten

Aufgaben. Du musst morgen die Beerdigung durchstehen und umziehen werdet ihr sicher auch in den nächsten Tagen, das habt ihr ja nur etwas aufgeschoben. Wenn das geschafft ist, dann nimmst du deinen Noah und machst einen Tag Pause. Du wirst sehen, danach geht es dir besser. Und vielleicht denkst du auch noch mal darüber nach, ob eine andere Bank nicht doch eine Option sein könnte. Oder ein anderer Sachbearbeiter. Du könntest sagen, dass dieser Knilch – wie hieß er doch gleich – dir unangenehm ist und du von jemand anderem betreut werden möchtest.«

»Der macht mich doch bei allen schlecht, bevor ich überhaupt zu jemand anderem vorgelassen werde«, sagte Corinne.

»Ich sage es noch einmal. Du bist jetzt müde und traurig und genau das spiegelt sich in deinem Denken. Du bist ein so positiver Mensch. Lass diese Phase, in der es dir so schlecht geht, nicht deine Zukunft bestimmen. Gib dir etwas Zeit, Corinne. Du wirst dich bald besser fühlen, ich verspreche es dir. Tu etwas, was dir Spaß macht. Röste Kaffee, da hast du doch immer gute Laune. Davon hast du mir so viel erzählt.«

Das war das erste Mal seit dem Tod des Kaffeebarons, dass Corinne spontan laut lachen musste. Gleichzeitig kamen ihr wieder die Tränen und sie spürte, dass ihre Nerven tatsächlich sehr kurz vor dem Reißen waren.

»Habe ich etwas Falsches gesagt?«, fragte Sarah vorsichtig, nachdem Corinne sich wieder beruhigt hatte.

»Du bist wunderbar, Sarah. Und du hast instinktiv gewusst, was mir guttun würde. Nur – ich habe in den letzten Tagen so viel Kaffee geröstet, dass wir Ware für einige Wochen haben. Und du weißt ja, gerösteter Kaffee sollte nicht zu lange lagern.« Corinne grinste. »Vielleicht sollte ich Noah besuchen und ihm beim Rösten helfen.«

Sarah klatschte begeistert in die Hände und ihre Augen blitzten vor Glück. »Ach, ist das schön, dich wieder ein bisschen gelöster zu sehen. Siehst du, Liebes. Das wird alles wieder gut. Du sagst es doch selbst: Mit Liebe und Kaffee …«

»… wird alles gut«, vollendete Corinne ihren Herzensspruch. »Danke Sarah, dass du mich daran erinnert hast.«

***

Die Beerdigung des Kaffeebarons wurde eine große feierliche Zeremonie. Der Himmel wölbte sich strahlend blau über dem Friedhof und die Sonne strahlte, als wollte sie ein Fest feiern. Es war so falsch, dass Corinne hätte schreien mögen.

Sie saß mit ihrer Mutter und Alexander in der ersten Reihe. Neben ihr saßen Noah und Sebastian, neben Alexander selbstverständlich Thomas. Danach kamen Doktor Hartmann und Klara.

Außer ihnen waren so unglaublich viele Menschen anwesend, Corinne hatte den Überblick verloren. Auf alle Fälle viele Honoratioren der Stadt aus Wirtschaft und Politik, wichtige Leute aus dem Kaffeeverband und andere Geschäftspartner, große Teile der Belegschaft von *Ahrensberg Kaffee*, Freunde …

Neben dem Pfarrer sprachen auch der Bürgermeister und Doktor Hartmann als Stimme der Ahrensberg-Belegschaft Abschiedsworte. Sie würdigten das Leben und Wirken des Kaffeebarons und ehrten sein Werk. Eine Sopranistin begleitete die Beerdigung musikalisch – erst in der Kirche, später auch am Grab. Als sie das *Ave Maria* sang, zogen die Menschen reihenweise ihre Taschentücher hervor.

Das alles lief an Corinne vorbei wie ein Film. Sie fühlte sich, als wäre sie eine unbeteiligte Zuschauerin.

Esther Ahrensberg hielt sich tapfer. Sie trug ein schwarzes Kostüm und einen passenden Hut mit Schleier, der ihr ein wenig Schutz gab vor den vielen mitleidigen, zum Teil auch unverhohlen neugierigen Blicken.

Der Trauerzug von der Kapelle zum Grab war lang, doch auch das nahm Corinne kaum wahr. Erst nachdem die Urne in die Erde hinabgelassen war und die Familie sich für die Kondolenzbekundungen am Grab platzierte, fiel Corinne die beängstigend lange Reihe an Menschen auf, die ihnen das Beileid aussprechen wollten. Esther Ahrensberg, Alexander und Corinne wechselten höfliche Worte, schüttelten unzählige Hände und nahmen mit leise erwidertem Dank nicht enden wollende Beileidsbekundungen entgegen. Auch Noah und Thomas wurden die Hände geschüttelt, aber ihnen galt weniger das Beileid, als die Neugier.

Aus dem Augenwinkel beobachtete Corinne Reporter, die mehr oder weniger unauffällig Fotos schossen. Sie fand das entsetzlich aufdringlich und wäre sie nicht so erschöpft gewesen, hätte sie sich ganz sicher zur Wehr gesetzt und dieses Treiben unterbunden. Doch allein der Gedanke daran machte sie schon müde. Sie hatte nicht einmal die Energie, jemanden zu bitten, dass er sich darum kümmerte. Inzwischen fühlte Corinnes Arm sich vom vielen Händeschütteln schon taub an.

Endlich lichteten sich die Reihen und schließlich hatten sie es geschafft. Nur einen kurzen Moment nahmen sie sich Zeit, um noch einmal am Grab innezuhalten. Corinne war so unheimlich dankbar, dass Noah die ganze Zeit über an ihrer Seite war. Er war ihr eine große Stütze und gab ihr die Kraft durchzuhalten. Still drückte sie seine Hand, während sie auf die zahlreichen Schnittblumen und Erdhäufchen hinabsah, die man in das Grab geworfen hatte. Doch dann mussten sie auch schon los.

Alexander hatte für die Belegschaft einen Leichenschmaus in einem Gasthaus organisiert. Als neuer Geschäftsführer ging er mit Thomas zusammen mit der Belegschaft mit und blieb eine Weile, um mit den Angestellten Kaffee zu trinken.

Esther Ahrensberg führte mit Unterstützung von Corinne und Noah die Freunde der Familie und die offiziellen Vertreter in den Garten der Villa, wo Stehtische aufgebaut worden waren. Es gab Kaffee, Kuchen und ein kleines Büfett mit Fingerfood. Corinne hatte einen Caterer beauftragt, damit Klara Zeit und Ruhe hatte, bei der Beerdigung dabei zu sein und sich ebenfalls zu verabschieden.

Der Tag war anstrengend, auch wenn Corinne es genoss, Geschichten über ihren Vater zu hören. Schöne, traurige, lustige. Sie war froh, als sie die letzten Besucher verabschiedet hatten und endlich für sich sein konnten.

Genau wie Alexander und Thomas blieb sie an diesem Abend mit Noah in der Villa.

»Wollen wir morgen nach dem Frühstück zu Papa ans Grab?«, fragte Corinne, während sie noch für einen Moment zu fünft am Kamin saßen, still in die Flammen sahen und jeder für sich seinen Gedanken nachhing. »Es war heute so viel los, ich habe das Gefühl, ich hatte gar keine Zeit, mich richtig zu verabschieden.«

»Das ist eine schöne Idee, Corinne. Ich habe das ähnlich empfunden«, sagte Esther Ahrensberg und schenkte ihrer Tochter ein dankbares Lächeln. Und auch die anderen stimmten dem Vorschlag zu.

Wenig später fiel Corinne vollkommen erledigt ins Bett und schlief neun Stunden durch.

Schweigend standen sie am Grab. Jeder nahm im Stillen Abschied und sie fühlten sich dennoch miteinander verbunden und gaben sich gegenseitig Kraft. Dieses Gefühl der gemeinsamen Trauer machte Corinne beinahe ein wenig glücklich.

Nach ein paar Minuten räusperte sich Noah.

»Ich möchte, wenn es euch recht ist, gern ein paar Worte sagen. Ein Gedicht, von dem ich hoffe, dass es euch Hoffnung schenkt.« Er sah die anderen an. Alle nickten und schienen gespannt.

»Tot ist überhaupt nichts:
Ich glitt lediglich über in den nächsten Raum.
Ich bin ich, und ihr seid ihr.
Warum sollte ich aus dem Sinn sein,
nur weil ich aus dem Blick bin?
Was auch immer wir füreinander waren,
sind wir auch jetzt noch.
Spielt, lächelt, denkt an mich.
Leben bedeutet auch jetzt all das,
was es auch sonst bedeutet hat.
Es hat sich nichts verändert,
ich warte auf euch,
irgendwo
sehr nah bei euch.
Alles ist gut.«

Corinne hatte eine Gänsehaut. Sie war Noah so unendlich dankbar für diesen Trost. Wäre es möglich gewesen, sie würde ihn jetzt noch mehr lieben.

»Danke, Noah«, sagte Esther Ahrensberg. Sie hatte als Erste die Sprache wiedergefunden. »Du hast recht. Das ist ein sehr tröstlicher Gedanke. Und daran wollen wir uns halten, wenn wir jetzt wieder zurück in unseren Alltag gehen und versuchen, diese Lücke irgendwie zu schließen. Günther wird immer bei uns sein. Lasst uns gehen, Kinder.«

Erschöpft lehnte Corinne sich an Noah, der den Arm um sie gelegt hatte. Langsam gingen sie zusammen mit Alexander und Thomas, die Esther Ahrensberg in ihre Mitte genommen hatten, den Weg zum Friedhofsausgang entlang.

»Wann wollt ihr denn nun umziehen?«, fragte Corinnes Mutter, als sie beim Wagen angekommen waren. »Wird es nicht höchste Zeit, Noah? Wann muss deine Wohnung geräumt sein?«

»In vier Tagen. Ich werde jetzt gleich nach Hause gehen und die letzten Kartons packen.«

»Ich habe uns für morgen einen Ahrensberg-Laster reserviert«, sagte Corinne.

Alexander und Thomas tauschten einen schnellen Blick aus.

»Also, wenn es daran hängt, ich bin mir sicher, dass auch heute noch ein Fahrzeug frei ist. Wie wäre es denn, wenn wir alle zusammen mit zu euch kommen und mit anpacken. Wenn wir jetzt nach Hause gehen, dann hängen wir nur trüben Gedanken nach. Also, mir wäre nach ordentlich Schuften und Schwitzen zumute.«

»Ich rufe Klara an und sage ihr Bescheid, damit sie sich keine Sorgen macht. Ich bin sicher, sie kommt ins Gesindehaus und hilft ebenfalls mit. Was ist, seid ihr dabei?«, fragte Corinnes Mutter und man hörte am Klang der Stimme, wie ausgesprochen gut ihr diese Idee gefiel.

»Wenn ihr darauf besteht«, meinte Noah. »An mir soll es nicht liegen. Was ist mit dir, Corinne?«

»Ich bin dabei. Dann werden wir heute schon unsere erste Nacht im neuen Heim verbringen. Wie schön!« Sie zückte ihr Handy. »Ich ruf nur eben Sebastian an, er wollte doch unbedingt helfen.«

»Erbarmen«, stöhnte Corinne und stellte den letzten Karton mit Büchern vor das Regal. »Ich kann nicht mehr!«

Sie ließ sich rücklings auf das Sofa fallen – Noahs Sofa. Da sie noch immer keine bessere Idee hatte, durfte es vorübergehend mit ins neue Haus ziehen. Aber sie hatte darauf bestanden, dass sie weiter nach einer anderen Lösung suchten. Noah hatte es ihr hoch und heilig versprochen und sich wie ein kleiner Junge gefreut, dass er das Sofa noch behalten konnte.

»Was hast du eigentlich gegen das Teil?«, fragte Frieda. Sie war bei Sebastian gewesen, als Corinne angerufen hatte, und kurzerhand mitgekommen, um zu helfen.

»Ich finde das Braun nicht sonderlich schön und sieh dir nur die durchgescheuerten Stellen an. Das ist doch nicht schön.«

»Aber bequem ist es schon«, meinte Frieda und ließ sich neben Corinne plumpsen. Sie federte ein bisschen auf und ab, um die Sitzqualität zu testen. »Noch gut in Schuss – innerlich zumindest«, meinte sie und nahm den Bezug noch einmal genau unter die Lupe.

»So, meine Lieben. Jetzt gibt es eine Stärkung für alle. Ich habe uns ein Picknick zusammengestellt«, verkündete Klara und schon breitete sie auf dem bereits aufgestellten Esstisch allerlei Leckereien aus. Sie hatte an alles gedacht, so mussten sie sich nicht lange damit aufhalten, Gläser zu suchen oder Besteck.

Dankbar bedienten sich die fleißigen Umzugshelfer und suchten sich kauend ein gemütliches Plätzchen für eine kleine Pause.

»Corinne, wenn du willst, könntest du nachher oben schon anfangen, deine Kleidung in die Schränke zu räumen. Dort ist alles so weit fertig und es müssten alle Kartons oben sein«, meinte Noah. »Ich fange gleich an, das Bücherregal einzuräumen. Mal sehen, ob der Platz überhaupt reicht.«

»Und ich übernehme die Küche, wenn ich darf«, meldete sich Klara.

»Ohne euch wären wir verloren gewesen«, bekannte Corinne und biss genüsslich in ihr Käsebrot. »Danke«, schob sie mit vollem Mund hinterher.

Das Dingdong der Türklingel ertönte und im ersten Moment sahen sich alle fragend an. Wer konnte das denn sein?

Corinne fasste sich als Erste. »Na, dann werde ich mal. Ist ja schließlich unsere Tür.«

Sie ging durch den Flur und öffnete. Im nächsten Moment stieß sie einen Freudenschrei aus.

Kapitel 20
Angekommen

Schweiz – Suisse – Svizzera – Helvetia

August 1945

Rebecca schreckte aus ihrem unruhigen Schlaf auf. Im ersten Moment raste ihr Puls los. Unwillkürlich machte sie sich auf einen Angriff gefasst. Dann aber wurde ihr schnell bewusst, dass sie in Sicherheit war. Sie lag neben ihrem Mann und ihrer Tochter im Bett und dieses stand in ihrem neuen Zuhause in der Schweiz. Sie waren endlich in ihrem neuen Leben angekommen. Trotzdem war da ein Geräusch gewesen. Um herauszufinden, was sie geweckt hatte, blieb Rebecca still auf dem Rücken liegen und lauschte. Um sie herum war alles still. Hatte sie sich getäuscht?

Vorsichtig tastete sie nach Sarah und fand den kleinen warmen Körper ein Stück weiter unten neben sich. Ihr Sonnenschein hatte sich eingerollt. Rebecca sah zu ihr hinunter. Sarah hielt das Stoffhäschen im Arm, das Ingeborg ihr geschenkt hatte. Beruhigt lächelte Rebecca und strich ihrer Tochter die Haare aus dem Gesicht. Sarah murmelte etwas im Schlaf und kicherte leise. Im Zwielicht sah Rebecca, wie sie sich das Ohr ihres Hasen in den Mund schob und daran zu nuckeln begann.

Beruhigt wandte Rebecca sich zur anderen Seite, wo Jacob lag. Gerade als sie zu ihm hinübertasten wollte, drang sein leises Wimmern an ihr Ohr. Rasch drehte sie sich zu ihm, stützte sich auf einen Ellenbogen und legte Jacob eine Hand auf die Schulter. Unruhig warf er den Kopf auf dem Kissen hin und her. Seine Arme und Beine zuckten. Sein Gesicht war schmerzverzerrt. Er hatte wieder Albträume.

Rebecca seufzte, wie sehr wünschte sie ihm, dass er endlich Frieden fand und das Vergangene loslassen konnte. Doch es gab kaum eine Nacht, in der die Dämonen Jacob zur Ruhe kommen ließen. Sie hatte sich eine langsame Besserung erhofft, wenn schon nicht im Schwarzwald, dann doch zumindest hier in der Schweiz, wo es ihnen endlich gut ging. Doch in den letzten Tagen hatte Rebecca den Eindruck, dass der seelische Druck sich eher verschlimmerte. Jacob litt inzwischen sogar regelrecht unter Verfolgungswahn. Er war argwöhnisch und ständig auf der Hut. Selbst der Schatten der Vorhänge konnte ihn in Panik versetzen.

»Es braucht Zeit«, hatte der Arzt gesagt, den sie letzte Woche konsultiert hatten. »Niemand kann jetzt voraussagen, wie es sich entwickeln wird. Vielleicht wird Ihr Mann wieder gesund, vielleicht auch nicht«, hatte er mit einer Geste des Bedauerns weiter ausgeführt. »Sie müssen Vertrauen haben und ihm Geborgenheit geben. Und weiter auf die Wunde am Bein achten, damit sich nichts infiziert. Mehr kann ich Ihnen nicht raten.«

Ingeborg, die ihre Freundin zum Arzt begleitet hatte, hatte Rebecca den Arm um die Schultern gelegt und sie aufmunternd an sich gedrückt. »Wir sind ja auch noch da. Gemeinsam kriegen wir das hin. Warte mal ab. Hier in der neuen Heimat wird Jacob zur Ruhe kommen und bald wieder ganz der Alte sein. Er muss sich nur erst eingewöhnen.«

Wie gern hätte Rebecca ihrer Freundin geglaubt, aber der Gesichtsausdruck des Arztes wirkte nicht zuversichtlich.

Während Rebecca kurz ihren Gedanken nachhing, streichelte sie Jacob sanft die Schulter und machte leise »Schhh«, als wollte sie ein Kind beruhigen. Nach ein paar Minuten entspannte

Jacob sich und fiel wieder in einen ruhigeren Schlaf. Rebecca legte sich wieder hin und schloss die Augen. Sie brauchte noch etwas Ruhe. Am nächsten Tag wartete ein Berg Arbeit auf sie, die ging ihr leichter von der Hand, wenn sie ausgeschlafen war.

Die Nähmaschine ratterte im Rhythmus von Rebeccas wippenden Füßen. Gekonnt lenkte sie den Stoff unter der sich schnell auf und ab bewegenden Nadel nach hinten. Als sie den Saum fertig hatte, hielt Rebecca ihre Füße still und stoppte damit die sausende Nadel. Zufrieden betrachtete sie ihr Werk. Jeder Stich saß akkurat. Sie hatte ein Abendkleid für Ingeborg in Arbeit und es würde wunderschön werden.

Ihre Freundin würde wie eine Prinzessin darin aussehen. Ach was, Prinzessin. Wie eine Königin. Die Königin der Nacht. Die Erinnerung durchfuhr Rebecca vollkommen unerwartet und ließ ihr die Haare auf den Armen zu Berge stehen. Sofort hatte sie wieder den Gestank in der Nase, hörte die fiesen Stimmen ihrer Peiniger und spürte das Echo des Schmerzes, den sie ihr zugefügt hatten.

Nein! Sie keuchte vor Entsetzen und brauchte ihre ganze Energie, um sich gegen diese Flut der Erinnerung zur Wehr zu setzen. Energisch schob Rebecca die Gedanken und Bilder wieder zurück in die Kammer, ganz hinten in ihrem Herzen. Es genügte, dass Jacob die Geister der Vergangenheit nicht loswerden konnte. Rebecca würde ihnen keine Chance geben, sie auch noch zu quälen.

Nachdem das Zittern ihrer Hände nachgelassen hatte, hob Rebecca das Kleid an und hielt es auf Armeslänge von sich weg, um es zu betrachten. Der kobaltblaue Seidenstoff raschelte leise in ihren Händen. Sie nahm Faden und Nadel und arbeitete ein paar kleine Stellen von Hand nach. Dann nickte sie zufrieden und legte das Kleid auf den Tisch. Danach kamen Hosen an die Reihe, die geflickt und ausgelassen werden mussten.

Hatte Rebecca im Schwarzwald noch um Aufträge kämpfen müssen, konnte sie sich hier in Bottwil vor Arbeit kaum retten. Aber hier war es auch kein großes Problem für sie, zu arbeiten, denn Sarah konnte draußen mit den anderen Kindern spielen und sie musste nicht jeden ihrer Schritte überwachen. Jeden Tag seit ihrer Ankunft dankte sie dem Schicksal, das sie hierhergeführt hatte.

Gerhard hatte es geschafft, sein nicht unbeträchtliches Vermögen vor dem Zugriff der Nazis zu bewahren, dadurch war jetzt für alle vieles einfacher. Er hatte in Bottwil eine Villa gekauft und Rebecca, Jacob und Sarah eingeladen, gemeinsam mit ihm und Ingeborg in der oberen Etage zu wohnen.

Das Erdgeschoss hatte er umgebaut und eine Galerie eingerichtet. Genau wie er es sich immer erträumt hatte. Er wollte Bilder und Skulpturen ausstellen und selbst auch wieder malen. Vor allem aber wollte er einen Ort der kulturellen Begegnung schaffen, über die Grenzen der bildenden Kunst hinaus. In einer Woche sollte die Galerie mit einer ersten Vernissage eröffnet werden. Alle waren schon sehr aufgeregt. Es gab so viel zu planen. Gerhard hatte einen befreundeten Koch damit beauftragt, die Bewirtung zu übernehmen. Er selbst übernahm die richtige Anordnung der Bilder und Ingeborg kümmerte sich zusammen mit einem Mädchen um das Haus.

Rebecca freute sich auf den Abend. Sie konnte sich nicht mehr erinnern, wann sie das letzte Mal an einer Gesellschaft teilgenommen hatte. Es war in einem früheren Leben gewesen, an das sie nur noch verblasste Erinnerungen hatte.

Sie war gerade dabei, einen Flicken auf das durchgescheuerte Knie einer Cordhose zu nähen, als es an der Tür zu ihrem Arbeitszimmer klopfte.

»Herein«, rief sie, da wurde die Tür auch schon geöffnet und Gerhard trat ein. Er lächelte, aber bevor er etwas sagen konnte, wurde sein Blick auch schon von dem leuchteten Blau des Seidenstoffes angezogen. Sein Lächeln wurde zu einem Strahlen.

»Ist es etwa schon fertig?«, fragte er und hob das Kleid seiner Frau vorsichtig in die Höhe. Er nickte anerkennend. »Rebecca, du bist wirklich eine Meisterin. Ganz sicher wird Ingeborg wundervoll aussehen und alle Blicke auf sich ziehen.« Er seufzte gespielt enttäuscht. »Meine Frau wird den Kunstwerken die Schau stehlen, fürchte ich.«

Rebecca lachte. Sie spürte Wärme in ihren Wangen. Sie freute sich über Gerhards Kompliment. Wenn sie schon Nutznießer seiner Großzügigkeit waren, dann wollte sie es ihm zumindest durch gute Arbeit danken.

Gerhard legte das Kleid vorsichtig wieder auf den Tisch. Er zog sich einen Stuhl hervor und setzte sich Rebecca gegenüber. Nachdem er sie mit einem langen Blick bedacht hatte, holte er tief Luft und begann zu sprechen: »Rebecca, ich bin wirklich beeindruckt von deiner Begabung, mit Nadel und Faden zu arbeiten. Allerdings stecken in dir, wie wir alle wissen, noch viel mehr Talente.«

Sofort schüttelte Rebecca abwehrend den Kopf. Sie wusste intuitiv, was nun kommen würde, aber sie wollte es nicht hören. Sie wollte nicht darüber nachdenken müssen.

»Ich weiß, Rebecca«, beschwichtigte Gerhard ihre Abwehr. »Und ich verstehe dich auch.« Seine Stimme wurde nachdrücklich. »Aber ich bin mir absolut sicher, dass es eine Befreiung für dich wäre, wenn du diese innere Mauer überwinden würdest. Du würdest damit die Schatten abwerfen, die noch über dir liegen. Meinst du nicht?«

Ihr Herz klopfte wild und unruhig. Rebecca kämpfte mit den Tränen und knetete vor lauter Qual ihre Hände. Sie hatte sich geschworen, nie wieder zu singen. Nie wieder.

»Es wäre eine solche Ehre für mich, wenn du meine erste Vernissage mit deiner Stimme bereichern würdest, Rebecca.

Bitte denk darüber nach. Zwei oder drei Lieder. Du darfst dir aussuchen, was du singen möchtest. Heute Nachmittag kommt Wolfgang zum Kaffee, du hast ihn auch schon kennengelernt. Wenn du erlaubst, würde er dich auf dem Klavier begleiten.«

Gerhard stand auf. Er bedachte Rebecca noch einmal mit einem eindringlichen Blick. Dann nickte er und sagte: »Denk darüber nach. Selbstverständlich werde ich deine Entscheidung respektieren, wie auch immer sie ausfällt. Aber solltest du meiner Bitte nachkommen, werde ich sehr glücklich sein. Deine Stimme ist ein Geschenk, Rebecca. Behalte es nicht für dich, teile es mit der Welt und befreie dich selbst damit.«

***

Unruhig durchschritt Rebecca den großen Wohnraum von einem Ende zum anderen und wieder zurück. Wie ein eingesperrtes Tier. Dabei hielt sie die große Tasse mit beiden Händen umfasst und nippte zwischendurch an ihrem lauwarmen Fencheltee.

»Ich muss verrückt sein«, murmelte sie. »Wieso tue ich mir das an?«

»Weil du wunderbar bist, meine Liebe. Und weil du es liebst, zu singen«, kam es prompt von der Tür. Ingeborg kam herein. »Ich wollte nur mal nachsehen, ob bei euch alles in Ordnung ist. Ein paar Minuten noch.« Sie hob die Hand mit dem gedrückten Daumen in die Höhe und rief: »Toi, toi, toi! Ich bin wieder bei den Gästen.«

Rebecca blieb vor Wolfgang stehen. »Ingeborg irrt sich«, sagte sie. »Ich habe es geliebt«, ergänzte sie mit bebender Stimme. »Früher einmal. Und dann habe ich es gehasst. So sehr gehasst. Ich dachte, ich kann es überwinden. Ich wollte es so gern. Gerhard zuliebe und Ingeborg. Und auch für mich selbst. Doch jetzt, so kurz vor dem Auftritt, weiß ich nicht, ob ich all dem gewachsen bin. Wenn ich daran denke, gleich vor Menschen zu singen, habe ich das Gefühl, eine Klammer legt sich um meinen Brustkorb und ich kann nicht atmen.«

»Rebecca, das ist doch normal. Du hast viel durchgemacht und obendrein hast du jetzt Lampenfieber. Beruhige dich. Du singst ganz zauberhaft und alle werden begeistert sein. Vertrau auf dich selbst.«

Doch Rebecca schüttelte den Kopf. »Ich glaube, ich schaffe es nicht, Wolfgang. Wirklich nicht.«

Doch so leicht ließ ihr musikalischer Begleiter sie nicht aus der Situation. Wolfgang stand auf. Er stellte sich ganz nah vor Rebecca, nahm ihr die Tasse aus den Händen und stellte sie auf eine Anrichte. Dann nahm er ihre Hände in seine. Sein Blick hielt ihren fest. »Pass auf. Du stellst dich so, dass du mich siehst. Wir haben die Stücke geübt. Gemeinsam mit mir, ohne Publikum, hat es funktioniert. Wenn du glaubst keine Luft mehr zu bekommen, schau mich an. Ich werde dann tief atmen, so, dass du meinen Brustkorb siehst, der sich hebt und senkt. Und du tust es mir nach. Das wird dir helfen. Ich versichere es dir.«

Seit Rebecca zugesagt hatte, Gerhards Bitte zu erfüllen, hatte sie Angst gehabt vor diesem Moment. Sie hatte Angst gehabt, dass der Hass in der Auftrittssituation wieder hochkommen und ihr den Hals zuschnüren würde. Trotzdem hatte sie gehofft, es zu schaffen, denn die Proben mit Wolfgang, der ein begnadeter Musiker und sehr angenehmer Partner war, hatten Rebecca nach einiger Zeit sogar Spaß gemacht. Niemand außer Wolfgang hatte sie bisher gehört. Sie hatte nur mit ihm und dem Klavier im Raum ihre Stimme wiederentdeckt und Momente des Glücks erlebt.

Doch das war jetzt vergessen. In ein paar Minuten würde sie vor das Publikum treten. Rebecca wollte es nicht zulassen, doch all die Ängste, der Schmerz und die Verzweiflung, die sie im Konzentrationslager erlebt hatte, kamen bei dem Gedanken daran wieder an die Oberfläche und drohten sie zu überschwemmen.

Sie war froh, dass Sarah bereits im Bett lag und schlief. Leider aber auch Jacob. Es hätte ihr geholfen, ihn an ihrer Seite zu haben, ihn, mit dem sie all das gemeinsam durchlebt hatte und der wirklich verstand, wie es ihr ging. Doch er war seit Tagen wieder so müde, wie kurz nach der Befreiung. Manchmal konnte er gar nicht aufstehen. Er hatte nicht die Kraft, bei der Vernissage dabei zu sein.

Rebeccas Gedanken wirbelten durcheinander. Bilder von ihrem kranken Mann, der fröhlichen Sarah, die mit Schmetterlingen auf der Wiese tanzte, dazwischen Szenen aus dem Konzentrationslager, Schreie und die Erinnerung an den Gestank. Vor lauter Durcheinander in ihrem Kopf wurde ihr schlecht. Sie wollte sich am liebsten in eine Ecke verkriechen, die Knie anziehen, das Gesicht dahinter verbergen und hemmungslos weinen. Doch das erlaubte sie sich nicht. Sie hatte Angst, dann endgültig die Kontrolle über sich zu verlieren. Vermutlich würde sie nie wieder aufhören, wenn sie erst einmal damit begonnen hatte.

Wolfgang stand noch immer vor ihr und versuchte ihr von seiner Zuversicht zu geben. Er wartete darauf, dass sie ihm antwortete.

Sie zwang sich, ihm ein Lächeln zu schenken. Dann nickte sie. »Ja. Atmen«, sagte sie gepresst und war sich sicher, dass sie in Ohnmacht fallen würde.

Dann war es so weit.

Die Tür wurde geöffnet und Gerhard schob kurz seinen Kopf herein. »Es sind alle gekommen. Ich werde jetzt ein paar Worte zur Begrüßung sagen und euch ankündigen. Bereit?«, fragte er.

»Absolut«, sagte Wolfgang.

»Nein«, sagte Rebecca zeitgleich. Doch Wolfgang fasste sie am Arm und zog sie freundschaftlich-energisch mit sich.

»Du bist absolut bereit, Rebecca. Vertrau mir und vertrau dir selbst.«

Die nächsten Sekunden schienen endlos und die Schritte fielen ihr so schwer. Doch dann stand sie zwischen all den wunderschön gekleideten Menschen im Licht. Keine einzige Uniform, kein Gestank, kein boshaftes Grinsen. Diese Menschen hier glaubten wirklich an sie und genossen den Abend.

Und dann hörte sie die ersten Töne, die Wolfgang den Tasten entlockte, und konzentrierte sich ganz auf ihn. Beobachtete seinen Brustkorb und auf Wolfgangs Zeichen hin hob sie die Stimme.

Sie sang sich frei! Mit jedem Ton wurde sie sicherer, spürte, wie sich die Klammer löste, die ihr die Brust zugedrückt hatte, und ließ sich in die Musik fallen. Ihr Gesang war voller Schmerz und voller Glück zugleich, zog sie mit sich, ohne dass sie es beeinflussen konnte. Der Moment war so überwältigend, dass sie kaum bewusst wahrnahm, wie das Lied zu Ende ging. Doch als die letzten Töne verklangen, spürte Rebecca, wie eine Träne ihre Wange hinunterlief.

Noch immer überwältigt von dem wunderbaren Abend und ein wenig beschwipst von der Bowle, tänzelte Rebecca in ihr halbdunkles Schlafzimmer.

Es war ein grandioser Abend gewesen. Die Leute hatten geplaudert, getanzt und das Leben gefeiert. Sie hatten ihr applaudiert, ihr Selbstvertrauen und die Lust am Singen zurückgegeben. Nur Jacob hatte fehlt.

Ihre Schuhe streifte Rebecca ihm Gehen von den Füßen und schleuderte sie übermütig durch das Zimmer.

»Ups«, sagte sie, als sie dabei fast gestolpert wäre. Sie hickste und kicherte.

»Jacob«, flüsterte sie und ließ sich auf das Bett fallen. »Jacob, ich kann wieder singen.«

Sie bemühte sich, leise zu sein, um Sarah nicht zu wecken, aber sie musste diesen Moment unbedingt mit Jacob feiern. Wenn sie wieder singen konnte, dann würde ihm das vielleicht die Kraft geben, die es brauchte, damit er wieder richtig gesund werden konnte.

Rebecca beugte sich über ihren Mann. Sie würde ihn einfach wach küssen. Doch als ihre Lippen seine berührten, merkte sie, dass etwas nicht stimmte.

Schlagartig war sie nüchtern, schaffte es gerade noch, sich die Hände vor den Mund zu pressen, um mit dem Schrei nicht ihren kleinen Sonnenschein aus dem Schlaf zu reißen und zu verschrecken.

Sie tastete nach der Nachttischlampe und drückte auf den Schalter. Licht flammte auf. Rebecca sah auf Jacob hinunter. Er lag auf dem Rücken, die Augen geschlossen. Wie zufrieden er aussieht, ging es ihr flüchtig durch den Kopf. Doch seine Haut war wächsern.

Jacob war tot.

Kapitel 21
Morgenröte

Euweiler • Euwiller

Mai 1947

Eberhard war auf dem Weg nach Aachen und streckte beim Radeln sein Gesicht der Sonne entgegen. Er konnte nicht genug bekommen von der so lange ersehnten Wärme. Noch immer hatte er das Gefühl, die Kälte dieses schrecklichen Winters in den Knochen zu spüren.

Als er aus dem Krieg nach Hause zurückgekehrt war, hatte er gedacht, nie wieder in seinem Leben etwas so Schreckliches durchmachen zu müssen. Die Welt hatte aufgeatmet. Zögerlich hatten die Menschen sich aus den Fesseln der Bombenangriffe und der Gewalt gelöst und umgeben von Trümmern wieder neuen Lebensmut geschöpft.

Sie hatten geschuftet, mit bloßen Händen Gebirge aus Schutt und Leid abgetragen und begonnen, ihr Leben wieder neu aufzubauen. Es war immer noch schwierig gewesen, aber sie hatten Hoffnung gehabt und die gab ihnen Kraft.

Und dann war dieser Winter über sie hereingebrochen. Und mit ihm eine unvorstellbare Not. Selbst die Alten konnten sich nicht an einen derart schlimmen, langen und so unfassbar kalten Winter erinnern. Es war, als träfe die Menschen die Strafe Gottes.

Doch was war das für ein Gott, der unschuldige Kinder verhungern oder erfrieren ließ? Der keinen Unterschied machte zwischen Gut und Böse. Eberhard hatte aufgehört, an einen Gott zu glauben, der so ein Elend zulassen konnte. Den letzten Funken Glauben hatte er verloren, als dieser grausame Gott ihm sein ungeborenes Kind genommen hatte.

Es war Monate her, aber der Schmerz saß wie ein mit Widerhaken behafteter Stachel in seiner Brust. Für Magdalena war es noch schlimmer, sie war in den vergangenen Monaten ein Schatten ihrer selbst geworden. Die Trauer hatte ihr alle Kraft geraubt. Wochenlang hatte sie im Bett gelegen und so viel geweint, dass sie mit ihren Tränen einen See hätte füllen können.

Doch Eberhard hatte nicht zugelassen, dass sie sich ganz in der Dunkelheit ihrer Verzweiflung verkroch. Er war an ihrer Seite geblieben und hatte ihr von Hoffnung erzählt, selbst in den Momenten, in denen er sie selbst nicht fühlen konnte. Für sie war er stark geblieben.

Nächtelang hatte er seine Frau im Arm gehalten, hatte sie mit sanfter Sturheit gezwungen, ein paar Schritte zu gehen, sich das Gesicht zu waschen und die Zähne zu putzen. Er hatte ihr die Haare gekämmt, weil sie nicht die Energie dazu gehabt hatte, und er hatte dafür gesorgt, dass sie aß. Viel hatten sie nicht gehabt, aber dank seiner fleißigen Frau, die mit Leidenschaft und viel Liebe Vorräte gehortet hatte, als sie noch zu finden gewesen waren, mussten sie nicht wie andere in Mülltonnen nach Essen wühlen.

Besonders die Städter hatte dieser Hungerwinter hart getroffen. Sie waren scharenweise geflüchtet und hatten auf den Dörfern versucht, von den Bauern etwas zu essen zu erbetteln oder auch zu tauschen. Die Kurse für Silberwaren waren ins Bodenlose gefallen, für Lebensmittel aber ins schier Unermessliche gestiegen. Und die Kälte hatte keine Gnade gekannt.

Verbissen hatte Eberhard sich durch diese schweren Monate gekämpft und an die Hoffnung geklammert, dass es irgendwann besser werden würde. Sie mussten nur überleben, alles andere würde sich finden. Und so hatte er wöchentlich mindestens eine Tour nach Belgien unternommen. Der Plan ging auf, sein Kaffeehandel unter der Ladentheke florierte. Oft kamen die Bauern der Umgebung und tauschten Bohnenkaffee gegen Brot, Milch und Fleisch. Manchmal nahm Eberhard die Lebensmittel mit nach Aachen und tauschte sie auf dem Schwarzmarkt in Silber, Schmuck oder auch Bronzeskulpturen um, womit er dann wieder den grünen Kaffee bei Jean-Claude bezahlte.

So wie heute. Gerade hatte er sein Ziel erreicht.

Wie fast immer, wenn er nach Aachen zog, um Material für den nächsten Kaffee zu tauschen, war sein Freund Franz einer der Ersten, denen Eberhard über den Weg lief.

Die beiden hatten sich im Winter kennengelernt. Franz hatte Eberhard für ein einziges Stück Speck eine teure Perlenkette überlassen wollen. Für Eberhard wäre das ein famoses Geschäft gewesen, doch er hatte die Verzweiflung in den Augen des Mannes gesehen und gewusst, dass er dieses Angebot nicht annehmen konnte. Nicht, wenn er sich selbst noch im Spiegel betrachten können wollte.

Kurzerhand hatte er dem damals noch fremden Mann den Speck gegeben, die Perlenkette genommen, seinen Namen notiert und versprochen, das Schmuckstück für ihn aufzubewahren. Franz Kupferschläger sollte die Kette zurücktauschen können, wenn die Hungersnot überstanden war. Das war der Beginn einer sehr tiefen, von gegenseitigem Respekt getragenen Freundschaft gewesen.

Die Kupferschlägers hatten die vergangenen Monate nur mit viel Glück überlebt. Im Preusweg hatten sie ein großes Grundstück mit einer Villa, einem Gesindehaus und Stallungen. Doch die frühere Unternehmerfamilie war inzwischen bankrott.

Ehemals waren sie ein großer Familienclan gewesen und hatten es mit der Produktion und dem Verkauf von Nähnadeln zu beachtlichem Reichtum gebracht. Doch der Krieg hatte viele

Familienmitglieder das Leben gekostet. Und die Fabrik war im Bombenhagel komplett zerstört worden. Von den fünf Kupferschlägers, die das Kriegsende erleben durften, hatte die Hungersnot des vergangenen Winters drei dahingerafft. Nur Franz und seine Frau Rosmarie waren übrig geblieben.

Heute schien Franz auf Eberhard gewartet zu haben.

»Schön dich zu sehen!«, begrüßte Franz seinen Freund, kaum, dass er ihn erspäht hatte. »Hast du Zeit? Ich würde dich gern in einer für mich wichtigen Angelegenheit um Rat fragen.«

»In Ordnung. Lass uns rübergehen zum Brunnen«, antwortete Eberhard. Er war gespannt, was Franz auf dem Herzen hatte. Und dann lauschte er, während Franz ihm von seiner Idee erzählte.

Er wollte mit seiner Frau aufs Land ziehen. Die Villa und das große Grundstück waren mehr Last als Nutzen und seine Frau Rosmarie litt sehr unter den Schatten der Vergangenheit. Ihre Umgebung steckte voller schmerzlicher Erinnerungen. Sie hatte durch die Härte der letzten Jahre und die vielen Verluste ihren ganzen Lebensmut verloren. Franz wollte gemeinsam mit ihr weg aus der Stadt. Er hoffte, dass seine Frau sich in einer anderen Umgebung wieder erholen würde. Eberhard fühlte sehr mit dieser gebeutelten Familie mit.

»Tja, und jetzt möchte ich gern von dir hören, was du davon hältst. Wie finde ich einen vernünftigen Käufer für das Anwesen? Es geht mir gar nicht um den höchstmöglichen Preis. Ich möchte wissen, dass es in gute Hände kommt, geschätzt und nicht für einen modernen Bau abgerissen wird. Alles was ich mir erhoffe, ist die Möglichkeit, woanders neu zu beginnen.«

Während Franz sein Vorhaben vortrug, durchfuhr es Eberhard wie ein Blitz. Immer öfter in den letzten Wochen hatte er darüber nachgedacht, ob Euweiler auf Dauer der richtige Standort für *Ahrensberg Kaffee* war. Der Ort war für die Träume und Ideen, die Eberhard hatte, eigentlich zu ländlich.

Konnte es sein, dass sich hier ganz unvermittelt die Chance auftat, auf die er, ohne es selbst genau benennen zu können, gewartet hatte? Einen Versuch war es allemal wert.

»Franz, ich habe eine Idee«, sagte er spontan. »Ich möchte dich einladen, mit mir nach Euweiler zu kommen, wenn du nachher Zeit hast. Dort möchte ich dir etwas zeigen und einen Vorschlag machen. Gib mir eine halbe Stunde, dann treffen wir uns an der Himmelsleiter. Du hast doch ein Rad, oder?« Franz bejahte und willigte in Eberhards Angebot ein. Und die beiden Männer verabschiedeten sich vorerst.

Während Franz sein Rad holen ging, erledigte Eberhard seine Tauschgeschäfte und traf zur verabredeten Zeit am Treffpunkt ein.

Beide Männer genossen die gemeinsame Fahrt über die Landstraße. Doch sosehr Franz auch fragte und bohrte, was Eberhard ihm zeigen wollte, er hüllte sich vorerst in Schweigen. »Hab noch ein bisschen Geduld«, bat Eberhard mit einem verschmitzten Lächeln auf den Lippen. »Glaub mir, es wird sich lohnen.«

Nach etwa einer halben Stunde erreichten sie Euweiler und Eberhard steuerte direkt seinen Laden an.

»Willkommen in meinem kleinen Reich«, verkündete er und ließ Franz eintreten. Prüfend zog dessen Blick über die Regale.

»Das ist wirklich ein schöner Laden«, bestätigte Franz nach einigen Augenblicken »Wirklich nett. Aber wäre ein Krämerladen für so ein Dorf nicht besser geeignet als diese Spezialisierung auf Kaffee?«, gab er nach einer Weile nachdenklich zu bedenken. »Oder gibt es das hier schon?«

Eberhard seufzte. »Du triffst den Nagel genau auf den Kopf, Franz. Tatsächlich war hier früher der Kolonialwarenladen meines Vaters. Aber ich möchte nicht irgendein Händler sein. Ich will mit Kaffee handeln und vor allem möchte ich Röster sein.«

»Und weshalb wolltest du, dass ich das hier sehe? Warum hast du mich gebeten, mit dir zu kommen?«, fragte Franz ein weiteres Mal.

»Der Laden war nur Punkt eins. Komm, wir gehen ein Stück. Ich möchte dir noch etwas zeigen.«

Ein paar Minuten später standen sie vor dem Trümmerfeld, das einmal das Haus der Ahrensbergs gewesen war. Eberhard hatte mittlerweile begonnen, die Trümmer aufzuräumen, aber viel war noch nicht passiert.

»Das ist das Grundstück meiner Familie«, erklärte er. »Es ist groß genug für ein Haus mit Garten. Hier könnte man sich etwas aufbauen«, erklärte er. Dann winkte er seinem Freund, mit ihm zu kommen. »Es wird Zeit für eine Erfrischung. Und vielleicht gibt es ja auch einen Happen zu essen. Ich möchte dir meine Familie vorstellen.«

Sie kamen tatsächlich genau richtig zum Essen. Eberhard stellte Franz vor und kurz darauf saßen sie alle zusammen am Esstisch.

Magdalenas Wangen waren zwar noch immer sehr eingefallen, aber heute lag ein Hauch Rosa darauf, denn sie war mit Eberhards Mutter zusammen spazieren gewesen. Sie hatten Wildkräuter gesammelt. Vor allem reichlich Löwenzahn und Brennnesseln. Die Kräuter hatten sie wie Spinat gekocht. Dazu gab es Kartoffeln und Spiegelei.

Franz war dankbar für die Einladung; auch wenn der schlimmste Hunger inzwischen überstanden war, schien ihm ein warmes schmackhaftes Essen noch immer wie ein Geschenk. Er bedankte sich ununterbrochen, während er ordentlich zulangte.

Eberhard erzählte seiner Familie, dass sein Freund überlegte, aufs Land zu ziehen. Den Rest seiner Gedanken behielt er vorerst für sich. Noch waren sie zu unsortiert, als dass er sie aussprechen wollte.

Edda betrachtete Franz neugierig. »Gefällt es Ihnen bei uns in Euweiler?«, fragte sie.

»Sehr«, sagte Franz ohne zu zögern. »Es ist ein freundlicher kleiner Ort. Ich glaube, hier lässt es sich gut leben.«

Da beschloss Eberhard, den Stier bei den Hörnern zu packen. »Nun, es hat natürlich einen Grund, weshalb ich dir das alles zeige, Franz. Du hast meine Rösterei gesehen. Und du hast selbst schnell erkannt, dass der Ort hier eigentlich etwas anderes braucht als einen auf Kaffee spezialisierten Laden. Ich denke schon einige Zeit darüber nach, mir mit meiner Rösterei einen Platz in Aachen zu suchen. In der Stadt hätte ich viel mehr Möglichkeiten und könnte sicher sehr viel schneller expandieren. Wenn ich nur an die Cafés und Gaststätten denke, die ich beliefern könnte. Und du suchst einen Ort für dich und deine Frau, an dem ihr euch ein neues Leben aufbauen könnt.« Er hielt einen Moment inne, trank einen Schluck aus seinem Wasserglas, bevor er fortfuhr: »Was meinst du? Könntest du dir vorstellen, einen Kolonialwarenladen zu führen?«

Einen Moment herrschte absolute Stille im Raum. Keiner sagte etwas, alle sahen nur erstaunt auf Eberhard.

»Was sind denn das für Ideen?« Johanna Ahrensberg war die Erste, die die Sprache wiederfand. »Du willst ein Geschäft in Aachen eröffnen? Weißt du, was das bedeutet? Jeden Tag hin und wieder zurück. Und dann noch obendrauf deine …« Sie stockte mitten im Satz.

»Meine Touren nach Belgien«, vollendete Eberhard und lächelte seine Mutter an. »Franz ist kein Zöllner, Mutter. Wir haben uns auf dem Schwarzmarkt kennengelernt. Aber bitte, bevor ich dir antworte, möchte ich hören, was Franz dazu sagt.«

Der wiegte nachdenklich den Kopf hin und her. »Dein Laden ist gut, Eberhard. Den würde ich sofort nehmen. Aber dieses Trümmerfeld – ich weiß nicht. Nach all dem, was wir durchgemacht haben, fühle ich mich nicht imstande, ein Haus zu bauen. Auch nicht, wenn ich mir Arbeiter leisten könnte. Das ist zu anstrengend. Das kann ich Rosmarie nicht antun.«

Enttäuscht ließ Eberhard die Gabel sinken. Er hatte damit gerechnet, verhandeln zu müssen. Dass Franz ihm direkt eine Absage erteilte, frustrierte ihn.

»Was wäre das denn für ein Ort in Aachen, wo du dein Geschäft führen würdest?«, fragte nun Edda.

Magdalena und Barbara lauschten dem Gespräch nur stumm.

»Ich habe ein großes Grundstück im Preusweg mit einer Villa, einem Gesindehaus und Stallungen. Ich nehme an, Eberhard wollte das Geschäft im Gesindehaus eröffnen, richtig?«

»Ganz genau. Natürlich ist mir bewusst, dass mein Laden und unser Grundstück kein adäquates Tauschobjekt für eine stattliche Villa in Aachen mitsamt Ländereien ist, aber ich wollte es nicht unversucht lassen. Ich dachte mir, wenn ich auf den Tausch noch etwas drauflege, denn könnte es funktionieren. Leider habe ich nicht mehr als das Grundstück, das ich dir anbieten kann. Ich verstehe, dass du ablehnst, aber ein Haus habe ich nicht. Und der Laden ist zu klein, um darin zu leben und zu arbeiten.«

»Es tut mir leid, Eberhard«, erwiderte Franz. »Deine Idee gefällt mir nämlich eigentlich ausgesprochen gut. Ich kann mir vorstellen, dass Rosmarie hier in Euweiler ihre Traurigkeit überwinden könnte. Und gleich noch eine Basis zu haben, um künftig Geld zu verdienen, ist genau das, was ich mir erhoffe. Nur dieses Trümmerfeld …«

»Wie gefällt Ihnen denn mein Haus, Franz?«, fragte nun Edda. »Nun ja, das, was sie bisher gesehen haben.«

»Ein wunderbares Heim, haben Sie, Edda. Eberhard hat mir erzählt, dass Sie die Familie aufgenommen haben. Ich würde sagen, die Ahrensbergs hatten Glück, hier lässt es sich ganz bestimmt gut leben.«

»Würde es Ihrer Frau wohl auch gefallen?«, fragte Edda weiter.

Es klirrte, als Eberhard seine Gabel auf den Teller fallen ließ. »Edda, worauf willst du hinaus?«

»Das ist doch wohl offensichtlich, oder?«, sagte Edda. »Wenn diese Villa uns ein gutes Zuhause sein könnte und du dort eine bessere berufliche Zukunft hättest, dann möchte ich, dass wir zumindest darüber nachdenken. Wir sind eine Familie, Eberhard. Ihr wollt mich doch wohl nicht allein hier zurücklassen?«, fügte sie mit einem Augenzwinkern an. »Aber wir müssen das natürlich in Ruhe besprechen. Dein Vorschlag kommt für uns alle etwas plötzlich. Magdalena und Barbara haben noch gar nichts dazu gesagt und deine Mutter muss sich das gewiss auch gut überlegen. Aber ich jedenfalls wäre durchaus bereit, gemeinsam mit euch in ein Abenteuer aufzubrechen. Solange wir ein Dach über dem Kopf haben und einen Garten, ist für mich alles in Ordnung.«

***

Heute war Eberhard ausnahmsweise nicht in Sachen Schwarzhandel unterwegs und er war schon ziemlich aufgeregt. Er wollte die Hoffnung nicht zu hoch hängen, aber wenn das, was Franz von der Villa und dem gesamten Anwesen erzählt hatte, stimmte, dann würde heute vielleicht der Startschuss gegeben für ein neues Leben – für ihn und für Franz.

Vielleicht war er in einer halben Stunde aber auch vollkommen ernüchtert und um eine Erfahrung reicher.

Die letzten Tage hatte die Familie viel diskutiert, Luftschlösser gebaut, wieder eingerissen und verschiedene Möglichkeiten ersonnen.

Wenn sie in Aachen leben würden, würde sich nicht nur für Eberhard vieles ändern, sondern auch für die Frauen der Familie. Barbara könnte auf eine andere Schule wechseln, vielleicht sogar einen höheren Abschluss anstreben. Sie könnte Ballettunterricht nehmen, davon träumte sie, seit sie ein kleines Mädchen war. Edda wiederum wünschte sich ein Frauenkränzchen und neue Freundinnen. Magdalena hielt sich zurück, aber Eberhard sah sehr wohl diesen winzigen Funken echter Hoffnung in ihren Augen. Auch für sie würde ein neues Leben beginnen und ganz bestimmt würde sie ihr Lachen wiederfinden. Denn Edda hatte recht: Sie war jung und sie würde auch diesen Rückschlag überwinden.

Als er auf die Auffahrt zur Villa einbog, trat er überwältigt in die Bremse. Beeindruckt blieb er einen Moment stehen und betrachtete das Anwesen. Franz hatte in seinen Beschreibungen nicht übertrieben.

Vor dem großen Eingang endete die Auffahrt in einem Rondell. Man konnte die vornehme Eleganz noch erahnen, die einmal hier geherrscht haben musste. Leider hatte sich offensichtlich lange niemand mehr um die Pflege der Außenanlage und die Blumen, Hecken und Bäume gekümmert. Aber das war nichts, was Eberhard schreckte. Das könnten sie gemeinsam wieder auf Vordermann bringen.

Nachdenklich schob er sich seine Mütze in den Nacken und betrachtete das Haus. Das Gebäude war teilweise zerstört, ein paar Fensterscheiben fehlten und der Putz bröckelte. Doch all das waren Kleinigkeiten, die Eberhard nur am Rande wahrnahm.

Sein Herz schlug schneller, als er spürte, wie warm und einladend diese mondäne Villa auf ihn wirkte. Sie schien ihn willkommen zu heißen.

Doch er nahm die Einladung nicht an – noch nicht. Erst wollte er das Gesindehaus sehen. Aufgeregt trat er erneut in die Pedale, fuhr den Weg um die Villa herum und auf das im Vergleich kleine Haus zu. Dort lehnte er das Fahrrad an die Wand und ließ den Anblick erneut auf sich wirken.

Im ganzen Haus gab es keine heile Fensterscheibe mehr. Einige Ziegel fehlten und die Haustür hing schief in den Angeln. Aber Eberhards Herz wurde weit vor Glück. Dieses Haus war perfekt! Es brauchte Liebe und Aufmerksamkeit, dann würde es zu einem Prachtexemplar von einem Haus werden. Und es hatte genau die richtige Größe für *Ahrensberg Kaffee*.

Hier könnte Eberhard den nächsten Schritt in seinem Kaffeehandel gehen, größere Chargen rösten und das Geschäft im Trubel der neu erwachenden Stadt gehörig ankurbeln.

Was er in Euweiler verdienen konnte, war zu viel zum Sterben und zu wenig zum Leben. Das Schicksal mochte ihn noch so sehr drangsaliert haben. Tief in seinem Inneren hatte Eberhard immer gewusst, dass sich alles zum Guten wenden würde. All diese Qualen hatten ihn nicht davon abgebracht, seinen Weg zu gehen. Alles ist für etwas gut, ging es ihm durch den Kopf, und er nickte, ja, auch das Leid hatte am Ende etwas Gutes bewirkt, sosehr es ihn auch schmerzte.

Er war stärker geworden und die Liebe zwischen ihm und Magdalena war gewachsen, noch tiefer als zu Beginn ihrer Ehe. Sie wussten nun, dass sie sich auch in der schlimmsten Not aufeinander verlassen konnten, und würden eines Tages auch wieder miteinander in der Sonne des Lebens tanzen. Das war Eberhards Ziel. Dafür war er bereit, tagein, tagaus zu schuften.

Und irgendwann würden sie auch ein Kind haben.

Eberhard stand da, betrachtete das Gesindehaus und wusste: Er war angekommen.

Kapitel 22
Angebot

Aachen • Oche • Aix-la-Chapelle • Aken • Aquae Granni

Gegenwart: Juni

»Es ist so schön, dich hier zu haben«, sagte Corinne beim gemeinsamen Frühstück in der Villa. »Die Überraschung ist dir wirklich gelungen.« Sie strahlte Sarah über den Rand ihrer Kaffeetasse hinweg an.

»Das freut mich sehr, Corinne.« Sarah erwiderte das Strahlen und ihr Gesicht lag in tausend Runzeln. Sie war eine zauberhafte ältere Dame, die so viel Lebenslust und Neugier ausstrahlte, dass Corinne sie auf höchstens siebzig geschätzt hätte, nicht auf über achtzig. Sarah wandte sich an Corinnes Mutter. »Esther, vielen Dank für die Einladung, hier in der Villa zu wohnen. Dabei wollte ich dir auf keinen Fall zur Last fallen. Ich hatte extra ein Zimmer im Hotel gebucht. Aber ich gebe zu, dieses Bett im Gästezimmer ist ein Traum. Ich habe geschlafen wie auf Wolken gebettet.«

»Papperlapapp«, winkte Esther ab. »Du bist eine Freundin der Familie und das gewissermaßen schon viele Jahrzehnte. Du bist hier immer willkommen, Sarah. Es ist schön, dass wir uns endlich kennenlernen können, und ich freue mich, dass du gut geschlafen hast. Gäste in der Ahrensberg-Villa sollen sich wohlfühlen.«

»Der Zeitpunkt meines Besuchs ist nicht der Beste, das tut mir aufrichtig leid. Aber es ließ sich nicht anders einrichten, das habe ich euch gestern ja schon erzählt. Ich habe nachher einen wichtigen Termin in der Stadt.« Sie wandte sich an Corinne. »Wollen wir uns nachmittags bei dir in der Rösterei treffen? Ich möchte natürlich unbedingt dein *Öcher Böhnchen* sehen. Und anschließend könnten wir den Dom besuchen und bei deiner Freundin Susan einen Kaffee trinken. Was meinst du? Ich bin so neugierig darauf, sie kennenzulernen.«

»Das klingt gut«, antwortete Corinne und sah zu Noah. »Wie sieht dein Tagesplan aus?«, fragte sie ihn.

»Ich habe Felix gebeten, die Rösterei heute für mich zu übernehmen. Ich bleibe zu Hause und arbeite daran, unser Heim zu verschönern. Es gibt doch noch einiges zu tun.«

»Sind wir denn schon so weit, dass wir heute Abend Gäste einladen können?«, wollte Corinne wissen. »Kein großes Essen, nur etwas Einfaches. Hauptsache, das Haus wird mit Freunden und Leben gefüllt. Wir könnten uns auch Pizza liefern lassen, dann wird es nicht zu stressig.«

»Na, das wäre ja noch schöner«, mischte sich Klara ein, die gerade eine neue Platte mit Rührei hereinbrachte. »Pizza! Am Ende fängst du auch noch an, Tütensuppen zu kochen – wenn man das kochen nennen möchte. Ts. Diese jungen Leute.« Sie schüttelte heftig den Kopf und fragte: »Was wollt ihr denn essen? Ich bereite alles vor, dann könnt ihr es bei euch aufwärmen. Und für wie viel Personen?«

»Was ist denn dein Lieblingsessen, Sarah?«, fragte Noah.

Sarah überlegte kurz. »Ich bin nicht sehr mäkelig und esse eigentlich alles. Macht euch wegen mir nur keine Umstände.«

Doch Noah ließ nicht locker. »Komm schon. Nicht mäkelig zu sein ist ja gut und schön, aber du hast doch bestimmt auch ein Essen, das nicht nur deinen Gaumen erfreut, sondern deine Seele wärmt. Etwas, was dir gute Laune macht, wenn du nur den Duft in die Nase bekommst.«

Sarahs Lächeln vertiefte sich, man konnte an ihrer Miene

ablesen, dass sie angebissen hatte. Noahs Frage hatte Kopfkino bei ihr ausgelöst. »Also gut, wenn du so fragst: Fleischsuppe mit Gemüse«, sagte sie und seufzte alleine bei dem Gedanken daran wohlig auf. »Das bedeutet für mich Geborgenheit. Wenn es im Haus nach Rindfleischsuppe duftet, dann ist das wie eine Umarmung.«

Klara klatschte erfreut in die Hände. »Das ist eine meiner leichtesten Übungen. Dann werde ich einen großen Topf Suppe aufstellen und den Nudelteig vorbereiten. Und als Dessert eine Kaffeecreme?«, fragte sie.

»Das klingt köstlich, Klara. Vielen Dank für Ihre Mühe«, antwortete Sarah.

»Klara, ich lade alle ein, die gestern da waren, also wenn alle kommen, sind wir mit dir neun, wenn ich richtig gezählt habe.« Corinne sah auf ihre Uhr und stand auf. »So, ihr Lieben. Ich muss jetzt los. Ich habe noch etwas vor, bevor ich ins *Böhnchen* gehe. Sarah, wie ist es denn mit dir? Wo hast du deinen Termin? Soll dich jemand bringen?«

»Mach dir um mich keine Gedanken. In zehn Minuten wird das Taxi da sein, das ich mir bestellt habe. Hopp, ab mit dir, lass dich von einer alten Frau nicht aufhalten.«

Corinne umarmte ihre Mutter und sagte: »Bis heute Abend. Ich habe dich lieb.« Dann gab sie Noah einen Kuss und umarmte auch Sarah. »Es ist fantastisch, Sarah. Ich bin wirklich glücklich, dich hier zu haben. Bis später!«

Mit einem letzten Winken war sie aus dem Raum und marschierte mit viel mehr Energie aus dem Haus, als sie die letzten Tage gehabt hatte. Die Trauer um ihren Vater war da, die Wunde noch offen und empfindlich, aber das Glück über den Umzug, über die lieben Menschen um sie herum und über Sarahs Besuch waren wie ein dick gepolstertes Pflaster. Zum ersten Mal verspürte Corinne die Hoffnung, dass die schmerzende Wunde heilen würde.

Zügig lenkte sie ihre Schritte Richtung Innenstadt. Doch sie ging nicht zu ihrer Rösterei, sondern bog vorher rechts ab.

Als sie vor dem Gebäude der Eifeler Bank stand, bekam sie weiche Knie. Sie verspürte den Impuls, einfach wieder umzudrehen, doch das erlaubte sie sich nicht. Gleich um acht Uhr heute Morgen hatte sie angerufen und sich noch für diesen Vormittag einen Beratungstermin geben lassen. Sie wusste selbst nicht genau, weshalb. Vermutlich lag es daran, dass Sarahs unerwarteter Besuch ihr Mut machte. Corinne war zwar bereit aufzugeben, aber bevor sie das tat, musste sie zumindest all ihre Möglichkeiten ausgeschöpft haben, sonst würde sie sich irgendwann Vorwürfe machen oder fragen, ob sie wirklich alles getan hatte, um ihren Traum zu retten. Deshalb hatte sie entschieden, bei einer anderen Bank als ihrer Hausbank einen Kreditantrag zu stellen.

»Es tut mir leid, Frau Ahrensberg, aber mit diesem geringen Eigenkapital und ohne weitere Sicherheiten kann ich Ihnen leider nicht helfen. Wenn ich Ihnen einen Rat geben darf: Sprechen Sie mit Ihrer Familie. Bei Ihrem familiären Hintergrund muss es doch möglich sein, dass jemand Ihnen beispringt.«

»Danke für Ihre Zeit und das Bemühen«, erwiderte Corinne. Sie gab dem Bankberater die Hand, schaffte sogar einen freundlichen Gesichtsausdruck und sagte: »Auf Wiedersehen.« Schon marschierte sie zur Tür hinaus.

Sie war nicht einmal wütend. Der Mann konnte nichts dafür, der hatte seine Richtlinien. Sie wusste selbst, dass Selbstständigkeit ein hohes Risiko darstellte und Banken Jungunternehmer nicht mit offenen Armen empfingen. Hätte sie es erst einmal geschafft, dann würden ihr die gleichen Kreditinstitute, die sie jetzt abblitzen ließen, die Tür einrennen mit großzügigen Angeboten – dann, wenn sie es nicht mehr brauchte.

Ihre Familie zu fragen, kam nicht in Betracht. Erstens hatte Corinne ihren Stolz und zweitens war durch den Tod des

Kaffeebarons jetzt ohnehin erst einmal alles im Umbruch. Sie mussten abwarten, was an Erbschaftssteuer auf sie alle zukäme. Und die neue Produktionshalle, die Alexander bauen musste, kostete einiges. Nie würde Corinne ausgerechnet jetzt auch noch kommen und die Familie oder die Familienfirma mit ihren eigenen risikoreichen Investitionen belasten. Mit einem großen Erbe konnte sie auch nicht rechnen. Zumindest nicht mit Geld, das ihr Konto direkt füllen würde. Natürlich waren die Ahrensbergs reich, aber das meiste davon waren fest angelegte Werte, Immobilien und vor allem Ländereien. Ihre Firmenanteile würde Corinne keinesfalls antasten und damit Alexander in Schwierigkeiten bringen. Abgesehen davon war sie ein Teil der Firma und wollte das auch bleiben, auch wenn sie nicht im Familienunternehmen arbeitete.

Es sollte eben nicht sein, entschied sie und machte sich auf den Weg zum *Böhnchen*, wo gleich der nächste Ärger auf sie wartete. Um den Laden zu betreten, musste sie eine Absperrung wegreißen, die wohl einer der Arbeiter beim Aufräumen »vergessen« hatte. Aber Corinne hatte keine Lust mehr, sich aufzuregen.

»Guten Morgen, Frieda«, grüßte sie deshalb beinahe fröhlich, als sie durch die Eingangstür trat.

»Hallo, Corinne. Hey, dass du schon da bist. Alles okay?«

»Ja, Frieda. Alles okay. Sarah hat einen geschäftlichen Termin und wird nachher zu uns kommen. Wir wollen später zusammen in den Dom und zu Susan.« Ihr fiel ein, dass sie Sebastian noch gar nicht für den Abend eingeladen hatte. »Sag mal, könntest du Sebastian anrufen? Wir wollen heute Abend bei uns ein bisschen gemütlich beisammensein und den Abend in unserem Häuschen genießen. Für Sarah und für die besten Umzugshelfer, die wir uns hätten wünschen können. Bist du dabei? Und würdest du Sebastian fragen, ob er auch kommt?«

»Aber hallo, was für eine Frage. Ich freu mich!« Sie zögerte, dann fügte sie an: »Aber willst du die Zeit nicht mit Sarah verbringen? Was sagt sie dazu, wenn so viele Leute da sind?«

»Oh, ich habe Sarah gefragt. Sie hat mir verraten, dass sie sich glücklich fühlt mit so vielen lieben Menschen um sich herum. Sie lebt allein und genießt den Trubel bei uns.« Corinne klatschte in die Hände. »Also, dann ist ja alles klar. Du übernimmst Sebastian und ich schicke meinem Bruder eine Mail, damit er und Thomas auch kommen. Klara kocht Fleischsuppe mit viel Gemüse und selbst gemachten Nudeln – das hat sich Sarah gewünscht. Und zum Dessert gibt es Kaffeecreme.«

Corinne ging nach hinten und schrieb Alexander die Mail. Sie war jeden Tag dankbar, dass sie sich mit ihm wieder so gut verstand. Sie freute sich so sehr darauf, gemeinsam mit ihrem Bruder die Doppelhochzeit zu feiern, auch wenn er noch gar nichts davon wusste. Sie musste heute Abend unbedingt endlich auch allen anderen die Neuigkeit verkünden!

Noch in Gedanken schnappte Corinne sich ein großes Blatt Papier und einen dicken Stift. *Ausverkauf wegen Geschäftsaufgabe*, schrieb sie in großen Buchstaben darauf. Mit Klebeband und Zettel marschierte sie in den Laden und direkt zur Eingangstür, wo sie die Ankündigung an die Scheibe klebte.

»Hab ich was verpasst?«, fragte Frieda. »Sebastian lässt dich grüßen und freut sich auf heute Abend.« Sie zeigte auf den Zettel. »Es ist dir wirklich ernst?«

»Sehe ich aus, als wäre ich zu Scherzen aufgelegt?«, fragte Corinne und schon in der nächsten Sekunde tat ihr der schroffe Ton leid. Sie legte den Arm um Frieda. »Entschuldige. Ja, es ist mir wirklich ernst. Komm, wir gehen die Ware durch und machen Sonderpreise. Ich weiß schließlich nicht, ob und wann ich einen neuen Laden finden werde. Es bringt nichts, all das ewig einzulagern und einstauben zu lassen. Postkarten vergilben, Geschirr veraltet, weil es so oft neue Kollektionen gibt. Das muss alles raus.«

»Du hast es aber eilig«, staunte Frieda.

»Ich bin sauer und muss etwas tun, sonst gerate ich in Versuchung, diesem fürchterlichen Fabian Bühling einen bitterbösen Brief zu schreiben oder ihn aufzusuchen und gegen das Schienbein zu treten.«

Einen Moment hing sie dieser verlockenden Vorstellung nach, dann schüttelte sie über sich selbst den Kopf. Nein. So tief würde sie nicht sinken, nicht wegen eines derart ungehobelten Mistkerls. Außerdem ging es gar nicht nur um Fabian Bühling. Es ging auch um das Loch aus Traurigkeit, in das Corinne nicht stürzen wollte. Sie vermisste ihren Vater. Was gäbe sie darum, sich noch einmal mit ihm streiten und sich versöhnen zu können. Die Diskussionen mit ihm waren oft nervenaufreibend gewesen, aber seine Sturheit und sein klarer Verstand hatten Corinne auch dazu gebracht, das Argumentieren zu lernen und für ihre Überzeugungen einzustehen.

Gemeinsam mit Frieda begann sie, Prozentzettel auf die Ware zu kleben. Zehn und zwanzig Prozent Preisnachlass gaben sie, je nachdem wie gut die Artikel liefen.

Sie konnten in aller Ruhe arbeiten, Kunden verirrten sich an diesem Tag keine in das *Böhnchen*. Offenbar hatte es sich herumgesprochen, dass man den Laden nur mit Schwierigkeiten betreten konnte. Vielleicht würden mehr Kunden kommen, wenn Corinne eine Anzeige in der Tagespresse schaltete, in der sie ihren Ausverkauf verkündete. Das würde sie sich noch überlegen.

Kurz nach Mittag erklang die Eingangsklingel. Corinne drehte sich zur Tür und sah Sarah, die gerade den Laden betrat. Sie tat zwei Schritte in den Raum, dann blieb sie stehen und betrachtete alles sehr aufmerksam. Langsam drehte sie sich um sich selbst und nickte immer wieder anerkennend.

»Hallo, Sarah, da bist du ja schon. Herzlich willkommen in

meinem *Öcher Böhnchen*«, sagte Corinne und ging auf ihre Freundin zu. »Es ist wunderbar, dass du es noch sehen kannst, bevor ich schließe.« Sie nahm Sarahs Hand und sagte: »Komm, ich zeige dir den Trommelröster und sonst alles.«

»Hallo, Sarah«, grüßte nun auch Frieda.

Corinne steuerte auf die Ecke zu, in der der Röster stand, doch Sarah rührte sich nicht. Sie zeigte auf den Zettel in der Tür. »Was soll das denn heißen? Willst du wirklich aufgeben?«

Corinne zuckte mit den Schultern. »Was heißt schon wollen?«, sagte sie. »Ich will mich nicht streiten und ärgern. Und damit du siehst, dass ich alles versucht habe – ich war heute Vormittag bei einer zweiten Bank. Wieder eine Absage. Meine Sicherheit ist einfach zu gering. Ohne genügend Eigenkapital bekomme ich keinen Kredit. Da mir keine weitere Lösung einfällt, werde ich meine Zelte hier abbrechen und, wenn das Schicksal es gut mit mir meint, an anderer Stelle neu durchstarten. Vielleicht nicht sofort, ich werde nicht das Nächstbeste nehmen, denn ich habe keine Lust auf Kompromisse. Es soll nicht irgendein Laden sein, sondern der richtige. Ich brauche das Gefühl, angekommen zu sein.«

»Und hier hattest du das?«, fragte Sarah.

»Du kannst dir gar nicht vorstellen wie sehr«, antwortete Corinne und ihre Augen brannten von den zurückgehaltenen Tränen.

Ja, sie hatte wirklich gedacht, dass diese Räume für eine lange Zeit ihre Heimat sein würden.

Sarah nickte nachdenklich.

»Komm, zeig mir alles. Ich bin neugierig auf deine Kaffeespezialitäten. Und auf diesen wunderschönen Röster, von dem du immer schwärmst.«

***

Noah hatte ein Wunder vollbracht. Das Haus strahlte eine Behaglichkeit aus, dass Corinne wirklich das Gefühl hatte, nach Hause zu kommen. Kein Fremdeln, kein langsames An-das-neue-Heim-gewöhnen.

»Hallo, Noah«, grüßte Corinne ihren Liebsten und gab ihm einen Kuss. Sie wollte ihm gleich von ihrem Entschluss erzählen, ihre Rösterei zu schließen, aber der Moment schien ihr unpassend. Zuerst wollte sie würdigen, wie viel Mühe er sich gemacht hatte. »Wow«, sagte sie deshalb. »Das ist Wahnsinn. Wie hast du das alles an einem Tag geschafft?«

»Gefällt es dir?«, fragte er und seine kornblumenblauen Augen leuchteten vor Freude über ihre Begeisterung.

Er hatte wirklich an alles gedacht. Die Bilder hingen an den Wänden, Deko stand auf Regalen und Schränken. Den Esstisch schmückte ein Blumenstrauß. Corinne ging von Raum zu Raum und bewunderte Noahs Werk. Alles wirkte sehr harmonisch, sie hatten Noahs Möbel mit zum Teil neu gekauften Teilen geschickt kombiniert. Und er hatte sich heute wirklich unglaublich ins Zeug gelegt, um möglichst viele Kisten auszupacken und die Schränke und Kommoden zu füllen.

Corinnes Blick fiel auf das Sofa. Über die abgewetzten Sofalehnen hatte Noah blaue Decken drapiert. Sie freute sich, als sie sein Bemühen entdeckte, auch wenn natürlich bei der Sitzfläche und Rückenlehne noch immer das ungeliebte Braun zu sehen war.

»Wo hast du Sarah gelassen?«, fragte Noah, als Corinne nach ihrem Rundgang wieder zu ihm in die Küche kam. Sie nahm einen Schluck von seinem Wein und sagte: »Sarah ist in der Villa. Sie wollte sich noch ein halbes Stündchen ausruhen und kommt nachher mit Mama zusammen rüber.«

»Und was machen wir beide solange?« Noah zog Corinne an sich und bevor sie antworten konnte, lagen seine Lippen auf ihren. Seine Hände streichelten über ihren Rücken, glitten weiter hinunter.

»Ich werde das Gefühl nicht los, dass du einen Plan hast«, meinte Corinne und lachte. Es gab Wichtigeres, als mit Noah über die Schließung ihrer Rösterei zu sprechen. Das konnten sie auch später noch. »Ich sollte duschen gehen. Was ist, möchtest du mich begleiten?«

Doch bevor sie ihr Vorhaben in die Tat umsetzen konnten, klingelte es an der Tür.

Noah stöhnte. »Überpünktliche Gäste. Schrecklich!«, jammerte er. Corinne kicherte.

»Ich werde dich nachher bemitleiden«, sagte sie. »Jetzt gehe ich erst einmal zur Tür. Was ist, kommst du mit, unsere Gäste begrüßen?«

Doch Noah schüttelte den Kopf. »Geht schon mal rüber ins Esszimmer, ich bin gleich da.« Er kippte den letzten Schluck Wein hinunter und seufzte.

Alexander und Thomas standen vor der Tür und sie hatten ein Einweihungsgeschenk dabei.

»Ihr seid ja verrückt!«, rief Corinne, als sie erkannte, was die beiden da anschleppten. »Oh, ist der toll!«, jubelte sie. »Los, rein mit euch. Bringt ihn bitte ins Wohnzimmer.«

»Wir dachten, da du mit dem Sofa nicht glücklich bist …«

»Hallo, guten Abend«, grüßte Noah seinen zukünftigen Schwager und Schwippschwager. »Oh wow. Was ist denn das?«

»Komm, Noah, testen«, forderte Corinne ihn auf.

Vorsichtig setzten sie sich beide in den weich gepolsterten Doppelschaukelstuhl. Einen Moment brauchten sie, bis sie den gleichen Rhythmus gefunden hatten, aber dann war es wundervoll.

»Ich liebe Schaukelstühle«, freute sich Corinne. »Aber ich wusste nicht, dass es Doppelschaukelstühle gibt. Er ist fantastisch. Danke, ihr beiden.« Sie warf ihnen Luftküsschen zu, weil sie keine Lust hatte, so schnell wieder aufzustehen.

»Tja«, sagte Noah jetzt, der sich offensichtlich ebenfalls

wohlfühlte. »Jetzt müsst ihr euch leider selbst etwas zu trinken aus dem Kühlschrank holen. Hausherrin und Hausherr sind beschäftigt.«

»Habt ihr einen Weißwein da?«, fragte Alexander.

»Sind wir Kaffeehändler oder nicht?«, gab Corinne zurück und grinste. »Wein steht im Kühlschrank.«

»Ich geh schon«, sagte Thomas zu Alexander. »Setz dich ruhig schon hin.«

Alexander wirkte merkwürdig bedrückt. Corinne ahnte, was ihn umtrieb. Sie stemmte sich aus dem Schaukelstuhl hoch und ging zu ihrem Bruder hinüber. Sie setzte sich und legte ihren Arm um ihn.

»Gar nicht so einfach, oder? Ich meine, klar, du bist jetzt schon länger Geschäftsführer. Aber jetzt, nach der Beerdigung, ist das so ...« Sie suchte nach dem passenden Wort.

Alexander nickte. »Endgültig. Ja, das ist es. Und ich komme mir plötzlich vor wie ein Vogel, der das Fliegen verlernt hat. Ständig frage ich mich, ob die Entscheidungen, die ich treffe, richtig sind. Was der Kaffeebaron dazu sagen würde. Ob er mit meiner Arbeit einverstanden wäre.« Er legte sein Gesicht in die Hände und schüttelte den Kopf. »Wenn ich doch wenigstens noch einmal mit ihm hätte sprechen können. Ihn hätte fragen können, ob er mit mir als Nachfolger zufrieden ist. Oder was er von mir erwartet. Er ist einfach viel zu früh gestorben, Corinne. Ich weiß nicht, ob ich das alles schaffe.«

»Der Abend, an dem ihr eure Verlobung bekannt gegeben habt, weißt du noch? Da war ich doch eine Weile bei unserem Vater. Alexander, ich habe mich mit ihm unterhalten. Ich habe ihm von dir erzählt, was für ein hervorragender Geschäftsführer du bist und wie gut in der Firma alles läuft.«

Jetzt hob Alexander sein Gesicht und sah Corinne forschend an. »Wirklich?«, fragte er. »Oder willst du mich nur trösten?«

»Wirklich, Alexander. Ich schwöre es dir. Und Papa hat gelächelt und gesagt: gut. Mehr nicht, nur dieses eine Wort. Aber du weißt, was ein gut aus dem Mund des Kaffeebarons bedeutet. Er war stolz auf dich, Alexander. Lass dich nicht beirren. Du machst deine Sache hervorragend. Du bist ein absolut würdiger Nachfolger«, sagte sie eindringlich. »Und ich bin auch stolz auf dich«, schob sie nach einer kleinen Weile nach.

»Danke, Corinne. Das bedeutet mir wirklich viel.«

»Aber apropos Verlobung. Noah und ich haben übrigens auch noch eine Neuigkeit«, sagte Corinne jetzt. Sie lächelte und spielte mit dem Ring, den Noah ihr kurz nach seinem Antrag geschenkt hatte.

Alexander verstand sofort und strahlte seine Schwester an. »Löckchen, ist das wahr? Ihr werdet heiraten? Oh, ich freue mich. Wann?«

»Wie wäre es gemeinsam mit euch nächstes Jahr?«, fragte Noah, der den Arm um Corinne gelegt hatte und mit Alexander um die Wette strahlte.

»Eine Doppelhochzeit?«, fragte Thomas. »Klasse Idee!« Alexander nickte. »Finde ich auch. Absolut klasse!« Er sprang auf, zog seine kleine Schwester an sich und schloss sie fest in die Arme. Corinne atmete tief ein und fühlte sich in diesem Moment vollkommen glücklich.

Jetzt musste sie nur noch Noah und den anderen von ihren beruflichen Plänen erzählen, dann war alles ausgesprochen. Doch bevor sie etwas sagen konnte, kam die Haustürklingel dazwischen. Weitere Gäste trudelten ein. Die nächsten Minuten gab es ein vielfaches Hallo. Endlich waren sie alle versammelt.

Klara hatte sich gleich wieder verabschieden wollen, doch Corinne hatte sie überredet, zu bleiben. Schließlich hatte sie genauso viel beim Umzug geholfen wie alle anderen und außerdem für die ganze Mannschaft gekocht. Klara freute sich über die Einladung, bestand aber darauf, das Kommando in der Küche zu übernehmen.

Während Noah und Thomas den Tisch deckten, plauderte Esther mit Sarah. Sebastian testete den Schaukelstuhl und Frieda überreichte Corinne ein Geschenk zur Hauseinweihung.

»Hast du genäht?«, fragte Corinne und betastete das Päckchen.

»Gestern Nacht und heute Nachmittag. Gerade eben habe ich die letzten Fäden abgeschnitten. Mach es auf«, sagte Frieda.

Das brauchte sie nicht zweimal zu sagen. Schon riss Corinne das Papier entzwei und hielt einen blau geblümten, ziemlich festen Stoff in der Hand. Viel Stoff.

»Der Stoff ist ja hübsch«, freute sich Corinne, konnte aber nicht sofort einordnen, was es denn sein sollte. »Ein Bettüberwurf?«, riet sie.

Frieda grinste und schüttelte den Kopf. »Warm, aber noch nicht heiß«, sagte sie und sah zum Sofa hinüber.

»Ein Sofaüberwurf?«, fragte Corinne und jetzt freute sie sich richtig. »Mensch Frieda, das ist ja toll! Danke. Damit können wir die Zeit überbrücken, bis wir wissen, was wir wollen, und ich muss das Braun nicht mehr ständig sehen.«

»Besser, Corinne. Es ist kein provisorischer Überwurf. So etwas verrutscht doch nur ständig und nervt. Ich habe mir das gestern Abend genau angesehen und einen richtigen Überzug genäht. Jetzt bin ich gespannt ob es so wird, wie ich es mir vorstelle, und ob alles passt. Komm, wir ziehen ihn direkt drüber.«

Frieda hatte ein ausgezeichnetes Augenmaß bewiesen, der Überzug saß perfekt und das Sofa sah komplett verwandelt aus.

»Heißt das, es darf bei uns bleiben?«, fragte Noah und kam zu ihnen hinüber. »Frieda, du bist spitze. Danke!«

Sarah beteuerte ein ums andere Mal, wie unglaublich köstlich Klaras Suppe war. Sie zelebrierte jeden einzelnen Löffel, als wäre es ein Sternemenü. Klara hatte rote Wangen vor lauter Freude.

»Ich muss euch etwas erzählen«, begann Corinne, nachdem sie ein paar Löffel Suppe gegessen hatte. »Ich war heute früh bei einer zweiten Bank und bin wieder abgeblitzt. Eine Jungunternehmerin ohne Sicherheiten bekommt keinen so hohen Kredit. Es ist okay, eigentlich wusste ich es ohnehin schon vorher, aber ich wollte es eben versuchen, damit ich mir hinterher keine Vorwürfe mache.«

»Und was, wenn wir die Villa als Sicherheit nehmen?«, fragte Esther und sah zu Alexander, der sofort zustimmend nickte.

»Ich wäre einverstanden«, sagte er. »Wenn es möglich wäre, würde ich dir helfen, Corinne. Aber im Moment baue ich ja selbst und ...«

»Schluss damit«, fuhr Corinne sehr bestimmt dazwischen. »Weder die Familienfirma noch die Villa kommen als Sicherheit infrage. Das lasse ich nicht zu. Außerdem hängt im Moment sowieso alles in der Luft. Wir müssen erst einmal abwarten, was an Erbschaftssteuer auf uns zukommt. Und du, Alexander, hast genug damit zu tun, die Firma stabil zu halten. Ich weiß, dass der Markt sensibel auf den Tod unseres Vaters reagiert. Nein. Ich habe mich dazu entschlossen, den Pachtvertrag für meine Rösterei zu kündigen und mir neue Räume zu suchen. Dieser Fabian Bühling wird nie Ruhe geben, nicht, solange er nicht bekommen hat, was er fordert. Und ich spiele dieses Spiel nicht mehr mit.«

»Wenn ich mich an dieser Stelle einschalten dürfte?«, fragte Sarah. Sie hatte ihren Teller inzwischen geleert und tupfte sich mit der Serviette die Lippen ab.

Alle Blicke wandten sich ihr zu.

»Ich hatte ja heute einen Termin. Und ich habe lange über diesen Schritt nachgedacht – nicht, dass jemand denkt, meine Entscheidung wäre unbedacht. Es ging um mein Vermögen und um die weitere Verwendung. Wie ihr wisst, hatte ich einen ziemlich schwierigen Start in das Leben – wenn man es so nennen möchte.«

Als sie das sagte, schoss Corinne die Schamesröte über ihren Urgroßvater, den sie nie kennengelernt hatte, ins Gesicht.

Doch Sarah lächelte und sprach weiter: »Was ihr nicht wisst, nach diesen Anfangsschwierigkeiten lebte ich viele Jahrzehnte unter einem Glücksstern. Ich hatte nicht nur eine Mutter, die alles für mein Glück gegeben hätte und hat, sondern in Gerhard und Ingeborg fantastische Zweiteltern. Die beiden waren Freunde meiner Eltern und da das Leben ihnen eigene Kinder verwehrte, war ich die Tochter für sie, die sie sich so sehnlich gewünscht hatten. Ich wurde geliebt, habe das Leben genossen und wurde durchaus wohlhabend.«

Wie bitte? Corinne verstand nun gar nichts mehr. Sie hatte gedacht, Sarah sei eine Witwe, die gerade so ihr Auskommen hatte. Wohlhabend? Und wieso hatte sie einen Termin in Deutschland, wenn es um ihr Vermögen ging? Sie lebte doch in der Schweiz und dort war man in finanziellen Dingen doch sicher besser beraten als in Deutschland. Die Fragen purzelten wild durch Corinnes Kopf.

»Das einzige Glück, das mir verwehrt blieb, sind eigene Kinder«, sagte Sarah nun. »Umso froher bin ich, in Corinne so eine wunderbare junge Frau gefunden zu haben, die sich mit mir, ohne über die Altersschwelle nachzudenken, angefreundet hat. Um ehrlich zu sein, ihr alle seid für mich, als hätte ich eine Familie gefunden. Ich bin euch sehr dankbar.«

»Und wir sind froh, dass das Schicksal dich zu uns gebracht hat«, erwiderte Esther. Sie hob ihr Weinglas und alle anderen folgten ihr.

»Corinne«, fuhr Sarah fort. »Eigentlich war es Corinne, die mich zu euch gebracht hat, und deshalb habe ich einen Vorschlag für dich und ich bitte dich, gut darüber nachzudenken. Es ist keine einfache Entscheidung. Egal ob du Ja oder Nein sagst, es wird auf jeden Fall weitreichende Folgen für dich und andere haben. Also hör zu. Ich habe mich heute von einem Anwalt beraten lassen, der sich auf Stiftungen spezialisiert hat. Nach allem, was du mir über deinen Großvater erzählt hast, fühlt es sich für mich an, als hätte er mir das Leben gerettet. Ich weiß, er hat es versucht, aber es ging schief. Trotzdem hat er viel für meine Eltern und mich riskiert und ich fühle mich ihm innig verbunden. Ihm und seinen Idealen. Und ich finde es wundervoll, dass seine Enkelin seinen Traum fortführt und ebenso fühlt wie er – in vielfacher Hinsicht«, sie hielt kurz inne und blickte Corinne aufmerksam an.

»Ich würde gern in diesem Sinne eine Stiftung gründen. Eine Kaffeestiftung. Wir setzen uns als Stiftungsziel, nachhaltigen Kaffeeanbau zu fördern. Wir kämpfen für faire Löhne und Arbeitsbedingungen in den Anbauländern. Aber auch kleine Röstereien in Deutschland, die eine Starthilfe brauchen, sollen über die Stiftung gefördert werden. Sie könnten zum Beispiel Buchhaltungskurse oder Röstkurse gesponsert bekommen. Alles, was unseren Kaffee und den Umgang damit besser macht für die Natur und die Menschen, soll Ziel unserer Stiftung sein. Und wir nennen das Ganze Ahrensberg-Rosenbaum-Stiftung. Was meinst du? Wäre dein Großvater damit einverstanden?«

Corinnes Puls schlug so schnell, als wäre sie gerade joggen gewesen. Was Sarah sich da ausgedacht hatte, klang so fantastisch. Es war alles, wofür Corinne aus Überzeugung stand.

»Das klingt wundervoll, Sarah. Ich bin sicher, Großvater wäre begeistert von deiner Idee. Ich danke dir in seinem Namen und ich freue mich sehr, dass etwas für die Anbauer getan werden wird.«

»Die Sache hat aber einen Haken, Corinne. Ich bin alt, ich möchte mich nicht mit all den Dingen herumschlagen, die zu einer Stiftung gehören. Ich brauche jemanden, der Lust hätte, die Verwaltung und Organisation zu übernehmen. Und ich brauche Büroräume für die Stiftung.«

Corinne sah zu Alexander. »Was meinst du, Alexander, käme Doktor Hartmann dafür vielleicht infrage? Diese Stiftung wird ja sicher keinen Vollzeitgeschäftsführer brauchen, oder, Sarah? Das müsste doch als Nebenjob zu machen sein.«

»Liebes, du verstehst mich nicht. Ich weiß schon, wen ich für diese Arbeit haben möchte. Dich, Corinne.«

Jetzt schnappte Corinne überrascht nach Luft.

»Mich?«, fragte sie und war einigermaßen fassungslos. »Sarah, das ehrt mich sehr, aber ich kenne mich in diesem Metier überhaupt nicht aus. Und ich habe keine Ahnung, wie es bei mir beruflich weitergehen wird. Ich weiß nicht, ob ich im Moment eine solche Verantwortung übernehmen sollte.«

Sarah lächelte Corinne nachsichtig an.

»Weißt du, Liebes, es geht mir um das Geben und Nehmen über Generationen hinweg. Dein Großvater hat versucht, meine Familie zu retten, und ich habe nun das Glück, dir helfen zu können und deinen Traum zu retten. Du musst nur Ja sagen. Ich werde diesem Fabian Bühling das Haus abkaufen, es fließt in das Stiftungsvermögen ein. In den oberen Stock kommt das Stiftungsbüro. Über die Raumaufteilung und Nutzung müssen wir noch genauer nachdenken. Du, Corinne, übernimmst die Verwaltung und Organisation und bekommst dafür eine Entschädigung in Höhe deiner Pacht. Du bezahlst die Pacht dann an die Stiftung. Das heißt, unter dem Strich bleibt das Stiftungskapital unberührt. Das Geld wird angelegt und die erwirtschafteten Mittel stehen dir zur Verfügung, um sie eigenverantwortlich gemäß des Stiftungsziels einzusetzen.«

Corinne schwirrte der Kopf. Wie es aussah, hatte Sarah sich diesen Plan sehr genau überlegt und nur auf den passenden Moment gewartet, um mit der Überraschung herauszurücken.

»Ich weiß nicht«, sagte Corinne nachdenklich. »Ich glaube, ich bin gerade überfordert.«

Am Tisch war es sehr still. Wie es aussah, hatte die Nachricht nicht nur Corinne überrumpelt. Alle hatten den gleichen staunenden Gesichtsausdruck. Nur Sarah wirkte ganz entspannt.

»Lass dir Zeit. Denk in Ruhe darüber nach und wenn du so weit bist, besprechen wir alles Weitere. Oh, und nur der Vollständigkeit halber: Es gibt auch die Möglichkeit, dass ich dir einen Kredit für das Haus gebe und du es kaufst. Dann mietet sich die Stiftung bei dir ein und über deine monatliche Entschädigung kannst du den Kredit abbezahlen. Auch damit wäre ich einverstanden. Das heißt, falls dir meine Stiftungsidee zusagt, hast du die freie Entscheidungsmöglichkeit.«

Sarah nahm einen Schluck Wasser und betrachtete ihren leeren Teller. »Wäre es sehr unverschämt, wenn ich um einen kleinen Nachschlag bitte?«, fragte sie.

Klara sprang sofort auf. »Ich mache die Suppe noch mal warm. Ich glaube, wir können alle noch einen Nachschlag vertragen.«

»Und was ist mit der rechtlichen Seite einer Stiftung? Ich kenne mich damit wirklich gar nicht aus.«

Sarah, die voller Inbrunst ihren zweiten Teller Rindfleischsuppe löffelte und der die Wonne ins Gesicht geschrieben stand, nickte. »Ich weiß, dass das viel ist, Corinne, gerade am Anfang. Und sicher wirst du in rechtlichen Dingen immer wieder Beratung benötigen. Der Anwalt, bei dem ich heute war, ist auf diese Thematik spezialisiert und würde dir bei Bedarf zur Seite stehen.«

»Aber so eine Stiftung braucht ja auch Mittel. Du sagst, du würdest das Haus kaufen oder mir das Geld leihen und ich zahle es zurück. So weit ist mir das klar. Aber woher kommen die Mittel, die von der Stiftung für den genannten Zweck investiert werden? Mit ein paar Hundert Euro kommt man da ja leider nicht weit.«

»Hatte ich das gar nicht gesagt?«, fragte Sarah. »Das muss ich vergessen haben. Selbstverständlich braucht die Stiftung Kapital. Ich werde von dem Anwalt sechshunderttausend Euro in unterschiedlichen Bereichen breit anlegen lassen. Ich kann dir jetzt nicht genau sagen, welchen Betrag du dann zur Verfügung haben wirst, vermutlich liegt er jährlich irgendwo zwischen zwanzig- und vierzigtausend Euro. Das sollte für den Anfang genügen. Und wenn alles gut läuft, können wir immer noch über eine Aufstockung nachdenken.«

»Ich bin gleich wieder da«, sagte Corinne. Sie brauchte einen Moment für sich. Die Gefühle überfluteten sie. Sie konnte nicht fassen, was für ein unbeschreiblich großartiges Angebot Sarah ihr da gerade machte. Schnell ging sie nach oben ins Schlafzimmer. In der Nachttischschublade lag das Tagebuch ihres Großvaters. Corinne nahm es heraus und blätterte durch die Seiten.

Dann hatte sie die Stelle gefunden, nach der sie gesucht hatte.

Manchmal träume ich davon, eine Stiftung zu gründen, die sich für einen besseren Umgang mit Kaffee, mit der Natur und den Menschen einsetzt. Vielleicht werde ich es eines Tages wirklich tun.

Die Tränen liefen Corinne über das Gesicht. Schnell wischte sie sich mit dem Ärmel des Pullis über die Wangen, damit sie das Tagebuch nicht nass weinte. Großvater, dachte sie, ich werde es tun. Ich werde die Stiftung im Gedenken an dich leiten.

Von unten drang Gelächter zu ihr herauf. Corinne hörte Gläser klingen. Entschlossen klappte sie das Tagebuch zu und nahm es mit. Sie musste das Sarah zeigen.

Champagner-Kaffee

Für 4 Cocktails
Eiswürfel – etwa vier bis fünf pro Glas
200 ml kalter Espresso
4 TL brauner Zucker
400 ml Champagner
Tonic Water zum Auffüllen – je nach Geschmack
1 Scheibe Zitrone

Den Zucker in den Espresso geben und rühren, bis er sich aufgelöst hat.
Eiswürfel in ein Glas geben, zuerst den gezuckerten Espresso und dann den Champagner eingießen. Mit Tonic Water auffüllen und die Zitronenscheibe in den Cocktail geben. Trinkröhrchen hineinstellen und genießen.

Quellennachweis

Tot ist überhaupt nichts:
Ich glitt lediglich über in den nächsten Raum.
Ich bin ich, und ihr seid ihr.
Warum sollte ich aus dem Sinn sein,
nur weil ich aus dem Blick bin?
Was auch immer wir füreinander waren,
sind wir auch jetzt noch.
Spielt, lächelt, denkt an mich.
Leben bedeutet auch jetzt all das,
was es auch sonst bedeutet hat.
Es hat sich nichts verändert,
ich warte auf euch,
irgendwo
sehr nah bei euch.
Alles ist gut.

Dieser Text wird oft Annette von Droste-Hülshoff zugeschrieben. Er stammt aber im englischen Original von Henry Scott Holland (1847–1918). Es gibt unterschiedliche deutsche Varianten.

https://www.droste-gesellschaft.de/unechtes/

»Bist du bereit?« »Bereit, wenn du es bist« ist ein Zitat aus der Edelsteintrilogie »Liebe geht durch alle Zeiten« von Kerstin Gier. Es kommt in allen drei Bänden vor (Rubinrot, Saphirblau, Smaragdgrün). Erschienen im Arena Verlag, 2009 ff.

Danke

Und wieder bin ich am Ende eines großen Abenteuers angekommen – und wie immer an diesem Punkt meiner Arbeit sitze ich staunend da und kann es kaum fassen.

Es gibt für mich nichts Schöneres, als Geschichten zu schreiben. Es erfüllt mich bis in die letzte Zelle mit Glück, wenn meine Figuren lebendig werden und ihren Weg gehen. Ich bin jeden Tag dankbar, diesen wunderbaren Beruf ausüben zu dürfen.

Aber neben all dem Glück fühle ich mich jetzt, in diesem Augenblick, auch erschöpft und freue mich auf etwas Zeit außerhalb meines Arbeitszimmers.

Normalerweise ist dies der Moment, an dem mich Abschiedsschmerz überkommt, denn ich habe die letzten Monate viel Zeit mit meinen Figuren verbracht, sie sind meine Freunde geworden und nun muss ich sie loslassen. Dieses Mal ist es anders, denn sobald ich mich wieder schreibfit fühle, werde ich mich in das nächste Abenteuer der Kaffeedynastie stürzen. Ich freue mich sehr darauf, am dritten Band zu arbeiten und zu erleben, wie es mit Corinne und all den anderen weitergeht.

Von Mrs. Greenbird möchte ich Ihnen an dieser Stelle noch erzählen. Die Band gibt es wirklich. Sarah und Steffen sind nicht nur begnadete Musiker, sondern auch sehr liebenswerte Menschen und seit 2020 auch ein Ehepaar. Der Song »Love you to the bone« ist ihr Hochzeitssong. https://www.youtube.com/watch?list=RDM96CxvjQ5hQ&v=M96CxvjQ5hQ&feature=emb_rel_end

Die beiden sind Künstler, die sich ihren Platz in der Welt erkämpfen, ohne dafür ihre Wertvorstellungen und Ansprüche aufzugeben. Ähnlich wie Corinne, wenn es um guten Kaffee und Nachhaltigkeit geht. Vielleicht war das der Grund, weshalb sie ihren Platz in der Geschichte gefunden haben. Vor allem aber natürlich, weil ihre Musik mich schon seit vielen Jahren begleitet und ich mich freue, dass es solche Musiker und Menschen gibt. Und ganz sicher hat auch ihre persönliche Liebeserklärung an Kaffee dazu beigetragen: Insomniac – ein Titel von ihrem Album Postcards

Seit ich vor etwa zehn Jahren begonnen habe, zu schreiben, gab es nur ein Ziel für mich. Ich wollte unbedingt Bestsellerautorin werden. Oft träumte ich von diesem Moment, während ich der Musik von Mrs. Greenbird lauschte. Es gab einen Song, der meinem Traum immer wieder Kraft gab. Während ich an Band 2 der Kaffeedynastie schrieb, wurde dieser Traum Wirklichkeit. Ich schaffte zum ersten Mal den Sprung auf die SPIEGEL-Bestsellerliste und auch auf die Schweizer Bestsellerliste. Mein Roman »Wintertee im kleinen Strickladen in den Highlands« landete in Deutschland auf Platz 35 und in der Schweiz auf Platz 19. An diesem Tag lief »Shooting Stars & Fairy Tales« von Mrs. Greenbird in Dauerschleife. Es gab Sekt und Freudentränen.

In ihren Anfängen nannten Sarah und Steffen sich scherzhaft »Goldkehlchen und der Mann mit Hut«, doch dann fanden sie eines Tages einen toten grünen Papagei vor ihrem Haus. Sarah und Steffen haben dafür gesorgt, dass dieser grüne Papagei nie vergessen werden wird, sie wurden Mrs. Greenbird.

https://www.mrsgreenbird.com

Wie immer an dieser Stelle ist es mir wichtig, Menschen zu danken, ohne die all das nicht möglich wäre.

Meine Agentin Beate Riess ist für mich mein Fels in der Brandung. Sie ist immer für mich da und steht für mich ein. Danke für dieses Geschenk!

Seit ich das Glück habe, meine Bücher bei HarperCollins zu veröffentlichen, ist meine Lektorin Christiane Branscheid an meiner Seite. Sie ist fantastisch und strahlt immer eine unglaubliche Ruhe aus – selbst wenn die Autorin am anderen Ende der Leitung gerade vom Weltuntergang erzählt, weil die Figuren ihr auf dem Kopf herumtanzen oder sie noch zwei Wochen länger braucht, weil die Worte sich noch nicht richtig anfühlen. Danke, liebe Christiane. Für dieses und die vielen anderen Projekte, die wir schon gemeinsam auf den Weg gebracht haben. Und auf viele weitere gemeinsame Bücher!

Selbstverständlich danke ich auch der Programmleiterin Heide Kloth und dem gesamten Verlagsteam. Es ist toll, gemeinsam etwas auf die Beine zu stellen. Danke für das Engagement und den unermüdlichen Einsatz.

Auch diesen Band der Kaffeedynastie hat meine Freundin Kerstin als Testleserin begleitet und mir mit ihren Kommentaren oft ein Lächeln ins Gesicht gezaubert. Ach du, meine Emma, du bist wundervoll!

Und natürlich war mein Mann Bernd wieder an meiner Seite und hat mich liebevoll umsorgt. Natürlich könnte ich hier jetzt Danke sagen, aber wissen Sie was? Diesen Dank überbringe ich persönlich und besiegle ihn mit einem Kuss.

Mein letzter Dank an dieser Stelle gilt Ihnen, meinen Lesern. Danke für die gemeinsame Reise.

Lesen Sie auch:

Paula Stern

Die Kaffeedynastie – Tage des Aufbruchs

Roman

15,00 € (D)

ISBN 978-3-95967-540-6

KAPITEL 1
DER EINSCHNITT

Brasilien • Brasil • Brazil

Gegenwart: Oktober

Einen Moment blieb Corinne stehen, um durchzuatmen. Sie nutzte die kurze Pause und sah sich wieder einmal voller Bewunderung um. Mit jedem Tag, den sie hier war, liebte sie Brasilien noch ein bisschen mehr. Tiefblau und wolkenlos spannte sich der Himmel über dieses verzauberte Stück Welt. Als Schutz vor der schräg stehenden Sonne hielt Corinne ihre Hand wie einen Schirm über die Augen. Ihr Blick wanderte über den grünen Wald entlang des sanft ansteigenden Berges aufwärts. Bis weit nach oben konnte sie die Kaffeesträucher ausmachen, die sich in die Schatten der Bäume duckten. Zwischen den Blättern blitzten leuchtend rot die reifen Kaffeekirschen hervor, die alle noch geerntet werden mussten. Und das nicht nur heute, sondern in den nächsten Wochen alle paar Tage aufs Neue.

Über Corinnes linker Schulter hing an einem Riemen der halb gefüllte geflochtene Erntekorb. An ihrer rechten Hüfte baumelte zusätzlich der Jutesack für die *Spezialernte*, wie Fernando es mit einem Augenzwinkern genannt hatte. Jacu Bird Kaffee – Corinne rümpfte unwillkürlich die Nase bei dem Gedanken daran. Anfangs hatte es sie Überwindung gekostet, den mit Kaffeebohnen versetzten Kot der Vögel mit der bloßen Hand zu sammeln. Inzwischen dachte sie gar nicht mehr darüber nach und freute sich stattdessen über jeden neuen Fund. Sie wusste, dass diese Ausbeute für Fernando und seine junge Familie das Gold der gesamten Ernte war, es war der Teil, der ihnen zu einem besseren Leben verhalf.

Die Begeisterung für diesen speziellen Kaffee konnte Corinne zwar so gar nicht nachvollziehen, doch Kaffeeliebhaber auf der ganzen Welt waren bereit, horrende Preise für den Genuss zu bezahlen. Sie selbst kannte bislang nur den aus Indonesien stammenden ebenso teuren Kopi Luwak, den Katzenkaffee, den sie jedoch aus Prinzip nicht trank. Von dem Vogelkaffee hatte sie bis gestern noch nie etwas gehört. Da sie gerade erst anfing, sich über die Containerlieferungen Arabica an die Familienfirma hinaus intensiv mit dem Kaffeegeschäft auseinanderzusetzen, war das jedoch nicht verwunderlich. Es gab noch unglaublich vieles, was sie über Kaffee lernen wollte, sie stand ganz am Anfang.

Eines wusste Corinne allerdings schon jetzt – mit diesem Spezialkaffee brauchte sie ihrem Vater ebenso wenig zu kommen wie mit dem Kopi Luwak. Und das war tatsächlich auch gut so. In diesem Fall musste sie ihrem Vater sogar recht geben, eine derart teure Bohne war sicher nicht für eine Großrösterei geeignet.

Corinne hatte allerdings noch ein weiteres, für sie sehr wichtiges Argument, das einer Massenverarbeitung entgegenstand. Was die sprungartig gestiegene Nachfrage des Kopi Luwak für die Tiere bedeutete, war schlimm. Da die wild gesammelten verdauten Kaffeebohnen nicht mehr ausreichten, um den Bedarf zu decken, wurden die Schleichkatzen nun oft unter schrecklichen Bedingungen in Käfigen gehalten und mit Kaffeebohnen gefüttert. Der Gedanke daran machte Corinne das Herz schwer. So etwas sollte man keinem Tier antun, und sie würde das nie durch den Handel mit einer unter solch schlechten Bedingungen produzierten Ware unterstützen.

Corinne war froh, dass die Jacu Birds hier auf der Farm als freie Kolonie leben durften und nicht Gefahr liefen, eingesperrt zu werden. Um das weiterhin zu gewährleisten, sollte ein solcher Kaffee eine Spezialität bleiben, die von Natur aus begrenzt zur Verfügung stand.

Bei diesen Gedanken musste Corinne unwillkürlich lächeln. Da hatte die Sturheit ihres Vaters doch tatsächlich einmal etwas Gutes, auch wenn es dem Kaffeebaron sicher nicht um Tierschutz, sondern um Wirtschaftlichkeit ging.

Als hätten sie ihre Gedanken gehört, trug der Wind Jacu-Bird-Rufe bis zu Corinne. Die Vögel hatten sich vor der Erntetruppe ins Unterholz zurückgezogen, aber Corinne kannte ihren Klang. Erst gestern hatte Fernando Corinne die Tiere gezeigt. Sie waren leise durch den Wald gegangen und hatten sie beobachtet. Die Jacu Birds waren dunkelgrau bis schwarz, mit einer auffälligen roten Gurgel. Ausgewachsen hatten sie etwa die Größe eines Truthahns, aber Corinne fand sie um einiges hübscher.

Um möglichst viele Tiere bei sich auf der Plantage zu haben, sorgte Fernando für bestmögliche Lebensbedingungen für die Jacu-Bird-Kolonie. Er war stolz, dass die Vögel freiwillig bei ihm lebten und sich augenscheinlich wohlfühlten. Für ihn waren sie überaus wertvolle Mitarbeiter. Und die Tiere dankten es ihm mit vielen gefressenen und wieder ausgeschiedenen Kaffeekirschen. Dabei erwiesen sie sich als große Feinschmecker, was die herausragende Qualität der Bohnen gewährleistete. Für einen Jacu Bird kamen nur perfekt reife Kirschen als Mahl infrage, überreife oder unreife Früchte wurden verschmäht.

Schweren Herzens riss Corinne sich von dem Anblick der Landschaft los und kam mit ihren Gedanken zurück zu ihrer Aufgabe. Sie musste mitarbeiten, dafür war sie schließlich hier, und nicht um mit offenen Augen ihren Tagträumen nachzuhängen. Sie zog das locker gewordene Band aus ihren Haaren und knotete es mit geübten Handgriffen wieder fest.

Mit ihren dunklen Locken und ihrem sonnengebräunten Teint fiel sie unter den Einheimischen kaum auf. Wäre ihr Portugiesisch nicht so holprig, könnte sie direkt als eine von ihnen durchgehen – diese Vorstellung gefiel Corinne. Sie wollte hier nicht als die Tochter des Landverpächters und wichtigsten Ernteabnehmers wahrgenommen werden, sondern den Menschen auf Augenhöhe begegnen, mit ihnen ins Gespräch kommen und so das wahre Leben auf der Plantage kennenlernen.

Mit einem Seufzer auf den Lippen bog sie ihren schmerzenden Rücken durch und rieb sich die zerkratzten Hände – das war der Preis, wenn man dazugehören wollte. Sie seufzte noch einmal, und nahm sich den nächsten Kaffeestrauch vor. Schon seit den frühen Morgenstunden ernteten sie, doch ein Ende war nicht in Sicht. Natürlich hatte sie gewusst, dass die Arbeit der Erntehelfer beschwerlich war, doch zwischen Wissen und eigener Erfahrung bestand ein beträchtlicher Unterschied, davon erzählten ihre inzwischen hoffnungslos übersäuerten Muskeln.

Von Tag zu Tag wuchs Corinnes Hochachtung vor den Arbeitern, die nie müde zu werden schienen und so gelassen die schwere Arbeit bewältigten. Sie kämpfte tapfer, doch Corinne schaffte es nicht, das hohe Tempo mitzuhalten. Obwohl sie regelmäßig Sport machte, fehlte es ihr an Kondition, und auch ihre Geschicklichkeit ließ leider zu wünschen übrig. Damit hatte Corinne nicht gerechnet. Es sah so einfach aus, wenn die Hände der Erntehelfer über die Früchte gingen und sprichwörtlich im Handumdrehen die reifen – und nur die reifen! – Kirschen in deren Korb landeten. Bei ihr ging es nicht nur deutlich langsamer, sondern auch sehr viel unpräziser. Immer wieder streifte sie versehentlich auch unreife Kirschen von den Sträuchern. Diese musste sie dann mühsam aussortieren, denn sie würden die Qualität mindern, und Fernando duldete keine Schlamperei – auch nicht von ihr.

Künftig würde sie nie wieder eine Tasse Kaffee achtlos hinunterkippen, dessen war Corinne sich sicher. Die Arbeit auf der Plantage lehrte sie Respekt.

Trotz dieser Schwierigkeiten war Corinne auch nach den ersten Wochen noch immer vollkommen verzaubert von dem Land und den Menschen. Sie war glücklich, auf der Kaffeeplantage sein zu dürfen, und stolz auf sich selbst, dass sie diese Reise bei ihrem Vater hatte durchsetzen können. Es hatte sie einiges an Überzeugungsarbeit gekostet, bis sie den Kaffeebaron von der Notwendigkeit dieses Praktikums überzeugt hatte. Aber letztlich waren ihm die Argumente ausgegangen – oder die Lust an den leidigen Debatten, die tagtäglich bereits am Frühstückstisch begannen. Jedenfalls hatte er Corinnes Reise nach Brasilien zugestimmt und ihren Aufenthalt auf der Kaffeeplantage in São Paulo organisiert.

Das Land gehörte den Ahrensbergs, sie hatten die Plantage bereits über Generationen an Fernandos Familie verpachtet und waren selbst der Hauptabnehmer für die Ernte aus dem flacheren Teil der Plantage, der mit Maschinen bearbeitet wurde. Der handgepflückte Kaffee interessierte den Kaffeebaron nicht, den verkaufte Fernando an kleinere Zwischenhändler. Der Jacu-Bird-Kaffee ging direkt an erlesene kleine Röstereien.

Von der ersten Sekunde an hatte Corinne sich wohlgefühlt in Südamerika. Sie liebte die offene Art der Brasilianer. Berührungsängste und förmliche Zurückhaltung gab es hier nicht. Fast alle begegneten ihr mit einem Lächeln und spürbarer Neugier. *A alemã* – die Deutsche, wurde sie von den meisten genannt, wenn sie über sie sprachen.

Obwohl die Menschen hier auf der Plantage ein viel härteres Leben führten, als Corinne das aus Deutschland gewohnt war, klagten sie nie. Oder Corinne hatte es bislang noch nicht mitbekommen. Es lag ihr viel daran, einen Blick hinter die Kulissen zu erlangen. Sie wollte die Abläufe, aber auch die Menschen besser kennenlernen, mit denen Ahrensberg-Kaffee – also auch sie irgendwann – zusammenarbeitete. Sie brauchte Argumente, wenn sie es schaffen wollte, neuen Wind in das Familienunternehmen zu bringen.

Auch wenn es körperlich und emotional sehr anstrengend war, genoss Corinne jede Sekunde, die sie hier in Brasilien auf der Kaffeeplantage sein konnte. Besonders aber freute sie sich, jetzt bei der Handernte mitmachen zu dürfen. Sie hatte das Gefühl, dem Geheimnis des Kaffees noch nie so nahe gekommen zu sein wie hier, zwischen den Bäumen, mit durchgeschwitzter Kleidung und zerkratzten Unterarmen.

Die letzten Wochen war sie unten in der Ebene gewesen und hatte die maschinelle Ernte kennengelernt. Die ganzen Kirschen wurden direkt nach der Ernte in großen Behältern gewaschen und danach zum Trocknen auf speziellen Matten ausgebreitet. Erst nach dem Trocknen, wenn das Fruchtfleisch eingetrocknet und braun verfärbt war, wurde es samt Pergamenthaut von den Kernen gelöst. Danach wurden die grünen Rohbohnen nach Qualitätsstufen sortiert und weltweit ausgeliefert.

In diesem Teil der Plantage war alles auf Masse und Geschwindigkeit ausgelegt. Corinne hatte sich, auch wenn sie glücklich war, hier sein zu können, etwas verloren gefühlt zwischen all den Maschinen und in der Arbeitshektik. Das alles hatte nicht viel mit ihrer romantischen Vorstellung vom Kaffeeanbau zu tun. Aber es war die Grundlage für die weltweite Versorgung der Menschen mit Kaffee. Und es war der Ausgangspunkt des Erfolges des Kaffeeunternehmens Ahrensberg, das konnte sie nicht von der Hand weisen.

Vielleicht musste die Romantik da zwangsläufig auf der Strecke bleiben. Vielleicht hatte auch ihr Vater recht, und sie war nur eine Träumerin, die irgendwann erwachsen werden musste.

Hatte er am Ende deshalb dieser Reise zugestimmt, weil er wusste, dass die Gegebenheiten vor Ort sie ernüchtern würden? Corinne traute es ihrem Vater zu. Es wäre ein kluger Schachzug von ihm gewesen, und dass er ein kluger Mann war, stand für sie außer Frage.

Aber er hatte nicht mit dem anderen Teil der Plantage gerechnet. Nicht damit, dass Corinne am Ende doch noch ihr Kaffeeparadies finden würde. Vermutlich hatte er keine Ahnung, dass es dieses Paradies hier überhaupt gab. Das war für die Firma uninteressant, also kümmerte es ihn nicht. Doch Corinne kümmerte es. Und sie liebte es von ganzem Herzen.

Was für ein Unterschied war es doch zwischen der Kaffeefabrik, wie Corinne die große Plantage in Gedanken nannte, zu dem Anbau hier oben im Wald. Ob sich das wirklich rechnete? Für die Natur auf jeden Fall. Wenn es danach ginge, würde Corinne sich immer für eine gesunde Mischkultur aussprechen – aber es musste auch wirtschaftlich vertretbar sein. Die Qualität musste den hohen Ernteaufwand rechtfertigen, und selbst dann würde es schwierig werden, den Kaffeebaron zu überzeugen.

Corinne ahnte, dass hitzige Debatten notwendig sein würden, um bei ihrem Vater ein Umdenken zu erreichen. Er hielt biologisch-dynamischen Anbau und Handernte für Ideologien verblendeter Träumer. Für ihn zählten nur finanzielle Fakten. Ein möglichst hoher Ertrag mit möglichst wenig Aufwand und dabei ein trinkbares Ergebnis. Darum ging es ihm für das Familienunternehmen, damit war Ahrensberg-Kaffee groß geworden. Für den Kaffeebaron gab es keinen Grund, an dieser Firmenphilosophie etwas zu ändern.

Doch solch ein Denken war längst nicht mehr zeitgemäß, davon war Corinne fest überzeugt. In Zeiten von Klimawandel und Umweltschutz gab es ihrer Meinung nach so etwas wie eine unternehmerische Verantwortung.

Schon als klar war, dass sie für drei Monate nach Brasilien gehen würde, um den Kaffeeanbau von der Pike auf zu lernen, hatte sie deshalb den Plan gefasst, sich nicht nur um den Massenanbau zu kümmern. Es war ihr Glück gewesen, dass Fernando beides hatte. Die große Plantage in Zusammenarbeit mit dem Kaffeebaron und sein kleineres Herzstück, mit dem er sich seinen Traum erfüllte. Auch wenn es ein ziemlich anstrengender Traum war, wie Corinne seit heute klar war. Sie atmete noch einmal durch und betrachtete die vor ihr liegende Plantage mitten im Wald.

Die Kaffeesträucher standen saftig grün zwischen den Bäumen. Die Kirschen wirkten gesund und prall. Den ganzen Vormittag hatten fleißige Hände geschickt nur die reifen Früchte geerntet, sie waren gut vorangekommen. Dennoch lag noch ein gutes Stück Arbeit vor ihnen. Fernando wollte diesen Abschnitt heute beenden.

»Schau nicht so skeptisch. Ich habe die besten Erntehelfer der Region verpflichtet«, erklang nun Fernandos Stimme ein Stück seitlich von Corinne. »Die schaffen das heute.« Der Plantagenchef kam zu ihr hinüber. »Was ist? Bestehst du darauf, hier weiterzumachen, oder bist du bereit, von dem Gold zu kosten, das hier heranwächst?«

»Ich kann es kaum erwarten!«, antwortete Corinne und schenkte Fernando ein dankbares Lächeln. »Es muss einen guten Grund geben, dass du das hier auf dich nimmst.« Sie zögerte kurz, dann schob sie hinterher: »Und einen noch besseren Grund, um den Kaffeebaron zu überzeugen.« Ihr Vater würde ihr den Kopf abreißen, wenn er wüsste, was sie hier trieb. Er ging davon aus, dass Corinne sich ausschließlich auf den Massenanbau und alle damit zusammenhängenden Abläufe konzentrierte.

Fernandos Lachen perlte warm zu ihr hinüber. »Ich glaube, das ist immer wieder die Aufgabe der neuen Generation – die

Alten von Neuerungen überzeugen. Mein Vater wollte den Wald roden und auch hier oben eine maschinenzugängliche Plantage aufbauen. Wir haben nächtelang diskutiert.«

»Was für ein Glück, dass du dich durchgesetzt hast«, antwortete Corinne.

»Glück ist relativ«, kam es von Fernando zurück. »Er ist gestorben, bevor er seine Pläne umsetzen konnte. Ich bin nicht sicher, ob ich ihn hätte aufhalten können.«

Mitfühlend legte Corinne ihre Hand auf Fernandos Schulter. »Das tut mir leid«, sagte sie leise und ärgerte sich über ihre unbedachte Bemerkung.

»Schon gut. Das konntest du ja nicht wissen, und es ist lange her. Aber das war der Grund, weshalb ich bereits mit Anfang zwanzig, noch vor dem Ende meines Studiums, die Pacht übernommen habe. Ursprünglich wollte ich ein Jahr nach Deutschland, studieren und den Kaffeehandel von der anderen Seite kennenlernen. Aber das Leben schert sich nicht um Pläne.«

So wie ich, dachte Corinne, wir wollten beide die andere Seite des Geschäfts kennenlernen. Nur war es bei Fernando bei dem Wunsch geblieben. Wieder wurde ihr bewusst, wie dankbar sie für ihre Möglichkeiten sein musste.

»Wie wäre es denn, wenn du nach der Ernte für ein paar Wochen zu uns nach Deutschland kämest?«, fragte sie spontan.

»Wer weiß«, Fernando zwinkerte ihr zu. »Eines Tages packe ich vielleicht tatsächlich meine beiden Frauen, und wir erfüllen uns diesen Traum.«

»Eine Unterkunft ist euch gewiss«, versicherte Corinne. »In der Villa Ahrensberg ist genug Platz, und liebe Menschen sind uns herzlich willkommen.«

»Ob der Kaffeebaron das auch so sieht?« Fernandos Miene blieb skeptisch. Corinne wusste, weshalb, und sie wusste, dass er recht hatte. Ihr Vater hatte Fernando und die anderen Kaffeebauern nie auf Augenhöhe behandelt. Er war fair, aber hart, und er ließ keinen Zweifel, dass er sich aufgrund seiner wirtschaftlichen Stärke überlegen fühlte.

Aber die Villa war auch Corinnes Zuhause. Sie würde dafür sorgen, dass ihre Freunde, als solche betrachtete sie Fernando und dessen Familie, sich willkommen fühlten.

»Genug geträumt«, schwenkte Fernando von den Zukunftsideen weg. »Komm! Luciana wartet auf uns, und ich werde dir den ersten Vogelkaffee deines Lebens zubereiten. Du wirst staunen.«

Corinne lehnte den Kopf gegen die Holzwand des Hauses, vor dem sie zusammen mit Luciana saß. Die Sonne stand inzwischen hoch und wärmte ihr Gesicht. Von drinnen drang Fernandos zufriedenes Summen und das Klappern der Tassen zu ihnen hinaus. Ein sanfter Windhauch trug Kaffeearoma zu ihnen, Corinne hob schnuppernd die Nase. Da kam auch schon Fernando heraus und hielt ihr eine Tasse hin.

»Koste und sage mir, ob er die Rückenschmerzen und den Muskelkater wert ist«, forderte der Brasilianer sie auf.

»Obrigado, Fernando«, dankte Corinne und nahm ihm die Tasse aus den Händen.

Auch Luciana bekam eine Tasse des Luxuskaffees und bedankte sich mit einem Kuss bei ihrem Mann. Baby Katalina schlief in der Wiege neben Luciana und nuckelte im Traum an ihrer kleinen Faust.

Neugierig beugte Corinne sich über ihre Tasse und erschnupperte das Aroma des Kaffees. Das also war er, der Jacu-Bird-Kaffee. »Wie hast du ihn geröstet?«, fragte Corinne. »Sehr dunkel?«

Fernando schüttelte verneinend den Kopf. Er stand auf, ging ins Haus und kam gleich darauf mit einer kleinen Keramikdose zurück. Als er vor Corinne stand, hob er den Deckel. »Hier, sieh selbst, er ist ziemlich hell. Ich habe den Röstvorgang fast unmittelbar nach dem ersten Crack unterbrochen. Durch die Fermentation im Vogelmagen verändert der Kaffee seine Zusammensetzung. Er verliert Bitterstoffe und muss vorsichtig geröstet werden, um sein volles Aroma zu entfalten. Also, was sagst du?« Er zuckte mit seinem Kinn in Richtung der Kaffeetasse in Corinnes Händen.

Sie nahm einen ersten Schluck und spürte den Aromen nach. Ein zweiter Schluck folgte. Corinne hatte die Augen geschlossen, um sich ganz auf ihr Geschmacksempfinden konzentrieren zu können.

»Wow«, hauchte sie, öffnete ihre Augen und sah Fernando an. »So einen Kaffee habe ich wirklich noch nicht gekostet. Er ist so unglaublich mild und hat trotzdem kräftige Aromen. Ich schmecke Frucht, Trockenobst, und eine deutliche süße Note, Anis würde ich sagen.«

Fernando strahlte. »Du bist gut«, lobte er Corinnes Aromenanalyse. »Mach weiter«, forderte er sie auf.

Corinne nahm einen dritten Schluck und spürte dem Mundgefühl nach, das der Kaffee auslöste. »Er ist leicht sämig, aber nicht zu schwer. Das Aroma hält lange an. Fantastisch! Fernando, jetzt hast du mich überzeugt. Dieser Kaffee ist jeden schmerzenden Muskel wert. Wie schade, dass ich den nicht unseren Kunden anbieten kann.«

»Zum Glück ist der Absatz kein Problem«, erzählte Fernando, der sich inzwischen auch gesetzt hatte. »Wir könnten jetzt schon mehr verkaufen, als wir produzieren. Nur die Bürokratie macht mir Kopfschmerzen. Und die hohen Transportkosten. Das ist der Preis, wenn man direkt vermarktet und mit kleinen Röstereien zusammenarbeitet. Aber ich bin dennoch sehr zufrieden, es gibt mir ein Stück Freiheit.«

Corinne sah den Stolz in der Miene des Mannes und freute sich mit ihm. Gerade als sie ihn fragen wollte, ob er ihr vor ihrer Abreise ein Kilo verkaufen würde, klingelte das Telefon.

Fernando entschuldigte sich und nahm das Gespräch an. Nach einem kurzen Austausch reichte er den Hörer an Corinne weiter. »Dein Bruder«, sagte er.

Alexander? Aber weshalb rief er auf dem Festnetz an und nicht auf ihrem Handy? Im nächsten Moment fiel Corinne ein, dass das Handy ausgeschaltet in ihrem Zimmer lag.

»Alexander?«, meldete sie sich und sie spürte, dass ihr Herz schneller schlug. Ein Anruf ihres Bruders war ungewöhnlich.

»Corinne, du musst umgehend nach Deutschland kommen. Der Kaffeebaron …«

»Papa?«, rief sie und sprang auf. Katalina begann zu weinen, Corinnes Ausruf hatte sie geweckt. Luciana nahm das Baby auf den Arm und wiegte es beruhigend.

Das Schweigen am anderen Ende der Leitung dehnte sich aus, bis Corinnes Geduldsfaden riss. »Jetzt rede schon, Alexander. Was ist mit unserem Vater?«

»Er hatte einen Schlaganfall. Corinne … komm schnell, bitte. Ich glaube, es sieht nicht gut aus.«

Kapitel 3
Sicherheitstruppe

Euweiler • Euwiller

März 1943

Es dämmerte bereits. Nicht mehr lange und die Nacht würde sich über die Welt senken. Höchste Zeit für Eberhard, nach Hause zu kommen, wenn er keinen Ärger riskieren wollte. So spät hatte es eigentlich gar nicht werden sollen, er wusste ja, dass Jugendliche sich bei Dunkelheit nicht auf den Straßen tummeln sollten. Das wurde nicht gern gesehen, und normalerweise hielt Eberhard sich daran.

Kaum hatte er das gedacht, hörte er auch schon das verhasste scheppernde Lachen, das ihm augenblicklich die Haare zu Berge stehen ließ. Ausgerechnet jetzt mussten sie hier entlangkommen! Bevor die gefürchtete Truppe um die Ecke bog, konnte Eberhard sich eilig hinter der hohen Buchenhecke des nächsten Hauses in Sicherheit bringen.

Was für ein Glück, dass es überall diese Windschutzhecken gab. Kurz dachte er daran, wie oft er sich schon über den verhassten Eifler Wind geärgert hatte, jetzt war Eberhard dankbar. *Alles ist für etwas gut*, pflegte seine Mutter immer zu sagen.

Während er sich tief in den Schatten der Zweige drückte und hoffte, dass sie ihn nicht entdecken würden, raste Eberhards Herz. So fest er konnte presste er die Kiefer zusammen, damit seine Zähne nicht klapperten und ihn verrieten. Als sein Hals zu kratzen begann, flehte er Richtung Himmel. Bitte nicht! Bitte lieber Gott, hilf mir, dass ich jetzt nicht husten muss. Er versuchte so krampfhaft, den Hustenreiz zu unterdrücken, dass seine Augen zu tränen begannen. Die Sekunden zogen sich in die Länge, die Zeit schien stillzustehen. Eberhard atmete so flach wie möglich, um das Kratzen im Rachen nicht zu verschlimmern. Er hatte das Gefühl, jeden Moment ohnmächtig zu werden.

Die Schritte kamen immer näher. Hart knallten die Absätze der schweren Stiefel auf den Untergrund. Jetzt waren sie nah genug, dass Eberhard verstehen konnte, was sie sprachen – gleich darauf war ihm klar, er hätte es lieber nicht gehört.

»Diese Schlampe Maria wird sich so schnell nichts mehr trauen«, tönte der tumbe Heinz mit unverkennbarem Stolz in der Stimme. »Der haben wir die Lust auf Rassenschande ordentlich abgeschnitten.« Er lachte lautstark über seinen eigenen Spruch.

Eberhard erstarrte. Für einen Moment vergaß er sogar den Hustenreiz und ballte zornig seine Fäuste. Maria war Isabellas Freundin. Was war mit ihr? Was hatten sie ihr angetan? Doch bevor er die nächsten Sätze hörte, ahnte er es bereits. Er hatte Isabella so oft gewarnt. Maria war zu leichtsinnig gewesen, jemand musste sie gesehen und verraten haben. Die Bande wartete nur auf solche Gelegenheiten, er hatte es ihnen doch gesagt. Verzweiflung stieg in ihm hoch, als er weiter lauschte.

»Dieses verkommene Subjekt soll froh sein, dass es noch lebt«, stimmte Friedrich mit ein.

»Frauenzimmer.« Max spuckte das Wort regelrecht aus. Dann lachte er keckernd. »Wie der Dariusz sich angepisst hat vor lauter Schiss, als sie ihn abgeführt haben. Feig bis in die Haarspitzen, die alte Polensau, das sag ich euch. Aber Großmaul genug, um unsere Mädels anzugaffen. Na, das werden sie ihm schon austreiben, da bin ich sicher. Ich hörte, ihm wird eine Sonderbehandlung zuteil.«

Während der Unterhaltung hatten sie die Stelle passiert, wo Eberhard hinter der Hecke kauerte und versuchte, sich unsichtbar zu machen. Als sie ein paar Meter weiter waren, atmete er erleichtert, aber immer noch vorsichtig aus. Nicht, dass sie doch etwas hörten und sich umdrehten. Eberhard wischte sich den kalten Schweiß von der Stirn. Das war gerade noch mal gut gegangen.

Allerdings nur für ihn. Sie hatten Dariusz abgeführt. Den fröhlichen, gutmütigen Polen, der als Hilfsarbeiter bei den Pelzmanns lebte. Gelebt hatte, korrigierte Eberhard sofort seine eigenen Gedanken. Gallenbitter stieg die Wahrheit in ihm hoch. Er wusste, was es bedeutete, wenn sie von Sonderbehandlung sprachen, Dariusz würde nicht mehr zurückkehren. Nie mehr.

Er musste gleich morgen zu Isabella. In der Schule konnten sie nicht sprechen, die Wände hatten Ohren. Aber er musste hören, was genau geschehen war. Hoffentlich hatte sie sich nicht auch in Gefahr gebracht. Kurz war er versucht, gleich zu seiner Freundin zu gehen, doch damit würde er nicht nur sich selbst Ärger einhandeln, sondern auch Isabella. Das wollte er nicht riskieren.

Max Markwart und seine Kumpels liefen auf Geheiß von August Ahrensberg im Dorf Patrouille, um für Ordnung zu sorgen. August Ahrensberg war mit seinem Kolonialwarenladen nicht nur der führende Geschäftsmann im Umkreis, sondern auch Ortsgruppenleiter der NSDAP und obendrein Eberhards Vater, was ihm allerdings keinerlei Vergünstigung einbrachte. Eher das Gegenteil war der Fall. Die Sicherheitstruppe, wie die Jungs sich großspurig nannten, wartete nur auf eine Gelegenheit, Eberhard mal ordentlich eins auszuwischen.

Raufboldtruppe wäre die passendere Bezeichnung, fand Eberhard.

Vielleicht hatte sein Vater sie sogar gegen ihn aufgehetzt, ihnen angeraten, sich seinen verweichlichten Sohn bei passender Gelegenheit einmal zur Brust zu nehmen. Ganz unmöglich schien das nicht, Eberhard wusste, dass er mit seinem friedlichen Gemüt für seinen Vater eine Enttäuschung war. August Ahrensberg ließ keine Gelegenheit verstreichen, seinen Unmut kundzutun. Und Max war bereits von der ersten Klasse an berüchtigt gewesen für seine Streitsucht und seine schnellen Fäuste. Daran hatte sich bis heute nichts geändert.

Er war zwei Klassen über Eberhard und hatte vom ersten Tag an bis heute das uneingeschränkte Kommando auf dem Schulhof. Schon mit elf hatte er sich immer freiwillig gemeldet, wenn es darum ging, Babykatzen zu ersäufen. Wenn er dann auf dem Schulhof lautstark und detailliert den Vorgang schilderte, strotzte er nur so vor Stolz auf seine Taten. Dabei hatte er gehörig Spaß an den bleichen Gesichtern der Mädels. Jungs die bei derlei Schilderungen Schwäche zeigten, hatten einen schweren Stand bei Max und seinen Anhängern.

Falls Max Eberhard nach Einbruch der Dunkelheit auf der Straße erwischte, würde er erst zuschlagen und dann fragen, weshalb er sich nachts draußen herumtrieb, das war klar wie Kloßbrühe.

Dabei wollte Eberhard keinen Ärger. Im Gegenteil. Er hasste Raufereien und Streit. Wenn es nach ihm ginge, würde er lieber Bücher verschlingen, statt Marschieren und Kämpfen zu üben. Berichte und Geschichten von fernen Ländern faszinierten ihn. Die Farben, Geräusche und Gerüche, die darin beschrieben wurden, lösten eine Sehnsucht nach der weiten Welt in Eberhard aus. Wie gern würde er nach Südamerika reisen, um einmal eine Kaffeeplantage zu sehen. Eines Tages würde er auch genau das tun. Das hatte er sich fest vorgenommen.

Schon als kleines Kind hatte Eberhard den Geschmack von Kaffee geliebt und bei jeder Gelegenheit heimlich an Mutters Tasse genippt. Als er vor zwei Jahren zu seinem Geburtstag das erste Mal ganz offiziell eine Tasse Kaffee trinken durfte, war er stolz wie Oskar gewesen. Er hatte extra nur ganz kleine Schlückchen genommen und das Schlucken hinausgezögert, um den Geschmack so lange wie möglich genießen zu können.

Seit er vor Jahren in einer Zeitschrift etwas über Kaffeeanbau gelesen hatte, faszinierte ihn das Thema. So war er auch auf sein Sehnsuchtsziel Südamerika gekommen. Mit großer Sorgfalt sammelte er seit damals alles, was er zu Kaffee an Informationen erhaschen konnte. Zu seinem Leidwesen war das allerdings nicht gerade viel. Doch immerhin gehörten eine grüne und eine geröstete Arabica-Bohne zu seinem Schatz. Und zwar eine besonders edle Arabica-Sorte.

Die Bohnen verdankte er Frau Müller. Für sie hatte Eberhard mehrere Wochen alle Besorgungen erledigt, als sie mit einem Lungenleiden das Bett hüten musste. Einmal bat sie ihn, grünen Kaffee für sie zu rösten. Sie gab ihm vom Bett aus Anweisungen, und er führte alles exakt so aus, wie sie es vorgab. Später attestierte sie ihm ein unverkennbares Talent. So gut seien ihre eigenen ersten Röstungen nicht gewesen, hatte sie gelobt. Eberhards Gesicht hatte vor Stolz geglüht.

Weil er den Blick gar nicht hatte von den Bohnen lösen können und sie immerzu bestaunt hatte, hatte Frau Müller ihm als Dank für seine Hilfe zwei davon geschenkt. Eine grün und eine geröstet. Er hatte ihr nur versprechen müssen, seinem Vater nichts davon zu erzählen, doch das war für Eberhard ohnehin selbstverständlich gewesen. Er hatte auch nicht nachgefragt, woher der Kaffee kam. Was er nicht wusste, konnte er auch nicht versehentlich verraten. Eine Ahnung allerdings hatte er.

Er hatte einmal ein Gespräch belauscht, bei dem sein Vater sich über das Pack ausgelassen hatte, das lieber Kaffee schmuggelte, als seine Kraft dem Führer zur Verfügung zu stellen. Dabei wollten die Menschen doch nur ein klein wenig das Gefühl haben, zu leben. Eberhard konnte das verstehen und würde einen Teufel tun und jemanden verraten. Schon gar nicht, wenn es um Kaffee ging.

Kaffeeanbau und Verarbeitung waren für Eberhard weitaus faszinierender, als mit Kameraden durch den Dreck zu robben. Aber nach seiner Meinung fragte niemand und Südamerika war so etwas wie verbotenes Gedankengut. Eberhard hütete seine Träume wie einen Schatz und erzählte niemandem davon. Fast niemandem.

Eisig pfiff der Wind durch die Gassen, als schien er Eberhard nach Hause treiben zu wollen. Wer nicht draußen sein musste, verkroch sich hinter wärmenden Mauern. Dabei hatte es gestern den Anschein gehabt, ein Hauch Frühling läge in der Luft. Doch jetzt zog Eberhard schaudernd die Jacke enger, um sich ein wenig gegen den sich noch einmal aufbäumenden Winter zu schützen.

Weil der heutige Arbeitseinsatz in Aachen länger gedauert hatte als geplant, hatte Eberhard den Weg bis Euweiler im Laufschritt hinter sich gebracht und sich geärgert, dass er nicht mit dem Fahrrad gefahren war. Doch auch das Laufen hatte nicht gegen die Kälte geholfen, die ihm gnadenlos bis in die Knochen kroch. Er würde sich später seinen Stuhl nah an den Ofen rücken und seine tauben Gliedmaßen auftauen lassen.

Wieder blies eine Böe ihm entgegen, und Eberhard zog, in dem Versuch sich etwas zu schützen, den Kopf noch tiefer in den Kragen seiner Uniformjacke. Er hastete, die Hände tief in die Hosentaschen versenkt, vorwärts.

Das war sein letzter Einsatz als Mitglied des Jungvolkes gewesen, übermorgen würde er bei den Großen aufgenommen werden, da würde es nicht mehr ums Spielen gehen, das war die echte Hitlerjugend, wie der Gruppenführer es ausgedrückt hatte. Da könnt ihr zeigen, dass ihr anständige deutsche Männer seid und keine jammernden Kleinkinder. »Flink wie Windhunde, hart wie Kruppstahl und zäh wie Leder werden wir euch machen!«, hatte er gebrüllt und zufrieden das begeisterte Klatschen und Jubeln der Jungs beobachtet.

Auch Eberhard hatte geklatscht, obwohl er das alles fürchterlich fand. Er hatte gelernt, sich so zu verhalten, dass er möglichst keine Aufmerksamkeit auf sich zog. Als ob diese Arbeitseinsätze und das Training Spielerei gewesen seien. Eigentlich wäre Eberhard lieber in seiner Truppe der Pimpfe geblieben, wenn er schon bei diesem Treiben mitmachen musste. Der Drill, den die Älteren über sich ergehen lassen mussten, schüchterte ihn ein.

Vor Eberhard tauchte eine leicht gebeugte Gestalt auf. Er stockte kurz und erkannte gleich darauf die alte Erna. Leise vor sich hinmurmelnd schleppte sich die alte Frau vor ihm den Weg hinauf Richtung Kapelle. Die Leute munkelten, dass sie den Verstand verloren hatte, als vor einem halben Jahr ihr fünfter Sohn an der Front gefallen war, genau wie vorher bereits die vier anderen und auch ihr Mann.

Eberhards Vater beobachtete Erna seither mit deutlichem Missfallen. Eine gute deutsche Frau wurde nicht verrückt, nur weil das Leben sie vor schwierige Aufgaben stellte. Sie sollte sich lieber um die kümmern, die für das Land kämpften und ihre Kraft für die wackeren Soldaten zum Einsatz bringen. Bislang hatte Mutter Vater beruhigen können, wenn er deshalb gegen Erna wetterte. Sie sprach eindringlich auf ihn ein und versicherte ihm, dass Erna sehr fleißig nähte und ihren Teil beitrug, um die Gemeinschaft zu stärken. Sollte Vater seine Meinung ändern, würden sie die alte Erna abholen, das wusste Eberhard.

Als er sie überholte, grüßte Eberhard die alte Frau, doch sie sah durch ihn hindurch und unterbrach ihr Murmeln nicht.

»… dein Reich komme, dein Wille geschehe, denn höre, oh Vater, sie sind wie ein Senfkorn und das Meer teilte sich, als Jesus die Hand hob und die Pharisäer …«

Eine Gänsehaut zog Eberhard den Rücken hinauf. Das war es, was der Krieg aus den Menschen machte: Tote oder Wahnsinnige. Er schüttelte den Kopf, als er daran dachte, wie fanatisch sein Vater für die Sache eintrat. »Der Führer weiß, was richtig ist. Es ist an uns, Stärke zu zeigen und ihm zu folgen«, predigte er bei jeder Gelegenheit.

Die alte Erna hatte einen Korb am Arm, vermutlich hatte sie Kräuter und Wurzeln gesucht. Viel gab der Boden allerdings so früh im Jahr noch nicht her. Das wusste Eberhard von Isabella. Während er beim Jungvolk der Hitlerjugend Marschieren übte oder mit den anderen zusammen für Arbeitseinsätze eingeteilt wurde, verbrachte Isabella ihre Nachmittage oft im Bund deutscher Mädel. Sie machten Leibesübungen, strickten und nähten und sammelten Kräuter.

Früher hatten Eberhard und Isabella viel Zeit miteinander verbracht, sie kannten sich von klein auf und waren nicht nur Klassenkameraden, sondern auch gute Freunde. Doch seit dem Beginn des Krieges war die gemeinsame Zeit rar. Im Winter und seit sie sich nach Einbruch der Dunkelheit nicht mehr im Freien aufhalten durften ganz besonders.

Isabella hatte Eberhard in der Schulpause von dem Sammelstreifzug erzählt, den die Gruppenleiterin vor ein paar Tagen anberaumt hatte. Außer Fichtennadeln und ein paar Handvoll Löwenzahnblätter hatten Isabella und die anderen Mädchen trotz größter Mühe und mehreren Kilometern Marsch nichts gefunden.

Eberhards Gedanken wanderten zu den Männern an der Front. Wenn es ihm schon so elend kalt war und der Hunger ihn quälte, wie mochte es dann erst den Kameraden dort draußen gehen? Sein Herz wurde schwer, als er an das Leid dachte, das sich über Deutschland gelegt hatte. Es war nicht richtig, egal was sein Vater sagte, es war einfach nicht richtig.

Erschöpft schleppte er sich vorwärts. Nicht mehr lange, dann hatte er sein Elternhaus erreicht. Seine Laune war im Keller. Er fror immer erbärmlicher, das rechte Knie schmerzte, und er hatte Hunger wie ein Wolf. So sehr, dass er sich sogar auf den aufgewärmten Steckrübeneintopf freute, den seine Mutter ihm sicher gleich vorsetzen würde.

Vielleicht hatte er auch Glück, und es gab eine Stulle mit einer Scheibe Schiebewurst. Das würde zwar nicht so gut wärmen wie der Eintopf, aber es wäre köstlich. Und für Samstag hatte Mutter ihm *Oma Lilo Bavaroise* versprochen. Sie hatten ihr früheres Sonntagsessen auf die Samstage verlegt, seit der Führer Eintopfsonntage angeordnet hatte. Es war lachhaft, sie aßen ohnehin so viel Eintopf, dass er Eberhard bald zu den Ohren herauskam. Aber über Verordnungen diskutierte man besser nicht, man wusste nie, wer lauschte.

Umso dankbarer war Eberhard, wenn Mutter ihn mit seiner Lieblingsnachspeise verwöhnte, egal an welchem Wochentag. Sein Magen knurrte lautstark bei dem Gedanken an diese Köstlichkeit.

Bei jedem seiner Schritte wehte das schlechte Gewissen kalt durch das klaffende Loch am Knie seiner Uniformhose und verschlechterte Eberhards ohnehin miserable Laune weiter. Es tat ihm entsetzlich leid, auch wenn er keine Schuld an dem Malheur hatte. Der Stoff seiner Uniformhose war schon lange verschlissen und mürbe, besonders an Knien und Hintern, deshalb hatte Eberhard extra darauf geachtet, ihn nicht unnötig zu strapazieren. Als er jedoch mit einem schweren Papierpaket bepackt über einen Bordstein gestolpert und hingefallen war, war es trotz aller Vorsicht geschehen. Der altersschwache Stoff hatte nachgegeben.

Mutter würde die Hände über dem Kopf zusammenschlagen und in Wehklagen verfallen. Den leider ziemlich großen Riss zu flicken, würde sie mindestens eine zusätzliche Nähstunde kosten. Dabei war sie mit ihrer Arbeit im Haushalt, seinen drei kleinen Geschwistern und dem Stricken von Socken für die Soldaten an der Front ohnehin so überlastet, dass sie bald aussah wie ein Gespenst.

Wütend kickte Eberhard einen Kiesel aus dem Weg. An allem war nur sein Vater mit seiner fürchterlichen Borniertheit schuld. Sie waren nicht arm, er hätte seinem Sohn längst eine neue Uniform besorgen können, doch August Ahrensberg war nicht nur sparsam, er war geizig. Und er vertrat die unverrückbare Meinung, dass ein Mann in seiner Position und mit ihm selbstverständlich auch seine Familie, als gutes Beispiel voranzugehen hätte. Das hieß für ihn, immer korrekt und immer bescheiden zu sein. Für Eberhards Mutter bedeutete das, aus einer Steckrübe fünf Essen zu kochen und auch die Kleidung zu flicken, die eigentlich längst nicht mehr zu retten war. Sich gegen ihren Mann aufzulehnen kam nicht infrage. Was hätte sie auch tun sollen? Eine Frau hatte gehorsam zu sein, immerhin sorgte ihr Mann dafür, dass sie ein Dach über dem Kopf hatten und genug zu essen. Also beugte sie sich und schuftete tagein, tagaus.

Eberhard konnte sich nur noch schwach an die lebensfrohe Frau erinnern, die seine Mutter einst gewesen war. Sie hatte gern gelacht. Er hatte noch ihre glockenhelle Stimme im Ohr, wenn sie sich freute. Doch auch ihre Stimmbänder schienen heute müde zu sein, die Stimme war in den letzten Jahren immer matter geworden. Er hätte seiner Mutter diese zusätzliche Last wegen der kaputten Hose gern erspart. Vielleicht könnte Isabella ihm helfen? Nun hatte er schon zwei gute Gründe, um doch noch einen kurzen Abstecher zu den Pelzmanns zu machen.

Entschlossen lenkte er seine Schritte statt in die Eifelstraße, in der er wohnte, nach links, in die Moorgasse. Er musste auf der Hut sein, aber das würde schon klappen. Die Schlägertruppe hatte die entgegengesetzte Richtung eingeschlagen.